베를린
알렉산더 광장 2

세계문학의 숲 002

Berlin Alexanderplatz

베를린
알렉산더 광장 2

알프레트 되블린 지음

안인희 옮김

시공사

일러두기

1. 이 책은 1929년 출간된 알프레트 되블린(Alfred Döblin)의 《베를린 알렉산더 광장 (Berlin Alexanderplatz)》을 우리말로 옮긴 것이다.

2. 번역은 1965년도에 문고판으로 내놓은 책(Deutscher Taschenbuch Verlag GmbH & Co. 발행)의 제47쇄(2008년 7월)를 사용했다. 이 판본은 작가 아들들의 도움을 얻어 Anthony W. Riley에서 발행한 원본을 그대로 재출간한 것이다. 옮긴이 주를 달고 해설을 쓰는 데에는 Erläuterungen und Dokumente 시리즈의 《Alfred Döblin, Berlin Alexanderplatz》(Reclam Philipp Jun. GmbH & Co. 발행, 1998년)을 참고했다.

3. 본문의 주는 모두 옮긴이 주이다.

제4권

알렉산더 광장 주변의 몇 사람 · 마취 상태의 비버코프. 프란츠는 칩거한 채 아무것도 보고 싶지 않다 · 물러나는 프란츠, 프란츠가 유대인들에게 이별의 행진곡을 연주하다 · 사람의 운명은 짐승의 운명과 다를 바가 없어, 짐승이 죽듯이 사람도 죽는 것이니 · 욥과의 대화, 그건 네 탓이야, 욥아, 네가 바라지를 않으니 · 그리고 모두가 같은 숨을 쉬나니, 사람이 짐승보다 더 나을 게 없다 · 프란츠의 창문은 열려 있고, 세상엔 익살스러운 일들도 일어난다 · 달려라, 달려라, 조랑말아 다시 힘차게 달려라

제5권

알렉산더 광장에서 다시 만나다, 정말 춥구나, 내년 1929년엔 더욱 추워질 거다 · 한동안 아무 일도 없음, 휴식 시간, 건강을 회복하다 · 아가씨 거래 활황 · 프란츠는 아가씨 거래에 대해 깊이 생각하고 갑자기 그만두기로 한다, 다른 것을 원하기에 · 지역 소식 · 프란츠는 두려운 결심을 했다, 제가 쐐기풀 더미 위에 앉는다는 걸 모른다 · 1928년 4월 8일 일요일

제6권   9

부당한 재물이 번창한다 · 일요일 밤, 4월 9일 월요일 · 프란츠는 케이오되지 않았다, 그들은 그를 케이오시키지 못했다 · 일어나라, 너 약한 정신아, 두 다리로 서라 · 세 번째 베를린 정복 · 옷이 날개고 달라진 사람은 눈도 달라진다 · 달라진 인간은 머리도 달라진다 · 달라진 인간은 직업도 달라져야 한다, 아니면 아예 직업이 없거나 · 여자도 나타나니, 프란츠 비버코프는 다시 완전해지다 · 부르주아 사회에 맞선 방어전 · 숙녀들의 반란, 우리의 사랑스러운 숙녀들이 말한다, 유럽의 심장은 나이 들지 않는다고 · 정치는 이제 그만, 하지만 영원히 아무것도 안 하는 게 더 위험하다 · 파리가 기어오르면 모래는 몸에서 떨어지고, 머지않아 파리는 다시 날아다닐 것이다 · 앞으로 전진, 발걸음 똑바로, 북 치는 소리와 대대 · 주먹이 탁자 위에 놓이고

일어나라, 너 약한 정신아, 두 다리로 서라

살아 있는 몸의 죽음과도 같은 기절이 있다. 프란츠 비버코프는 기절한 상태에서 도로 침대에 뉘어졌다. 그는 누워서 이 따스한 날들을 맞이하고, 다음 사실을 확인했다. 죽음이 내 가까이 있구나, 느껴진다, 진짜 죽음이 가까이 있구나. 이제 아무 일도 안 하면, 프란츠, 진짜로 최종적이고 단호한 어떤 일을 하지 않는다면, 몽둥이를 손에 쥐고, 칼을 잡고, 주위에 휘두르지 않는다면, 무엇이 되었든 여기서 도망치지 않는다면, 프란츠, 귀여운 프란츠, 귀여운 비버코프, 낡은 가구야, 그럼 넌 끝이다, 쉬지 말고 도망쳐! 안 그러면 일을 처리하라고 장례 회사를 부르게 될지 몰라.

그의 신음 소리: 난 싫어, 싫어, 죽기 싫어. 그는 방을 둘러보았다. 벽시계가 똑딱똑딱, 난 아직 여기 있구나, 아직도 여기 있네, 그들이 내 목숨을 노릴 거야, 슈라이버가 나를 거의 쏠 뻔했지. 하지만 그런 일이 일어나선 안 돼. 프란츠는 아직 남아 있는 한 팔을 들어 올렸다. 그런 일이 일어나선 안 되지.

진짜 두려움이 그를 쫓아왔다. 그는 누워 있을 수가 없었다. 거리에서 죽더라도 침대에서 나가야 한다, 밖으로 나가야 한다. 헤르베르트 비쇼는 검은 머리의 에바와 함께 폴란드의 휴양지 초포트로 갔다. 그녀가 돈 많은 어떤 늙은 기사의 마음을 사로잡았던 것이다. 그녀는 이 증권 중개인에게서 돈을 좀 뜯어낼 셈이었다. 헤르베르트 비쇼는 익명으로 함께 따라나섰다. 여자가 일을 아주 잘해서 그들은 매일 만나 함께 이리저리 돌아다니고 잠만 따로 잤다. 이 아름다운 여름날에 프란츠 비버코프는 다시 거리로 나섰다. 그는 다시 완전히 혼자가 되었다. 혼자가 된 프란츠 비버코프는 다리가 흔들렸지만 그래도 걸었다. 보라, 코브라가 기어간다, 손상을 입었지만 그래도 기어간다. 눈 주변에 검은 원이 생겼지만 그래도 옛날의 그 코브라뱀, 그 통통하던 짐승이 야위어 초췌하구나.

집에서 죽지 않으려고 거리를 걷는 이 사내에게, 죽음을 피해 도망친 이 사내에게 몇 가지 일이 전보다 더욱 명료해졌다. 삶은 그에게 그래도 쓸모가 있었다. 이제 그는 대기 중에서 냄새를 맡고, 이 길거리들이 아직도 자기의 것인지, 이 거리들이 자기를 받아들이려 하는지 냄새를 맡아보았다. 광고탑들이 마치 사건이기라도 한 것처럼 그는 놀라서 그것들을 바라보았다. 그래 이 친구야, 이제 넌 두 다리로 떡 버티고 걷지 못하는구나, 발톱으로 꼭 잡고 매달려, 꽉 움켜쥐어, 네가 가진 모든 이빨과 손가락을 다 써서 움켜쥐고 꼭 매달려, 다시는 밀려서 떨어지지 마라.

지옥 같은 일이다, 그렇지 않은가, 삶이란 것 말이다. 저 헨슈케의 술집에서 이미 한 번 겪지 않았느냐, 그들이 네 완장과 함께 너를 밖으로 쫓아내려고 했지. 그 자식이 네게 덤벼들었어, 넌 그에게 아무 짓도 안 했는데 말이지. 그래서 난 생각했다, 세상은 조용하다, 질서가 있다, 하지만 무언가 정상이 아니다, 저편에 그들이 저렇게 무시무시하게 서 있구나. 한순간 그것이 아주 분명히 보였다.

이리 오너라, 내 너에게 무언가 보여 줄테니. 큰 창녀, 바빌론이 물가에 앉아 있다. 그리고 너는 빨간색 짐승을 탄 여자를 본다. 그 여자는 하느님을 모독하는 이름들로 가득하였고 머리 일곱과 뿔 열 개가 달려 있었다. 그 여자는 자주색과 빨간색 옷을 입고 금과 보석과 진주로 꾸미고 손에 금잔을 하나 들고 있었다. 그 이마에는 '땅의 음녀들과 가증한 물건들의 어머니, 큰 바빌론'이라는 비밀의 이름이 적혀 있었다. 그 여자는 성도들의 피와 예수의 증인들의 피에 취해 있었다.*

프란츠 비버코프는 거리를 타박타박 걸었다. 그는 굽히지 않고 걸으면서 제대로 힘을 얻고 근육이 튼튼해지는 것밖에는 달리 더 바라는 게 없었다. 이 더운 여름 날씨에 프란츠는 이 술집에서 저 술집으로 계속 헤매 다녔다.

그는 열기를 피했다. 술집에서 그의 앞에 커다란 맥주 조끼들이 놓였다.

첫 잔이 말한다. 난 지하실에서 왔어, 호프와 맥아로 만들어졌지. 지금 난 서늘하다. 내 맛이 어떠냐?

---

*〈요한의 묵시록〉 17장 1~6절. 이 책에서 성서 인용은 모두 대한성서공회 '공동번역'을 따르나, 〈요한의 묵시록〉의 이 부분은 책의 내용과 어울리도록 '표준 새번역'을 따랐다.

프란츠가 말한다. 쓰다, 좋구나, 시원하다.

그래 내가 너를 식혀주지, 난 사내들을 시원하게 해주거든, 그런 다음엔 그들을 따뜻하게 만들어주지, 그런 다음엔 그들에게서 쓸데없는 생각들을 다 뺏어버려.

쓸데없는 생각들이라고?

그래, 온갖 생각들을 여러 번이나 하는 것은 쓸데없는 거지. 그렇지 않은가?

음. 네가 옳은 것 같다.

작은 소주가 맑은 빛깔로 프란츠 앞에 놓였다. 사람들이 너를 어디서 가져왔지?—그들이 나를 증류했어, 제길—넌 사람을 물어뜯는구나, 와 이 친구, 발톱을 가졌는데. 그야, 난 그래서 소주인걸. 오랫동안 소주 구경을 못해본 모양이네? 그래 못해봤어. 거의 죽을 뻔했거든. 너 귀여운 소주야, 난 거의 죽을 뻔했어. 돌아오는 차표도 없이 길을 떠났었지. 정말 그렇게 보인다—네가 그렇게 보인다, 헛소리 집어치워. 한 번 더 맛볼래? 이리 와봐. 아, 너 정말 좋구나, 넌 불이 있구나, 불이 있어, 이 친구야—소주가 그의 목구멍을 타고 넘어간다. 이런, 불이라니!

불의 연기가 위로 올라오면서 프란츠는 목이 말랐다. 그래서 그는 맥주 한 조끼를 더 마셔야 했다. 넌 두 번째 잔이다, 난 이미 한 잔 했거든, 넌 내게 무슨 말을 할 테냐?—뚱보야, 우선 나를 맛보기나 하고 이야기는 그다음에 하시지—그렇다면.

그러자 맥주가 말한다. 조심해라. 두 번째 잔을 마시고, 거기에 퀴멜 소주 한 잔, 또 그로그 한 잔, 그럼 넌 완두콩처럼 물컹해질걸—그래?—그래, 그럼 넌 다시 통통해지지, 대체 그

꼴이 뭐냐? 그래 가지고 사람들 사이로 돌아다닐 수 있겠어? 또 한 모금.

프란츠는 세 번째 잔을 잡았다. 난 벌써 마신다. 하나씩 차례로 나타난다. 언제나 질서를 지켜서.

네 번째 잔에게 묻는다. 넌 무얼 알고 있지, 귀여운 녀석아? 그건 그냥 상큼하게 콜콜 넘어간다. 프란츠는 그것을 들이붓는다. 나는 믿지. 네가 말하는 모든 것을 말이다, 귀여운 녀석. 넌 내 귀여운 녀석이다, 우리 함께 이 세상으로 나가자.

세 번째 베를린 정복

이렇게 해서 프란츠 비버코프는 베를린으로 세 번째 돌아왔다. 첫 번째는 지붕들이 미끄러져 떨어지려 했고, 유대인들이 와서 그는 구원을 받았다. 두 번째는 뤼더스가 그를 속였는데 그는 술을 마셔서 이겨냈다. 이제는 세 번째, 팔이 뭉텅 잘려 나갔다. 하지만 그는 대담하게 도시로 들어간다. 이 사내는 용기를 가졌다, 두 배, 세 배의 용기를.

비쇼와 에바는 그를 위해 상당한 돈을 남겨놓았다. 아래층 술집 주인이 그것을 보관하고 있었다. 하지만 프란츠는 몇 푼만 집어 들었다. 그러곤 이렇게 결심했다. 그 돈은 더 이상 받지 않겠다. 난 독립적으로 되어야 한다. 그는 '복지국'으로 가서 지원을 요청했다.

"우리는 우선 조사를 해보아야 합니다."

"그럼 그사이엔 어떻게 하나요?"

"며칠 있다가 다시 오세요."

"그 며칠 동안에 굶어 죽을 수도 있는데."

"아무도 베를린에선 그렇게 빨리 굶어 죽지 않아요. 모두가 다시 나타나지요. 또 돈은 나오지 않아요, 식품 딱지만 나오지. 집세는 이곳에서 우리가 직접 지불합니다. 아파트 주소는 맞지요?"

그래서 프란츠는 복지국에서 도로 내려왔다. 아래로 내려오자 그의 눈에서 비늘이 떨어졌다. 조사라고 말했지, 조사라고, 그렇다면 그들은 내 팔에 대해서도 조사하는 게 아닐까, 어떻게 그렇게 되었는지 말이다. 그는 담배 가게 앞에 서서 생각에 잠겼다. 그들은 내 팔이 어떻게 된 건지, 누가 돈을 냈는지, 그리고 내가 어디 누워 있었는지 물어볼 거야. 그런 걸 물어볼지도 몰라. 그리고 내가 지난 몇 달 동안 무엇으로 먹고살았나 하는 것도. 잠깐 기다려봐.

그는 생각에 잠긴 채 길을 걸었다. 이제 어떻게 하나? 누구한테 물어보나, 이제 어떻게 이 일을 해내나, 나는 그들의 돈으로 살고 싶지도 않은데.

그래서 그는 이틀 동안이나 알렉산더 광장과 로젠탈 광장 사이를 오가며 메크를 찾았다. 메크라면 이야기를 해볼 수 있지. 둘째 날 저녁에 로젠탈 광장에서 그를 찾아냈다. 그들은 서로 바라보았다. 프란츠는 그와 악수를 하려고 했지만—옛날 뤼더스 사건 이후에 서로 기쁘게 인사를 나눈 것처럼, 지금은—메크가 망설이며 손을 내밀긴 했지만 꽉 움켜쥐지는 않았다. 프란츠는 왼손으로 다시 악수를 하려고 했다. 하지만 키가 작은 메크가 진지한 얼굴을 했다. 이 친구가 무엇 때문에 이러지, 내가 그에게 무슨 고약한 짓이라도 했나? 그들은 뮌츠 거리를 따라 올라갔다. 한참을 가다가 도로 로젠탈 거리로 돌아왔다.

프란츠는 메크가 자신의 팔에 대해 물어보기를 기다렸다. 하지만 그는 묻지 않았다. 그는 여전히 옆을 바라보았다. 내가 너무 지저분해 보이나. 프란츠는 명랑하게 말을 꺼내서 칠리에 대해 물었다. 그녀는 어떻게 지내나.

아, 잘 지내. 그 여자가 뭐 못 지낼 게 있나, 메크는 칠리에 대해 이런저런 이야기를 자세히 들려주었다. 그래도 여전히 팔에 대해선 묻지 않았다. 그 순간 프란츠의 머릿속이 갑자기 환해졌다. 프란츠가 물었다.

"저 프렌츨라우 거리의 술집에 가끔 가나?"

메크가 아무렇지 않다는 듯이 대꾸했다.

"그럼, 이따금."

이제 프란츠는 사정을 알았다. 그는 천천히 걸어서 메크의 뒤로 처졌다. 품스나 라인홀트가, 또는 슈라이버가 나에 대해서 메크에게 이야기했구나, 그래서 그는 나를 도둑으로 여기고 있구나. 이제 내가 그와 이야기를 하려면 그에게 모든 것을 털어놓아야 한다. 하지만 그는 오래 기다려야 할걸, 난 말하지 않을 테니까.

프란츠는 잽싸게 움직여서 메크 앞에 섰다.

"자 메크, 이만 작별하기로 하세. 난 집으로 가야 해. 불구자는 일찍 잠자리로 들어가야지."

메크는 처음으로 그를 자세히 바라보았다. 파이프를 입에서 떼어내고는 그에게 무언가 물어보려 했지만 프란츠가 거절의 손짓을 했다. 물어볼 게 없어, 프란츠는 그에게 손을 내밀고 떠났다. 메크는 머리를 긁으며 생각했다. 저 친구를 한번 호되게 야단쳐야겠어, 그는 자신이 못마땅했다.

프란츠 비버코프는 로젠탈 광장을 넘어 혼자 걸었다. 기쁨에 잠겨 이렇게 말했다. 그 모든 게 무슨 헛소리냐, 난 돈을 벌어야 해, 메크가 대체 뭐냐, 난 돈을 벌어야 한다니까.

여러분이 프란츠 비버코프가 어떻게 돈을 찾아 사냥에 나서는지 봤더라면 좋았을 것이다. 그의 내면에서 무언가 새로운 것, 어떤 분노가 일었다. 에바와 비쇼는 그에게 자기들의 방을 쓰라고 제안했었지만 프란츠는 자신의 방을 갖고 싶었다. 그렇지 않다면 그는 움직일 수가 없다. 프란츠가 방을 구하고 여주인이 그에게 신고서를 작성하라고 탁자 위에 종이를 내려놓는 빌어먹을 순간이 되었다. 우리의 프란츠는 거기 앉아서 다시 골똘히 생각에 잠겼다. 내가 여기에 내 이름은 비버코프 하고 적으면, 그들이 곧바로 서류 상자들을 뒤져볼 것이고, 경찰서로 전화를 하겠지. 그러면 이리로 출두하시오, 어째서 전혀 모습을 보이지 않았나요, 그 팔은 어찌 된 거요, 그동안 어디 있었소, 누가 돈을 냈지, 이 모든 게 맞지 않는걸, 어쩌고 하겠지.
그는 탁자를 앞에 두고 분노했다. 난 보살핌과 복지가 필요하다. 하지만 난 그걸 원하지 않아, 그건 자유로운 인간을 위한 게 아니지. 그는 여전히 생각에 잠겨 화를 내면서 신고서에 이름을 썼다. 우선 프란츠, 그러자 눈앞에 관할 경찰서가 나타났다, 그리고 그루너 거리의 보호 관찰, 이어서 놈들이 자기를 밀어내 떨어뜨린 자동차도 나타났다. 그는 재킷 위를 더듬어 뭉툭하게 남은 어깻죽지를 만져보았다. 그들은 팔에 대해 물을 거다, 그러라지, 나하고 무슨 상관이람, 빌어먹을, 그래 좋다.
그는 막대처럼 굵은 글씨로 종이에 제 이름을 적었다. 난 한

번도 겁쟁이였던 적이 없어. 내 이름이 무엇이냐, 그걸 누구한
테도 도둑맞지 않겠어, 그러니 나는 태어날 때 얻은 이름 그대
로지. 그러니까 나는 프란츠 비버코프다. 굵은 글씨로 한 자씩,
테겔 형무소, 가로수 길, 검은 나무들, 죄수들이 거기 앉아서
붙이고 깎고 수선한다. 한 번 더 잉크를 찍어서 나는 1번 항목
위에 점을 만든다. 경찰도 배지를 지닌 형사들도 두렵지 않아.
나는 자유로운 인간이다, 그렇지 않으면 아무것도 아니지.

   베어 들이는 자가 있으니, 그 이름은 죽음.

   프란츠는 신고서를 여주인에게 주었다. 그건 잘 처리되었
다. 그래 처리되었다. 이제 바지를 입고 두 발을 꼿꼿이, 베를
린으로 행진해 들어가는 거다.

옷이 날개고 달라진 사람은
눈도 달라진다

브룬넨 거리에서 사람들이 수직 갱도를 파고 있는데 말 한 마리가 갱도에 떨어졌다. 사람들은 벌써 반 시간 동안이나 거기 서서 구경을 했다. 소방대가 자동차 한 대를 바싹 가져다 댔다. 소방대는 말의 배 둘레에 폭이 넓은 허리띠를 묶었다. 말은 수도관과 가스관들 위에 서 있었다. 다리 하나가 부러졌는지도 모른다. 말은 떨면서 히힝 울었다. 위에서는 오직 말의 머리만 보였다. 권양기가 말을 위로 들어 올렸고, 말은 힘껏 발버둥 쳤다.

프란츠 비버코프와 메크가 그 자리에 있었다. 프란츠는 소방대원 한 사람이 있는 구덩이로 뛰어내려서 말을 위쪽으로 밀어 올렸다. 메크와 모든 사람들은 프란츠가 팔 하나만으로 얼마나 대단한 힘을 쓰는지 보고 깜짝 놀랐다. 그들은 땀투성이의 말을 손으로 만져보았다. 말은 멀쩡했다.

"프란츠, 용기가 대단한걸. 대체 한 팔로 어디서 그런 힘이 나오나?"

"그야 내가 근육이 좀 있기 때문이지. 원한다면 그런 일쯤이야 할 수 있어."

그들은 브룬넨 거리를 따라 내려갔다. 오래간만에 만난 참이었다. 메크가 프란츠에게 스스럼없이 다가왔다.

"그래 메크, 잘 먹고 마시면 그렇게 된다네. 그 밖에도 내가 무얼 하는지 이야기해줄까?"

이 작자를 근본적으로 떼어놓아야지. 메크가 내게 한 번 더 그따위로 스스럼없이 굴지 못하게 말이야. 이런 친구라면 사절이다.

"들어봐, 난 이제 일을 잘해. 엘빙 거리에서 붐비는 시장 서커스에 등장해서 이랴 이랴 하고 외치지. 신사숙녀 여러분 50 페니히입니다, 그리고 그 뒤에 있는 로민텐 거리에서 난 팔 하나만으로도 가장 힘이 센 사내라네, 어제부터 그렇게 되었지. 너도 거기 오면 나하고 복싱을 할 수 있어."

"뭐라고, 팔 하나로 복싱을 한다고."

"와서 보면 알지. 위를 방어하지 못하겠으면 다리를 쓰거든."

프란츠는 그를 신나게 놀리고, 메크는 깜짝 놀랐다.

그들은 옛날 방식대로 빠른 걸음으로 알렉산더 광장으로 걸어 내려갔다. 가는 중에 깁스 거리에 들렀다. 프란츠는 그를 옛날 댄스홀로 안내했다.

"새로 고친 곳이야. 여기서 자넨 내가 춤추는 걸 볼 수 있지."

메크는 그가 어떻게 된 것인지 알 수가 없었다.

"너 대체 어떻게 된 거야, 말해봐."

"그래 맞아, 옛날처럼 살기 시작한 거지. 그러면 안 될 이유가 뭐 있나. 자넨 뭐 그 반대인 모양이로군. 여기 들어가자. 내가 한 팔로 어떻게 춤을 추는지 구경해봐라."

"아니, 됐어. 차라리 뮌츠호프에 가자."

"그것도 좋지. 어차피 이 꼴로는 우리를 들여보내지도 않을 걸 뭐. 하지만 목요일이나 토요일에 한번 와봐. 넌 내가 팔 하나쯤 총에 맞았다고 거세당한 놈 노릇을 할 거라고 생각했던 모양이지."

"누가 쏘았는데?"

"형사하고 총질을 좀 했지. 원래는 아무것도 아닌 일이었는데 저기 빌로 광장에서 말이야, 몇 녀석들이 물건을 훔치려 하더라고. 참한 녀석들 말이야. 가진 게 아무것도 없는 놈들이야, 대체 돈이 어디서 나겠나. 나는 밖에서 걷고 있다가 놈들이 무얼 옮기는지 보았지. 마침 길모퉁이에서 수상한 녀석 둘이 모자에 면도솔을 꽂고 있는 걸 보았어. 그래 난 얼른 그 집으로 가서 보초를 서는 녀석에게 그 이야길 했지. 하지만 녀석들이 가려고 하질 않는 거야, 형사 두 놈 때문에는 더더욱 아니지. 그들은 진짜 꾼들이었거든, 우선 물건부터 나르려고 했던 거지. 마침 형사들이 와서 건물을 수색하려고 한 거야. 집 안에 있던 누군가가 뭔가를 알아챈 게 분명해. 모피들, 그러니까 석탄이 모자랄 때 여자들을 위한 물건 말이야. 난 뒤쪽에 숨어 있었거든. 형사들이 안으로 들어가려고 했지만 현관문을 열지 못했지. 다른 자들은 물론 뒷문으로 도망치고. 그런 다음 형사들이 자물쇠를 어떻게 해보려고 하는데 내가 열쇠구멍으로 총을 쏘았지. 메크, 어떻게 생각하나?"

"그게 대체 어디야?"

놀라서 할 말이 없을 게다.

"베를린 카이저 대로 모퉁이야."

"헛소리 집어치워."

"난 그냥 되는대로 쏘았어. 하지만 그들은 문을 통해 제대로 쏘았지. 물론 그들이 나를 잡진 못했어. 형사들이 문을 열기도 전에 우린 모두 멀리 도망쳤거든. 그냥 내 팔만 날아갔지. 보이지."

메크가 투덜댔다.

"대체 뭐야?"

프란츠는 그에게 너그럽게 손을 내밀었다.

"자 그럼 안녕, 메크. 뭐든 필요하면 내가 사는 곳은…… 그건 나중에 말해줄게. 그럼 장사 잘하게나."

프란츠는 바인마이스터 거리를 통해 내려갔다. 메크는 완전히 멍해졌다. 저 작자가 나를 놀린 것인지, 아니면……. 품스에게 한번 물어봐야겠다. 그들은 전혀 다른 이야기를 해주었는데.

프란츠는 계속 걸어서 알렉산더 광장으로 되돌아갔다.

아킬레스의 방패가 어떤 모양인지, 그가 전투에 나설 때 어떤 무기를 들고 어떤 장식을 했는지 나는 정확하게 묘사할 수가 없고 그냥 막연히 팔 가리개와 다리 가리개를 생각할 수 있을 뿐이다.

하지만 이제 새로운 싸움을 향해 나아가는 프란츠가 어떤 모습인지는 제대로 말해야 한다. 그러니까 프란츠 비버코프는 낡은 옷에다 말에게서 얻은 진창을 잔뜩 묻힌 꼴이었다. 선원 모자에는 구부러진 닻이 붙어 있고, 너덜너덜한 갈색 싸구려 재킷과 바지를 입었다.

22

그는 뮌츠호프에 들어가서 그사이 맥주 한 조끼를 마시고 10
분 뒤에는 다른 사내가 바람을 맞힌, 그러나 아직 상당히 싱싱
한 여자와 함께 밖으로 나왔다. 그녀와 함께 걸었다. 저 안에선
곰팡내가 났지만 밖은 부슬비가 조금 내리긴 해도 훨씬 나았기
때문이다. 그들은 바인마이스터 거리와 로젠탈 거리를 통해 걸
었다.

프란츠는 마음이 열렸고, 어디를 바라보나 아주 많은 못된
짓과 협잡이 보였다! 다른 인간이 되었으니 눈도 달라진 것이
다. 마치 처음으로 눈이 생기기라도 한 것처럼! 아가씨와 그는
그 모든 것을 보고 배꼽을 잡고 웃어댔다! 6시, 저쪽에서 무슨
일인가 벌어진다. 비가 내린다, 억수같이 쏟아붓는다, 맙소사,
이 작은 여자가 우산을 가졌네.

작은 술집, 그들은 창을 통해 들여다본다.

"저 술집 주인이 맥주를 판다. 저 사람이 어떻게 맥주를 따
르는지 잘 봐. 봤어, 엠미, 그걸 봤냐고. 저기까지 거품이다."

"그게 대체 뭐야?"

"저기까지 거품이라! 저거 사기다! 사기! 사기야! 그가 옳
아, 그는 아주 세련됐는데, 나는 기뻐."

"그래 당신! 그럼 그건 사기꾼이잖아!"

"그 녀석 되게 세련됐다!"

장난감 가게.

"맙소사, 엠미, 이거 알아, 내가 여기 서서 저 조그만 물건을
보면, 한 번 봐, 그럼 난 말을 못해. 그냥 기쁜 거야. 저런 잡동
사니. 색칠한 달걀, 아이 때는 어머니와 함께 저걸 붙여야 했
어. 그 대가로 돈을 얼마나 받았는지는 말 안 할래."

"그래."

"저건 사기야. 그냥 유리창을 박살 내는 게 최고지. 약탈이 야. 불쌍한 사람들을 착취하는 건 비열한 짓이야."

귀부인 외투 가게. 여기는 그냥 지나가려는데 여자가 멈추어 섰다.

"당신이 알고 싶다면 나도 노래 한 가닥 뽑을 수 있어요. 귀 부인들의 외투를 바느질하는 거. 저 세련된 귀부인들을 위한 거죠. 그런 물건 하나 바느질하고 얼마나 받을 거 같아요?"

"갑시다, 아가씨. 알고 싶지 않은데. 당신만 괜찮다면."

"조용히 해요, 대체 뭘 하려는 건데."

"몇 페니히만 받는 일을 한다면 난 미련퉁이 황소다. 난 비 단 외투만 입을 거다. 이 말이지."

"그런 말이네."

"난 비단 외투를 입으려는 거요. 그렇지 않으면 난 황소다. 그가 옳아, 그는 내 손에 8그로셴을 쥐여주었지."

"이런 헛소리."

"내가 더러운 바지를 입었기 때문에? 이거 알아, 엠미? 이건 말에게서 얻은 거야, 구덩이에 빠진 말에게서. 아니, 8그로셴으 론 아무것도 못하지. 난 천 마르크쯤 필요하니까."

"그걸 구할 순 있고?"

그녀는 그의 말에 귀를 기울였다.

"없어, 그냥 그렇다는 거지. 하지만 난 그 돈을 구할 거야, 8그 로셴이 아니라."

그녀가 그의 팔에 무겁게 매달렸다. 그녀는 놀라고 또 행복 했다.

미국인이 하는 속성 다림질방. 열린 창문, 증기가 피어오르는 두 개의 다림판. 저 뒤쪽에는 별로 미국인 같지 않은 여러 명의 사내들이 앉아서 담배 연기를 내뿜고, 앞쪽엔 셔츠 바람의 젊은 흑인 재단사가 있었다. 프란츠는 저쪽을 바라보았다. 그리고 환호했다.

"엠미, 작은 엠미, 이걸 오늘 알아냈네, 너무 멋진 걸."

그녀는 사내를 이해하지 못했지만 그래도 그가 자기의 비위를 잔뜩 맞추고 있음을 느꼈다. 나를 바람맞힌 그 작자는 화가 나겠지.

"엠미, 사랑스러운 엠미, 저 가게를 한번 봐."

"저기선 많은 돈을 벌지 못해, 다림질로는."

"누가?"

"저 작은 흑인."

"아니, 그 사람 말고 다른 사람들."

"저기 있는? 그야 모르는 일이지. 난 그들을 모르는데."

프란츠가 환호했다.

"나도 그들을 본 적이 없어. 하지만 난 그들을 알아. 자, 잘 보라고. 그리고 저 주인 양반을, 앞에서 다림질을 하고 있지. 그리고 뒤에선 다른 일을 하는 거야."

"외도 말이에요?"

"그럴지도 모르지. 아니, 그들은 모두가 범죄자들이야. 여기 걸려 있는 이 양복들이 대체 누구 거람? 배지를 단 형사가 와서 물어보면 좋겠네. 놈들이 도망치는 꼴을 좀 보게."

"뭐라고!"

"훔친 물건들이야, 그냥 여기 걸어놓았어! 속성 다림질방!

약은 놈들, 뭐라고! 저 연기를 뿜어내는 것 좀 봐! 편한 삶을 보
내는 거지."

그들은 계속 걸었다.

"나도 그런 일을 해야 해, 엠미, 저기 저 사람들같이. 그게 유
일한 진실이야. 절대로 노동을 해선 안 되지. 노동이란 걸 머리
에서 지워버려. 노동을 했다간 손에 못이나 박이지, 돈은 못 얻
어. 고작해야 머리에 구멍이나 뚫리는 거지. 노동으로는 그 누
구도 부자가 될 수 없어. 오직 속임수를 써야 해. 알았지."

"그럼 무슨 일을 할 셈인데요?"

그녀는 희망에 부풀었다.

"계속 가자고 엠미. 벌써 말했잖아."

그들은 다시 로젠탈 거리의 혼잡 한가운데 묻혔다. 소피 거
리를 통과해 뮌츠 거리로 들어섰다. 프란츠가 걷는다. 트럼펫
들이 그의 옆에서 행진곡을 연주한다. 저 너른 들판에 싸움이
벌어졌네, 래테테테, 라테테타, 우리가 도시를 차지하고 그 많
은 돈을 몽땅 차지해 돌아왔네, 가테테테, 테테타, 테테!

그들은 웃어댔다. 그가 낚은 아가씨는 성깔이 있었다. 그녀
는 그냥 엠미라고 불리고 있었지만, 사회복지와 이혼을 이미
경험한 여자였다. 그들은 둘 다 기분이 대단히 들떠 있었다. 엠
미가 물었다.

"다른 팔은 어디다 두었어요?"

"그건 집에 있는 애인에게 맡겨두었지, 그녀가 나를 떠나려
하지 않아서 여자에게 볼모로 내 팔을 맡겨야만 했어."

"아 정말이지 그 팔도 당신만큼이나 재미있으면 좋겠네."

"글쎄. 아직 못 들었나. 난 내 팔과 사업을 시작했지, 그러자

팔이 탁자 위에 올라서서 하루 종일 맹세하는 거야. 일하는 사람만 먹어야 한다. 일을 안 하는 사람은 굶어야 한다. 내 팔이 하루 종일 그렇게 맹세를 하더라고. 입장료 2페니히, 그러자 프롤레타리아들이 와서는 보고 좋아했지."

그녀가 배꼽을 쥐고 웃었고, 그도 따라 웃었다.

"당신이 내 남은 팔까지 빼버리겠는데."

달라진 인간은 머리도 달라진다

특이하게 생긴 작은 자동차가 도시를 달렸다. 차대 위에 마비된 사람이 엎드린 채 두 팔을 움직여 앞으로 나아갔다. 작은 자동차에는 깃대에 작은 메모들이 잔뜩 꽂혀 있었다. 그는 쉰하우젠 대로를 따라 달리면서 길모퉁이마다 멈추어 섰고, 사람들이 그를 둘러싸고 모여들곤 했다. 그러면 그는 10페니히를 받고 엽서를 팔았다.

"세계 여행자! 요한 키르바흐, 1874년 2월 20일에 뮌헨-글라트바흐 출생. 세계 대전이 시작되기 전까지 건강하고 일을 좋아했다. 졸중으로 오른쪽 마비를 얻으면서 내 열망에 하나의 목표를 덧붙였다. 하지만 다시 건강하게 되어 혼자서 여러 시간 돌아다니며 직업상의 일을 할 수 있었다. 덕분에 가족은 가장 힘든 곤경에서 벗어났다. 1924년 11월 24일 국철이 억압적인 벨기에 지배에서 해방되던 날 라인 지역의 모든 주민이 기뻐서 환호하였다. 독일의 형제들이 기쁨에 넘쳐 취하도록 마셨는데, 그것이 내겐 재앙이 되었다. 이날 집으로 돌아가는 길에 나는 집에서 3백 미터 정도 떨어진 곳에서 음식점에서 나오던 남자들 패거리와 부딪쳐 넘어졌다. 그 사고로 불운하게도 나는 평생 불구의 몸이 되어 다시는 걸을 수 없게 되었다. 나는 연금도 없으며 그 밖의 어떤 후원도 받지 못하고 있다. 요한 키르바흐."

프란츠 비버코프는 이즈음 술집마다 살피고 돌아다녔다. 무엇이 되었든 사람을 살려줄 신선하고 분명한 기회를 찾고 있었던 것이다. 그러던 중 어떤 술집에서 새파랗게 젊은 친구 하나가 단치히 거리 정거장에서 마비된 사내를 실은 자동차를 보았다고 했다. 그러자 이 술집에서는 그에 대해서, 그리고 전투 중에 가슴에 총상을 입은 자기 아버지가 어떤 꼴을 당했는지 등을 놓고 큰 소리로 이야기가 시작되었다. 아버지는 아직도 숨을 쉬기가 힘들지만, 갑자기 그게 단순한 신경성 질환이라는 판정이 나오고 처음엔 연금이 삭감되더니 최근엔 완전히 없어졌다고 했다.

커다란 어릿광대 모자를 쓴 또 다른 젊은이가 이 이야기를 다 들었다. 그는 프란츠와 같은 걸상에 앉아 있었지만 앞에는 맥주잔이 없었다. 이 젊은이는 복싱 선수 같은 강한 턱을 갖고 있었다.

"치! 그런 불구…… 그런 치들한테는 5페니히도 주어선 안 돼."

"어차피 그래 보이는데. 처음엔 전쟁에 불러내고 나중엔 돈을 안 준다 이거지."

"그게 그렇다니까, 제길. 다른 데서 어떤 멍청한 짓을 한다면 그런 이유로 뭔가 돈을 받진 않을 거 아니야. 꼬마 녀석이 자동차에 매달렸다가 나중에 떨어져서 다리가 부러졌다면 그런 이유로는 단 한 푼도 못 받잖아. 왜 그러냐? 그야 저 혼자 그렇게 멍청한 짓을 한 거니까."

"전쟁이 어떤지 자네는 정말 겪어보지 못했나 보네. 하기야 전쟁 때 아직 기저귀를 차고 있었을 테니."

"헛소리, 헛소리. 독일의 멍청함은 바로 나라가 이런 식의 후원금을 지불한다는 거야. 수많은 사람들이 그냥 이리저리 돌아다니며 아무 일도 안 하는데도 돈을 받으니까."

탁자에 앉아 있던 다른 사람들이 끼어들었다.

"하지만 정말로 한번 자리에 드러누워보시지, 빌리. 넌 대체 무슨 일을 하냐?"

"안 해. 난 아무 일도 안 한다고. 내가 돈을 오래 받게 된다면 더 오래 일을 안 할 거야. 내가 돈을 받는 한 언제나 멍청함이 남아 있는 거니까."

프란츠 비버코프도 같은 탁자에 앉아 있었다. 저편에서 어릿광대 모자를 쓴 젊은이가 뻔뻔스럽게 손을 탁자 위에 올려놓고 있더니, 외팔이 프란츠가 앉아 있는 것을 바라보았다. 한 여자가 프란츠를 포옹하고 있었다.

"당신 말이오, 팔이 하나뿐인데. 연금은 얼마나 받아요?"

"대체 누가 그런 걸 알고 싶다는 거야?"

아가씨가 저편에 있는 젊은이를 유혹했다.

"저기 저 사람이 그걸 알고 싶다네요."

"아니, 그걸 알고 싶은 건 아니오. 그냥 누가 그렇게 멍청하게 전쟁에 나갔나 해서 말하는 거요. 그건 총상이지."

아가씨가 프란츠에게: "이제 그가 겁을 먹네요."

"나한테는 아니야. 나한텐 겁낼 필요가 없어. 나도 달리 할 말이 없으니까. 여기 없어진 이 팔이 어디 있는지 알아? 난 그 걸 독한 술에 절여놓았지, 지금은 집의 옷장 위에 놓인 채로 하루 종일 내게 이렇게 말하지. 안녕 프란츠, 뿔 달린 황소야!"

하하하. 거참 괴짜네, 괜찮은 괴짜인걸. 나이 든 사내 하나 가 신문지 감싼 것을 풀어 두툼한 빵 몇 개를 꺼냈다.

"난 전쟁에 안 나갔어. 그 기간 내내 시베리아에 감금되어 있었거든. 그래서 지금은 어머니 집에 살고 있고 류머티즘을 앓고 있지. 만일 그들이 내게서 실업수당마저 뺏어버린다면, 맙소사, 자네들 살짝 맛이 간 거지?"

젊은이: "류머티즘은 어디서 얻은 건데요? 길거리에서 장사 하다가, 그렇죠? 뼈에 병이 들면 길거리에서 장사를 하지 말아 야죠."

"그렇다면 기둥서방이나 하란 말인가."

젊은이가 빵을 싼 종이 앞쪽의 탁자를 탁 쳤다.

"그렇죠, 그게 옳아요. 여기 웃을 이유가 없죠. 우리 형과 그 의 아내, 그러니까 형수 꼴을 봐. 그들은 반듯한 사람들이고 누 구와도 경쟁할 수 있는데 망설이다가 그런 지저분한 돈을 받고 말았어. 실업 수당? 남자는 일을 찾아 이리저리 헤매고, 여자 는 그 몇 푼을 들고 어디로 가야 할지 몰랐지. 집에는 어린 딸 들이 둘이나 있고, 그래서 여잔 일을 하러 갈 수도 없고. 그러 다 어떤 놈팡이를 알게 되었어. 그런 다음엔 어쩌면 또 다른 놈 팡이를 알게 되었는지 어쨌는지. 마침내 형이 뭔가를 알아차렸 어. 그래서 형이 나를 부르더니 자기와 아내가 합의하는 내용 을 들어보라고 하데요. 어쨌든 그는 올바른 결론에 도달했어. 당신들 그런 꼴을 한번 봐야 하는 건데. 남자는 물에 흠뻑 젖은 복슬강아지처럼 되어 쫓겨났지. 여자가 남자의 그 지저분한 돈을 놓고 연설을 하더라고. 그는 비틀거렸어. 나의 형이자 남편 말이지. 그는 이제 다시는 위로 올라가지 못할 거요."

"위로 올라가지 못한다고?"

"형이야 그러고 싶지. 아니, 여자는 그런 멍청한 놈하고는 그 어떤 관계도 갖고 싶어 하질 않아. 실업 수당을 받으러 가고, 그러면서도 다른 사람이 돈을 벌면 입을 딱 벌리고 쳐다보는 그런 작자들 말이오."

그들 모두가 대체로 같은 의견이었다. 프란츠 비버코프는 빌리라 불리는 젊은이 옆에 앉아 있다가 그에게 건배를 제의했다.

"이거 아나, 자네들 나보다 열 살이나 열두 살쯤 아래지만 나보다 백배는 똑똑하구먼. 맙소사, 난 스무 살 때 그런 이야기를 감히 해볼 생각도 못했어. 그랬다간 프로이센에선 이런 말을 듣지. 바지 솔기에 손 갖다 대고 차려."

"우리도 그래요. 다만 내 바지 솔기가 아닐 뿐이지." 웃음.

술집이 가득 찼다. 웨이터가 문을 열자 좁은 뒷방이 나타났다. 탁자에 앉아 있던 사람들이 우르르 탁자를 들고 가스등이 켜진 그 방으로 몰려 들어갔다. 방은 매우 덥고 방에는 파리들이 득실댔다. 볏짚 자루 하나가 바닥에 놓였는데, 누군가 그것을 뒤집어서 창틀에 쑤셔 박고 창문을 열어 고정시켰다. 이야기가 계속되었다. 빌리는 그 가운데 앉아 제 의견을 굽히지 않았다. 그러자 앞서 이미 한 번 밀렸던 새파란 젊은이가 빌리의 팔뚝에 찬 손목시계를 발견하고, 더구나 그것이 금으로 된 것을 보고 거듭 놀라워했다.

"3마르크야."

"누군가 훔친 거구먼."

"나하곤 상관없어. 너도 이런 거 하나 갖고 싶어?"

"아니 싫어. 누군가 그것 때문에 너를 잡으면, 그러니까 '이 시계 어디서 났습니까? 하고 물으면 어쩌려고?"

빌리가 사방을 보며 웃었다.

"그는 도둑질이 겁난대요."

"이제 그만 해둬."

빌리는 한 팔을 탁자 아래로 내려뜨렸다.

"얘가 내 손목시계가 언짢은가 보네. 나한테는 그냥 시계일 뿐이야, 그냥 시계가 잘 맞고 금으로 된 거지."

"3마르크에."

"그럼 뭐 다른 걸 보여주지. 네 맥주잔 이리 줘봐. 자 말해봐, 이게 뭐지?"

"맥주 조끼."

"맞아. 마실 때 쓰는 맥주 조끼지."

"나도 아니라고는 말 않겠어."

"그럼 여기 이건?"

"그건 시계야. 제길, 너 바보 놀이 하냐."

"이건 시계지. 장화도 카나리아도 아니지. 하지만 네가 원한 다면 장화라는 말도 덧붙일 수 있어. 네가 원하는 대로 만들 수 있는 거지. 그건 완전히 너한테 달려 있어."

"무슨 소린지 모르겠다. 대체 어디로 튈 건데?"

빌리는 자기가 무슨 말을 하는지 아는 것처럼 보였다. 그는 팔을 빼더니 아가씨 한 명을 붙잡고 이렇게 말했다.

"한번 걸어봐."

"뭐라고? 어째서?"

"그냥 여기 벽을 따라 걸어가 보라니까."

그녀는 그 말을 들으려 하지 않았다. 다른 사람들이 그녀에게 소리쳤다.

"한번 가봐, 빌어먹을, 잡아먹진 않을 테니."

그러자 그녀는 일어서서 빌리를 바라보고는 벽으로 다가갔다.

"이런 멍청이!"

"걸어."

빌리가 소리쳤다. 그녀는 그를 향해 혀를 쑥 내보이더니 엉덩이를 흔들면서 걸어갔다. 사람들이 웃음을 터뜨렸다.

"이젠 이리로 와. 방금 애가 뭘 했지?"

"너를 향해 혀를 쑥 빼물었지."

"그것 말고는?"

"걸었다."

"좋아, 걸었지."

아가씨가 끼어들었다.

"아니야, 약 오르지, 춤을 춘 거야."

빵을 앞에 둔 나이 든 사내가 말했다.

"그건 춤이 아니야. 대체 언제부터 엉덩이를 길게 빼면 춤을 춘다고 말하게 된 거지?"

아가씨: "아저씨가 엉덩이를 빼면 춤이 아니죠."

두 명이 외쳤다. "걔는 걸어갔어."

빌리가 승리에 가득 찬 웃음을 터뜨리며 그 말을 들었다.

"그래, 나는 이렇게 말할게. 걔가 씩씩하게 행진을 했다고."

새파란 젊은이가 화를 냈다.

"그래서 대체 무슨 일이 났냐고?"

"아무 일도 안 일어났어. 넌 그냥 너 좋을 대로, 걷는 거나, 춤추는 거나, 행진하는 것을 본 거지. 아직도 이해를 못하는구나. 그럼 내가 자세히 설명해주지. 여기 이건 맥주 조끼야. 하지만 넌 침이라고 말할 수도 있어. 그러면 모두가 침이라고 말해야지, 그래도 그걸로 술을 마시지만. 쟤가 행진을 했다고 하면 갠 행진을 한 거고, 아니면 걸어간 거고, 아니면 춤을 춘 거야. 그게 뭐였느냐는 너 자신도 보았지. 네 눈으로. 그건 네가 본 그거야. 어떤 사람에게 시계를 뺏긴 사람은 도둑을 맞은 게 아니지. 이것 봐, 이제야 내 말을 알아듣는구나. 시계는 그냥 뺏긴 거야, 호주머니에서 아니면 진열장에서, 창고에서, 하지만 도둑맞았다고? 대체 누가 그렇게 말해?"

빌리가 자리에 주저앉더니 두 손을 도로 바지 호주머니에 집어넣었다.

"난 아니야."

"그럼 넌 뭐라고 할 건데?"

"들어봐, 난 그냥 뺏겼다고 해. 주인이 바뀌었다고 말이야."

이게 웬 꼴이냐! 빌리는 복싱 선수 같은 턱을 앞으로 내밀고는 아무 말도 하지 않았다. 다른 사람들은 생각에 잠겼다. 탁자에 뭔가 으스스한 게 등장했다.

빌리가 갑자기 그 날카로운 목소리로 외팔이 프란츠를 공격했다.

"당신은 프로이센으로 가야 했고, 전쟁에 나갔었죠. 난 그걸 불법 감금이라고 불러요. 하지만 그 사람들은 법정과 경찰을 자기편으로 삼고 있지. 그렇기 때문에 당신의 입을 다물게 하는 거고. 하지만 당신 같은 황소는 그게 불법 감금이 아니라 의무 이행이라고 생각하죠. 의무 이행은 해야 한다, 세금처럼, 다만 당신이 모르는 건 그게 대체 어디로 가느냐는 거겠죠."

아가씨가 우는 소리로 말했다.

"정치 이야긴 좀 그만 해. 그런 이야긴 저녁에 어울리는 게 아니잖아."

젊은이가 투덜대며 이 장면에서 빠졌다.

"이런 헛소리. 날씨가 아깝다."

빌리가 그를 쫓아냈다.

"그럼 거리로 나가버려. 넌 정치가 여기 방에만 있다고, 또 내가 저 친구가 널 속이게 만들었다고 생각하는 거지. 쟤가 그런 짓을 하는데 날 이용한 거야. 네가 어디로 가든 쟤가 네 머리에 토할걸. 그게 괜찮다면 그러든지."

누군가가 소리쳤다. "그 이야긴 그만 해, 입 좀 닥쳐."

새로 손님 두 명이 들어왔다. 아가씨는 몸을 흔들면서 벽을 따라 나아가며 엉덩이를 흔들고, 손가락으로 상냥하게 빌리를 가리켰다. 그가 벌떡 일어서더니 그녀와 함께 상당히 뻔뻔한 춤을 추었다. 그들은 서로 꼭 끌어안고 입을 맞추고 10분 동안의 환한 불꽃, 지상에 갇힌 채 밀가루로 만든 형식에 불이 붙었네.* 아무도 이쪽을 바라보지 않았다. 외팔이 프란츠는 세 번째 잔을 마시기 시작했다. 그는 팔이 사라진 어깨의 뭉툭한 부분을 쓸어보았다. 그루터기가 화끈거린다, 화끈거린다, 화끈거린

---

*실러의 시 〈종(鐘)의 노래〉를 패러디한 것이다.

다. 빌어먹을 젊은 녀석, 이 빌리란 놈, 빌어먹을 자식 같으니, 빌어먹을 놈. 젊은이들은 탁자를 도로 끌어가면서 짚이 든 자루를 창밖으로 던져버렸다. 누군가가 아코디언을 켜기 시작했다. 그는 문간의 걸상 위에 앉아서 지루한 음악을 계속 내보냈다. 나의 요한네스, 아, 그는 할 수 있지, 나의 요한네스는 사내 중의 사내.

그들은 흥겹게 춤을 추었다. 재킷을 벗어 던지고, 마시고 시시한 소리를 떠들고 땀을 흘렸다. 아무도 할 수 없다면 나의 요한네스가 그걸 할 수 있지. 프란츠 비버코프는 일어서서 돈을 내고 혼잣말을 했다. 난 이렇게 흔들 만큼 젊지가 않아. 게다가 그럴 마음도 없고, 돈이나 벌 궁리를 해야지. 어디서 나든 그야 상관없지.

모자를 쓰고 밖으로 나갔다.

두 사내가 점심때 로젠탈 거리의 식당에 앉아 완두콩 수프를 먹고 있다. 그중 한 명이 옆에 〈베를린 신문〉을 두고는 마구 웃어댔다.

"서부 독일의 두려운 가족 비극."

"어째서? 대체 웃을 일이 뭔가."

"계속 들어봐. 아버지가 자녀 셋을 물에 던지다. 셋을 한꺼번에 말이지. 거친 사람이야."

"대체 어디야?"

"흠, 베스트팔렌. 그야말로 한 번에 해치웠는데. 거기까지 이르다니. 하지만 이 사람을 믿어도 되겠어. 기다려봐, 마누라는 어떻게 했는지 보자. 마누라는 그러니까……. 아니야. 마누라는 혼자 했어, 남편보다 먼저 자기 혼자 해치웠군. 자 무슨 말을 할 텐가? 홍미로운 가족이지, 막스, 그들은 사는 법을 알아. 아내의 편지: 사기꾼! 느낌표까지 붙인 제목이 이래. 자 들어봐. '더는 이렇게 살아갈 수 없어서 운하로 가기로 결심했어요. 밧줄을 집어 목을 매세요. 줄리 마침표'."

그는 배꼽을 쥐고 웃는다.

"가족 간에 화합이란 게 도무지 없네. 여자는 운하로, 남자는 밧줄이라. 여자가 말했지. 목을 매라. 그런데 그는 애들을 물에다 밀어 넣었어. 이 남자는 들을 줄을 모르는 모양이야. 결혼이란 게 정말 아무것도 아니군."

이들은 나이 든 사내들로, 둘 다 로젠탈 거리의 공사판 노동자들이었다. 한 명은 상대가 하는 말에 동의하지 않는다.

"그건 슬픈 사건이야. 극장에서 그런 걸 보거나 책에서 읽으면 넌 엉엉 울고 말걸."

"너라면 그럴지도 모르지. 하지만 막스, 이런 일로 그렇게 울다니, 대체 왜 그러지?"

"마누라와 애들 셋이라고, 자 이제 그만 해."

"나한테는 그게 재미있는데, 이 남자가 마음에 들어, 애들이야 물론 안됐지만, 어쨌든 그렇게 단번에, 깨끗이 온 가족이 죽어버린 거지. 그 점을 존경하네. 그럼……."

그는 다시 폭발했다.

"그래도 이걸 알겠어. 자네는 나를 흠씬 패주고 싶겠지만 난 그래도 그들이 마지막까지 싸웠다는 게 끔찍하게 웃겨. 여자는 그에게 밧줄을 집으라고 했지, 그는 그것만은 아니지, 줄리, 이렇게 말하고는 애들을 물에 밀어 넣었어."

상대방은 쇠테 안경을 쓰고 이야기를 한 번 더 읽는다.

"남자는 살았는데. 경찰에 잡혔구먼. 이런 꼴은 당하고 싶지 않다."

"누가 알겠어, 자넨 전혀 모르지."

"하지만 그래도 이것만은 알아."

"안단 말이지. 그에 대해서는 생각해볼 수 있어. 그는 감옥에 앉아 담배를 피운다, 그걸 얻는다면 말이지, 그리고 이렇게 말하는 거야. 니들 모두 내 엉덩이나 핥아라."

"그럼 이거 아는가. 양심의 가책이란 거 말이야, 제길. 그는 감방에서 울거나 아니면 아무 말도 안 할 거야. 잠도 못 들지, 죄를 지었으니 말이야."

"그야말로 나는 완전히 반대야. 그는 잠을 아주 잘 잘 수 있지. 이렇게 난폭한 사람이라면 잠도 잘 자고, 어쩌면 밖에서보다 더 잘 먹고 마시지. 내 장담해."

상대방이 그를 진지하게 바라보았다.

"그렇다면 거참 나쁜 자식인걸. 그런 놈 머리를 벤다면 난 거기에 축복을 하겠어."

"자네 말이 맞아. 그 사람도 그렇게 말할 거야, 자네가 맞아."

"이제 그 쓸데없는 소리 좀 그만두게. 난 오이를 주문할 거야."

"이런 신문이야 재미있지. 난폭한 자식, 어쩌면 이 이야긴 그에게도 유감일 거야. 많은 사람이 무리하며 일을 하니까."

"난 오이하고 돼지머리를 먹을 생각이야."

"나도."

달라진 인간은 직업도 달라져야 한다,
아니면 아예 직업이 없거나

소매에 처음으로 구멍이 난 것을 본다면 이제야말로 새 양복을 생각할 시간입니다. 그러면 곧바로 널찍한 매장, 밝고 아름다운 공간, 널찍한 탁자에 당신이 필요로 하는 모든 옷들을 펼쳐 놓고 보여드리는 장소로 오십시오.

"난 아무것도 할 수 없어요, 베그너 부인, 당신은 무엇이든 마음 내키는 대로 말씀하시겠지만요. 팔이 하나뿐인, 그것도 오른팔을 잃어버린 사람입니다."

"그건 나도 부인 못하겠네요. 정말 힘들죠, 비버코프 씨, 그렇다고 그렇게 씨근거리며 그런 얼굴을 할 필요는 없지 않아요. 정말 당신을 보면 겁이 나는걸요."

"그럼 이런 외팔로 무얼 하라는 겁니까?"

"실업 수당을 받든가 아니면 작은 판매대를 하나 만들든가."

"어떤 판매대요?"

"티츠 백화점 앞이나 그런 데서 신문이나 미터 단위로 파는 것들, 또는 양말대님이나 개목걸이 같은 거요."

"신문이라고?"

"아니면, 과일요."

"난 그런 일 하기엔 너무 나이가 많죠, 젊은 사람이나 하는 일이에요."

그건 옛날 일이고, 난 그건 안 해, 더는 안 한다고, 그야 이미 끝난 일이지.

"당신은 여자를 구해야겠네요, 비버코프 씨. 그럼 그분이 모든 걸 말해주고 필요할 때마다 당신을 도와줄 겁니다. 수레도 같이 끌고, 당신에게 급한 볼일이 있을 때면 판매대에서 장사도 하고."

모자를 쓰고 아래로 내려가자. 모두 헛소리다. 다음번엔 손풍금을 걸치고 빤한 연주를 하는 거지. 빌리는 어디 있을까?

"안녕, 빌리."

나중에 빌리가 말했다.

"아니 당신이 많은 일을 할 순 없죠. 하지만 당신이 약기만 하다면 그래도 뭔가 할 수 있을걸요. 예를 들면 내가 매일 당신에게 뭔가 팔 것, 또는 몰래 팔 것을 갖다 주면, 당신도 좋은 친구들이 있을 거 아녜요, 당신들이 비밀만 지킬 수 있다면 그걸 팔 수 있고, 그럼 이익도 두둑하죠."

프란츠는 하기로 했다. 그는 정말로 그걸 원했다. 자신의 두 다리로 서기를 원했다. 빨리 돈을 벌기를 원했다. 노동이라니, 헛소리. 신문 파는 일에는 침을 뱉었다. 신문을 파는 멍청이들을 보면 분노가 치밀었다. 그리고 이따금은 사람이 어찌 저리 멍청하게 악착같이 일할 수 있나 놀라기도 했다. 다른 사람들은 바로 옆에서 자동차로 달리는데 말이다. 나한테 맞는 일이

어야 한다. 내 친구여, 옛날 옛적에 테겔 감옥이 있었지, 검은 나무들이 늘어선 가로수 길, 건물들이 흔들리고, 지붕들이 사람 머리로 미끄러져 떨어지려 했어, 난 착실하게 살아야 한다고! 웃겨, 프란츠 비버코프는 철저히 착실하게 살아야 한다, 거기에 대해 넌 무슨 말을 하겠는가, 넌 이미 쭉 뻗었는걸. 웃겨, 난 감옥의 충격을 받았던 게 분명해. 그런 맛이 간 생각은 좌향좌. 돈아 이리로 와라, 돈을 벌어야지, 인간은 돈이 필요하다.

이제 여러분은 장물아비가 된 프란츠 비버코프를 보게 된다. 즉, 범죄자다. 달라진 인간은 직업도 달라야 하는 법, 그는 곧 더욱 나빠질 것이다.

그 여자는 자주색과 빨간색 옷을 입고 금과 보석과 진주로 꾸미고 손에 금잔을 하나 들고 있었다. 그 이마에는 '땅의 음녀들과 가증한 것들의 어미, 큰 바빌론'이라는 비밀의 이름이 적혀 있었다. 그 여자는 성도들의 피를 마시고 있었다. 그 여인은 성도들의 피로 취해 있었다.

프란츠 비버코프가 헤르베르트 비쇼의 집에 살 때는 어떤 옷을 입고 있었던가?

그는 지금 무엇을 입고 있나? 현금 20마르크를 내고 산 옷, 탁자 위에 늘어놓고 매치시킨 흠잡을 데 없는 여름 양복이었다. 특별히 훌륭한 인상을 주기 위해 왼쪽 가슴에 철십자 훈장을 매달았다. 그는 잃어버린 팔에 대한 설명으로 그걸 가슴에 달고는, 지나가는 사람들의 존경과 프롤레타리아들의 분노를 즐겼다.

그는 영양 상태가 좋은 소박한 술집 주인이나 도축 장인(匠

人)처럼 보였다. 다림질 주름을 세우고, 장갑을 끼고 빳빳하고 둥근 모자를 썼다. 만일을 위해 위조 증명서도 지니고 다녔다. 거기엔 프란츠 래커라는 이름이 올라 있었는데, 그는 1922년의 소동 속에서 목숨을 잃어버린 사람으로, 벌써 많은 사람들에게 도움이 되었다. 서류에 적힌 것을 프란츠는 모조리 암기하고 있었다. 부모가 어디서 살며, 그들이 언제 태어났으며, 그의 형제자매가 몇 명이며, 어디서 일하고, 또 지난번에는 어디서 일했는지, 형사가 갑자기 무엇을 묻더라도 대답할 수 있었다.

6월에 그 일이 일어났다. 번데기 시절을 보낸 다음, 놀랄 만큼 아름다운 6월에 마침내 나비가 나온 것이다. 헤르베르트 비쇼와 에바가 초포트의 온천에서 돌아올 때쯤 프란츠의 사업은 이미 상당히 번창했다. 온천지에서는 많은 일이 일어났고, 그에 대해 많은 이야기들이 오갔는데, 프란츠는 만족스럽게 그 이야기를 들었다. 에바의 증권 중개인은 운 나쁜 일을 겪었다. 도박에선 운이 좋았지만 그가 은행에서 1만 마르크를 찾아오던 날, 호텔 방에서 에바와 저녁 식사를 하던 중에 도둑을 맞았다. 누군가 복제 열쇠로 방문을 깔끔하게 열고 들어와 황금 시계가 사라지고, 그가 그냥 침대 옆 탁자에 놓아둔 5천 마르크도 함께 사라졌다. 그건 진짜 특이한 부주의함이었지만, 그래도 누가 그런 걸 생각이나 했으랴. 그런 일급 호텔에 도둑이 침입할 줄이야, 대체 경비원은 눈이 어디 달려 있는 거요, 난 당신들을 고발할 거요, 여긴 도대체 감시가 없잖아, 우린 방에 있는 귀중품을 보증해드리지는 않습니다. 이 사내는 에바에게도 화를 냈다. 그녀가 그토록 서둘러 저녁 식사를 하자고 재촉했기 때문이다. 어째서냐? 그야 남작님을 보기 위해서였다. 당신은 우선 그의 손에 경의의 키스를 하고, 내 핸드백에서 봉봉 사탕을 꺼내 그에게 주더니 이젠 세련되지 못한 태도를 보이네요, 사랑스러운 에른스트. 그럼 5천 마르크는? 내가 그걸 어떻게 알아요? 아, 차라리 집으로 돌아갑시다. 은행가는 화를 내며 그렇게 말했다. 나쁜 생각이 아니지, 어쨌든 여기서 떠나자.

그래서 헤르베르트 비쇼는 다시 엘자스 거리에 살게 되었고, 에바는 도시의 서쪽에 좋은 방을 하나 세내서 들어갔다. 이런 일은 그녀에게 새로운 게 아니었다. 얼마 지나지 않아 은행가가 내게 물리겠지, 하고 그녀는 생각했다. 그럼 다시 엘자스 거리의 비쇼에게로 돌아가는 거야.

그녀는 은행가와 함께 1등 칸에 앉아 지겨운 그의 애무를 즐거운 척 견디면서 지금쯤 프란츠가 무얼 하고 있을까, 하고 꿈속처럼 생각했다. 은행가가 베를린 직전의 역에서 내리고 혼자만 1등 칸에 남았을 때 그녀는 기겁하고 두려웠다. 프란츠가 어쩌면 다시 가버렸을지 몰라. 하지만 비쇼와 에바와 에밀에게는 입을 쩍 벌릴 정도로 얼마나 대단한 즐거움이었던가. 7월 4일 (수요일)에 저기 누가 들어오나, 벌써 생각할 수 있다. 적절하고 단정하게, 영웅의 가슴에는 철십자 훈장이 매달렸고, 언제나처럼 충성스러운 갈색 눈을 동물처럼 반짝이고, 따스한 사내들의 주먹, 강한 악수를 하는 이 사내는 물론 프란츠 비버코프였다. 반듯하게 서봐. 그러다 균형을 잃어버릴라. 에밀은 벌써 그 변화를 알고 있었기에 비쇼와 에바의 놀라움을 보며 즐거워했다. 프란츠는 아주 멋쟁이였다.

"넌 발도 샴페인으로 씻는가 보지?"

비쇼는 그렇게나 기뻤다. 에바는 그대로 주저앉은 채 얼른 이해를 못했다. 프란츠는 빈 오른팔을 주머니에 찔러 넣은 채였다. 어쨌든 팔이 다시 자라지는 않았다. 그녀는 그를 끌어안고 키스했다.

"하느님, 프란츠, 우린 폴란드에서 머리를 깨뜨리며 고민했지, 프란츠는 무얼 하고 있을까? 그게 언제나 우리 걱정거리였는데, 당신은 아마 안 믿을 거야."

프란츠는 이리저리 돌아다니며 에바에게 키스하고, 비쇼와 에밀에게도 키스를 했다.

"그런 쓸데없는, 내 걱정을 하다니."

그는 유쾌하게 눈을 깜박였다.

"나 어떤가, 바비 재킷을 입은 영웅적인 전사지?"

에바가 환호성을 질렀다.

"이게 무슨 일이야, 대체 무슨 일이야, 당신 모습을 보니 정말 기뻐."

"나도 그래."

"그럼 이제 누구와 함께 지내지, 귀여운 프란츠?"

"지내다니? 아 그거. 아니야, 그런 건 없어. 여자는 없어."

그는 이리저리 돌아다니며 이야기를 하고 비쇼에게 그의 돈을 5페니히 동전에 이르기까지 남김없이 갚겠다고 약속했다. 몇 달 안에 다 갚을 수 있을 거다. 그러자 비쇼와 에바가 웃음을 터뜨렸다. 비쇼는 프란츠의 눈앞에 1천 마르크짜리 지폐를 흔들어 보였다.

"이거 갖고 싶나, 프란츠?"

에바가 빌었다.

"제발 받아줘, 프란츠."

"그럴 일 없어. 필요 없다니까. 고작해야 그 천 마르크를 몽땅 마셔서 없앨걸, 그거야 할 수 있지."

여자도 나타나니,
프란츠 비버코프는 다시 완전해지다

그들은 프란츠가 하는 모든 일에 축복을 빌어주었다. 여전히 프란츠를 사랑하는 에바는 그에게 여자 하나를 소개해주고 싶었다. 그는 격하게 저항했다. 그 아가씨 나도 알아? 아니야, 당신은 몰라, 비쇼도 모르는데 대체 당신이 어떻게 그 여자를 알겠어, 그럴 리 없어, 그 애는 베를린에 온 지 얼마 안 됐어, 베르나우 출신인데, 그냥 저녁때 슈테틴 정거장으로 왔다가 나랑 만나게 되었어. 그래 내가 그 애한테 말했지, 이런 일을 그만두지 않고 계속 이렇게 이쪽으로 돌아다니다가는 파멸하고 말 거야, 여기 베를린에선 누구도 그렇게 버티지 못해. 걔는 자기는 그냥 즐기려는 것뿐이라고 말하며 웃던걸. 이것 봐 프란츠—비쇼는 그 이야기를 알고 에밀도 알고 있는데—한번은 12시에 그 애가 카페에 앉아 있는 거야. 내가 다가가서 물어보았지. 무슨 일인데 그런 얼굴을 하고 있어요, 아가씨? 여기서 말썽을 일으키지 마. 그러자 그 애가 내 앞에서 울음을 터뜨리는 거야, 여기서 보초를 서야 한다나, 서류도 없고 게다가 아직 성인도 아

니었어. 집으로는 돌아갈 생각을 못하고. 일하던 곳에서 쫓겨
났다는 거야, 경찰이 그 애에 대해 물어보는 바람에. 어머니도
그 애를 쫓아냈고. 그 애 말로는 그냥 조금 즐기려 했다는 이유
로 말이야. 베르나우에서 대체 저녁에 뭘 하란 거야?

에밀이 언제나처럼 턱을 괴고 듣고 있다가 이렇게 덧붙였다.

"그건 그 아가씨 말이 맞아. 나도 베르나우를 아는데 저녁엔
정말 심심해."

에바: "그래서 내가 이 아가씨를 좀 돌보고 있어. 슈테틴 정
거장에는 가지 못하게 막았고."

비쇼가 수입산 시가를 피웠다.

"네가 뭔가를 아는 사내라면 말이야, 프란츠, 누가 알겠어,
이 아가씨를 제대로 된 사람으로 만들 수도 있지. 나도 그 애를
보았는데, 진짜 괜찮아."

에밀도 말했다. "좀 어리긴 하지만 정말 괜찮더라. 단단한
아가씨야."

그들은 계속 마셨다.

이 아가씨가 지체 없이 다음 수요일에 그의 방문을 두들겼
다. 프란츠는 첫눈에 홀딱 반했다. 에바가 그의 욕망을 자극한
데다 그도 에바에게 기쁨을 주고 싶었다. 하지만 이 여자는 정
말로 최고로 멋지고, 그의 요리책에는 아직까지 없던 품목이었
다. 그녀는 체격이 자그마했는데, 소매 없는 가벼운 하얀 원피
스를 입은 모습이 여학교 학생처럼 보였다. 부드럽고 느린 움
직임으로 모르는 사이 그의 옆에 와 있었다. 그녀는 채 반 시간
도 있지 않았지만 그는 이 귀여운 아가씨를 자기 방에서 떼어

놓고 생각할 수 없을 정도가 되었다. 에밀리 파르중케라는 게 그녀의 원래 이름이었지만 그녀는 소냐라고 불리는 편을 좋아했다. 에바는 언제나 그렇게 불러주었다. 그녀의 광대뼈가 러시아 사람 같은 모습이기 때문이었다. 그리고 이 소녀는 이렇게 덧붙였다.

"에바도 원래는 에바가 아니고 나처럼 에밀리였다고 해요. 에바가 내게 말해주었어요."

프란츠는 그녀를 무릎에 앉히고 살그머니 흔들면서 이 가냘프지만 단단한 작은 기적을 바라보며 사랑하는 하느님이 대체 어떤 행운을 자기 집에 보내주었나 놀라워했다. 삶이란 오르락내리락하는 법이고 그래서 놀라운 것이다. 에바에게 그 이름을 붙여준 사내를 그는 알고 있었다. 바로 그 자신이었다. 그녀는 이다를 만나기 전 그의 애인이었다. 그가 에바 곁에 머물렀더라면. 하지만 지금은 이 아가씨가 나타났다.

그녀는 그에게서 겨우 하루 동안만 소냐라는 이름으로 지냈다. 그런 다음 그는 그녀에게 자기는 그렇게 낯선 이름을 참을 수 없다고 사정했다. 그녀가 베르나우 출신이라면 다른 이름으로 불러도 될 것이다. 그녀도 짐작하겠지만 그는 지금까지 많은 여자들을 사귀었는데, 아직 마리라는 이름을 가진 여자는 없었다. 그런 이름을 지닌 여자를 사귀고 싶다. 하지만 못 구하겠으니 이제 그녀를 '나의 미체'*라 부르기로 했다.

그리고 별로 오래지 않아서—7월로 접어들 무렵—그는 그

*아가씨라는 뜻.

녀와 아주 멋진 경험을 했다. 아이가 태어난 것은 아니고 그녀가 병이 난 것도 아니다. 프란츠의 마음 깊은 곳에 새겨진 일은 그와 다른 것이었다. 하지만 나쁜 일은 아니었다. 당시 슈트레제만 외무장관이 파리로 가거나 어쩌면 안 갈지도 모르는 상황이고, 바이마르에서는 전신국의 지붕이 무너졌다. 그리고 직업이 없는 사내 하나가, 다른 사내와 그라츠로 도망쳐버린 애인을 찾아가 두 사람을 총으로 쏘아 죽인 다음 자기 머리에도 총알을 박아 넣었다. 그런 일들이야 어떤 날씨에도 일어나는 것이고, 하얀 엘스터 강에서 고기들이 죽는 것도 그런 일에 속한다. 그런 걸 신문에서 읽으면 깜짝 놀라게 된다. 하지만 그 자리에 있어보면 그리 대단치 않게 생각된다. 어떤 집에서든 그런 일이 일어나는 법이니까, 하고 말이다.

프란츠는 자주 옛 쉰하우젠 거리의 법정 담보물 보관소 앞에 서 있곤 했다. 그 안에 있는 식당에서 그는 이런저런 사람과 거래를 하고, 사람들을 알게 되고, 신문에서 구매·판매 등의 난들을 살펴보곤 했다. 낮에는 미체를 만나기로 했다. 그러다가 미체가 함께 점심을 먹기로 약속한 알렉산더 광장의 아싱거 식당에 올 때 몹시 헐레벌떡하던 일이 생각났다. 그녀는 늦잠을 잤다고 말했지만 그 말은 무언가 아귀가 잘 맞지 않았다. 그는 그걸 금방 잊었다. 아가씨가 믿을 수 없을 정도로 사랑스러웠다. 그녀는 방을 아주 깨끗하게 정돈하고, 또 꽃과 헝겊과 리본 등으로 어린 소녀의 방처럼 예쁘게 꾸몄다. 방은 언제나 통풍이 잘되어 있는 데다가 라벤더 향수를 정갈하게 뿌려놓곤 해서 저녁에 함께 집으로 돌아가면 그는 큰 기쁨을 맛보곤 했다. 침대에서도 그녀는 깃털처럼 부드럽고 언제나 맨 처음처럼 그렇게 조용하고 사랑스럽고 행복해 했다. 그녀는 늘 약간 진지하지만 그래도 그는 이 여자를 완전히 알 수 없었다. 그녀가 그냥 앉아서 아무 일도 하지 않을 때면 생각을 하는 건지, 또 무엇을 그리 골똘히 생각하는지 알 수가 없었다. 그가 물어보면 그녀는 언제나 웃으며 아무 생각도 하지 않는다고 말했다. 하루 종일 무슨 생각을 할 수는 없다고 말이다. 그도 그렇게 여겼다.

문밖에는 프란츠의 이름으로 된 편지함이 있었다. 그의 가짜 이름 프란츠 래커로 되어 있었다. 그가 언제나 이 이름을 이용해서 광고나 편지를 쓰기 때문이다. 한번은 미체가 이런 이야기를 했다. 오전에 우편배달부가 편지함에 무언가 넣는 소리를 분명히 들었는데 가보니 아무것도 없더라는 것이다. 프란츠는 이상히 여기고 그게 대체 무슨 소리냐고 물었다. 그러자 미체는 누군가가 편지를 가져간 모양이라고 했다. 저쪽에 사는 사람들이 언제나 엿보는 구멍을 통해서 내다본다, 그들이 우편배달부가 오는 것을 보고 편지를 가져간 것 같다고 했다. 프란츠는 화가 나서 얼굴이 벌겋게 되면서 흠, 누군가 내 뒤를 캐는구나, 하고 생각했다. 그는 저녁때 옆집으로 갔다. 똑똑, 문을 두드리자 한 여자가 나오더니 남편을 불러오겠다고 말했다. 늙은 사내였다. 여자는 훨씬 젊었다. 남자는 예순, 여자는 서른쯤 되었다. 프란츠는 남자에게 혹시 실수로 이 집으로 편지가 배달되었는지 물었다. 남자가 아내를 돌아보았다.

"편지가 배달되었소? 난 방금 돌아와서."

"아니요, 편지 안 왔는데요."

"그게 언제쯤이었을까, 미체?"

"11시쯤. 우편배달부는 언제나 11시쯤에 오니까요."

그러자 여자가 말했다.

"그래요, 그는 언제나 11시쯤에 와요. 하지만 편지가 올 경우에는 그쪽 아가씨가 언제나 손수 편지를 받는데요, 그가 언제나 벨을 울리니까."

"어떻게 그리 정확하게 압니까? 한번은 그를 계단에서 만났는데 편지를 내게 주더군요. 그래서 내가 그걸 편지함에 넣었는데."

"당신이 편지함에 넣었는지 어쨌는지 나는 모르죠. 다만 그가 당신에게 편지를 주는 건 나도 보았어요. 어쨌든 이제 어떡하면 좋을까요?"

프란츠: "그렇다면 여기엔 내게로 온 편지가 없다는 거네요. 래커가 제 이름입니다. 편지가 이쪽으로 오진 않았다는 거죠?"

"당연하죠. 내가 다른 사람한테 온 편지를 어떻게 받겠어요? 우린 우편함도 없어요, 우편배달부가 우리한테 얼마나 드물게 오는지 아시겠죠."

프란츠는 미심쩍은 마음으로 모자를 살짝 들었다 놓고는 미체와 함께 물러났다.

"실례했습니다, 안녕히 계십시오."

"안녕히 가세요."

프란츠와 미체는 이따금 이 문제에 대해 이야기를 나누었다. 프란츠는 사람들이 어쩌면 자기를 염탐하는 걸까, 생각해 보았다. 그는 비쇼, 에바와도 그 이야기를 해봐야겠다고 생각했다. 미체에게는 우편배달부에게 벨을 울리라는 말을 하라고 단단히 일렀다.

"그럴게요, 귀여운 프란츠. 하지만 이따금 다른 사람이 와요. 보조원이죠."

그러고 며칠 지나 프란츠는 정오에 집으로 왔다. 그건 실수였다. 미체는 벌써 아싱거 식당으로 출발했기 때문이다. 어쨌든 이날 프란츠는 해답을 얻었다. 아주 새로운 일이었다. 또한 그의 뼛속 깊이 새겨진 일이기도 했지만 그렇다고 고통스럽지는 않았다. 그는 방으로 들어갔다. 방은 물론 비어 있었다. 깨끗한 방에 고급 시가가 든 통 하나가 있었다. 미체가 통 위에 쪽지를 붙여놓았다. "사랑스러운 프란츠에게." 그리고 큄멜 소주 두 병. 프란츠는 행복했다. 그는 이 아가씨가 그 돈으로 어떻게 살림을 꾸리나 생각했다. 이제 결혼을 해야 할 모양이다, 그는 아주 큰 기쁨에 잠겼다. 나를 위해 작은 새도 한 마리 샀네, 마치 생일 같잖아. 잠깐 기다려, 귀여운 아가씨, 나도 당신을 원하거든. 그는 호주머니를 뒤져 돈을 찾아보았다. 그 순간 벨이 울렸다. 그렇다, 우편배달부가 온 것이다. 오늘은 정말로 늦었다, 벌써 12시니까, 내가 직접 말을 해야겠네.

프란츠는 복도로 나가 문을 열고 무슨 소리가 나는지 귀를 기울여보았지만 우편배달부는 없었다. 기다려도 우편배달부는 오지 않고, 어쩌면 누구네 집에 잠깐 들어가 앉았는지도 모르지. 프란츠는 편지를 꺼내 가지고 방으로 들어왔다. 열려 있는 봉투 안에 봉함이 된 편지가 들어 있었다. 거기에는 위장하려고 흘려 쓴 쪽지가 붙어 있었다. "잘못 배달됨." 그런 다음 읽을 수 없는 이름이 쓰여 있었다. 그렇다면 이 편지는 저쪽 집에서 온 거구나, 그들은 누구 뒤를 캐고 있나. 봉함된 편지는 '프란츠 래커 씨의 집, 소냐 파르중케' 앞으로 되어 있었다. 이거 이상한데, 그녀는 대체 누구에게서 이런 편지를 받는 거지, 그것도 베를린에서, 어떤 남자가 쓴 것이었다. 오싹 소름 같은 것이 지나갔다.

"진심으로 사랑하는 보물, 그대는 얼마나 오래 답장을 기다리게 만드나……."

더는 읽을 수가 없었다. 그대로 주저앉고 말았다. 저기 시가가 있네, 그리고 작은 카나리아 새장도.

프란츠는 아래층으로 내려갔지만 아싱거 식당으로 가지 않고 비쇼에게로 갔다. 얼굴이 하얗게 질려서 비쇼에게 편지를 보여주었다. 그는 에바와 몇 마디 속삭였다. 그런 다음 에바가 들어오더니 헤르베르트 비쇼에게 키스를 하고는 그를 밀쳐서 밖으로 내보내고 프란츠의 목에 매달렸다.

"프란츠, 나한테 키스해줄래?"

그는 그녀를 빤히 바라보았다.

"나 좀 놔둬."

"프란츠, 한 번만. 우린 오랜 친구잖아."

"이런 빌어먹을, 이게 대체 뭐야, 얌전하게 굴어, 헤르베르트가 어떻게 생각하겠어?"

"그를 방금 내보냈어. 이리 와서 한번 찾아봐."

그녀는 프란츠를 이끌고 방을 이리저리 돌아다녔다. 비쇼는 없었다. 그렇다면야, 그가 나간 모양이지. 에바는 문을 닫았다.

"그러니까 당신 나한테 키스해도 돼."

그러면서 그녀가 그를 감싸 안았다. 그녀는 한순간 사나운 불길에 사로잡혔다.

"아가씨, 아가씨."

프란츠가 숨을 헐떡였다.

"당신 미친 모양이군, 대체 나한테 원하는 게 뭐야?"

하지만 그녀는 제정신이 아니었고, 그로서는 어떻게 해볼 도리가 없었다. 그는 놀라서 그녀를 밀쳐냈다. 그 순간 그의 내면에서도 무언가가 갑자기 바뀌었다. 에바가 어떻게 된 건지는 알 수 없지만, 두 사람의 내면에서 뭔가 분노한 격렬함 같은 게 불타올랐다. 한참 뒤에 그들은 팔과 목을 물고 나란히 누워 있었다. 그녀는 등을 비스듬히 그의 가슴에 걸쳤다.

프란츠가 투덜댔다.

"헤르베르트가 없는 거 맞아?"

"안 믿는 모양이네."

"하지만 이거야, 내가 친구한테 몹쓸 짓을 한 거지."

"당신은 정말 멋진 남자야, 나 당신을 사랑하고 있어, 프란츠."

"맙소사, 당신 여기 목에 흔적이 잔뜩 남았는데."

"나도 당신을 깨물 수 있어, 당신이 너무 좋아. 아까 당신이 편지를 갖고 왔을 때 난 헤르베르트가 보는 앞에서 하마터면 당신 목에 매달릴 뻔했어."

"에바, 헤르베르트가 나중에 이 흔적들을 보면 뭐라고 하겠어, 온통 초록색에 푸른색투성이야."

"그는 아무것도 몰라. 어차피 나중에 은행가한테 갈 거거든, 그가 그렇게 만들었다고 말하지 뭐."

"그거 근사하다, 에바, 그럼 당신은 나의 착한 에바다. 난 이런 몹쓸 짓이 싫어. 하지만 은행가가 이걸 보면 뭐라고 할까?"

"그럼 이모와 할머니는 뭐라고 할까, 정말 겁먹었네, 당신."

그런 다음 에바는 몸을 추스르고, 프란츠의 머리를 안았다. 한 번 더 강하게 끌어안고 그루터기만 남은 어깨에도 뜨거운 뺨을 갖다 댔다. 그런 다음 편지를 집어 들더니 옷을 차려입고 모자를 썼다.

"나 이제 가볼게. 내가 무얼 할 거냐 하면, 아싱거로 가서 미체와 이야기를 할 거야."

"아니, 에바, 대체 어쩌려고?"

"그러고 싶으니까. 여기서 기다려. 금방 돌아올 거야. 내게 맡겨둬. 나는 그런 젊은 아가씨를 다룰 줄 아니까. 그 앤 여기 베를린에서 경험도 없어. 그럼 프란츠……."

그녀는 그에게 한 번 더 키스를 하고, 하마터면 다시 열광에 빠질 뻔했으나 겨우 몸을 일으켜 밖으로 나갔다. 프란츠는 어찌 된 영문인지 이해할 수가 없었다.

그게 1시 30분이었다. 2시 30분에 그녀는 벌써 집으로 돌아왔다. 진지하고 조용하고 만족한 모습이었다. 그사이 잠든 프란츠의 옷가지를 정리하고, 땀에 젖은 그의 얼굴을 자신의 향수로 닦아주었다. 그런 다음 그녀는 서랍장 위에 앉아 담배를 피우며 말을 시작했다.

"그러니까 미체가 웃더라, 프란츠. 난 그 애 편을 들려는 게 아니야."

프란츠는 놀랐다.

"아니, 프란츠. 이 편지는 아무것도 아니야. 그 애는 그때까지도 아싱거에 앉아 당신을 기다리고 있던걸. 그래 내가 편지를 보여주었지. 그러자 그 애가 묻더라고. 당신이 소주와 카나리아를 보고 기뻐하지 않느냐고 말이지."

"그야."

"우선 들어봐. 그 애는 속눈썹도 떨지 않았어. 정말 흠잡을 데 없이 행동하더라고. 그 앤 좋은 아가씨야. 내가 당신한테 싸구려 아가씨를 소개한 건 아니야."

프란츠는 마음이 어두워지고, 참을성이 없어졌다. 대체 무슨 일이냐니까. 에바가 서랍장에서 아래로 뛰어내리더니 프란츠의 무릎을 토닥였다.

"당신은 정말 사랑스러워, 프란츠. 아직도 모르겠어? 이 아가씨도 남자를 위해 뭔가 하고 싶은 거란 말이야. 당신이 하루 종일 밖으로 돌아다니며 일을 보는데 그 앤 무얼 하겠어. 커피를 끓이고 방을 정돈하고 그럼 끝이지. 그 앤 당신한테 뭔가 선물하고 싶었어, 당신을 위해 뭔가 하고 싶은 거야, 당신이 기뻐할 것으로 말이지. 그래서 그런 일을 한 거야."

"그래서? 당신은 그런 말에 넘어가나. 그래서 나를 속였다고."

그러자 에바가 진지해졌다.

"속였다는 건 말도 안 돼. 그 애가 방금 이 이야기를 털어놓았어, 그런 문제가 아니야. 누군가가 그 애한테 편지를 썼지만, 그건 아무것도 아냐, 프란츠, 누군가가 그녀에게 애착을 가졌나 봐. 그래서 편지를 쓴 거고, 그건 당신한테는 새로울 것도 없는 일이잖아."

천천히, 아주 천천히 프란츠에게 어떤 깨달음이 찾아왔다. 그래, 이제야 알겠네, 일이 그렇게 된 거구나. 그녀는 그가 이해하기 시작한 것을 알아차렸다.

"물론이지. 대체 뭐겠어. 그 앤 돈을 벌려고 한 거야. 그 애가 옳지 않아? 나도 내 돈을 벌고 있잖아. 당신에게 계속 신세만 지는 게 편치 않았던 거지, 게다가 당신은 외팔이라 아주 온전하지도 못한데 말이야."

"그래."

"그 애가 내게 금방 말했어. 속눈썹 하나 떨지 않더라고. 당신, 갠 정말 괜찮은 아가씨야, 믿어도 돼. 당신이 스스로를 아껴야 한다고 말하던걸. 올해 온갖 일을 겪었으니 말이지. 그리고 옛날에도 당신 형편이 특별히 좋지는 않았잖아, 저기 테겔에서 말이지. 그 애는 당신을 그렇게 악착같이 일하게 만드는 게 부끄러운 거야. 그래서 당신을 위해 자기도 일을 한 거지. 다만 그 말을 당신한테 못한 거고."

"그래, 그렇구나."

프란츠는 고개를 끄덕이고, 고개를 가슴에 툭 떨어뜨렸다.

"당신은 이 말을 안 믿는구나."

에바가 그의 옆에 앉아 그의 등을 쓰다듬었다.

"이 아가씨가 당신을 얼마나 좋아하는지 말이야. 당신은 나를 원하지 않아. 아님, 당신 나를 원해, 프란츠?"

그는 그녀의 허리를 바싹 당겼다. 그녀는 조심스럽게 그의 무릎에 앉았다. 그는 이제 한 팔로 그녀를 꼭 붙잡을 수 있게 되었다. 자신의 머리를 그녀의 가슴에 대고 나직하게 말했다.

"당신은 참 좋은 여자야, 에바. 헤르베르트하고 지내, 그에겐 당신이 필요하니까, 그는 참 좋은 사람이잖아."

그녀는 이다보다 이전에 그의 여자 친구였다. 그것을 건드리지 말자, 다시 시작하지 말자. 에바는 그의 말을 이해했다.

"그렇다면 지금 미체에게 가봐, 프란츠. 그 앤 아직도 아싱거에 앉아 있어, 아니면 문 앞에서 기다리고 있을 거야. 그 앤 당신이 원치 않으면 집으로 가지 않겠대."

프란츠는 아주 조용히, 아주 부드럽게 에바와 작별했다. 알렉산더 광장의 아싱거 식당 앞의 사진 상자 앞에 자그마한 여자 미체가 서 있는 게 보였다. 프란츠는 맞은편 건설 현장 차단벽 앞에 서서 멀리서 그녀의 뒷모습을 바라보았다. 그녀는 길모퉁이로 걸어갔다. 프란츠의 눈길이 그녀를 따라갔다. 이것은 중대한 결정이며 중대한 전환점이었다. 그의 두 발이 움직이기 시작했다. 그는 모퉁이에서 그녀의 옆모습을 보았다. 얼마나 작은 여자인지. 갈색 하페를 구두*를 신고 있었다. 잘 보아라, 이제 누군가가 그녀에게 말을 걸겠지. 작고 나직한 코. 그녀는 찾고 있다. 그렇구나, 나는 저편에서, 티츠 백화점 방향에서 왔지. 그녀는 나를 보지 못했다. 아싱거 식당의 빵 자동차가 길을 가로막고 있다. 프란츠는 차단벽을 따라 길모퉁이까지 걸어갔다. 거기엔 시멘트를 만들기 위한 모래 더미가 있었다. 이제 그녀는 그를 볼 수 있겠지, 하지만 그녀는 이쪽을 바라보지 않았다. 나이 든 신사 한 명이 계속 그녀를 바라보았다. 그녀는 그의 옆을 바라보면서 계속 걸어서 뢰저와 볼프 담배 회사로 다가갔다. 프란츠는 길을 건넜다. 열 걸음쯤 뒤처져서 그녀를 따라가면서 거리를 계속 유지했다. 햇빛이 비치는 7월의 어느 날이었고, 한 여인이 그에게 꽃다발을 사라고 내밀었다. 그는 20페니히를 내고 꽃다발을 사서는 손에 들었지만, 여자에게 더 다가가지는 않았다. 아직은. 하지만 꽃은 멋진 냄새를 풍겼다. 그녀가 오

---

*스포츠용 단화.

늘 방에 꽃을 꽂았지, 카나리아 새장과 소주도 갖다 놓았다.

그 순간 그녀가 몸을 돌렸다. 곧바로 그를 보았다, 그는 손에 꽃다발을 들고 있었다. 그가 왔구나. 그녀는 그에게로 쏜살같이 달려왔다. 얼굴이 환하게 빛났다. 한순간 환하게 빛났다. 그의 왼손에 꽃다발이 들린 것을 보고 활짝 피어난 것이다. 그런 다음 도로 하얗게 질렸다. 붉은 반점들만 남았다.

그는 심장이 펄떡펄떡 뛰었다. 그녀가 그의 팔짱을 꼈다. 그들은 란츠베르크 거리를 향해 함께 보도를 걸어가면서 아무 말도 하지 않았다. 그녀는 자주 그가 들고 있는 꽃다발을 비스듬히 바라보았지만 프란츠는 그녀와 함께 꼿꼿이 걸어가기만 했다. 19번 버스가 천둥 치는 듯한 소리를 내며 지나갔다. 2층짜리 노란색 버스는 아래층이고 위층이고 손님이 가득 차 있었다. 건설 현장 차단벽의 오른편에 낡은 플래카드가 붙어 있었다. 자영업자와 소상인들의 정당, 길을 건너갈 수가 없었다. 경찰 자동차들이 지나가는 중이었다. 저편에 '페르질' 세제 광고가 붙은 기둥을 보고서야 프란츠는 자기가 꽃다발을 갖고 있음을, 그리고 그녀에게 주려고 했음을 알아챘다. 두 눈이 자기 손을 내려다보는 동안에도 그는 아직 묻고 있었다. 그의 속에서 무언가가 한숨을 쉬었다. 아직도 결판이 나지 않았다. 그녀에게 꽃을 줄까, 아니면 말까? 이것이 이다와 무슨 상관인가, 테겔, 나는 이 아가씨를 사랑한다.

페르질 광고가 있는 작은 섬에서 그는 그녀의 손에 꽃다발을 넘겨주었다. 그녀는 간청하듯이 자주 그를 올려다보았다. 그는 아무 말도 하지 않았다. 이제 그녀는 그의 왼팔을 꼭 감싸 안고 그의 손을 쳐들어서 그것을 제 얼굴에 가져다 댔다. 그녀의 얼굴이 다시 발갛게 달아올랐다. 그 얼굴의 열기가 그에게로 흘러 들어왔다. 그러자 그녀가 홀로 멈추어 서서 팔을 축 늘어뜨리고 머리는 마치 자동으로 그러듯 왼쪽 어깨로 기울었다. 그녀는 프란츠가 자신의 허리를 꼭 잡는 바람에 깜짝 놀라 프란츠에게 속삭였다.

"그러지 말아요, 프란츠, 놔줘요."

그들은 한 백화점이 서 있던 자리를 비스듬히 건너 계속 걸었다. 미체는 다시 꼿꼿한 자세로 걸었다.

"당신 어때, 미체?"

그녀는 프란츠의 팔을 꼭 잡았다.

"난 정말로 두려웠어요."

그러면서 고개를 옆으로 돌리는데 그녀의 눈에서 눈물이 흘러나왔다. 하지만 아가씨는 그가 알아채기도 전에 재빨리 웃었다. 두려운 몇 시간이었다.

그들은 그의 방으로 돌아왔다. 아가씨는 하얀 원피스를 입고 그의 앞 걸상에 앉았다. 창문을 열었다. 방은 지독하게 무더웠다. 그는 셔츠 바람으로 소파에 앉아서 아직도 여전히 아가씨를 바라보았다. 그는 얼마나 사랑에 빠져 있는지, 그녀가 여기 있다는 게 너무 기쁘다, 넌 얼마나 예쁜 손을 가졌는지, 아가씨, 당신에게 윤이 나는 가죽 장갑을 사줄 테야, 잘 들어, 그런 다음엔 블라우스를 사줄 거고, 당신 하고 싶은 대로 해, 당신이 여기 있는 게 너무 좋아, 난 당신이 여기 있어서 정말 기뻐. 그리고 그는 제 머리를 그녀의 품에 대고 비볐다. 그녀를 제 옆으로 잡아당겼다. 아무리 그녀를 바라보고 끌어안고 느껴도 충분치가 못했다. 이제 난 다시 인간이다, 이제 다시 인간이 되었어, 아니, 난 너를 보내지 못해, 너를 보내지 못해, 그럼 무슨 일이 일어날지 몰라. 그는 입을 열었다.

"이봐, 귀여운 미체, 당신은 무엇이든 하고 싶은 대로 해도 좋아, 난 당신을 보내지 못해."

그들은 얼마나 행복했던가. 그들은 서로 바라보고 어깨를 끌어안고 카나리아를 바라보았다. 미체는 제 가방을 찾아서 프란츠에게 오늘 낮의 편지를 보여주었다.

"그자가 써 보낸 이런 헛소리 때문에 흥분했단 말이에요?"

그녀는 편지를 잘게 찢어서 뒤편 바닥으로 던져버렸다.

"맙소사, 당신에 비하면 이런 것쯤은 아무것도 아니야."

부르주아 사회에 맞선 방어전

그리고 다음 며칠 동안 프란츠 비버코프는 극히 평온하게 산책을 했다. 이제 더는 어두운 사업을 하느라 그토록 거칠어지지 않아도 되었다. 장물아비에게서 장물아비에게, 또는 구매자에게 넘기는 일이었다. 무언가 제대로 돌아가지 않아도 그대로 무시했다. 프란츠는 시간과 참을성과 침착함을 지녔다. 날씨만 더 좋았다면 그는 미체와 에바가 말하는 대로 했을 것이다. 스비네뮌데에 가서 며칠 푹 쉬는 것 말이다. 그러나 이런 날씨엔 아무것도 할 수가 없다. 비가 내렸다. 매일 아예 쏟아붓거나 아니면 보슬비라도 계속 내리면서 기온까지 서늘하니, 호페가르텐의 나무들도 잎이 다 졌는데 거기까지 가서 무엇 하겠는가. 프란츠는 미체와 사이가 아주 좋았고, 그녀와 함께 가끔 비쇼, 에바 커플을 찾아가곤 했다. 미체는 더 나은 지위의 신사를 사귀었다. 프란츠도 그를 알았다. 프란츠는 그녀의 남편으로 여겨져 이따금 그 신사나 또 다른 신사와 자리를 함께하기도 했으며, 셋이서 친근하게 먹고 마셨다.

이제 우리의 프란츠 비버코프는 어떤 높이에 이르러 있었던가! 그의 형편이 얼마나 좋아졌으며, 모든 게 얼마나 바뀌었던가! 죽을 뻔하기도 했던 그가 어떻게 다시 일어섰던가! 그는 이제 얼마나 만족스러운 모습인가, 먹을 것과 마실 것과 의상에 부족함이 없었다. 그를 행복하게 해주는 아가씨도 한 명 있고, 돈도 필요한 것 이상으로 가졌고, 비쇼에게 신세 진 돈은 벌써 다 갚았다. 비쇼, 에밀, 에바는 그의 친구들이었고, 그를 좋게 생각했다. 며칠 동안이나 비쇼와 에바 주위를 서성이며 미체를 기다리고, 뮈겔 호수로 함께 나가 두 사람과 함께 노를 젓기도 했다. 프란츠는 날이 갈수록 외팔이로 사는 일에 익숙해졌고 또한 힘도 더욱 세졌기 때문이다. 이따금 그는 뮌츠 거리에서, 그리고 담보 물건 보관소에서 이리저리 오가며 사람들의 말을 귀담아들었다.

넌 맹세했다, 프란츠 비버코프, 착실하게 살기로. 그런데 지저분한 삶을 살고 있구나. 넌 추락했다, 결국 넌 이다를 죽였고, 그 대가로 감옥살이를 했지, 그건 끔찍한 일이었다. 그럼 지금은 어떤가? 넌 똑같은 오점 위에 앉아 있구나, 이다가 이제 미체라는 이름으로 바뀌었을 뿐이다, 네 한 팔은 잘려나갔고, 조심해라, 술독에 빠질 수도 있으니, 그럼 모든 게 도로 시작된다. 그럼 더욱 나쁘지, 그럼 끝이다.
―헛소리, 그럼 내가 어떡하랴, 내가 여자를 억지로 몰아붙여서 기둥서방이 되기라도 했다는 말인가? 헛소리. 난 내가 할 수 있는 일을 했어, 인간적으로 가능한 일을 한 거다, 팔을 잃어버렸으니, 그럼 누군가가 와야지. 난 그냥 물려버렸어. 나도

장사를 하지 않았던가, 아침부터 저녁까지 이리 뛰고 저리 뛰지 않았던가? 더는 못하겠더라. 아니, 난 착실하지 않아, 난 그냥 기둥서방이다. 그렇다 해도 전혀 부끄럽지 않다. 너는 누구냐, 무얼 해서 먹고 사는데, 어쩌면 다른 사람들과는 다른 무엇으로 사느냐? 그렇다고 내가 어떤 사람을 치사하게 협박이라도 했나?

　─넌 감옥에서 끝을 볼 거다, 프란츠, 넌 배에 누군가의 칼을 맞게 될 거야.

　─그러라고 해. 하지만 그전에 그가 먼저 내 칼 맛을 보아야 할걸.

　독일은 공화국이다.* 그것을 안 믿는 사람은 목덜미에 한 방 얻어 터진다. 미카엘 교회 거리와 연결된 쾨페니크 거리에서 집회가 열린다. 홀은 좁고 길다. 노동자, 학생복 칼라를 달거나 녹색 칼라를 단 젊은 남자들이 줄지은 의자에 앉아 있다. 팸플릿을 파는 아가씨와 아주머니들이 이리저리 돌아다닌다. 단상의 탁자 뒤에는 머리가 절반쯤 벗겨진 통통한 사내가 다른 두 사람 사이에 서 있다. 그는 열을 내고, 유혹하고, 웃고, 사람을 자극한다.

　"결국 우리는 창문에서 밖을 향해 연설할 사람은 못 됩니다. 그런 건 의회 의원들이나 할 수 있지요. 누군가가 우리 동지 한 사람에게 의회에 진출할 생각이 없느냐고 물었습니다. 황금색 둥근 지붕이 있고, 고급 쿠션이 붙은 안락의자가 있는 의회 말

*바이마르 공화국.

이죠. 그러자 그는 이렇게 말했죠. 이거 아는가, 동지, 내가 그런 식으로 의회에 간다면 그냥 건달 하나가 더 늘어날 뿐이라오. 굴뚝을 향해 연설하는 그런 일을 할 시간이 없지, 거기선 모든 게 효과가 없소. 명단도 없는 공산주의자들이 이렇게 말합니다. 우린 폭로 정책을 추진한다. 그 결과가 어떻게 되었는지 우린 이미 보았습니다. 공산주의자들 스스로가 부패했지요, 우린 이런 폭로 정책을 추진하느라 단 한 마디 말도 더 낭비할 필요가 없습니다. 그건 그냥 사기요. 거기서 폭로되는 것이 무언지는 이 독일에서는 장님이라도 볼 수 있지요. 그런 일을 위해 의회에 진출할 필요는 없지요. 그걸 못 보는 사람은 의회가 있든 없든 어차피 아무 소용이 없습니다. 수다를 늘어놓는 이런 공간은 민중을 속이는 것 말고는 그 무엇을 위해서도 쓸모가 없어요. 그건 노동하는 민중의 대변자라는 사람들만 빼고는 모든 정당들이 다 아는 일입니다.

우리의 훌륭한 사회당원들, 물론 거기엔 종교적인 사회주의자들까지 있습니다. 그야말로 그들의 1번은 이래요. 모두가 종교적이 되어 모두가 성직자들에게로 쫓아가야 한다는 겁니다. 그들이 쫓아간 사람이 수도자든 보스든 전혀 상관이 없죠. 중요한 일은 그걸 따른다는 겁니다.(게다가 믿는다는 겁니다.) 어차피 사회주의자들은 아무것도 원하지 않고 아무것도 모르고 아무것도 할 수 없지요. 그들은 의회에서 언제나 가장 많은 의석을 차지하지만 그걸로 무얼 해야 할지 모르죠, 아니 알아요. 푹신한 안락의자에 앉아 시가를 피우고 장관이 되는 일입니다. 그걸 위해 노동자들이 표를 찍어주고, 몇 푼이나마 정치 헌금을 내는 겁니다. 노동자들의 돈을 가지고 50명이나 100명쯤 되는 남자들이 살찌는 거죠. 사회주의자들은 국가 정책의 권력을 정복하지 못하고, 국가 정책의 권력이 사회주의자들을 정복했습니다. 누구든 암소만큼이나 나이가 들어서도 여전히 그런 걸 배우는 법이지만, 독일 노동자들 같은 암소는 앞으로도 태어날 겁니다. 언제나, 매번, 독일의 노동자는 투표용지를 손에 들고 술집으로 가서 그걸 내고 이걸로 할 일 다 했다고 생각하지요. 그들은 이렇게 말합니다. 우리는 의회에서 우리 목소리가 울리기를 원한다. 그렇다면 차라리 합창대나 만드는 편이 나을 텐데요.

남녀 동지 여러분, 우리는 투표용지를 집어 들지 않습니다, 우리는 투표하지 않습니다. 우리한테는 이런 여름날 시골로 놀러 가는 편이 건강에 더 좋으니까요. 어째서 그러냐? 유권자는 합법성에 따라 확정됩니다. 하지만 합법성이란 사나운 폭력이요, 지배자들의 완력이지요. 선거를 설교하는 자들은 우리를 오도하여 좋은 얼굴을 하게 만들려 합니다. 그들은 우리가 합법성이 무엇인지 알아채는 것을 감추고 방해하려고만 하지요. 우리는 투표하지 않습니다, 합법성이란 무엇이며, 국가란 무엇인지 알기 때문이지요. 우리는 어떤 구멍이나 문을 통해서도 국가 안으로 들어갈 수 없습니다. 고작해야 국가 나귀와 짐꾼 자격으로만 들어갈 수 있지요. 선거를 설교하는 자들은 바로 그 점을 노리는 겁니다. 그들은 우리를 유혹하여 국가 나귀로 키우려 합니다. 우리는 독일에서 합법성의 정신에 따라 자랐습니다. 하지만 동지들이여, 불과 물을 결합시킬 수는 없습니다, 노동자들은 그걸 알아야 합니다.

부르주아와 사회주의자, 공산주의자들은 한목소리로 외치

며 기뻐하지요. 모든 축복은 위에서부터 온다고. 곧 국가에서, 법에서, 높은 질서에서 온다고 말입니다. 하지만 그 뒤에 오기도 합니다. 국가에 사는 모든 이들을 위해 헌법에 자유가 보장되어 있습니다. 자유는 헌법에 들어 있어요. 허나 우리가 필요로 하는 자유를 아무도 우리에게 주지 않으니 우리가 스스로 차지해야 합니다. 이 헌법은 이성적인 인간들을 헌법에서 벗어나게 하려고 합니다. 하지만 동지 여러분, 여러분은 종이에 있는 자유로, 쓰여 있는 자유로 무얼 하겠습니까? 여러분이 어디선가 자유를 필요로 하면 경찰관이 달려와서 여러분의 머리를 후려치지요. 당신은 소리를 지릅니다. 이게 뭐야, 헌법에는 이렇게 저렇게 쓰여 있는데. 그럼 그가 말하지요. 헛소리 집어치워라. 그 말이 옳지요, 그 사람은 헌법이 아니라 자신의 규정을 아는 거니까요, 게다가 그는 곤봉까지 갖고 있으니, 넌 주둥이 닥쳐.

머지않아 중요한 산업체에서는 파업 가능성이 없어질 겁니다. 여러분은 쟁의 조정 위원회라는 단두대를 얻게 될 것이고, 그 단두대 아래서만 자유롭게 움직일 수 있을 겁니다.

남녀 동지 여러분, 선거가 치러지고, 또 치러지고, 언제나 이번엔 더 나아진다는 말을 듣습니다. 하지만 잘 생각해보고 긴장하십시오, 집이나 직장에서 홍보를 하세요, 다섯 표만, 열 표만, 또는 열두 표만 확보하고 기다려보십시오, 그러면 그걸 경험하게 될 겁니다. 여러분은 그걸 경험할 수 있어요. 이것은 영원히 눈먼 행동의 순환입니다. 모든 것은 하나도 변함없이 옛날 그대로지요. 의회주의는 노동자 계층의 비참을 연장할 뿐입니다. 그들은 사법부의 위기에 대해 이야기하고, 사법부를

개혁해야 한다, 머리와 지체를 개혁해야 한다, 판사들이 새로워
져야 한다, 그들이 공화주의로 바뀌어야 하고 국가를 지탱하게
되어야 한다고 합니다. 우리는 새로운 판사들을 원치 않습니다.
이 사법부 대신 다른 어떤 사법부도 원치 않습니다. 직접적인
행동을 동원해 국가 기구 전체를 무너뜨립시다. 우리는 그럴 수
단을 갖고 있어요. 노동자 계층의 거부입니다. 그러면 모든 바
퀴가 멈추어 서게 됩니다. 하지만 여기서 부를 노래는 없어요.
남녀 동지 여러분, 의회주의나 사회 복지, 온갖 사회 정책이라
는 기만에 슬그머니 넘어가지 맙시다. 우리는 국가에 대해서 오
직 적대감을 느낍니다. 법이 없는 자립을 가집시다."*

　프란츠는 약아빠진 빌리와 함께 집회장 안을 이리저리 돌아
다니며 귀를 기울이고, 팸플릿을 사서 호주머니에 넣기도 했
다. 그는 정치에는 그다지 관심이 없었지만 빌리가 그에게 억
지로 가르쳤고, 프란츠도 호기심에 차서 귀를 기울였다. 그는
그런 내용을 손가락으로 붙잡아보았다. 그것이 마음에 와 닿기
도 했지만, 도로 닿지 않게 되었다. 하지만 그는 빌리를 떠나지
않았다.
　—현재의 사회 질서는 활동하는 민중을 경제적, 정치적, 사
회적 노예로 만든 것에 기반을 두고 있다. 이런 사회 질서는 재
산 소유자가 독점하는 소유권과 권력을 독점하는 국가로 표현
된다. 오늘날 생산은 자연적 인간의 욕구를 만족시키는 것이

*되블린은 바쿠닌, 크로포트킨, 란다우어 등의 무정부주의 이념을 잘 알고 있었다.
이 연설에는 그 이념이 들어 있다. 그것 말고도 1928년 5월 20일 치러진 선거전을
위한 연설 일부도 여기 포함되었다.

아니라 이익에 대한 전망에 기반을 둔다. 기술의 발전은 소유 계층의 부를 무한대로 증진시키고, 그에 반해 광범위한 사회 계층의 비참함은 늘어난다. 국가는 소유 계층의 특권을 보호하고, 광범위한 대중을 억압한다. 그리고 독점과 계급 차이를 유지하기 위해 간계와 완력 등 온갖 수단을 동원한다. 국가의 탄생과 더불어 위에서부터 아래로 향하는 인위적 조직의 시대가 시작된다. 이제 개인은 꼭두각시가 되고 거대한 기계의 생명 없는 톱니바퀴가 된다. 깨어나라! 우리는 다른 사람들처럼 정치권력의 정복을 갈망하는 것이 아니라 정치권력을 과격하게 없애기를 갈망한다. 이른바 입법부를 함께 형성하지 마라. 노예가 자신의 예종 상태에 합법이라는 도장을 찍어주는 일을 하게 될 뿐이다. 우리는 멋대로 만들어진 온갖 정치적, 민족적 경계를 비난한다. 민족주의는 현대 국가의 종교다. 우리는 모든 민족 통합체를 비난한다. 그 뒤에는 소유 계층의 지배가 숨어 있다. 깨어나라!

프란츠 비버코프는 빌리가 삼키라고 준 것을 그대로 삼켰다. 집회가 끝난 다음 논쟁이 벌어졌는데, 그들은 그곳 술집에 그대로 머무르다 나이 든 노동자 한 사람과 다투었다. 빌리는 그 사람을 전부터 알고 있었고, 노동자는 빌리가 자기와 같은 기업에서 일하는 동료라고 믿고는 그에게 더 많은 선전 활동을 하라고 부추겼다. 뻔뻔한 빌리는 그런 말에 계속 웃어댔다.
"대체 내가 언제부터 당신 동료라는 거요, 나는 그렇게 으스대는 대기업가를 위해 일하지 않는데."
"그러면 자네가 있는 곳, 자네가 일하는 곳에서 그 일을 하게나."

"나는 아무 일도 할 필요가 없어요. 내가 일하는 분야에서는 모두들 이미 오래전부터 제 할 일을 알고들 있으니까."

빌리는 웃느라고 탁자 위로 몸을 굽히기까지 했다. 이런 헛소리. 그러면서 그는 프란츠의 다리를 꼬집었다. 다음엔 풀 항아리를 들고 돌아다니며 그들의 플래카드를 붙일 판이군. 그는 노동자를 보고 웃어댔다. 상대는 긴 잿빛 머리를 하고 가슴을 열어젖히고 있었다.

"이것 봐요, 당신은 신문을 팔죠, 〈성직자 거울〉, 〈검은 깃발〉, 〈무신론자〉 따위의 신문 말이에요. 그 안에 뭐라고 쓰여 있는지 들여다보기는 했나요?"

"이보게, 동지, 자네도 그 절반쯤은 훌륭하게 입을 놀릴 수 있을걸세. 언젠가 내가 손수 쓴 걸 보여주겠네."

"그만두시죠. 당신을 정말 존경해야 할 판이네요. 어쩌면 다음 번엔 당신이 쓴 걸 저 앞에서 낭독하게 될지도 모르죠. 그리고 거기 꽉 달라붙겠죠. 여기 이렇게 나와 있네. 문화와 기술. 보세요. '이집트의 노예들은 기계도 없이 수십 년 동안 왕의 무덤을 건설했다. 유럽의 노동자는 기계를 지니고 수십 년 동안이나 개인 재산을 위해 죽도록 노동했다. 진보라고? 어쩌면 그럴지도 모르지만, 그러나 누구를 위한 진보인가?' 나도 다음에는 일을 하게 될지도 모르죠, 에센의 크루프사(社)나 베를린의 왕 보르지히가 다달이 1천 마르크를 더 벌도록 말이죠. 이것 봐요 동지, 내가 당신을 제대로 관찰한 거라면, 당신이 어떻게 보이는지 아시오? 직접적인 행동의 사내가 되려는 거죠. 그런데 당신의 그 행동이란 어디 있나요? 뭐가 보이나요, 프란츠?"

"내버려둬, 빌리."

"아니, 말해봐요. 당신은 여기 이 동지와 사민당원의 차이점이 무언지 알 수 있나요?"

노동자는 자기 의자에 확고하게 앉았다.

빌리: "나한테는 차이가 없어요, 동지. 그 말은 할 수가 있죠. 차이라고는 그냥 종이 위에 있는 것뿐이죠. 그러니까 각자의 신문 말입니다. 그야 뭐 어쨌든 상관이 없어요, 당신이 생각하는 걸 가져야죠. 하지만 그걸로 대체 무얼 하는지 묻고 싶네요. 그리고 나더러 무얼 하느냐고 묻는다면 난 이렇게 말하죠. 사민당원과 똑같은 일을 한다고요. 정말로 아주 똑같은 일입니다. 선반 앞에 서서 3페니히짜리 동전 여섯 개를 집에 가져가고 당신의 주식회사는 당신 노동으로 배당금을 나누어주고. 유럽의 노동자는 기계를 갖추고 수십 년 동안이나 개인 재산을 위해 죽도록 노동한다. 어쩌면 당신은 그런 걸 썼겠지요."

머리 허연 노동자는 프란츠와 빌리를 눈으로 오가며 바라보더니 다시 주변을 둘러보았다. 저쪽 판매대에 몇 명이 서 있었다. 노동자는 탁자에 몸을 붙이고 속삭였다.

"그래, 자네들은 무슨 일을 하나?"

빌리가 프란츠를 바라보았다.

"당신이 말해요."

하지만 프란츠는 먼저 말하고 싶지 않아 정치 이야기엔 관심 없다고 했다. 하지만 흰 머리 무정부주의자가 고집스럽게 말했다.

"하지만 이건 정치 이야기가 아니지. 우린 그냥 우리 이야기를 하는 거니까. 그래 어떤 일을 하시오?"

프란츠는 의자에 꼿꼿이 앉아 자신의 맥주 조끼를 잡고는 무정부주의자를 확고한 눈길로 바라보았다. 베어 들이는 자가 있으니, 그 이름은 죽음, 이 산 저 산을 보며 저는 목이 메어 웁니다, 광야에 있는 목장들을 보며 슬피 웁니다. 모두 타 없어져 찾는 이 없고, 양 떼 울음소리도 들려오지 않습니다. 날짐승도 들짐승도 모두 자취를 감추었습니다.*

"내가 무슨 일을 하는지는 당신에게 말할 수 있소, 난 동지가 아니니까. 난 그냥 이리저리 돌아다니며 일을 조금 보지만 노동을 하는 건 아니고 다른 사람들에게 노동을 시킵니다."

이 작자가 무슨 헛소리를 하는 거냐, 그들은 나를 놀리려는 거다.

"그렇다면 기업가라는 말이오, 직원을 거느리고 있다 이 말입니까? 몇 명이나요? 당신이 자본가라면 여기 우리들 곁에서 대체 무얼 원하는 게요?"

나는 예루살렘도 돌무더기로 만들어 여우의 소굴로 만들리라. 유다의 성읍들을 쑥밭으로 만들어 아무도 살지 못하게 하리라.**

"이게 보이지 않소, 난 외팔이오. 다른 팔이 사라졌지. 내가 노동을 한 대가로 그걸 지불한 거죠. 그래 나는 착실한 일에 대해선 알고 싶지 않아요, 이해하시겠소?"

이해하겠나, 이해하겠냐고, 당신도 눈이 있으니, 내가 당신한테 안경을 사주어야 하나, 나를 봐라.

"아니, 난 당신이 무슨 일을 하는지 여전히 모르겠소. 그게

*〈예레미야〉 9장 9절.
**〈예레미야〉 9장 10절.

착실한 일이 아니라면 착실하지 못한 일이겠지 뭐."

프란츠가 탁자를 탁 치고 손가락으로 무정부주의자를 가리키며 머리를 그에게로 쑥 내밀었다.

"봐, 그가 알아들었지. 바로 그거요. 착실하지 못한 일. 당신의 착실한 일은 노예 짓이라며, 당신 자신이 그리 말했소, 그게 착실한 일이지. 난 그걸 벌써 알아챘던 겁니다."

당신 없이도 알았다니까, 당신이 필요하지 않아, 우유부단한 인간 같으니, 신문이나 들여다보는 수다꾼.

무정부주의자는 훌륭한 하얀 손을 지녔다. 그는 정밀 기계공이었다. 그는 제 손가락 끝을 바라보며 생각했다. 이런 건달을 폭로하는 것도 좋은 일이지. 이 작자의 체면을 뭉개자, 하지만 다른 사람을 좀 데려와야겠다, 함께 듣도록 말이지. 그가 일어서자 빌리가 그를 다시 눌러 앉혔다.

"어디로 가려는 겁니까? 벌써 끝인가요? 여기 이 동지와의 일부터 끝내시지요, 도망치려는 건 아니겠죠?"

"그냥 한 명을 데려오려는 것뿐일세. 한 사람에 맞서 자네들은 둘이니까."

"한 명 데려오겠다면 누구 꼴도 안 보겠어요. 하지만 이 프란츠 동지에게 뭐라고 하시렵니까?"

무정부주의자는 다시 자리에 앉았다. 그렇다면 우리끼리 이 일을 마무리 짓기로 하지.

"그는 동지가 아니오. 노동을 하지 않는다니까. 그렇다고 실업 수당을 받는 것 같지도 않고."

프란츠의 얼굴이 굳어지고, 그의 눈길이 분노를 내뿜었다.

"네, 그는 안 받소."

"그렇다면 내 동지가 아니고, 또 실업자도 아니야. 그럼 물어보겠소. 다른 모든 건 나하고 상관이 없어. 그는 대체 여기서 무얼 찾는 건가?"

프란츠가 단호한 얼굴을 했다.

"당신이 그가 여기서 대체 무얼 원하는 거야, 하고 묻기만 기다리고 있었소. 여기서 당신은 쪽지와 신문과 팸플릿을 팔고, 내가 '그건 사정이 어떤가, 거기엔 뭐라고 쓰여 있나' 하고 물어보면 당신은 이렇게 말하네요. 어떻게 그런 질문을 하게 되었느냐고. 여기서 무얼 찾느냐고. 당신 자신이 저주받을 임금 노예제에 대해 말하고, 또 우리가 쫓겨난 자들이며 움직일 수도 없다고 쓰지 않았소?"

깨어나라, 이 땅의 저주받은 자들아, 언제나 굶주림으로 몰리는 자들아.*

"그렇다면 당신은 그 이상은 듣지 않았군. 나는 노동 거부에 대해 말했지. 하지만 그러기 위해선 먼저 노동을 해야 하오."

"나는 노동을 거부합니다."

"그건 우리한테 소용이 없소. 그래선 그냥 침대에 누워 있는 게 낫지. 나는 파업 이야기를 하는 거요, 대규모 파업, 총파업 말이오."

프란츠는 팔을 올리고 웃었다. 그는 분노에 가득 차 있었다.

"그리고 당신이 하는 일은 직접적 행동이라고 말하는 거네. 이리저리 돌아다니며 종이를 붙이고 연설을 하는 것 말이지? 그사이 당신은 직장에 가서 자본가들을 더욱 강하게 만들어주

---

*국제 노동자 노래 〈인터내셔널〉의 첫 구절.

고? 이런 황소 같으니, 그러니까 그들이 당신을 죽일 때 쓰라고 수류탄을 만들어주는 꼴이잖소, 그런 걸 나한테 설교할 참이오? 빌리, 그래, 무슨 말을 하겠나! 난 정말 놀랐는걸."

"다시 묻겠는데, 무슨 일을 하시오?"

"그럼 나도 다시 말하겠는데, 아무 일도 안 하오. 치, 더럽군. 전혀 안 해요. 한마디 해드리지. 난 안 해도 된다고. 당신 자신의 이론에 따르면 말이야. 난 자본가들을 더 강하게 만들지 않아. 그따위 흠잡기는 그냥 무시하는 편이오. 당신의 그 파업과 장차 나타나야 할 그 마네킹 같은 인간들도 말이오. 남자는 자립해야지, 난 필요한 걸 혼자 합니다. 나는 스스로 돌보는 사람이오."

노동자는 자기 레모네이드를 삼키며 고개를 끄덕였다.

"그렇담 혼자 해보시오."

프란츠는 웃어댔다.

노동자: "벌써 서른 번은 말했소. 혼자서는 할 수 없다고. 우리는 투쟁 조직이 필요하오. 대중이 그걸 이해해야 합니다. 국가의 폭력 지배와 경제 독점에 대해서."

프란츠가 계속 웃었다. 더 높은 존재도 우리를 구하지 못한다, 신도 황제도 호민관도 우리를 비참함에서 구하지 못한다, 우리는 오직 스스로 할 수 있을 뿐이다.

그들은 아무 말 없이 마주 보고 앉아 있었다. 초록색 깃을 단 늙은 노동자는 프란츠를 빤히 바라보았고, 프란츠는 그의 눈을 들여다보았다. 무얼 그리 보느냐, 내게선 아무것도 알아내지 못할 거다. 노동자가 다시 입을 열었다.

"이미 알고 있소, 당신에겐 그 어떤 말도 먹히지 않으리란

걸. 당신은 꽉 막혔어. 그래선 머리를 부딪치고 말 거요. 당신은 프롤레타리아의 핵심 부분을 알지 못해. 바로 연대라는 거말이오. 당신은 그걸 몰라."

"이거 보시오. 우린 이제 모자를 쓰고 가렵니다. 빌리, 이만하면 충분하네. 언제나 똑같은 말만 하잖아."

"그래요. 그러지. 당신들은 지하실로 가서 거기 파묻혀버릴수 있겠구먼. 하지만 집회에는 못 나오겠소."

"실례합니다만, 선생. 우린 마침 시간이 반 시간 정도 있었소. 고마웠소이다. 주인장, 계산. 보시오, 내가 계산합니다. 맥주 셋, 소주 둘, 1마르크 10페니히, 자, 보시오, 내가 계산했소, 직접적인 행동이오."

"당신은 대체 무슨 일을 합니까?"

그는 물러서려 하지 않았다. 프란츠는 거스름돈을 쓸어 담으며 말했다.

"나요? 기둥서방이오. 나를 보고도 모르겠소?"

"하기야, 거기서 아주 먼 것 같진 않구먼."

"난 기둥서방이오, 아시겠소. 내가 이미 말하지 않았던가? 그럼 빌리, 자네가 무슨 일을 하는지도 말하게."

"그 사람하고는 상관없소."

맙소사, 건달들이군, 정말로. 그 말이 맞을 거야. 나도 그렇게 짐작했으니까. 건달들이 나한테 가장 잘 따라붙지. 놈팡이들이 나한테 비비려고 하니까.

"당신들은 자본가 나부랭이의 찌꺼기들이군. 어서 꺼져버려. 당신들은 프롤레타리아도 못 돼. 그런 걸 우린 뜨내기라 부르지."

프란츠는 이미 일어선 참이었다.

"하지만 우린 피난을 가진 않소. 안녕히 계시오, 직접적 행동 아저씨. 자본가들 배나 불리시오. 아침 7시에 출근, 골분 제조소에 들어가선 임금 봉투에 여자들을 위해 5그로셴을 갖다주지."

"다신 여기에 모습을 나타내지 마라."

"안 올 거야, 직접적 수다 행동. 우린 자본가의 종놈들과는 상종을 안 하거든."

조용히 밖으로 걸어 나왔다. 먼지가 많은 거리를 두 사람은 서로 팔짱을 낀 채 걸었다. 빌리가 심호흡을 했다.

"그 작자를 잘 물리쳤어요, 프란츠."

그는 프란츠가 말이 없는 것을 보고 놀랐다. 프란츠는 격분한 상태고 이상했다. 그는 미움과 분노를 품고 그 장소를 떠났다. 무언가가 그의 내면에서 끓고 있었지만 어째서 그런지는 그 자신도 몰랐다.

그들은 뮌츠 거리의 모카-픽스 카페에서 미체를 만났다. 사람이 들끓었다. 프란츠는 미체를 집으로 데려가야 했다. 그녀와 함께 앉아 이야기를 해야 했다. 그는 늙은 노동자와의 대화를 그녀에게 들려주었다. 미체는 매우 상냥한 태도를 보였지만, 그는 그녀의 태도만으로는 제가 말을 제대로 했는지 알 수 없었다. 그녀는 미소를 짓고 그의 손을 쓰다듬었지만 이해는 못했다. 새*가 깨어났다. 프란츠는 한숨을 쉬었다. 그녀는 그를 진정시킬 수 없었다.

*망상.

78

숙녀들의 반란,
우리의 사랑스러운 숙녀들이 말한다,
유럽의 심장은 나이 들지 않는다고

그러고도 프란츠는 정치를 멈추지 않았다. (어째서? 무엇이 너를 괴롭히나? 넌 대체 무엇에 맞서 자신을 옹호하는 거지?) 그는 거기서 무언가 보았다. 그는 그들의 얼굴을 후려갈기고 싶었다. 그들은 언제나 그를 자극했다. 그는 〈붉은 깃발〉, 〈실업자〉 따위 신문들을 읽었다. 비쇼와 에바의 집에도 자주 빌리와 함께 나타났다. 하지만 그들은 이 친구를 좋아하지 않았다. 프란츠도 그를 아주 좋아하는 건 아니었지만 그래도 이 친구와는 이야기를 할 수 있었다. 그는 정치에 대해서는 그들 모두보다 한 수 위였다. 에바가 프란츠에게 빌리를 좀 떼어버리라고 애걸했다. 그는 프란츠에게서 돈이나 뜯어내고 그 밖에는 소매치기에 지나지 않으니 말이다. 그러면 프란츠는 그녀와 같은 의견이 되었다. 그는 정말로 정치와는 무관했고, 정치란 그에게 평생 지겨운 일이었다. 하지만 그는 빌리를 떼어버리겠노라고 오늘 약속하고는 내일이면 다시 이 건달 녀석과 함께 산책을 하고 노 젓는 배를 타러 나갔다.

에바가 비쇼에게 이렇게 말했다.

"이게 프란츠가 아니고, 또 그가 그렇게 팔 때문에 힘든 일을 겪지만 않았어도 나는 이 사람을 어떻게든 고쳐놓았을 텐데."

"그래?"

"내 장담하지만, 그는 돈이나 빼가는 그 애송이 녀석과 앞으로 두 주도 함께 다니지 못할 거야. 도대체 누가 그런 놈을 상종한담. 무엇보다 내가 미체라면 그를 없애버릴 텐데."

"누구를, 빌리를?"

"빌리 아니면 프란츠라도. 그거야 상관없지. 하지만 그들은 그걸 알아야 해. 누구든 감옥에 앉아 있다 보면 누가 옳았는지 생각해보게 될 테니까."

"당신은 프란츠에 대해 정말 사납게 구는데, 에바."

"그래서 내가 그에게 미체를 소개해주었는데, 그 애는 프란츠가 자기 일을 볼 수 있도록 두 사내를 잡고 그렇게 힘들게 일하는 거잖아. 이제 프란츠도 조금은 말을 들어야지. 그는 외팔인데, 대체 이런 일이 어디로 가겠어? 정치 이야기나 하고 돌아다니면서 아가씨를 화나게 하다니."

"그래. 미체가 잔뜩 화났더라. 어제 마주쳤거든. 그곳에 앉아 프란츠가 올 거라고 기다리더라고. 그런 아가씨가 삶에서 무얼 가졌다고."

에바가 그에게 키스를 했다.

"나한테도 그래. 당신이 멀리 돌아다니며 그런 헛소리나 만 듣고 집회에 참석한다면! 헤르베르트!"

"그럼 어떻게 할 건데, 귀여운 아가씨?

"우선 당신 눈알부터 파낼 거야. 그럼 당신은 달밤에나 나를 찾아올 수 있게 될걸."

"난 기꺼이 그렇게 할 건데, 귀여운 아가씨."

그녀는 그의 입을 찰싹 때리고 웃었다. 그런 다음 그녀는 비쇼를 흔들었다.

"미체, 그 아가씨가 그렇게 망가지게 내버려둘 순 없어. 그러기엔 그 애가 너무 착해. 마치 프란츠 이 인간이 아직도 뜨거운 맛을 충분히 보지 못한 것처럼, 그녀에게 5페니히도 가져오지 못하면서."

"그래, 우리 프란츠를 어떻게 좀 해봐. 이 친구를 오래 알았지만 그는 언제나 좋은 사람이었지. 하지만 마치 벽에다 대고 얘기하는 것 같긴 해. 도통 말을 안 들어."

에바는 이다가 나타났을 때 자기가 그를 얻으려고 애쓰던 일을 생각했다. 또 나중에 자기가 그에게 경고했을 때 이 남자 때문에 얼마나 고통을 받았던가, 그녀는 아직도 행복하지가 않았다.

"하지만 나는 아직도 잘 모르겠어." 그녀는 방 한가운데 서서 말했다. "이 남자는 그 품스와 한바탕 일을 치렀으면서도, 그 범죄자들 말이야, 그러면서도 자기는 손끝 하나 안 건드렸잖아. 지금은 잘 지내지만 팔 하나를 날렸는데도."

"나도 그런 생각을 해."

"그는 그 이야기는 안 하려고 하지. 그건 거의 확실해. 당신한테 이 말을 해둘게, 헤르베르트. 물론 미체는 팔 이야기를 알아. 다만 그게 어디였고, 누가 그랬는지는 모르지만. 내가 그 애에게 물어봤거든. 그건 모르고 또 그 부분을 건드리고 싶어하지 않더라고. 미체는 좀 우유부단한 것 같아. 그 애가 그렇게

혼자 앉아서 기다릴 때 어쩌면 그것에 대해 생각하고 있을지도
모르지. 그리고 그가 그런 일에 다시 빠져들 수도 있고. 미체는
이미 실컷 울었어. 물론 프란츠 앞에선 아니지만. 이 남자는 제
불행 속으로 걸어 들어가고 있어. 제 일이나 보살펴야 하는데
말이지. 미체가 그를 한번 품스 사건으로 다그쳐야 해."

"무슨 그런……."

"그게 더 나아. 난 그렇게 생각해. 그게 프란츠를 위한 거라
고. 그가 칼이나 총을 집어 드는 게 옳지 않겠어?"

"내 생각으로야 분명 그렇지. 이미 충분히 이리저리 물어보
았어. 품스 패거리는 절대로 발설하지 않고, 그러니 아무도 무
슨 일인지 몰라."

"무언가를 아는 누군가가 있겠지."

"당신 무얼 하려는 거야?"

"그건 프란츠가 염려해야지. 빌리와 무정부주의자와 공산주
의자들, 돈도 안 되는 그 온갖 지저분한 것들."

"당신 손가락이나 데지 말라고, 에바."

에바가 상대하는 사내가 브뤼셀로 여행을 갔다. 그래서 에
바는 미체를 초대해서 잘사는 사람들의 생활이 어떤지 보여줄
수 있게 되었다. 미체는 아직 그런 걸 몰랐다. 그 사내는 에바
에게 완전히 빠져서 심지어 그녀를 위해 작은 아이 방 하나를
마련하고는 그곳에서 원숭이 두 마리를 키웠다.

"소냐, 넌 이게 원숭이를 위한 거라고 생각하겠지? 케이크
는 원숭이 거야. 나는 그냥 이 방이 너무 예뻐서 놈들을 넣어
둔 거야. 원숭이는 헤르베르트가 좋아하는 건데, 그 사람이 여

기 오면 언제나 그걸 보고 좋아하지."

"뭐라고? 그를 이쪽으로 데려온단 말이에요, 맙소사."

"대체 무엇이 나쁘다고? 아저씨도 그를 알아, 엄청 질투해, 바로 그래서 좋은걸. 그가 질투하지 않았다면 벌써 오래전에 나를 내보내고 말았을 거야. 이 사람은 나한테서 아이를 얻기 바란다고. 생각해봐, 그래서 이런 방을 만든 거야!"

그들은 웃음을 터뜨렸다. 여러 가지 색깔로 칠하고 리본으로 꾸민 따스한 방이었다. 자그마한 아기 침대도 하나 있었다. 침대 모서리 기둥을 타고 원숭이들이 오르락내리락했다. 에바가 한 마리를 가슴에 안고 그것으로 얼굴을 가렸다.

"아이를 낳으면 그에게 좋은 일을 해주는 것이겠지만 나는 그의 아이를 원치 않아. 아니, 그의 아인 싫어."

"그럼 헤르베르트는 어때요, 아이를 원치 않나요?"

"응, 난 헤르베르트의 아기를 갖고 싶은데. 아니면 프란츠나. 화났니, 소냐?"

하지만 소냐는 에바의 생각과 전혀 다르게 반응했다. 소리를 빽 지르더니 입을 크게 벌리고 에바의 가슴에서 원숭이를 치우고는 그녀를 격하게 포옹했다. 행복하고 즐겁고 기분 좋게 에바를 포옹했다. 에바는 무슨 영문인지 몰라 얼굴을 돌렸다. 소냐가 계속 키스하려고 들었기 때문이다.

"이리 와봐요, 에바. 이리 와. 난 화나지 않았어, 난 당신이 그를 좋아한다는 게 기뻐요. 그를 얼마나 좋아하는지 말해줘요. 그의 아기를 갖고 싶다고, 그럼 그에게 말해요."

에바는 간신히 이 아가씨를 자기 몸에서 떼어냈다.

"너 미쳤니. 맙소사! 소냐, 대체 너 어떻게 된 거야? 정확하게 말해봐. 그이를 내게 소개해줄 셈이야?"

"아니야, 무엇 하러. 그이는 내가 그대로 차지할 거야, 그는 나의 프란츠니까. 하지만 당신도 나의 에바거든."

"내가 뭐라고?"

"나의 에바, 나의 에바."

저항할 틈도 없었다. 소냐가 그녀의 입과 코, 귀, 목덜미에 키스를 퍼부었다. 에바는 멈추어 섰다. 소냐가 에바의 가슴에 얼굴을 파묻었기 때문이다. 에바는 소냐의 머리를 치켜들었다.

"맙소사, 너 동성애구나."

"전혀 아니야."

소냐가 놀라서 말을 더듬더니 에바의 손에서 자기 머리를 빼내서는 그녀의 얼굴에 가져다 댔다.

"난 당신을 좋아해요, 다만 그걸 몰랐어요. 아까 당신이 그의 아기를 갖고 싶다고 말하니까……."

"그래서, 그러니까? 그래서 심술이 났니?"

"아니, 에바. 나도 몰라."

소냐는 발갛게 달아오른 얼굴을 하고는 아래에서 에바를 바라보았다.

"정말로 그의 아이를 갖고 싶어요?"

"너 어떻게 된 거야?"

"그의 아이를 갖고 싶어요?"

"아니, 그냥 그렇게 말한 것뿐이야."

"아니, 그의 아이를 갖고 싶은 거예요, 그냥 그렇게 말했다지만 그러고 싶어, 그러고 싶은 거예요."

그러더니 다시 소냐가 에바의 가슴을 파고들어 에바를 꽉 끌어안고 즐거운 소리를 웅얼거렸다.

"당신이 그의 아이를 원한다는 게 너무 멋져, 너무 좋아요. 난 행복해, 아, 난 행복해."

에바는 소녀를 옆방으로 데려가서 긴 소파에 눕혔다.

"너 아무래도 동성애야."

"아니, 난 동성애가 아냐, 한 번도 여자를 건드린 적이 없어."

"하지만 나를 건드리고 싶어 하잖아."

"그래요, 당신을 좋아하니까, 당신이 그의 아이를 갖고 싶어 하니까. 그럼 그의 아이를 가져야 해."

"너 미쳤구나."

그녀는 완전히 열광해서 일어서려는 에바의 손을 꼭 붙잡았다.

"제발 싫다고 하지 말아요, 그의 아이를 갖겠다고 약속해요. 나한테 약속해줘."

에바는 억지로 소녀를 떼어내야만 했다. 소녀는 느슨하게 그대로 누워서 눈을 감은 채 입으로 쪽쪽 소리를 냈다.

그런 다음 일어나더니 식탁의 에바 옆자리에 앉았다. 하녀가 포도주와 아침 식사를 차려놓았다. 소녀에게는 커피와 담배를 가져다주었다. 소녀는 아직도 행복하고도 혼란스럽게 혼자서 꿈을 꾸고 있었다. 그녀는 언제나처럼 단순한 하얀 원피스를 입었다. 에바는 검은 비단 기모노를 입었다.

"자 아가씨, 소냐, 이제 뭔가 이성적인 이야기를 할 수 있겠지?"

"언제나 할 수 있죠."

"우리 집 어때?"

"뭐가요?"

"이거 봐. 넌 프란츠를 좋아하니?"

"그럼요."

"내 말은 프란츠가 좋다면 그 사람을 좀 더 잘 살펴봐야 한다는 말이야. 그는 별로 좋지 않은 곳으로 돌아다니고 언제나 저 못된 빌리와 함께 있잖아."

"프란츠는 그를 좋아해요."

"그럼 너는?"

"나? 나도 좋은데. 프란츠가 좋아한다면 나한테도 좋지요."

"그렇다면 넌 보는 눈이 없는 거네. 너무 어린 모양이지. 그런 모임은 프란츠에게 어울리지 않아. 나도 그렇고 헤르베르트도 그렇게 말해. 빌리는 건달이야. 그가 프란츠를 꾀고 있어. 팔 하나로는 아직 모자란가?"

이 순간 소녀의 얼굴이 해쓱해지며 입 가장자리에서 담배를 떨어뜨렸다. 그러더니 그것을 주워놓고 나직하게 물었다.

"대체 무슨 일이에요? 맙소사."

"무슨 일인지 누가 알겠니. 난 프란츠의 뒤를 따라다니는 게 아니고 너도 안 그러니까. 네가 시간이 없다는 건 잘 알아. 하지만 그가 어디로 가는지 물어봐야지, 그가 대체 무슨 말을 하던?"

"아, 그냥 정치 이야기요. 난 이해를 못해요."

"그래, 그가 그걸 하는 거야. 정치. 공산주의자와 무정부주의자, 엉덩이에 성한 바지도 못 걸친 그런 패거리들과 함께 말이지. 프란츠가 그런 걸 하고 돌아다니는 거지. 그게 네 마음에 드니, 그러라고 일하는 거니?"

"하지만 난 프란츠에게 이리 가라 저리 가라 말하지 못하죠.

에바, 그렇게는 못해요."

"네가 아직 스무 살도 안 된 어린애가 아니라면 뺨이라도 한 대 맞아야 할 판이구나. 갑자기 그에게 아무 말도 못하다니. 그가 완전히 망가져야겠어?"

"그는 망가지지 않아요, 에바. 내가 보살피고 있는걸."

이상하게도 어린 소녀는 눈에 눈물이 그렁그렁한 채로 머리를 손에 기댔다. 에바는 소녀를 바라보았지만 이해할 수가 없었다. 저 애는 그를 그렇게나 사랑하나?

"붉은 포도주를 마셔봐, 소냐, 우리 영감은 언제나 포도주를 마시곤 하지."

그녀는 소냐에게 반 잔을 따라주었다. 그러자 소녀의 뺨으로 눈물이 방울져 떨어졌다. 그녀의 얼굴은 계속 그렇게 슬픈 모습이었다.

"한 모금만 더, 소냐."

에바는 잔을 내려놓고 소녀의 뺨을 쓰다듬으며, 이 애가 다시 밝아지겠지, 하고 생각했다. 하지만 소녀는 여전히 제 앞만 뚫어져라 바라보며 일어서더니 창가로 가서 밖을 내다보았다. 에바는 소냐 옆에 가서 섰지만 이 소녀의 마음에 대해서는 전혀 알 수가 없었다.

"프란츠 일은 너무 마음에 담지 마, 소냐, 내가 말한 건 그런 뜻이 아니었어. 그가 그 멍청한 빌리와 그렇게 돌아다니게 놔두지 말아야 한다는 거지. 프란츠는 몹시 선량한 사람이니까. 그는 차라리 폼스 일이나, 누가 자기 팔을 그렇게 만들었는지에 신경 써야 하는데."

"내가 신경 쓸게요."

어린 소녀가 이렇게 말하더니 머리를 쳐들지도 않고 한 팔을 에바에게 걸쳤다. 그렇게 그들은 5분 동안이나 서 있었다. 에바는 생각했다. 이 애한테 프란츠를 주자, 다른 어떤 여자한 테는 안 돼.

나중에 그들은 원숭이와 함께 이 방 저 방 돌아다녔다. 에바는 모든 것을 보여주었고 소녀는 그곳에 있는 것들을 보고 놀라워했다. 에바의 화장실, 가구, 침대들, 양탄자 등. 픽사폰 여왕으로 오르게 될 멋진 시간을 꿈꾸나요? 여기서 담배 피워도 돼요? 그야. 그렇게 귀한 담배를 그런 가격으로 벌써 여러 해째 시장에 공급하다니 정말 놀라워요. 나 자신의 즐거움을 위해 당신에게 그걸 고백해야겠네요. 아, 이 냄새! 교양 있는 독일 여성이 요구하는 단정한 하얀 장미의 놀라운 향기, 그런데도 강렬하게 완전히 펼쳐지는 것. 유명한 미국 여배우의 현실은 그녀를 둘러싼, 또는 흔히들 짐작하는 전설과는 완전히 다르다. 커피가 왔다. 소녀가 노래를 했다.

압루트판타 근처에서 산적 패거리가 이리저리 돌아다녔네. 하지만 그들의 두목 기토는 선량하고 고귀하게 생각하는 사람이었네. 옛날에 그는 어두운 숲에서 마르샨의 딸을 만났었지, 머지않아 나무들을 통해 울려 퍼지는 소리, 나는 영원히, 영원히 너의 것.

하지만 곧 그들은 큰 사냥꾼 패거리가 다가오는 것을 보았네. 행복에서 깨어나 그들은 두려워 어찌할 바를 몰랐지. 아버지는 가련한 딸에게 욕을 하고, 두목에게도 협박을 했네. 그녀는 빌었네, 아버지, 불쌍히 여겨주세요, 난 차라리 그와 함께 죽을래요.

기토는 곧 어두운 탑에서 고통을 겪는다. 오 끔찍한 삶이여! 이사벨라는 애인을 풀어주려고 있는 힘을 다하네. 마침내 그녀가 성공하여 그는 안전한 자리에 섰네, 포박에서 벗어나자마자 그는 살인 사건을 막을 수 있었네.

다시 서둘러 성으로 돌아갔네, 제가 살려준 여자와 함께. 하지만 이사벨라는 벌써 제단 앞에 무릎을 꿇고, 강요를 받아 '예'라고 말해야 할 판. 싫어하는 혼인의 서약을 위해. 기토는 창백한 입술로 범죄를 고발한다.

죽음의 힘이 이사벨라를 쓰러뜨렸으니, 아무리 키스를 해도 그녀를 깨우지 못해. 당당하고 고귀한 생각으로 그는 아버지에게 말했네. 나는 그녀의 죽음에 잘못이 없어요, 당신이 그 가슴을 찢어놓아, 붉은 뺨을 하얗게 만들었네요.

조용한 관 위에 놓인 그녀를 다시 보고 두목은 그 얼굴 위에 몸을 숙였네. 거기 아직 생명이 있구나. 모두가 놀라는 가운데 재빨리 그는 애인을 안고 뛰어나갔다, 그녀가 다시 깨어난다면 이제 자기가 그녀를 보호할 곳으로.

하지만 이제 그들은 도망쳐야 한다. 법이 가혹하게 그들을 쫓아 어디에도 안식이 없으니. 둘이서 맹세를 했네. 우린 이제 독자적으로 서겠다. 독이 든 잔을 비우면 신이 우리를 판결하시리, 저 위에서 우리는 구원을 받으리.

소냐와 에바는 이것이 그냥 매주 서는 장에서 나온 평범한 노래라는 것을 잘 알고 있었다. 그림판 앞에서 이 곡이 연주되곤 했다. 하지만 노래가 끝나자 두 사람은 울지 않을 수 없었다. 우느라고 담배에 금방 불도 붙이지 못했다.

정치는 이제 그만. 하지만
영원히 아무것도 안 하는 게 더 위험하다

프란츠 비버코프는 한동안 더 정치에서 허우적댔다. 당당한 빌리는 돈이 별로 없었다. 그는 날카롭고 명랑한 사람이었지만 소매치기로는 초짜였고, 그래서 프란츠의 돈을 썼다. 그는 옛날에 보호 교육 대상자였는데, 당시 어떤 사람이 그에게 공산주의 이야기를 해주면서 그게 아무것도 아니라고 했다. 분별 있는 사람이라면 니체와 슈티르너를 믿고 제가 즐거운 일을 한다. 다른 모든 것은 죄다 허튼수작이다. 약아빠진 데다가 남을 경멸하는 이 친구는 정치 집회에 찾아가 즉석에서 대립을 만들어내기를 아주 좋아했다. 모임에서 그는 사람들을 꾀어 함께 사업을 하거나 그들을 우스갯거리로 만들곤 했다.

프란츠는 한동안 더 그와 함께 다녔다. 그런 다음 정치도 끝이 났다. 미체나 에바가 개입하지 않았는데도 그랬다.

그는 어느 날 밤 나이 든 목수와 함께 술집에 앉아 있었다. 그들은 정치 집회에서 알게 된 사이였다. 프란츠는 팔을 탁자 위에 걸치고 머리를 왼손으로 받친 채 목수가 하는 말을 들었다. 그가 이렇게 말했다.

"이것 보시오, 동지, 난 마누라가 아파서 집회에 간 겁니다. 마누라가 저녁에는 나를 필요로 하지 않아요. 좀 쉬어야지. 8시 땡 치면 차와 함께 수면제를 먹는데, 그럼 집 안을 어둡게 해야지요. 그러니 내가 대체 무얼 합니까. 그래서 마누라가 아프면 사람이 주점으로 나오는 거지요."

"입원시키지 그래요, 집에선 할 일도 없는데."

"벌써 입원했었지요. 그랬다가 퇴원한 겁니다. 그곳 음식이 맞질 않아서, 게다가 병도 더 좋아지지 않고."

"많이 아픕니까?"

"자궁이 직장에 붙어서 자라는 거랍니다. 벌써 수술을 받았지만 낫질 않아요. 몸이 그런데도 의사는 그냥 신경성이라는 겁니다. 이젠 아무것도 없다고 말이지요. 하지만 아내는 통증을 느끼고 하루 종일 훌쩍대요."

"그런 일이."

"의사는 마누라가 곧 건강해진다고 합니다. 벌써 두 번이나 보험회사의 의사에게로 가야 했지만, 이거 알아요? 갈 수가 없었어요. 그 의사도 분명 마누라가 건강하다고 하겠지. 누군가가 병든 신경을 가졌으면, 그건 그냥 건강한 거니까 말이오."

프란츠는 그 말을 귀담아들었다. 그 자신도 아팠었다. 팔이 자동차에 치였으니, 그래서 마그데부르크 병원에 누워 있었다. 그는 그 모든 게 필요 없었다. 그건 전혀 다른 세상이었다.

"맥주 한 잔 더 하시겠소?"

"여기 있는데."

"맥주 하나요."

목수는 프란츠를 바라보았다.

"당신은 당원이 아니지요, 동지?"

"옛날엔 당원이었지만 지금은 아니오. 그런 건 아무 의미도 없어요."

주인이 그들의 탁자에 앉으며 목수에게 인사를 했다.

"안녕하시오, 에데." 그러더니 아이들 일을 물어보고 나서 속삭였다.

"맙소사, 자네 설마 정치판에 끼는 건 아니겠지."

"방금 그 얘길 하고 있었어. 전혀 그럴 생각은 없네."

"그렇담 잘 생각했군. 이봐, 에데, 아들 녀석도 나하고 같은 의견이네만, 정치로는 단 5페니히도 벌지 못해. 그런 게 우릴 잘살게 하는 게 아니야, 그냥 다른 사람들한테만 좋은 거지."

그러자 목수는 눈살을 찌푸린 채 그를 바라보았다.

"그래, 어린 아우구스트가 벌써 그렇게 말한단 말인가."

"그 앤 좋아. 그 애한테 뭐라고 할 순 없어, 우린 돈을 벌려는 거네. 게다가 사정도 잘됐지. 으르렁대지 말게."

"그렇담 건배. 프리체, 난 자네 편이야."

"난 그 마르크스주의를 믿지 않아, 레닌도 스탈린도, 그 사람들 모두. 누군가 내게 대부를 해주거나 돈을 준다면, 얼마나 오래든, 얼마나 많든, 어쨌든 그게 중요한 거지."

"그래, 자넨 뭔가를 이루었군."

곧이어서 프란츠와 목수는 말없이 가만히 앉아 있었다. 주인이 계속 떠들어대는데 목수가 폭발했다.

"난 마르크스주의를 이해 못해. 하지만 조심하게, 프리체, 자네가 머릿속에서 멋대로 만들어내는 것처럼 그렇게 간단한 일은 아니야. 내가 마르크스주의를 무엇에 쓰겠나, 또는 다른 자들, 저 러시아 사람들이 하는 말 같은 걸, 또는 빌리가 슈티르너에 대해 하는 말 같은 걸. 그게 틀릴지도 몰라. 내게 필요한 건 매일 손가락으로 헤아릴 수 있지. 누군가 나를 때리면 그게 무슨 뜻인지 난 이해할 거란 말이지. 아니면 오늘 난 아직은 상점에 있지만 내일이면 쫓겨날 수도 있어. 주문이 없으면 십장도 남고 주인장도 물론 남지만 난 쫓겨나서 거리로 나와 실업 수당이나 타러 가야 하는 거지. 내겐 딸이 셋인데 지금 학교에 다니지만, 맏이는 구루병으로 다리가 휘었어. 그렇다고 걜 보내버릴 순 없네. 어쩌면 걘 학교에서라면 좀 나아질지도 몰라. 마누라가 청소년청에 가서 청원을 해볼 수도 있겠지만, 마누란 할 일이 있어. 지금은 아프지만 원래는 아주 씩씩한 사람이지. 곱사등이들을 보살폈어. 딸애들도 우리만큼이나 못 배우겠지. 상상해보게. 다른 사람들이 자기 애들에게 외국어를 가르치고 여름이면 온천에 보내는 걸 나도 잘 이해한다네. 근데 우린 걔들을 저기 테겔까지 데려갈 돈도 없단 말이지. 게다가 부잣집 애들은 구루병에 안 걸려. 내가 관절통이 있어서 의사에게 가면 서른 명이 대기실에서 바싹 붙어 앉아 기다려. 나중에 의사가 묻지. 이 관절통은 분명 일찍부터 갖고 있었을 텐데요. 거기서 얼마나 오래 일했나요. 자 서류를 받으셨지요. 그는 내 말을 전혀 믿지도 않아, 그런 다음엔 보험회사 의사에게로 가는 거지. 그리고 보험회사에서 주선하는 요양이라도 받으려면 회사는 요양을 보내기 전에 언제나 뭔가를 공제하지. 프리체, 누가 알려주지 않아도 이런 것쯤은 나 혼자서도 알아. 누구든 그런 걸 이해 못한다면 동물원의 낙타인 게 분명해. 오늘날 그런 걸 위해 카를 마르크스는 필요 없어. 하지만 프리체, 하지만, 하지만, 그게 사실이라네."

목수는 허연 머리를 쳐들고 주인을 멍하니 바라보았다. 그는 파이프를 다시 입에 물더니 연기를 피워 올리며 누구든 대답하기를 기다렸다. 주인은 웅얼거리고 입술을 뾰쪽하게 만들고는 만족스럽지 않은 모습이었다.

"그래, 자네가 옳아. 우리 막내딸도 다리가 휘었지. 그래도 돈을 못 받았어. 하지만 말이야, 가난뱅이와 부자는 옛날부터 언제나 있었네. 우리 둘이 그런 걸 바꾸진 못하지."

목수는 무심하게 연기를 피워 올렸다.

"그렇다면 그럴 마음이 있는 사람이 가난해져야 해. 그래, 나 이전에 다른 사람들도 가난했다고 하더라만 난 그럴 마음이 없어. 가난이 오래 계속되면 정말 지겹지."

그들은 아주 조용히 이야기하면서 천천히 맥주를 들이켰다. 프란츠는 여전히 듣고 있었다. 빌리가 카운터에서 이쪽으로 왔다. 프란츠는 일어나서 모자를 쓰고 밖으로 나갔다.

"아니, 빌리. 오늘은 일찍 잠자리에 들 셈이네. 어제 일도 있지 않나."

프란츠는 혼자서 먼지가 많은 더운 거리를 걸었다. 룸디 붐디 둠멜 디 다이. 룸디 붐디 둠멜 디 다이. 잠깐만 기다려, 잠깐만, 머지않아 하르만*이 네게도 와서 작은 정육용 도끼로 저며서 너를 소시지로 만들걸, 기다려라, 잠깐만 기다려, 곧 하르만

*유명한 연쇄 살인자. 1924년에 잡혀서 1925년에 처형되었다.

이 네게도 오리니. 빌어먹을 난 어디로 가나, 빌어먹을 난 어디로 가나. 그는 멈추어 섰지만 길을 건널 수가 없었다. 다시 뒤로 돌아서 더운 거리를 도로 걸어갔다. 사람들이 아직 앉아 있고 목수가 맥주를 앞에 놓고 있는 그 맥줏집을 지나갔다. 난 이 집엔 안 들어간다. 목수는 진실을 말했다. 진실이 그래. 내가 정치로 무얼 어떡하려고, 몽땅 쓰레기지. 나한텐 아무 쓸모도 없어, 나한텐 아무 쓸모도 없어.

프란츠는 다시 뜨겁고 먼지가 많고 불안한 거리를 따라 걸었다. 8월. 로젠탈 광장엔 사람이 많았다. 한 사람이 신문들을 놓고 거기 서 있었다. 〈베를린 노동자 신문〉, 마르크스주의 비밀재판, 체코의 유대인 하나가 청소년을 유린하다, 스무 명의 소년들을 유혹했는데도 체포되지 않았다. 나도 저런 걸 팔았지. 오늘은 더위가 끔찍하다. 프란츠는 멈추어 서서 그 사내에게서 신문을 샀다. 꼭대기에 녹색 갈고리 십자가가 그려진 것,* 저 '신세계'에서 만났던 외눈박이 상이용사. 마셔라, 마셔, 형제여, 마셔라, 걱정일랑 집에 두고, 근심을 피해라, 고통을 피해라, 그러면 인생은 농담, 근심을 피해라, 고통을 피해라, 그러면 인생은 농담.

그는 광장을 돌아 계속 걸어서 엘자스 거리로 들어섰다. 신발끈, 뤼더스, 근심을 피해라, 고통을 피해라, 그러면 인생은 농담, 근심을 피해라, 고통을 피해라, 그러면 인생은 농담. 작년 크리스마스 즈음이었으니, 벌써 오래전 일이었다. 그래 정말 오래전 일이다, 난 지금 여기 파비시 양복점 앞에 서 있구

*〈베를린 노동자 신문〉을 일컫는다.

나. 저게 대체 웬 사람들이냐, 넥타이 물건이구나, 넥타이 고정기, 그리고 리나, 폴란드 여자 리나, 그 뚱보가 나를 마중 왔었지.

프란츠는 계속 걸었다. 제가 무엇을 하려는지도 모르면서 로젠탈 거리로 돌아가서 아싱거 건너편 파비시 양복점 앞의 정거장에 섰다. 그리고 기다렸다. 그래, 그는 그것을 원했다! 그는 거기 서서 기다리면서 자석의 침처럼 끌어당기는 것을 느꼈다. 북쪽으로! 테겔로, 그곳 감옥으로, 감옥의 벽으로 가자! 그곳으로 가고 싶었다. 그곳에 가야만 했다.

그런 다음 41번 전차가 와서 멈추었고, 프란츠는 올라탔다. 그는 이게 옳다고 느꼈다. 출발, 전차가 그를 테겔로 데려간다. 그는 20페니히를 지불하고 차표를 샀다. 테겔로 간다, 모든 게 아주 매끈하구나, 이거야말로 제대로 된 일이다. 그는 기분이 좋았다! 정말로 그곳으로 가고 있다. 브룬넨 거리, 우퍼 거리, 가로수 길들, 라이니켄도르프, 정말이야, 그 모든 게 다 있구나, 그곳으로 간다, 차가 멈춘다. 여기야말로 제대로다! 그렇게 앉아 있는 사이 모든 게 점점 더 진짜가 되고 점점 더 엄격해지고 점점 더 강력해졌다. 그가 느끼는 만족감이 그토록 크고, 그토록 강하고, 앉아 있는 쾌감이 너무나도 강렬해서 눈이 감기고 강렬한 잠에 삼켜졌다.

전차가 어둠 속에서 시청을 지나갔다. 베를린 거리, 라이니켄도르프 서부, 테겔, 종착역. 차장이 그를 깨우고 일어나는 걸 도왔다.

"전차가 더는 안 가요. 어디를 가려고 하십니까?"

프란츠는 비틀거리며 밖으로 나갔다.

"테겔."

"여기가 테겔입니다."

하지만 그는 몹시 취해 있었다. 장애인들은 연금을 저렇게 마셔 없앤다니까.

강력한 졸음이 프란츠를 덮쳐서 그는 방금 도착한 광장에서 가로등 뒤에 있는 첫 번째 벤치에 뻗어버렸다. 순찰 경찰이 그를 깨웠다. 새벽 3시, 경찰은 그에게 아무 일도 하지 않았다, 이 사내는 얌전해 보인다, 심하게 취했군, 하지만 사람들이 그의 돈을 뜯어갈지도 모른다.

"여기서 잠을 자면 안 됩니다. 어디 사시오?"

프란츠는 그걸로 족했다. 그는 하품을 했다. 침대로 가야지. 그렇다, 여긴 테겔, 난 여기서 무얼 하려고, 내가 여기서 무얼 하려고 했던가, 그의 생각이 이리저리 움직였다. 침대로 가야지, 다른 건 없어. 그는 슬픈 모습으로 꾸벅꾸벅 졸았다. 그래, 테겔이구나, 어쩌겠다는 건지 자신도 몰랐다. 그래, 옛날에 여기서 옥살이를 했지. 자동차 한 대. 난 테겔에서 무엇을 하려고 했었나. 자고 있는데 그들이 나를 깨웠다.

극심한 졸음이 다시 밀려와서 그의 눈을 열었고, 프란츠는 모든 것을 알았다.

산(山)들이 있고, 노인이 일어나 아들에게 말한다. 함께 가자. 함께 가자고 노인이 아들에게 말하며 길을 떠나자 아들이 함께 갔다. 산으로 들어갔다. 산으로 들어가 산들과 골짜기를 올라가고 내려가고. 얼마나 더 오래 가야 하나요, 아버지? 나도 모른다, 우린 올라가고 내려가고, 산으로 들어간다, 그냥 가자. 피곤하니, 얘야, 함께 가고 싶지 않으냐. 아, 피곤하지 않아요. 내가 함께 가기를 원하신다면 함께 가지요. 그럼 가자. 산을 올라갔다 다시 내려가고, 골짜기들을 만나고, 길은 멀었다. 정오가 되었다. 여기 이르렀구나. 아들아, 사방을 둘러보아라, 저기 제단이 있다. 난 두려워요 아버지. 어째서 두려우냐, 얘야? 아버지가 나를 일찍 깨웠지요, 우린 길을 떠났는데 제사지낼 때 쓸 거세된 숫양을 잊어버렸어요. 그래, 숫양을 잊었구나. 산을 오르고 내려가고, 긴 골짜기들, 그런데 우린 그걸 잊었구나, 숫양은 함께 오지 않았다. 저기 제단이 있는데 난 두려워요. 겉옷을 벗어야겠다, 두려우냐, 아들아? 그래요, 두려워요, 아버지. 나도 두렵구나, 아들아, 이리 가까이 오너라, 두려워하지 마라, 우린 그 일을 해야 한다. 우리가 무엇을 해야 하지요? 산을 올라가고 내려가고, 긴 골짜기들, 난 아주 일찍 일어났다. 두려워하지 마라 아들아, 기꺼이 그 일을 해라, 이리 내 곁으로 더 가까이 오너라, 난 벌써 겉옷을 벗었다, 내 소매를 피로 더럽힐 순 없다. 그래도 두려워요, 아버지가 칼을 가졌으니. 그래 난 칼을 가졌다, 난 너를 죽여야 하니까, 난 너를 제물로 바쳐야 하니까, 주님이 그렇게 명령하셨다, 기꺼이 그렇게 해라 내 아들아.

아니 난 그렇게 할 수 없어요, 난 소리칠 테야, 나를 붙잡지 말아요, 난 죽음을 당하지 않을 테야. 이제 넌 무릎을 꿇고 있다, 소리 지르지 마라 아들아. 아니, 소리 지를 테야. 소리 지르지 마라, 네가 원치 않으면 난 할 수 없다, 그걸 해야 하지만. 산을 올라가고 내려가고, 어째서 난 집으로 가면 안 되나요. 집에서 무얼 하려느냐, 주님이 집보다 더 중요하다. 난 할 수 없어요, 아니 할 수 있어, 아니 할 수 없어요. 이리 가까이 오너라, 보아라, 난 이미 칼을 가졌다, 이것을 보아라, 이건 아주 날카롭지, 이걸 네 목에 쓸 것이다. 내 목을 갈라야 하나요? 그래. 그럼 피가 튀나요? 그래, 주님이 그렇게 명하셨다, 그렇게 하고 싶으냐? 난 할 수 없어요, 아버지. 그래도 어서 오너라, 난 너를 죽여선 안 된다. 내가 그걸 해야 한다면 네가 스스로 원해서 하는 것처럼 그렇게 이루어져야 한다. 내가 스스로 하라고요? 그래, 그리고 두려움도 없이. 아. 네 삶을 살지 말고, 넌 그걸 주님께 드렸으니. 이리 가까이 오너라. 우리 주 하느님이 그걸 원하신다고? 산을 오르고 내리고, 난 아침 일찍 일어났어요. 너 겁쟁이가 되고 싶진 않지? 난 알아요, 알아요, 알아요! 무얼 안다는 거냐, 내 아들아. 여기 내게 칼을 가져다 대세요, 잠깐 기다려요, 내가 옷깃을 밀어내도록, 목을 완전히 드러내도록. 넌 무언가를 아는 것 같구나, 넌 그것만을 원해야 한다, 네가 그걸 원해야 한다, 우리 둘이서 그걸 하는 거다, 주님이 부르실 거다, 우린 그분이 부르는 것을 들을 것이다. 그만둬요. 그래, 이리로 너의 목을 내밀어라. 여기요. 난 두렵지 않아요, 기꺼이 하겠어요. 산을 오르고 내려가고, 긴 골짜기들, 이제 칼을 대고 자르세요, 난 소리치지 않을 거니까.

아들은 머리를 뒤로 젖혔다. 아버지가 아들 뒤에 서서 그의 이마를 누르고, 오른손으로 도축용 칼을 들어 올렸다. 아들이 그것을 원한다. 주님이 부르신다. 그들은 서로 얼굴을 마주 댔다.

주님의 음성이 어떻게 울리더냐. 할렐루야. 산을 통해, 골짜기를 통해, 너희는 내게 복종한다, 할렐루야, 너희는 살아야 한다, 할렐루야, 그만둬라, 칼을 골짜기에 던져라. 할렐루야, 나는 너희가 복종하고 언제나 내게만 복종해야 할 주인이다. 할렐루야, 할렐루야. 할렐루야. 할렐루야. 할렐루야. 할렐루야. 할렐루야. 할렐루야. 루야, 루야, 루야, 할렐루야, 루야, 할렐루야.

"미체, 귀여운 미체, 내게 제대로 욕을 퍼부어."

프란츠는 미체를 제 무릎으로 끌어당기려 했다.

"하지만 말 좀 해봐. 내가 대체 무슨 짓을 한 거지? 내가 어제 저녁에 늦었기 때문에 말인데."

"맙소사, 프란츠, 당신은 스스로를 불행하게 만들어요. 누구랑 상종한 거예요."

"왜 그래? 무슨 일이야?"

"운전사가 당신을 계단으로 데려온 게 분명해요. 내가 뭐라고 해도 말이 없더라고요. 당신이 거기 누워서 자고 있잖아요."

"그래, 난 테겔에 갔었어. 정말 혼자서 말이지."

"뭐라고요, 프란츠? 그게 정말이에요?"

"정말 혼자서. 난 거기서 몇 해를 보냈거든."

"거기 아직 무슨 볼일이 남아 있나요?"

"아니, 날짜까지 헤아려 완전히 다 마쳤지. 난 그냥 보고 싶었어. 그렇다고 화를 낼 필요는 없잖아, 아가씨."

그녀는 그의 곁에 앉아서 언제나처럼 상냥하게 그를 바라보았다.

"하지만 정치는 하지 말아요."

"난 정치를 하지 않아."

"집회에 가지 말아요."

"안 가려고 해."

"정말이지요?"

"그럼."

그러자 미체는 프란츠의 어깨에 팔을 두르고 그의 얼굴에 제 얼굴을 갖다 댔다. 그들은 아무 말도 하지 않았다.

우리 프란츠 비버코프보다 더 만족스러운 건 없지, 그는 정치를 버렸다. 이제 그는 그걸 기억할 것이다. 술집에 앉아 웅얼거리고 카드놀이를 한다. 미체는 어떤 신사를 알게 되었다. 그는 거의 에바의 기사만큼이나 부자지만 유부남이다. 그게 더 잘된 일이다. 그는 그녀에게 가구가 딸리지 않은 방 두 개짜리 아담한 아파트를 꾸며주었다.

그리고 미체는 프란츠가 그를 피하지 않기를 원했다. 에바가 어느 날 갑자기 프란츠를 집으로 찾아왔다. 미체가 그걸 원하니 안 될 이유도 없지 않은가. 하지만 에바, 그러다 당신 정말 애라도 생긴다면, 흠, 내게 애가 생긴다면, 우리 아저씬 나를 위해 성(城)을 열 개라도 지어주고, 좋아 죽으려고 할걸.

파리가 기어오르면 모래는 몸에서 떨어지고, 머지않아 파리는 다시 날아다닐 것이다

프란츠 비버코프에 대해서는 이야기할 게 많지 않다. 그를 이미 아니까. 암돼지가 우리로 오게 되면 무슨 일을 할지 미리 생각할 수 있다. 다만 그런 돼지가 인간보다 더 낫다. 그것은 그냥 살덩이와 지방으로 이루어진 것이고, 먹을 것만 충분하다면 돼지에게 앞으로 일어날 수 있는 일이라야 별로 많지 않다. 고작해야 새끼를 한 번 더 낳을 것이고, 삶의 마지막엔 칼이 버티고 있지만 그것도 결국은 특별히 나쁘거나 흥분할 일도 아니다. 돼지가 무언가 알아채기도 전에—그런 짐승이 무얼 알아챈단 말이냐—벌써 끝나 있을 테니. 하지만 인간은 눈을 갖고 있고, 속에 많은 것이 들어 있고 게다가 모든 게 뒤엉켜 있다. 그는 악마를 생각할 수도 있고 또한 제게 어떤 일이 벌어질지도 생각해야 한다(끔찍한 머리를 갖고 있으니).

아주 뚱뚱하고도 사랑스러운 우리의 외팔이 프란츠 비버코프는 그렇게 산다. 참을 만한 기온이 된 8월 속으로 걸어 들어간다. 그리고 프란츠는 왼팔로도 거뜬히 노를 저을 수 있고, 신고도 하지 않았건만 경찰에선 어떤 말도 듣지 않는다. 관할 경찰도 여름 휴가를 갖는 중이니, 하느님, 공무원도 결국은 두 다리를 갖고 있고, 자기들이 벌어들이는 돈 몇 푼을 위해 그렇게 죽도록 애쓸 일도 없으니 말이다. 무엇 하러 이리저리 돌아다니며 찾아야 한단 말이냐. 프란츠 비버코프가 어떻다고, 하필이 비버코프가, 그는 그냥 팔이 하나뿐이지만, 예전엔 두 개 다 있었다. 그를 곰팡이가 피도록 내버려두어라, 인간이란 결국 다른 걱정거리도 있는 법이니.

그냥 거리들이 있다. 거기서 듣고 보고, 전혀 원치 않더라도 이전의 일이 생각나고, 매일같이 삶은 그렇게 흘러가고 오늘 무언가가 오지만 그걸 놓치고, 내일 그게 다시 와도 또다시 잊고, 언제나 누군가에게 무슨 일인가 일어난다. 삶이 제대로 돌아가게 되고, 그는 꿈을 꾸고 존다. 그러면 더운 어느 날 창에서 파리 한 마리를 잡아 화분에 올려놓고, 그 위에 모래를 불어 보낸다. 그게 정상적인 건강한 파리라면 파리는 다시 기어나오고 몸뚱이 위에 덮인 모래쯤은 전혀 문제가 안 된다. 프란츠는 그것을 바라보면서 이따금 그런 생각을 한다. 난 형편이 좋다, 나한테 그게 무슨 상관이냐, 정치는 나하고 상관이 없다, 사람들이 그렇게 멍청해서 착취를 당한다 해도 나로선 어떻게 할 수가 없다. 왜 모든 사람을 위해 머리가 깨지도록 생각을 해야 한단 말인가.

다만 술을 마시는 것에 대해 미체가 강력하게 경고했다. 그 것은 프란츠의 약점이었다. 그는 아주 타고난 술꾼이었고, 그 런 요소가 그의 안에 숨어 있다가 번번이 다시 나타나곤 했다. 그는 이렇게 말한다. 그럼 비계가 늘면서 별생각이 없어진다고. 하지만 헤르베르트 비쇼는 프란츠에게 이렇게 말했다.

"맙소사, 그렇게 많이 마시지 마라. 넌 정말 행운아야. 전에 네가 어떤 신세였는지 생각해봐. 신문팔이였잖아. 이젠, 한 팔이 없지만 수입원인 미체가 있지 않나, 옛날 이다하고 지낼 때처럼 다시 술을 마시기 시작하진 않을 테지."

"그야 물어볼 필요도 없지, 헤르베르트. 내가 마신다면 그야 시간 때문이야. 여기 앉아 무얼 하나. 그냥 마시고 또 마시고 또 마시는 거지. 그것 말고는, 나를 봐, 잘 견디고 있어."

"네가 견딘다고 말하다니. 좋아, 너 진짜 뚱뚱하거든. 거울을 들여다봐. 대체 눈이 어떤 꼴인지 말이야."

"눈이 어떤 꼴인데?"

"정신 차려, 노인네처럼 축 늘어졌단 말이다. 너 도대체 몇 살이야, 그렇게 마셔서 늙어버리는 거야, 너무 마시면 늙는다고."

"내버려둬. 집에 뭐 새로운 일 있나? 요새 무슨 일을 하나, 헤르베르트?"

"다시 시작할 거야. 새로운 친구 둘이 왔는데, 일을 잘해. 불을 들이마시는 크노프 알지, 왜. 걔가 두 명을 데려왔어. 크노프가 그렇게 말했대. 나하고 함께할 텐가? 그렇다면 너희가 무얼 할 수 있나 내게 보여줘라. 걔들은 열여덟, 열아홉 살이야. 그래 크노프가 저기 단치히 거리 모퉁이에 서서 그들이 하는 일을 지켜보았지. 그들은 어떤 늙은 여자를 관찰하고 있다가 그 여자가 은행에서 돈을 찾아 오는 것을 보고는 계속 뒤를 따라갔어. 크노프는 놈들이 어디선가 할멈에게 한 방 먹이고 돈을 들고 튈 거라고 생각했지. 아니, 그들은 끈질기게 지켜보며 할멈이 사는 곳까지 함께 갔어. 할멈이 걸어오는데 그들이 미리 서 있다가 그 얼굴을 들여다보더래. 밀러 부인이시네요, 이렇게 그 여자 이름을 부르고는 여자와 몇 마디 이야기를 나누다가 저편에 전차가 도착하자 얼굴에 후춧가루를 뿌리고는 핸드백을 뺏었어. 전차 문이 탁 닫히고 출발했지. 크노프는 그런 전차 쇼는 전혀 쓸모없는 일이었다고 욕을 했다네. 그녀가 현관문을 열고, 누군가 그게 누구였는지 알아채기도 전에 그들은 건너편 술집에 편안하게 앉아 있었어. 거기서 달렸다가는 수상하게 되어버리지."

"적어도 재빨리 뛰어내린 거잖아?"

"그래, 하지만 크노프가 투덜대기도 전에 두 녀석은 또 다른 일을 했어. 크노프를 데리고 가서 저녁 9시에 그냥 벽돌 하나를 줍더니 저 로민텐 거리에서 시계방 창문을 부수고는 손을 안으로 집어넣었다가 빼더래. 아무것도 얻지는 못했지만. 이놈들은 악명 높은 오스카만큼이나 뻔뻔해, 나중에 사람들 한가운데 가만히 서 있더래. 우린 녀석들을 잘 쓸 수 있을 거야."

프란츠는 머리를 아래로 떨어뜨렸다.

"뻔뻔한 친구들이군."

"너야 그런 게 필요 없지."

"그래, 난 필요 없어. 그리고 나중을 위해서도 머리가 빠지게 생각할 필요 없고."

"그냥 술만 줄이면 돼, 프란츠."

프란츠의 얼굴이 떨렸다.

"어째서 마시면 안 되나, 헤르베르트, 너흰 대체 나한테 뭘 원하는 거야. 난 아무것도 할 수 없어, 난 할 수 없어, 백 퍼센트 장애인이라 이거지."

그는 헤르베르트의 눈을 들여다보았다. 그의 입꼬리가 아래로 내려갔다.

"이거 알아, 모두들 나보고 뭐라고 하네. 누군가는 나더러 술을 마셔선 안 된다지, 또 누군가는 나더러 빌리랑 같이 다니지 말라지, 그리고 또 맙소사, 정치를 그만두라지."

"난 정치에 대해선 반대 아닌데. 그건 해도 돼."

프란츠는 의자 뒤로 몸을 기대고 여전히 친구인 헤르베르트 비쇼를 바라보았다. 비쇼는 생각했다. 이 녀석 얼굴이 일그러졌다. 위험한 친구다, 우리 프란츠는 아주 선량한데. 프란츠가 팔을 뻗어 그를 툭 치며 속삭였다.

"그들이 나를 병신으로 만들었어, 헤르베르트, 나를 봐, 난 아무짝에도 쓸모가 없어."

"그렇게 과장하지 마라. 그런 걸 에바나 미체에게 말해봐."

"침대에 눕는 거, 그거야 나도 해. 하지만 넌 뭔가 다른 일도 하지, 그 애들도."

"네가 원한다면 너도 그 팔로 일을 할 수 있어."

"그들이 나를 그냥두지 않을걸. 미체는 그걸 원치 않아. 그 애가 나를 설득했다고."

"그래도 그냥 해, 그냥 시작해버려."

"그래, 이젠 다시 시작하라고? 그만둬라, 시작해라. 내가 강아지 새긴가. 탁자 위로 올라가, 탁자에서 내려와, 탁자 위로 올라가."

비쇼는 코냑 두 잔을 따랐다. 미체하고 한 번 이야기를 해야겠다. 이 친구 심기가 좋지 않은걸, 미체가 조심해야 되겠는데,

이 친구 다시 분노하면 옛날 이다 짝 날라. 프란츠는 잔을 내려 놓았다.

"난 병신이야, 헤르베르트. 이 소매를 봐. 속이 비었어. 밤이면 어깨가 얼마나 아픈지 아나. 잠을 잘 수가 없다네."

"그럼 의사한테 가봐."

"그러지 않을 거야. 의사하곤 상종하지 않을래, 마그데부르크만으로 충분해."

"그럼 내가 미체한테 말할 거다. 함께 드라이브라도 나가 베를린 밖에서 바람 좀 쐬라고 말이다."

"술이나 마시게 그냥 놔둬, 헤르베르트."

헤르베르트 비쇼가 그의 귀에 속삭였다.

"그러다간 미체도 이다 꼴 날라!"

프란츠가 귀를 기울였다.

"뭐라고?"

"그래."

이거 봐라, 나를 보네. 나를 본다. 넌 그 4년만으로 충분치가 않더냐. 프란츠는 비쇼의 코앞에 주먹을 들이밀었다.

"맙소사, 너 괜찮아?"

"아니, 난 괜찮지 않아. 너!"

에바가 문에서 그 말을 들었다. 그녀는 막 집을 나서려던 참이었다. 밝은 갈색의 세련된 옷차림으로 방으로 들어오더니 비쇼에게 가볍게 한 방을 날렸다.

"그가 술을 마시게 내버려둬? 당신, 미쳤어?"

"당신이 못 봐서 그래. 옛날 같은 일이 다시 일어나라고?"

"당신은 차에 치였어. 입 다물어."

프란츠는 에바를 빤히 건너다보았다.

반시간 뒤에 그는 자기 방에서 미체에게 물었다.
"당신은 어때, 내가 술을 마셔도 돼?"
"그럼요, 하지만 너무 많이는 말고. 너무 많이 말고."
"그럼 당신도 술에 취해볼래?"
"좋아요, 당신과 함께."
프란츠가 환호성을 질렀다.
"오 미체, 당신이 술에 취하겠다고, 당신은 한 번도 취해본 적이 없지?"
"있어요. 자 함께 마셔요, 지금."
그는 마음이 슬펐다. 프란츠는 그녀가 불안하게 움직이는 것을 보았다. 최근에 그녀가 에바와 아이 이야기를 할 때와 같은 태도였다. 그러자 프란츠가 그녀 곁에 섰다. 사랑스러운 아가씨, 이토록 선량한 아가씨, 그의 옆에서 그녀는 아주 작았다. 그가 재킷에 집어넣을 수 있을 정도로, 그녀가 그를 얼싸안았다. 그는 왼손으로 그녀의 허리를 만졌다. 여기, 그리고 여기.
그 순간 프란츠는 단 1초 동안이지만 멍해졌다. 그의 팔이 그녀의 엉덩이를 안은 채 아주 단단해졌다. 하지만 생각 속에서 프란츠는 그 팔을 계속 움직이고 있었다. 이 순간 그의 얼굴이 돌처럼 단단했다. 그는 생각 속에서—아주 작은 목재 도구를 손에 쥐고 위에서부터—미체에게 한 방을 날렸다. 그녀의 흉곽에, 한 방, 두 방. 그녀의 갈비뼈가 부서진다. 병원, 무덤, 브레슬라우 녀석.
프란츠는 미체를 풀어주었다. 그녀는 그가 무슨 생각을 하는지 알지 못했다. 그녀는 그의 옆 바닥에 앉았다. 그는 웅얼거리고 중얼거리며 울부짖고 그녀에게 키스하고 또 울었다. 그녀도 함께 울었다, 영문도 모른 채. 그런 다음 그녀가 소주 두 병을 가져왔고, 그는 계속 "아니, 싫어" 하고 말했지만 그게 즐거워졌다. 그래서 두 사람은 즐겁게 함께 웃었다. 미체는 벌써 한참 전에 자신의 기사에게로 갔어야 하지만, 이 아가씨가 무얼 하고 있나, 그녀는 자신의 프란츠 옆에 머물러 일어설 수도 없고, 걸어갈 수는 더욱 없는 처지였다. 그녀는 프란츠의 입에서 그의 소주를 빼앗아 마셨고, 그도 그녀의 입에서 그것을 도로 뺏으려 했지만 소주가 벌써 그녀의 코로 흘러나왔다. 두 사람은 킥킥거렸고, 그는 다음 날 날이 밝을 때까지 코를 골며 잠을 잤다.

대체 이 어깨 어디가 이리 아프냐, 그들이 내 팔을 없앴다.

어깨가 어찌 이리도 아프냐, 내 어깨가 정말 아프다. 미체는 어디로 갔나. 그 애는 나를 여기 혼자 남겨놓았네.

놈들이 내 어깨를 망가뜨렸다. 사라져버려, 어깨야, 가버려, 어깨야. 빌어먹을 개자식들, 내 팔이 떨어졌다. 놈들이 그랬다. 그 개자식들이, 개자식들이 팔을 뺏어갔어, 그리고 나를 그대로 버려두었지. 어깨가, 어깨가 아프다, 놈들이 나를 내던졌지, 할 수만 있었다면 내 어깨도 부수어버렸을 테지. 어깨까지 부수어버렸을 거다. 놈들이 어깨까지 부수어버렸다면 이렇게 아프진 않을 텐데, 빌어먹을. 놈들이 나를 죽이진 않았다, 개자식들, 그 부분은 실패했다. 그 점에선 운이 없었던 거다, 개자식들, 하지만 그것도 좋지가 않아, 이제 난 누워 있지만 아무도 없어, 누가 이런 외침을 듣는단 말이냐. 팔이 너무 아프다, 어깨도, 그 개자식들이 차라리 나를 완전히 치여 죽였더라면 좋았을걸. 이제 난 반쪽짜리 인간이다. 내 어깨, 내 어깨, 더는 견딜 수가 없다. 빌어먹을 개자식들, 개자식들, 놈들이 나를 망쳐놨다. 내가 무엇을 하겠느냐, 미체는 어디 있지, 놈들이 나를 여기 눕혀놓았다, 아우, 아우, 아파, 아우, 아우.

파리가 기어간다, 기어간다, 화분에 앉아 있다, 모래가 떨어진다, 모래는 파리를 해치지 못했다, 파리는 모래를 털어버리고 검은 머리를 앞으로 뻗고 밖으로 기어 나온다.

큰 바빌론이 물가에 앉아 있다. 온 땅의 매춘과 공포의 어미인 큰 바빌론. 그녀가 빨간색 짐승을 타고 있는데, 머리 일곱에 뿔이 열 개나 달려 있다. 그게 보인다, 넌 그걸 보아야 한다. 너의 한 걸음 한 걸음이 그 여자를 즐겁게 한다. 그 여자는 제가 찢어 죽인 성도들의 피에 취해 있다, 저것이 그 여자가 저들을 찌른 뿔이구나, 그 여자는 심연에서 와서 저주로 이끌어간다. 그녀를 보아라, 진주들, 빨간색과 자주색 옷을, 씹고 있는 저 이빨을, 저 통통한 입술을, 그 위로 피가 흥건하구나, 그 여자가 그 피를 마셨다. 창녀 바빌론! 황금빛 독기 어린 눈, 흡혈귀의 목! 그 여자가 너를 보고 웃고 있구나!

앞으로 전진, 발걸음 똑바로,
북 치는 소리와 대대(對隊)

조심, 수류탄이 날아오면 오물이 생긴다, 앞으로 갓, 발을 높이
들고 빨리 움직엿, 난 빠져나가야 해, 앞으로 갓, 나는 뼈밖에
부서질 것도 없지만, 둠드룸둠, 발걸음 똑바로, 하나 둘, 하나
둘, 왼쪽 오른쪽, 왼쪽 오른쪽, 왼쪽 오른쪽.

프란츠 비버코프는 거리를 행진한다. 확고한 발걸음으로,
왼쪽 오른쪽, 왼쪽 오른쪽, 피곤하다고 핑계 대지 마라, 술집은
안 된다, 더는 마시지 말고, 우리는 보고 싶다, 총알 하나가 날
아왔다, 그걸 보겠다, 내가 맞으면 쓰러지지, 왼쪽 오른쪽, 왼
쪽 오른쪽. 북 치는 소리와 대대. 마침내 그는 심호흡을 했다.

베를린을 통해서 간다. 병사들이 도시를 통과하여 행진하
면, 아이바룸, 아이다룸, 아이 그냥 칭다라다 붐다라, 아이 그
냥 칭다라다.

더럽고 답답한 자기 집에—더러운 건물, 아이 바룸, 아이 다
룸, 답답한 집, 아이 다룸, 아이 그냥 창다라다—라인홀트는

앉아 있다. 그는 폼스 패거리의 단골, 병사들이 도시를 통해 행진하면 아가씨들이 세상의 온갖 창문과 문에서 내다본다, 신문을 읽는다, 왼쪽 오른쪽, 왼쪽 오른쪽. 그게 나를 향한 것이든 너를 향한 것이든, 올림픽 경기에 관한 내용을 읽는다, 하나 둘, 그리고 호박씨가 구충제라는 사실도 읽는다. 그는 말을 더듬는 탓에 아주 천천히 또박또박 읽는다. 혼자 있을 때면 마음이 아주 편하다. 그는 호박씨로 그걸 없앴는데, 병사들이 도시를 통해 행진하면, 그야 그의 몸에 한때 촌충이 있었기 때문이다. 아마 지금도 한 마리쯤 있을걸, 어쩌면 같은 놈으로, 어쩌면 다른 놈으로, 옛날 있던 놈이 젊어져서, 어쨌든 호박씨로 한번 시도를 해보아야겠다, 껍질째 먹어야지 껍질을 벗기면 안 된다. 건물들은 조용히 서 있고 바람은 멋대로 분다. 알텐부르크에서 스카트 카드놀이 대회. 난 카드놀이 안 해. 길이 그야말로 멀고, 전체 비용은 주당 30페니히에 지나지 않지만, 그야 분명 속임수. 병사들이 도시를 행진하면 아가씨들이 세상의 온갖 창문과 문에서 내다본다. 아이 바룸, 아이 다룸, 아이 그냥 칭 다라다 붐다라다 붐. 똑똑, 문 두들기는 소리, 들어오시오.

벌떡 일어나 앞으로, 앞으로. 라인홀트는 한순간 호주머니를 만져보았다, 권총. 총알 하나가 날아왔다, 그게 나를 향한 것이든 너를 향한 것이든. 총알이 그를 쓰러뜨렸다, 그는 내 발치에 누워 있다, 마치 나의 일부인 것처럼, 마치 나의 일부인 것처럼. 거기 그가 서 있었다. 프란츠 비버코프, 팔을 잃은 모습으로, 상이용사, 이 자식이 술에 취했나, 아닌가. 그는 재빨리 움직였다, 쾅 하면 놈이 쓰러지리라.

"누가 너를 안으로 들여보냈나?"

"너의 주인 여자지."

그야 물론이다.

"그 망할 여자가 미쳤나?"

라인홀트는 문으로 달려갔다.

"티치 부인! 티치 부인! 그게 뭡니까? 내가 집에 있나요, 아니면 없나요? 내가 집에 없다고 말하면 난 집에 없는 거잖아요."

"죄송합니다만, 라인홀트 씨. 아무도 내게 그런 말을 안 했는데요."

"그럼 내가 집에 없는 거지, 빌어먹을. 누가 되었든 내 집으로 들여보내지 말라고 했잖아."

"아마 우리 딸에게 그 말을 하신 모양이네요. 근데 딸애가 아래로 내려와서는 아무 말도 안 했는데."

그는 권총을 꽉 잡고 문을 닫았다. 병사들.

"내 집에서 대체 무얼 원하나? 우리가 서로 찾을 일이 뭐란 말인가?"

그는 말을 더듬었다. 이건 대체 어떤 프란츠일까? 곧 알게 되겠지. 얼마 전에 이 사내의 팔이 날아갔다. 그는 착실한 남자였는데, 맹세까지 했는데, 이젠 기둥서방이 되고 말았다. 게다가 누구 죄로 그리 되었는지도 말해야겠지. 북 치는 소리와 대대 일어서, 이제 그가 왔다.

"이거 봐, 라인홀트, 자넨 총을 갖고 있구먼."

"그래서, 뭐?"

"그걸로 뭘 할 건데? 대체 무얼 할 셈이야?"

"나. 아무것도."

"그래. 그렇다면 그걸 내려놓아도 되지 않겠나."

라인홀트는 총을 자기 앞 탁자에 내려놓았다.

"무엇 하러 나한테 왔나?"

저기 그가 있다, 그가 있다, 그가 건물 현관에서 내게 한 방 먹였지, 그가 나를 자동차에서 밖으로 내던졌지, 그전엔 아무것도 없었다, 칠리가 있었고 나는 계단을 내려갔다. 그것이 올라온다. 달이 물위로, 저녁에 눈부시게 빛나는 달, 종소리. 이제 그는 권총을 갖고 있다.

"앉게나, 프란츠. 말해봐, 자네, 토했나?"

그렇게 멍하니 바라보는 걸 보니 취한 게 분명하다. 그는 술을 끊지 못하지. 그럴 거야, 그는 술에 취했다, 하지만 난 권총을 갖고 있어. 아이 그냥 칭다라다 붐다라다 붐. 이제 프란츠가 자리에 앉는다. 이제 앉았다. 밝은 달이 뜨자 물이 모두 빛난다. 이제 그는 라인홀트의 집에 앉아 있다. 제가 아가씨들 일로 도움을 준 그 사내였다. 아가씨들을 차례로 그에게서 넘겨받았다. 그런 다음 그가 자기를 보초로 세우려고 했지만, 미리 아무 말도 해주지 않았다. 이제 나는 기둥서방이다, 그리고 앞으로 미체가 어찌 될지 누가 알겠는가. 그게 바로 망치다. 하지만 그 모든 것이 생각 속에서 이루어졌다. 실제로는 오직 한 가지만 일어난다, 라인홀트, 라인홀트가 저기 앉아 있다.

"나는 그냥 자넬 보고 싶었어, 라인홀트."

그걸 원했어. 그를 보는 것, 그것만으로 충분하다. 지금 우린 이렇게 앉아 있다.

"자네 뭐 협박이라도 하자는 건가, 그때 그 일 때문에?"

고요함. 움찔하지도 않는다. 일동 앞으로 전진, 수류탄 몇 개.

"협박이군. 그래 얼마를 원하나? 난 무장하고 있어. 자네가 기둥서방이란 것도 알아."

"그래, 그건 사실이야. 팔 하나로 무얼 하겠나?"

"그러니까 무얼 원하나?"

"아무것도, 아무것도 없어."

그냥 반듯하게 앉아 있는 것, 반듯하게, 저기 라인홀트가 있다. 그는 이리저리 돌아다닌다. 그냥 자빠지지만 말자.

하지만 프란츠의 내면에서 이미 떨림이 나타났다. 동방에서 온 세 명의 왕이 있었다. 그들은 향을 갖고는 그것을 이리저리 흔들었다. 계속 흔들었다. 그들은 사람을 연기로 덮는다. 라인홀트가 생각한다. 이 자식이 취했을지 몰라, 그럼 그냥 갈 거고 아무 문제도 없다. 아니면 뭔가를 바라는 거다. 아니, 이 자가 뭔가를 원한다, 근데 뭐지, 놈이 협박을 하려는 건 아니야, 그렇다면 뭐지. 라인홀트는 소주를 가져오며 생각한다. 그렇다면 나는 옛날의 프란츠를 다시 이끌어내야지. 비쇼가 녀석을 보낸 게 아니라면, 낌새를 알아채고 우리를 날려 보내려는 게 아니라면. 반짝이는 술잔 두 개를 탁자에 내려놓는 순간 그는 프란츠가 떨고 있는 것을 보았다. 달아, 하얀 달아, 물 위로 둥실 떠오르는 하얀 달아, 아무도 위를 올려다볼 수 없네, 난 눈이 멀었으니 이를 어쩌나. 보라, 그는 아무것도 할 수 없다. 그는 반듯하게 앉아 있지만 그마저 할 수가 없다. 그 순간 라인홀트는 기쁨을 느끼고 천천히 권총을 탁자에서 집어 호주머니에 넣었다. 잔에 술을 따르고 다시 보았다. 앞발을 떨고 있다, 저자는 손 떨림 증세가 있다, 이거 약골이구나. 허풍쟁이, 이놈은 권총을 보고 겁을 먹었거나 아니면 나를 겁내고 있다. 난 아무 일도 안 할 건데. 라인홀트는 아주 조용하고 친절했다. 이 떨림을 보고 느낀 기쁨, 아니 이놈은 술에 취한 게 아니다, 프란츠는 두려운 거다, 꺾어진 거야, 겁이 나서 안절부절못한다, 놈은 내 앞에서 감히 큰소리를 쳐보려는 거다.

라인홀트는 칠리 이야기를 시작했다. 마치 우리가 어제 만난 사이이기라도 한 것처럼. 칠리가 한 번 더 내 곁에서 지냈어, 몇 주 동안, 그래 그런 일도 있지, 내가 한 몇 달 못 보면 말이야. 그럼 그 여자를 다시 가질 수가 있어, 재탕이지. 웃기는 일이긴 해. 그러고 그는 담배를 꺼냈다, 추잡스러운 그림이 그려진 담뱃갑, 그런 다음 사진들, 라인홀트와 함께 찍은 칠리 사진도 있었다.

프란츠는 아무 말도 할 수가 없었다. 그는 그냥 라인홀트의 두 손을 바라보았다. 그는 두 손과 두 팔이 있다, 자기는 하나뿐인데. 두 손으로 라인홀트가 자기를 자동차 밖으로 밀쳐버렸다, 아 어째서, 아 그래서, 난 이 자식을 때려죽이지 못해, 아 그냥 칭다라다. 비쇼는 생각한다, 하지만 난 그런 생각 안 해, 내가 대체 무슨 생각을 해. 난 아무것도 할 수 없어, 아무것도 할 수 없다. 그래도 난 무언가 해야 한다, 무언가 하고 싶어, 아 그냥 칭다라다 붐다라다—난 사내도 아니다, 그냥 약자일 뿐. 그는 자기 자신 속으로 무너져 내렸다. 그런 다음 다시 떨면서 코냑을 삼켰다. 한 번 더 삼켜도 아무 소용 없었다. 라인홀트가 낮은 소리로 말했다.

"나, 난 프란츠, 난 너의 상처가 보고 싶어."

아이 그냥 칭다라다 붐다라다. 프란츠 비버코프는—이런 게 그니까—재킷을 열어젖히고 셔츠를 매단 채 뭉툭하니 끊어진

자리를 보여주었다. 라인홀트는 얼굴을 찌푸렸다. 끔찍하구나,
프란츠는 재킷을 여몄다.

"전엔 더 고약했어."

라인홀트는 다시 프란츠를 바라보았다. 프란츠는 아무 말도
안 하고, 아무것도 할 수 없었다. 돼지처럼 뚱뚱한데 입을 열
수도 없었다. 라인홀트는 그를 보고 계속 웃으며 웃음을 멈추
지 못했다.

"자넨 언제나 소매를 그렇게 호주머니에 넣고 다니나? 언제
나 넣고 다니나, 아니면 그걸 꿰매버렸나?"

"아니, 언제나 넣고 다녀."

"다른 손으로? 아니다, 옷을 입기 전에 하는 거군."

"어떨 때는 이렇게 어떨 때는 저렇게 하지. 재킷을 입으면
편치가 않아."

라인홀트는 프란츠 옆에 서더니 소매를 살짝 잡아당겼다.

"하지만 오른쪽 주머니에 지갑을 넣지 않도록 언제나 조심
해야겠다, 누구든 쉽게 꺼내갈 테니 말이지."

"나한테선 아니야."

라인홀트는 아직도 생각에 잠겼다.

"그럼 외투를 입을 때는 어떻게 하나? 그건 정말 많이 불편
할 텐데. 빈 소매가 두 개나 되니까."

"지금은 여름이잖아. 그건 겨울이나 되어야 생각할 문제고."

"그럼 앞으로 겪어야 할 참이군, 좋진 않겠는데. 인공 팔을
살 수도 있지 않을까. 사람들이 왜, 다리 하나를 잃어버리면 가
짜 다리를 달고 다니잖아."

"그야 걸을 수 없으니까 그렇지.

"가짜 팔을 달 수 있다면 보기가 나을 텐데."

"아니, 아니야. 그냥 툭툭 치기나 하지."

"나 같으면 하나 살 텐데, 아니면 소매 속을 채우든지. 이리 와봐, 한번 해보자."

"무엇 하러. 난 싫어."

"그렇게 팔을 축 늘어뜨리지 않고 돌아다니면 아주 멋질 거야. 아무도 알아보지 못하고."

"그래서 어쩌라고. 난 싫어."

"이리 와봐. 나무는 안 되겠다. 이거 봐라, 양말 몇 개 아니면 셔츠를 집어넣는 거야."

라인홀트는 비어 있는 소매를 밖으로 끄집어내서는 그것을 잡고 서랍장에 서서 양말과 손수건 따위로 속을 채우기 시작했다. 프란츠가 저항했다.

"무엇 하러, 빌어먹을, 지지대가 없잖아. 아무 소용도 없어, 날 좀 내버려둬."

"아니야, 재단사한테 맞추면 돼. 이건 탄탄해야 하니까, 그럼 근사하게 보일 거야, 자넨 불구처럼 하고 다니지 않아도 되고, 그냥 한 손을 주머니에 넣은 거지."

양말들이 다시 아래로 쏟아져 내렸다.

"그래, 이건 재단사가 할 일이야. 난 불구는 싫어, 나에게 불구자란 아무짝에도 쓸모없는 인간일 뿐이지. 불구자를 보게 되면 난 이렇게 말하지. 차라리 완전히 꺼져버려라."

프란츠는 상대의 말을 듣고 고개를 주억거렸다. 그가 원치 않는데도 온몸이 계속 떨렸다. 도둑질하러 가던 날 알렉산더 광장에 있는 것 같네. 모든 게 사라져버렸다. 이건 사고와 관련

된 것이 분명하다. 신경 때문이지만 그래도 보고 싶었다. 몸이 계속 떨렸다. 일어서서 출발, 아래로, 안녕 라인홀트, 난 도망쳐야 해, 발을 단단히 디디며 오른쪽 왼쪽, 오른쪽 왼쪽, 칭다라다.

뚱보 프란츠 비버코프가 집에 도착했다. 그는 라인홀트에게 갔었다. 집에 도착했는데도 손과 팔이 아직 계속 떨리고, 입에서 담배가 떨어졌다. 집에는 미체가 자신의 기사와 함께 앉아서 프란츠가 오기를 기다리고 있었다. 둘이 함께 이틀 동안 여행을 떠날 예정이었기 때문이다.

그는 그녀를 밀어냈다.

"그게 나하고 무슨 상관이야?"

"그럼 내가 어떻게 해야 해요, 프란츠? 오 맙소사, 프란츠, 대체 무슨 일이에요?"

"아무 일도 아니야, 어서 출발해."

"오늘 저녁에 돌아올게요."

"어서 가."

그는 거의 소리를 지르다시피 했다. 그러자 그녀는 기사를 쳐다보고는 프란츠의 목에 재빨리 키스를 하고 집을 나섰다. 그런 다음 그녀는 에바에게 전화를 걸었다.

"시간이 있으면 프란츠에게 좀 와줘요. 무슨 일이냐고? 나도 몰라. 어쨌든 와줘요."

하지만 에바는 올 수 없었다. 비쇼와 하루 종일 싸움을 하는 중이었기 때문이다. 그녀는 이쪽으로 올 수가 없었다.

그사이 우리의 코브라 뱀, 강철 같은 싸움꾼 프란츠 비버코프는 혼자서, 완전히 혼자서 앉아 있었다. 자기 집 창가에 홀로 앉아 손으로 창틀을 긁어대고, 생각에 잠겼다. 제가 라인홀트 집으로 찾아간 것은 된통 헛지랄 아닌가, 빌어먹을 짓이다. 그 모든 걸 악마나 가져가라지, 병사들이 도시를 통해 행진하면 그야말로 헛지랄이다. 헛지랄이고 옹고집이다, 난 나가야 해, 뭔가 다른 걸 해야 한다. 그사이 그는 생각을 거듭했다. 그래도 난 해야 해, 가야 한다, 그런 식으론 안 되지. 놈이 나를 웃음거리로 삼았다, 내 소매 속을 채우다니, 누구한테도 그런 말은 전하지 못해, 그런 일이 일어나다니.

그래서 프란츠는 머리를 창에 바싹 대고 눌렀다. 부끄러웠다. 정말 부끄러웠다. 그걸 해야겠다, 그런 일을 참다니, 난 정말 바보다, 그 자식 앞에서 몸을 떨다니. 수치심이 정말 크고도 강했다. 삐걱거리는 소리를 내며 자신을 파괴할지도 모를 지경이었다. 그런 걸 원하진 않았어, 난 한 팔밖에 없지만 비겁한 놈은 아니다.

놈에게로 가야 한다. 밖으로 나섰다. 프란츠가 그 생각에 이르러 마침내 의자에서 일어섰을 때는 이미 저녁때였다. 그는 방을 둘러보았다. 미체가 남겨놓은 소주가 있었지만, 난 안 마셔. 나는 부끄러워하고 싶지 않다. 누구든 프란츠의 눈을 보라. 나는 놈에게로 가겠다. 쿵 쾅, 대포 소리, 나팔 소리. 앞으로 갓, 아래로 내려가라, 재킷을 걸치고, 그 자식이 소매 속을 채운 그 재킷을, 난 녀석을 마주보고 앉아야지, 그리고 얼굴을 떨지 않을 테다.

베를린! 베를린! 베를린! 해저의 비극, 잠수함이 가라앉았다. 수병들은 질식해 죽었다. 그들이 질식했다면 그들은 죽은 거지, 아무도 관심 없지, 그냥 끝난 거다. 그럼 끝이고말고, 그 이야긴 그만, 앞으로, 앞으로 전진. 군용기 두 대가 추락했다. 그럼 그들은 아래로 떨어져 죽은 거지, 아무도 그런 일엔 관심이 없다. 죽은 건 죽은 거니까.

"좋은 저녁, 라인홀트, 그래, 내가 다시 왔다."

라인홀트는 프란츠를 바라보았다.

"누가 자넬 안에 들여놓았지?"

"나 말인가? 아무도. 문이 열려 있기에 그냥 들어왔어."

"그래, 자넨 벨을 울릴 수가 없지."

"자네 집 벨은 안 울리지, 난 술에 취하지도 않았어."

그런 다음 두 사람은 마주보고 앉아 담배를 피웠다. 프란츠 비버코프는 떨지 않고 몸을 꼿꼿하게 했다. 자기가 살아 있는 게 기뻤다. 이건 그날 이후로 제가 한 것 중 최고의 일이었다. 여기 앉아 있는 것 말이다. 빌어먹을, 이것 참 좋은데. 이게 그 온갖 모임들보다 더 낫고, 미체보다도 나은 것 같다. 그래, 이게 모든 것 중에 가장 멋진 일이다. 놈은 나를 꺾지 못해.

저녁 8시였다. 라인홀트가 프란츠의 얼굴을 들여다보았다.

"프란츠, 우리 둘이 정리할 일이 있다는 거 자네도 알지. 나한테 뭔가 바라는 게 있으면 시원하게 털어놓아 보게."

"내가 자네하고 무슨 할 일이 있단 말인가?"

"자동차 말이야."

"그건 아무 소용 없어, 그런다고 내 팔이 다시 자라진 않으니까. 그리고……."

프란츠는 주먹으로 탁자를 쾅 쳤다.

"그리고 그건 좋았어. 계속 그렇게 지낼 순 없었으니까. 그건 어쨌든 일어날 일이었어."

호호, 그렇단 말이지, 우리가 이미 거기까지 이르렀단 말이지. 라인홀트가 조심스럽게 탐색했다.

"자네 말은 길거리 장사 말인가?"

"그래, 그것도 말하는 거야. 난 머릿속에 괴상한 생각을 가졌었지만 지금은 그런 생각이 사라졌네."

"그리고 팔도 사라졌지."

"그래도 하나가 있으니까. 게다가 머리도 있고 두 다리도 있으니까."

"대체 무슨 짓을 하는 건가? 너 혼자서 무슨 일을 꾸미는 거냐, 아니면 비쇼도 함께냐?"

"팔 하나로? 난 아무것도 못해."

"하지만 그냥 기둥서방 노릇만 하는 것도 너무 지겹잖아."

라인홀트는 생각에 잠겨서 상대방이 저렇게 뚱뚱하고도 강한 모습으로 앉아 있는 것을 바라보았다. 이 자식을 갖고 놀고 싶다. 이놈은 뒷다리로 저렇게 버티고 서 있다. 저 자식 뼈다귀를 부수어놓아야 해. 한 팔로는 충분치 않은 모양이니까.

그들은 여자 이야기를 시작했고, 프란츠는 전에는 소냐라 불리던 미체 이야기를 했다. 그녀는 돈을 잘 벌고 아주 착한 아가씨다. 라인홀트는 생각했다. 그것 참 좋은데, 그렇담 그 아가씨를 놈에게서 뺏어야지, 그런 다음 놈을 완전히 진창에 빠뜨려야겠다.

지렁이가 흙을 먹고 뒤로 다시 내놓기는 해도, 지렁이는 언제나 다시 흙을 먹는다. 짐승들의 배를 오늘 두둑이 채워주어도 놈들은 용서를 모른다. 내일이면 다시 먹어야 한다. 인간은 불과 똑같다. 불이 타오르려면 연료가 있어야 한다. 하지만 연료가 떨어지면 불은 꺼지고 만다.

프란츠 비버코프는 제가 떨지도 않고 아주 조용히, 그리고 방금 태어난 것처럼 기쁨에 넘쳐 그곳에 앉아 있을 수 있는 게 정말 기뻤다. 라인홀트와 함께 아래로 내려가면서 다시 그것을 느꼈다. 병사들이 도시를 통해 행진해가면, 오른쪽, 왼쪽, 살아 있다는 것이 멋져, 모두가 내 친구들, 여기서 일어나는 일이 무엇이든 아무도 나를 내쫓지 않는다, 누구든 한번 해보라지. 아이 바름, 아이 다름, 아가씨들이 세상의 온갖 창문과 문으로 내다본다.

"나 춤추러 간다."

그가 라인홀트에게 말했다. 라인홀트가 묻는다.

"자네의 미체도 함께 가나?"

"아니 그 앤 오늘 신사와 함께 이틀 예정으로 여행을 떠났어."

"그녀가 돌아오면 나도 함께 가지."

"좋지. 그 애도 기뻐할 거야."

"아 그래?"

"이 말만은 해두지, 그 앤 사람을 물어뜯지 않아."

프란츠는 몹시 기뻤다. 새로 태어난 그는 밤새도록 춤을 추었다. 먼저 옛날 댄스하우스에서, 이어서 비쇼의 집 근처에 있는 술집에서, 그들은 모두 그와 함께 즐거워했다. 하지만 그는 자기 자신과 함께 가장 즐거웠다. 에바와 함께 춤을 추는 동안 그는 마음속 가장 깊은 곳에서 두 사람을 사랑했다. 한 명은 사랑하는 미체였고, 또 다른 하나는 라인홀트였다. 하지만 그 말을 감히 입 밖에 내지는 않았다. 아주 즐거운 밤, 그는 이 사람 저 사람과 춤을 추면서 그 자리에 없는 두 사람을 사랑했다. 그리고 그들과 함께 행복했다.

주먹이 탁자 위에 놓이고

여기까지 읽은 사람은 누구나 어떤 변화가 나타났는지 알 것이다. 뒤쪽으로 향한 변화, 그리고 이제 프란츠에게서 그 변화가 끝났다. 강한 사람 저 코브라 뱀 프란츠 비버코프가 다시 화면에 등장했다. 그것은 쉽지 않았다. 하지만 그는 마침내 돌아왔다.

그는 미체의 기둥서방이 되어 황금 담뱃갑과 조정 클럽 배지를 달고 돌아다니게 되었을 때 벌써 완전히 정상인 것처럼 보였다. 하지만 이제야 완전히 정상이 되었다. 이제야 그는 환호성을 지르고 더는 아무런 두려움도 품지 않게 되었다. 이제는 지붕이 흔들리지 않았고, 그의 팔은, 그야 물론 거기서 얻은 거니까. 머리에 있던 괴상한 생각이 이제야 무사히 제거되었다. 그는 이제 기둥서방이고 다시 범죄자였지만, 그 모든 게 그에겐 유감이 아니었다. 오히려 그 반대였다.

모든 것은 처음과 같았다. 하지만 그래도 분명한 일이지만 그는 그 옛날의 코브라 뱀이 아니다. 이 사람은 그 옛날의 프란츠 비버코프가 아니었다. 맨 처음엔 뤼더스가 그를 속였다. 그는 기절해버렸다. 두 번째로는 보초를 서야 했지만 그가 그것을 원하지 않았고, 그러자 라인홀트가 그를 자동차에서 밀어내서 그는 납작하게 치이고 말았다. 이걸로 프란츠에겐 충분했다. 어떤 단순한 사람에게도 정말이지 충분하고도 남을 일이었다. 그는 수도원에 가지 않고, 또한 자신을 망가뜨리지도 않았다. 그냥 전쟁의 오솔길을 걸으며 기둥서방 겸 범죄자가 되었을 뿐만 아니라 이제는 앞으로 전진, 하는 경지에 이르렀다. 이제 여러분은 그가 혼자 춤추고 배불리 먹고 제 삶을 즐기는 것이 아니라, 춤을 추면서 다른 어떤 것과 함께 어울려 돌아가는 모습을 보게 될 것이다. 그것은 그가 얼마나 강한지 보여줄 것이다. 누가 더 강한지, 프란츠인지 아니면 다른 것인지를 말이다.

프란츠 비버코프는 테겔에서 나와 다시 두 다리로 섰을 때 큰 소리로 맹세를 했었다. 착실하게 살겠노라고. 세상은 그가 그 맹세를 지키게 내버려두지 않았다. 이제 그는 도대체 제가 무슨 말을 해야 할지 보고 싶다. 그는 제 팔이 어째서 잘라져야 했는지 묻고 싶다. 물론 그런 사람 머릿속에서 그런 것이 어떤 모습으로 보일지 누가 알까마는. 어쩌면 프란츠는 라인홀트에게서 팔을 돌려받고 싶었던 것일까.

제7권

이제, 망치가 우지끈 떨어진다, 프란츠 비버
코프를 향해.

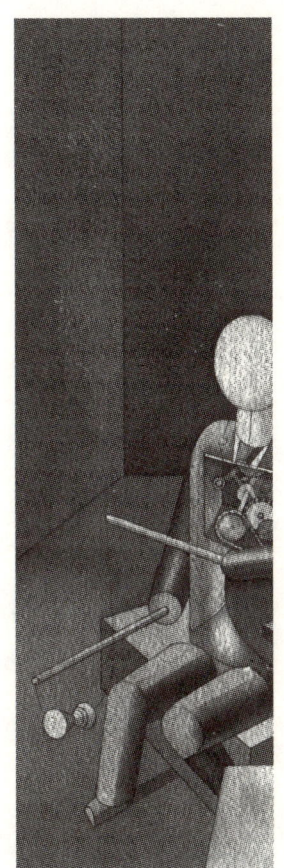

푸시 울, 미국인의 물결, 빌마라는 이름은 'W'로 시작하나 'V'로 시작하나?

알렉산더 광장에서 사람들은 일을 계속한다. 쾨니히 거리와 새 프리드리히 거리가 만나는 모퉁이에서 그들은 살라만더 제화점 건물을 부수려 한다. 그 옆에선 이미 철거가 진행 중이다. 교외선 알렉산더 역 아치 밑을 자동차로 달리기는 매우 힘들다. 철교를 가설하기 위해 새로운 기둥들이 잔뜩 박혀 있고, 아래를 내려다보면 내벽을 댄 수직 갱도 속으로 기둥들이 뿌리를 내린 모습이 보인다.

교외선 정거장으로 가려는 사람은 작은 목재 계단을 올라갔다가 다시 내려와야 한다. 베를린의 날씨는 서늘해졌고, 올핸 비가 자주 내린다. 그 때문에 자동차와 오토바이들이 무지막지 고생을 한다. 매일 자동차나 오토바이 몇 대가 미끄러지는 바람에 충돌하고, 그러면 손해 배상 청구 소송이 일어나고, 게다가 사람들까지 미끄러져 여기저기 부러진다. 날씨 탓이다.

비행사 베제-아르님의 운명적인 비극을 아십니까? 그는 오늘 형사 심문을 받았다. 그는 퇴물 갈보 푸시 울의 집에서 벌어진 총격 사건의 주범이다. 죽은 이여, 평화롭게 잠들기를. 에드가 베제는 울의 집에서 사납게 총질을 해댔다. 형사들의 말에 따르면 그는 극히 이상한 일들을 겪었다. 옛날 1차 세계대전 때 총을 맞고 1,700미터 공중에서 아래로 추락했다. 그로부터 이 비행사의 운명의 비극이 시작되었다. 비행 중 총에 맞아 1,700미터 아래로 추락했고, 사기를 당해 자신의 권리를 뺏기고, 가짜 이름으로 감옥에 들어갔다. 그러고 나서 마지막 일이 덧붙는다. 추락한 다음 그가 집으로 돌아갔을 때 어떤 보험회사 과장이 그에게서 돈을 갈취했다. 그것은 고등 사기였다. 극히 단순한 방법으로 비행사의 돈이 사기꾼에게로 넘어갔다. 비행사에게는 돈이 한 푼도 남지 않았다.

이 순간부터 그는 이름을 에드가 오클레르라고 바꾸었다. 자신이 그토록 진창에 빠졌기 때문에 가족들 보기가 부끄러웠던 것이다. 이 모든 것이 오늘 아침 경찰서에서 형사들이 전해주어 기록된 내용이다. 거기엔 그가 범죄의 길로 빠져들었다는 내용도 들어 있다. 그는 유죄로 2년 반의 징역형을 선고받은 적이 있었다. 당시 그가 크라흐토빌이라는 이름으로 감옥살이를 했기 때문에 나중에 폴란드로 추방당했다. 그런 다음 베를린에서 저 특별히 추잡하고 속을 꿰뚫어보기 어려운 푸시 울 이야기가 나타난다. 푸시 울은, 여기서 밝히지 않는 편이 더 나은 특별한 축하 행사에서 그에게 '폰 아르님'이라는 이름을 만들어주었다. 그 뒤로 그가 행한 것은 폰 아르님이라는 이름으로 행한 것이다. 1928년 8월 14일 화요일에 폰 아르님은 푸시 울의 몸에 총 한 방을 쏘아 죽였다. 어떤 이유에서 그리고 어떤 방식으로 그랬느냐는 점에 대해서 이 불한당은 굳게 입을 다물고 있다. 이것은 이야기할 만한 일이 아니며 뒷날 형리 앞에 설 만한 일이다. 그러니 그들이 원수인 형사들에게 이런 이야기를 할 리가 있나? 이 이야기에서 권투 선수 하인(Hein)이 어떤 역할을 했다는 사실만 알 뿐이다. 하인은 스스로 인간이란 무엇인지를 안다고 자처하지만 그것도 아마 엉터리인 것 같다. 결국 이건 질투심이 만들어낸 사건이다.

하지만 개인적으로 나는 여기서 질투가 문제가 아니라고 장담하겠다. 또는 만일 질투가 문제라면 그게 실은 돈과 얽힌 것으로서, 돈이야말로 진짜 원인이라고 말하겠다. 형사의 말을 빌리자면 베제는 완전히 기진맥진했다. 그 말을 믿는 사람은 복이 있으라. 이 친구가 만일 기진맥진했다면 그건 이제 형사들이 제 뒷조사를 할 것이기 때문에, 그리고 제가 늙은 갈보 울을 그렇게 쏘아 죽였다는 사실에 몹시 화가 나서였을 것이다. 이제 그는 무엇으로 먹고산단 말인가. 이 쓰레기가 죽지만 않았어도, 하고 그는 생각한다. 이로써 우리는 1,700미터 공중에서 아래로 추락했고, 자신의 권리를 사기당했고, 가짜 이름으로 옥살이를 한 비행사 베제-아르님의 사건에 대해 충분히 알게 되었다.*

베를린을 방문하는 미국인의 물결이 계속되고 있다. 독일의 대도시를 방문하는 수천 명의 사람들 가운데는 유명 인사들도 많다. 그들은 공적인 또는 사적인 이유에서 베를린을 찾는다. 각국 의회 연합의 미국 대표단 수석 비서인 콜 박사가 여기(에스플라나데 호텔) 머물고 있다. 1주일 뒤에는 그의 뒤를 이

*1928년 8월 15일자 〈베를린 신문〉의 보도 내용을 작가가 상당히 자유롭게 진술한 것.

어 미국 상원의원 여러 명이 방문할 예정이다. 뉴욕 소방본부장 존 켄런이 곧 베를린을 방문하여 아틀론 호텔에 묵을 예정이다. 전직 노동청 부청장 데이비스도 이곳에 묵고 있다.

종교적, 자유주의적 유대인을 위한 세계 연합회 회장이 런던에서 베를린으로 왔다. 이 연합회 회의가 8월 18일에서 21일까지 베를린에서 열린다. 그는 동반한 직원 릴리 H. 몬터규 여사와 함께 에스플라나데 호텔에 묵는다.

날씨가 특별히 나쁘기 때문에 건물 안으로, 또는 중앙시장 건물 안으로 들어가기를 권고한다. 하지만 거기선 엄청난 소음에다가, 짐꾼들이 끌고 다니는 손수레에 부딪혀 사람들이 거의 쓰러질 지경이 되어도 짐꾼들은 돌아보지도 않는다. 그래서 우리는 차라리 침머 거리에 있는 노동재판소로 가서 아침을 먹는다. 시시한 방식으로 생계를 이어가는 사람은—프란츠 비버코프만 해도 유명한 사람은 전혀 아니니까—베를린 서쪽으로 가서 어떤 일이 일어나는지 보는 것도 좋다.

침머 거리 60번지에 있는 노동재판소의 간이식당. 계산대와 술 따르는 바에 급속 커피메이커가 있는 아주 작은 공간. 그곳 칠판에는 이렇게 적혀 있다.

"점심 식사: 걸쭉하게 끓인 쌀죽과 쇠고기 룰라드. 1마르크."

뿔테 안경을 쓴 뚱뚱하고 젊은 신사 한 사람이 의자에 앉아 점심 메뉴를 먹고 있다. 그를 보면 다음의 것을 알 수 있다. 그는 룰라드와 소스와 감자가 들어 있는 김이 오르는 접시를 앞에 두고서 모든 것을 차례로 먹어 치우는 중이다. 그의 눈은 접시 위로 이리저리 오가며 아무도 그의 것을 뺏어가지도 않고 그 옆에는 아무도 없으며 오로지 저 혼자 자신의 탁자를 차지하고 있건만 여전히 근심에 차서 음식을 썰고 누르고 부지런히 입으로 가져간다, 재빨리, 하나, 하나, 하나, 하나, 그리고 이렇게 일하는 동안 한 입 들어가면 한 입 적어지고, 한 입 들어가면 한 입 적어지고, 그가 자르고 누르고 삼키고 후루룩 마시고 맛을 보고 꿀컥 삼키는 동안 그의 눈은 접시 위에서 점점 줄어드는 나머지 음식을 열심히 바라보고 관찰한다. 두 눈은 두 마리 커다란 개처럼 음식을 둘러싸 지키고, 그 규모를 어림짐작으로 살펴본다. 다시 한 입 들어가면 한 입 적어진다. 땡, 마침내 끝났다, 이제 그는 일어선다. 탄력이 없고 뚱뚱한 이 사내는 모든 것을 깨끗이 먹어치웠다. 이제 돈을 낼 차례다. 그가 가슴 호주머니를 뒤지며 쩝쩝 소리를 낸다.

"얼맙니까?"

그런 다음 이 뚱뚱한 사내는 밖으로 나간다, 숨을 헐떡이며 뒤쪽의 바지 멜빵을 느슨하게 해서 배에 공간을 좀 만들어준다. 그의 위장에는 3파운드쯤 들어 있다. 전부 음식물이다. 벌써 그의 위장이 일을 시작했다. 이제 이 사내가 집어삼킨 것을 그의 배가 처리해야 하는 것이다. 장은 이리저리 흔들리며 움직이고, 지렁이처럼 꿈틀거리며 내분비선들도 각기 제 할 일을 한다. 각각의 즙을 음식물에 끼얹는다, 마치 소방대처럼 즙을 끼얹고, 위에서 침이 내려오고, 그것은 장으로 흘러 들어가고, 이 흐름은 부활절이 끝난 다음 주 백화점에 사람 몰려들듯 우르르 신장에 도달하고, 그러면 조용조용히, 보라, 벌써 작은 방울이 방광으로 떨어진다, 한 방울 한 방울. 기다려라 젊은이여, 기다려라, 너는 머지않아 나간 길을 도로 돌아와 '신사용'이라고 적힌 문으로 향할 것이니. 이것이 세상 돌아가는 이치.

저 문들 안에선 협상이 이루어진다. 가정부 빌마, 이름의 철자가 어떻게 되나요, 나는 당신 이름이 'V'로 시작된다고 생각했는데, 여기 보니까, 'W'로 해야겠네요. 이 여자는 아주 뻔뻔스럽게 되어서 온당치 못한 행동을 했죠. 당신 짐을 싸요, 그리고 여기서 나가줘요, 그에 대해선 증인들이 있어요. 그녀는 나가지 않았다. 너무 자존심이 강했던 것이다. 나는 6일까지 따져서 3일간의 결손일을 포함하여 10마르크를 지불할 각오가 되어 있어요. 아내는 병원에 있어요. 아가씨, 당신은 요구할 수 있어요. 22마르크 75페니히가 문제가 되지만 이 모든 걸 그냥 참지는 않겠어요.

"비열한 놈, 더러운 짐승."

아내가 다시 일어나면 화를 낼 겁니다. 고소한 여인 자신에게 문제가 있었다. 양측은 조정을 계속하기로 했다.

운전사 팝케와 영화 배급업자 빌헬름 토츠케. 이게 어떤 일인지는 이미 아주 분명하다. 그러니까 여기다가 이렇게 쓰시오. 영화 배급업자 토츠케가 손수 출두하여, 아닌데, 나는 그냥 그의 전권을 가진 사람인데요, 좋소, 그리고 당신은 운전수 일을 했지요, 상대적으로 짧은 시간 동안 말입니다. 나는 자동차에 부딪혔어요, 내게 열쇠를 가져오시오, 당신은 자동차 사고를 냈소, 그에 대해선 할 말이 없지요? 28일 금요일, 그는 빅토리아 거리에 있는 아드미랄 수영장에서 사모님을 모셔올 임무를 맡았는데, 사람들은 그가 완전히 취해 있었다고 증언합니다. 그는 그 일대에서 술고래로 알려져 있고요. 어차피 난 질나쁜 맥주는 안 마셔요. 독일제 자동차이고, 387마르크 20페니히의 수리비가 든다네요. 대체 어떤 충돌이었소? 그 순간 난 이미 미끄러지고 있었어요. 사륜 브레이크가 아니었고, 그러다 보니 내 앞바퀴가 앞차 뒷바퀴에 부딪힌 거죠. 당신은 그날 술을 얼마나 마셨나요, 아침까지도 술을 마셨지요. 난 사장님께 갔다가 식사를 하게 되었어요. 사장님은 직원들을 매우 잘 보살피죠, 아주 좋은 사람이니까. 우리는 이 손실 때문에 이 남자를 체포하지는 않았지만 즉석에서 해고했어요. 그가 술에 취한 탓에 그런 잘못을 저지른 거니까요. 당신 옷을 가져가요. 그건 빅토리아 거리의 진창에 놓여 있습디다. 그리고 사장님이 전화로, 자동차를 망가뜨리다니 건방진 놈이라고 말하셨소. 물론 당신은 그 말을 듣지 못했겠지만. 들었어요, 당신의 전화기는 소리가 크게 울리죠. 그 사람에게 다른 기술이 없다면. 그 밖에도 그는 전화로 내가 예비 타이어를 훔쳤다고 말했어요. 증인들을 심문해주시기를 청합니다. 나는 그런 건 생각도 안 했거든요. 당신들 둘 다 잘못이 있어요. 사장님은 이름을 부르면서 멍청이 아니면 건방진 놈이라는 말을 덧붙였죠. 당신은 35마르크로 합의를 보겠습니까, 지금 11시 45분이니까 아직은 시간이 있어요. 그에게 전화를 할 수가 있지요, 어차피 12시 45분에는 그가 이리로 올 겁니다.

침머 거리 건물 아래층 문 앞에 어떤 소녀가 서 있다. 마침 이 앞을 지나가던 그녀는 우산을 펴고 편지를 우체통에 집어넣는다. 편지에는 다음과 같이 적혀 있다.

사랑하는 페르디난트, 당신의 편지 두 통을 감사하는 마음으로 받았어요. 하지만 당신에게 정말 실망했어요, 당신이 그런 식으로 변할 거라곤 생각지도 못했거든요. 우리가 확고히 결합하기 위해선 당신이 말을 해야지요, 우리 둘 다 충분히 젊어요. 나는 당신도 마침내 그걸 깨닫게 되리라 믿어요. 어쩌면 나도 다른 여자들과 같다고 생각했을지 모르지만, 그렇다면 당신 생각이 틀렸어요. 아니면 당신은 내가 돈 많은 결혼 상대라고 생각하나요? 하지만 그것도 틀렸어요. 난 그냥 노동자에 지나지 않아요. 당신이 올바로 생각할 수 있도록 이 말씀을 드리는 겁니다. 일이 어찌 될지 알았더라면 나는 그런 편지 쓰기를 아예 시작하지도 않았을 거예요. 이제 당신은 내 생각을 알았으니 그 점을 생각해보세요. 당신 내면의 모습이 어떻게 보이는지 당신 스스로 알아야겠지요. 인사를 보내며. 안나.

같은 건물 안에 한 처녀가 앉아 있다. 본채에 직각으로 이은 건물에 있는 어떤 부엌이다. 어머니는 장보러 나갔고, 처녀는 남몰래 일기를 쓴다. 지금 스물여섯, 무직. 7월 10일자로 된 지난번 일기에는 다음과 같이 적혀 있다.

어제 오후부터 다시 좀 나아졌다. 하지만 괜찮은 날들이 점점 줄어들고 있다. 아무한테도 원하는 대로 말을 할 수가 없다. 그래서 이제 모든 것을 기록하기로 결심했다. 그 상태가 나타나면 나는 아무 일도 할 수가 없다. 가장 하찮은 일들조차 엄청난 어려움을 만들어낸다. 그런 다음 보이는 모든 것이 내 안에 새로운 생각을 불러일으키고, 나는 이런 생각들을 떨쳐버릴 수 없으며, 매우 흥분하고 억지로라도 무슨 일을 하기가 극히 어렵다. 엄청난 내면의 불안이 나를 이리저리 몰아가고, 그러면 나는 아무 일도 끝내지 못한다.

예를 들어, 아침 일찍 잠에서 깨어나면 자리에서 일어나기가 싫다. 하지만 억지로 자신을 다그치고 스스로에게 용기를 불어넣는다. 하지만 그다음엔 옷 입기가 또 엄청나게 힘들고 그래서 시간이 오래 걸린다. 그 과정에서 수많은 생각들이 머릿속을 어지럽게 오간다. 내가 무언가 잘못하고 있다, 그래서 손실을 만들어낼 거라는 생각에 엄청 고통을 받는다. 석탄 한 덩이를 화덕에 넣은 순간 불꽃이 높이 피어오를 때마다 나는 질겁하고 주변을 구석구석 샅샅이 검사해야 한다. 혹시 불이 나지나 않을까, 내가 어쩌면 모든 것을 파괴하고 모르는 사이에 화재를 일으키지나 않을까 두려운 것이다. 그런 식으로 하루 종일 계속된다. 내가 손을 대는 것마다 무엇이든 몹시 힘들고, 또 일을 빨리 하려고 엄청나게 노력하는데도 불구하고 아주 오래 걸린다. 하루가 그렇게 흘러가고 나는 아무것도 해내지 못한다. 무엇을 하든지 아주 긴 시간을 이런 생각 속에 머물기 때문이다.

갖은 노력을 해도 삶이 제대로 돌아가지 않으니 나는 절망해서 심하게 울곤 한다. 내 상태는 언제나 이런 식인데, 이것은 열두 살 때 처음으로 나타났다. 부모님은 모든 것을 꾸며낸 일로 여겼다. 스물네 살에는 이런 상태 때문에 삶을 끝내려고 했으나 구원을 받았다. 당시까지 나는 성을 경험해본 적이 없었고, 그래서 여기에 나의 희망을 걸었지만 헛일이었다. 나는 적절한 교제만 했고, 지난번엔 그런 것에 대해 더 이상 알고 싶지 않았다. 신체적으로 너무 약한 느낌이 들었기 때문이다.

8월 14일. 지난주부터 다시 상태가 나빠지고 있다. 계속 이 상태로 있으면 앞으로 어떻게 될지 나도 모르겠다. 이 세상에 내게 아무도 없다면 주저 없이 가스관을 열겠지만 어머니 때문에 그러지도 못한다. 하지만 내가 몹쓸 병에 걸려서 곧 죽게 되기를 진정으로 바란다. 나의 내면이 어떤 모습인지 여기 모조리 적었다.*

*작가는 여기서 어떤 우울증 환자의 실제 기록에서 날짜 등 일부 사항만 바꾸어 그대로 인용하고 있다.

결투가 시작되다! 비가 내리는 날씨

어떤 이유일까? (당신의 손에 난 키스합니다, 마담, 난 키스해
요.*) 대체 무슨 이유일까, 생각하고 또 생각한다, 헤르베르트
비쇼는 펠트 슬리퍼를 신은 채 자기 방에서 생각에 잠겨 있다.
비가 내린다, 빗줄기가 뚝뚝 떨어지고, 밖으로 나갈 수도 없다,
시가가 전부다, 집에 시가를 좋아하는 팬은 없지만, 어떤 이유
에서 8월엔 비만 내릴까, 한 달 내내 떠내려갈 정도로 정말 비
가 쏟아붓는다, 대체 어떤 이유에서 프란츠는 라인홀트를 찾
아가고 또 거듭 라인홀트 이야기만 하는 걸까? (당신의 손에
난 키스합니다, 마담, 다름 아닌 지그리트 오네긴**이 이 노래
로 그의 마음을 기쁘게 했기에 그는 일을 완전히 접고 자기 삶
을 바쳤고 그로써 제 삶을 얻었다.) 그는 어째서, 대체 어떤 이
유에서 그런지 알고 싶다, 비는 계속 내리고, 그가 이쪽으로 올

---

*1928년에 나온 유명한 탱고 곡의 시작 부분.
**스웨덴의 오페라 여가수. 1928년 4월에 베를린에서 음악회를 했다.

수도 있지.

"맙소사 그것 때문에 그렇게 생각에 잠긴 거야, 헤르베르트? 그래도 그가 정치를 그만둔 건 기뻐해야지. 어쩌면 라인홀트가 친구이기 때문이겠지, 어쩌면."

"이거 봐, 에바, 그의 친구라고? 요점을 말해보시죠, 아가씨. 내가 더 잘 알아. 프란츠는 그에게서 무언가를 바라는 거야, 무언가 바란다고." (하지만 어떤 이유에서, 판매는 행정기관의 승인을 받았고, 그래서 가격은 적절한 것이라 할 수 있다.) 그가 무언가를 바라는데, 대체 무얼 바라고, 어째서 그렇게 이리저리 돌아다니며 그 이야기를 하는지—그는 그쪽 누군가를 원하고 있어. 거기서 제가 괜찮은 놈이 되려는 거라고, 지켜봐, 에바, 그가 그쪽에 끼면, 그는 빵빵 사고를 칠 거고 나중에 일이 어떻게 될지는 아무도 모르는 거지."

"그렇게 생각해?"

"안 그런가?"

사태가 아주 분명하다, 난 당신 손에 키스합니다, 마담, 이런 비 하고는.

"분명해, 정말 아주 분명하다고."

"헤르베르트, 정말 그렇게 생각해? 그거 나도 좀 으스스하긴 해, 팔을 잃고도 다시 그쪽으로 가니 말이지."

"아주 분명하다니까. 바로 그거야!"

나는 키스합니다.

"헤르베르트, 당신 정말로 그렇게 생각하는 거야, 그에게는 그런 말을 입 밖에 내면 안 되겠지, 우리가 전혀 아무것도 눈치 못 챈 것처럼 굴어야겠지, 완전히 눈이 먼 것처럼?"

"우린 바보니까 우리를 갖고 놀아도 된다는 것처럼."

"그래, 헤르베르트. 그에게는 그게 맞을 거야, 그렇게 하자, 그래야 할 거 같아. 진짜 웃기는 인간이네 그거."

중앙 관청에서 판매 허가를 받았고, 그래서 목표로 하는 가격은, 어떤 이유일까, 어떤 이유일까 생각을 하고, 내리는 비.

"잘 지켜봐 에바, 입을 다물 수야 있지. 하지만 그래도 잘 지켜봐야 할 거야. 품스 패거리가 위험을 느낀다면 어쩔 것 같아? 응?"

"나도 방금 그걸 생각했어, 오 맙소사, 그는 어쩌자고 외팔이 신세로 거길 가는 걸까."

"뭔가가 좋기 때문이지. 날카롭게 주시해야 해. 그리고 미체도 마찬가지고."

"미체한테는 내가 말할게. 대체 우리가 무얼 할 수 있지?"

"눈길을 떼지 않고 프란츠를 지켜보는 거지 뭐."

"미체의 그 사람이 그 애한테 시간을 좀 주면 좋으련만."

"미체는 그와 절교해야 할 거야."

"그 사람 벌써 결혼 얘기까지 하는데."

"하하하, 나 숨 좀 돌려야겠다. 그 사람 대체 무얼 원하는 거야? 그리고 또 프란츠는?"

"그건 헛소리지. 미체가 그 사람이 헛소리를 하게 내버려두니까, 하긴 안 될 이유도 없지."

"미체가 프란츠를 지키는 게 나을걸. 그는 지금 그 패거리에서 자기 사람을 찾고 있으니 지켜봐야 해. 어느 날인가는 여기서 누군가 죽어 나갈 거라고."

"맙소사, 헤르베르트, 그런 말 그만 해."

"에바, 그게 꼭 프란츠일 필요는 없지. 어쨌든 미체가 좀 지켜보아야 해."

"나도 생각해볼게. 이거 정치보다 훨씬 더 나쁘다."

"당신은 이해를 못해, 에바. 그건 여자가 이해할 수 있는 게 아니야, 에바, 내 말하지만 프란츠에게 무슨 일인가 일어나고 있는 거야. 이제 거기에 속도가 붙은 거고."

난 당신 손에 키스합니다, 마담, 스스로에게 강요하여 제 삶을 찾았다. 거기 온통 전념해서, 올해 8월은 온통 비만 퍼붓는구나, 보아라.

"대체 놈이 우리한테 원하는 게 뭐요? 내가 말했잖소, 놈은 미쳤다고. 정말 멍청이 같아요. 언젠가 내가 놈한테 팔이 하나뿐 아니냐고 말했는데, 그런데도 굳이 와서 우리와 함께 놀겠다니. 그랬더니 놈이."

품스: "놈이 대체 뭐라던가?"

"한 말이라곤 그냥 웃고 말았죠. 놈은 정말 형편없는 바보예요, 그때 사고로 광증을 얻은 모양인지. 처음엔 내가 잘못 들었다고 생각했어요. 뭐라고, 한 팔로? 그럼 안 될 게 뭐야, 라고 녀석이 말하고 웃데요. 다른 팔 힘이 엄청 세요. 그걸로 몸을 지탱하고 총을 쏘고, 필요하면 어디든 기어오르기도 할걸요."

"그게 참말인가?"

"난 관심 없어요. 녀석이 마음에 안 들어. 그런 녀석을 받아들여야 하나? 품스, 당신 생각에도 우리가 일할 때 사람이 더 필요한 건 아니잖아요. 놈의 형사 같은 눈깔을 바라보고 있자면, 아니, 그만둬요."

"자네 생각이 그렇다면. 나한테는 됐네. 이제 가봐야 해, 라 인홀트, 사다리를 준비해야 해."

"쇠로 된 단단한 거, 여닫나 접는 것으로. 베를린에서는 안 되고."

"알고 있어."

"그리고 병도. 함부르크나 라이프치히."

"벌써 물어봐 놨네."

"그럼 어떻게 그 물건들을 받지요?"

"내게 맡겨두게."

"말씀드린 대로 프란츠는 받아들이지 말아요."

"라인홀트, 내 생각에 프란츠는 우리한테 짐만 될 뿐이야, 하지만 그거야 우리 걱정거리가 아니지. 그 녀석과 둘이 협의 하게."

"잠깐만, 그 작자 얼굴이 마음에 들어요? 생각해봐요. 내가 놈을 자동차에서 밀어냈는데도 이리로 찾아왔어요. 난 내 머리 가 잘못되었다고 생각했어요. 맙소사, 생각해봐요, 멍청이는 아닌지라 벌벌 떨데요. 대체 그 멍청이가 무엇 하러 애당초 여 길 옵니까. 그러더니 나중엔 히죽이 웃으며 아예 같이 일하겠 다고 나서는 겁니다."

"자네 좋을 대로 그 사람 일을 처리하게. 난 이만 가봐야 해."

"어쩌면 놈이 우리를 밀고하려는 건지도 모르죠."

"그것도 가능하지. 가능해. 자네가 놈을 멀리하는 게 가장 좋을 듯싶어. 그게 가장 좋을 거야. 잘 있게."

"놈이 우릴 밀고할 겁니다. 아니면 어두운 곳에서 우리 중 누구한테 총을 쏘든지."

"잘 있게, 라인홀트, 난 가봐야 해. 사다리를 구해야지."

비버코프 자식, 이 멍청이가 대체 내게 무얼 바라는 거야. 위선자 같으니, 나하고 연애라도 하자는 건가. 내가 알아채지 못할 거라 생각한다면 너 잘못 생각한 거다. 내가 발을 걸어서 널 자빠뜨릴 테니까. 소주야, 소주야, 귀여운 소주야, 소주가 손을 덥게 만들지, 그게 좋아. 파울라 이모는 침대에 누워 토마토를 먹어요. 친구가 그렇게 하라고 졸랐답니다.* 내가 저를 보살펴줄 거라고 생각했다면 오산이지. 우린 장애인 보험회사가 아니니까. 팔이 하나밖에 없다면 가서 우표나 붙여야지. (방 안에서 이리저리 미끄러져 돌아다니며 꽃들을 관찰한다.) 화분들이 있는데, 그리고 이놈의 아주머니는 매달 1일마다 따로 2마르크씩 받고 화분에 물을 주기로 하고선 꼴을 보아하니 물이 바싹 말랐구나. 이런 빌어먹을 여편네, 게으른 멍청이가 돈만 삼키네. 한 번 세게 물어봐야겠는데. 소주 한 잔 더. 이건 놈한테서 배운 거다. 어쩌면 이 자식을 데려올 수도 있어, 기다려봐, 네가 원한다면 이건 활짝 피어날 수도 있다. 어쩌면 내가 저를 두려워한다고 생각하는 건가, 그런 것 같은데. 그렇다면 놈이 와도 좋다. 이 자식은 돈이 필요 없지, 그런 핑계를 댈 순 없어, 미체가 있고, 그 밖에 저 여우 같은 놈도 있잖아, 저 거만한 늙은 염소 비쇼, 그 자식이 돼지우리 한복판에 떡 버티고 앉아 있지. 놈들이 어디 있든 내가 네놈 다리를 망가뜨릴 테다. 가까이 와 봐라, 내 가슴 가까이로 와, 점점 더 가까이, 귀여운 꼬마야, 참회의 벤치로 다가와, 나한테도 참회의 벤치가 있어, 네 죄를 뉘

---

*당시 유행가의 한 구절.

우칠 수 있을 거다.

　그리고 그는 발을 질질 끌며 방을 돌아다니고, 손가락으로
화분을 톡톡 친다, 2마르크나 따로 받고는 물을 안 준다 이거
지. 참회의 벤치로, 이 친구야, 네가 온다면 아주 좋겠다. 구세
군으로 가자, 녀석을 한 번 그리로 데려갔지, 그놈은 드레스덴
거리로 가야 해, 거기서 참회 벤치에 앉아야 해, 툭 튀어나온
커다란 눈망울을 가진 돼지, 기둥서방 같으니, 놈은 짐승이야,
저기 앞에 앉아 있다, 그 짐승이, 거기 앉아 기도를 한다. 정말
죽도록 웃기는 일이네.

　그렇다면 프란츠 비버코프가 참회의 벤치로 와서는 안 될
이유가 무언가? 참회 벤치는 그가 속한 장소가 아니란 말인
가? 누가 그런 말을 하나?

　무엇이 구세군에 반대하는 말을 하나, 라인홀트는, 그 자신
이 여러 번이나, 그러니까 적어도 다섯 번이나 드레스덴 거리
의 구세군에 찾아갔고, 그것도 대체 어떤 상태로 갔던가, 거기
서 그들이 저를 도와주었는데, 대체 하필 이 라인홀트가 구세
군에 대해 그토록 잘난 척하게 된 건 어찌 된 일인가. 그때만
해도 그는 숨이 넘어갈 듯했는데, 그들이 그를 고쳐놓았다. 물
론 그더러 이렇게 악당이 되라는 뜻은 아니었다.

　할렐루야, 할렐루야, 프란츠는 그것을, 그 노래와 외침을 경
험했다. 제 목에 칼이 닿는 것을 경험했다, 할렐루야, 그는 제
목을 내걸고 제 삶을 찾으려 한다, 제 피를. 나의 피, 나의 내
면, 마침내 그게 밖으로 드러나야 한다, 거기 이르기까지 긴 여
행이었다, 하느님, 그게 그렇게 어렵던가, 저기 있다, 나는 어

째서 참회 벤치로 가지 않으려 하나, 내가 조금만 더 일찍 왔더라면, 아, 난 여기 왔어, 난 도착했다.

어째서 프란츠는 참회 벤치로 가지 않나, 그가 자신의 끔찍한 죽음 앞에서 몸을 던지고 입을 열어 제 뒤에 오는 수많은 사람들과 함께 다음과 같은 노래를 부를 그 행복한 순간은 언제가 될까.

죄인이여 예수께로 오라, 오 망설이지 말고 깨어나라, 너 속박된 인간아, 깨어나 빛을 향해 나오라, 너 오늘이라도 완전한 치유를 얻으리, 오, 믿어라, 그러면 빛과 기쁨이 나타나리.

합창대: 승리의 주님이 모든 속박을 깨뜨린다, 승리의 주님이 모든 속박을 깨고 강력한 손길로 승리를 향해 인도하신다. 음악아, 크게 울려라, 창다라다다. 주님이 모든 속박을 깨뜨리고 강력한 손길로 승리를 향해 인도하신다. 트라라, 트라리, 트라라! 붐! 쿵자자작.

프란츠는 고집을 굽히지 않고 물러서지 않았다. 그는 마치 술에 취한 것처럼 신과 세상에 대해 묻지 않았다. 그는 자기를 받아들이기를 바라지 않는 품스의 부하 몇 명과 함께 라인홀트의 방으로 찾아왔다. 그는 사방을 이리저리 치고, 그들에게 하나 남은 주먹을 들이대고 소리를 쳤다.

"너희가 나를 믿지 않고 사기꾼이라 여긴다면 난 너희를 고발할 테다, 그러니 그대로 있어라. 내가 뭔가 하려고 하면 너희가 꼭 필요한가? 난 비쇼한테 갈 수도 있고, 또 어디든 원하는 곳으로 갈 수 있어."

"그럼 그렇게 해."

"그렇게 하라고? 이 건방진 자식이, 나한테 '그렇게 하라'고 말할 필요가 있다 이거지. 내 팔을 봐라. 여기 이 라인홀트가 나를 자동차 밖으로 밀었다, 붕 띄워서 말이지. 난 그걸 견뎠어, 그러고 지금 여기로 온 거야, 그러니까 네가 '그렇게 해'라고 말할 게 없지. 내가 너희한테 와서 나도 함께하겠다고 말하면 너희는 프란츠 비버코프가 어떤 사람인지 알아야 해. 그는 지금까지 그 누구도 배신한 적이 없어, 아무 데나 다니면서 물어봐라. 나는 과거 일은 무시하는 편이다. 팔은 사라졌어, 너희를 나는 알지, 난 이리로 온 거야, 그게 이유지, 이젠 너도 알는지 모르겠다만."

속 좁은 함석장이는 아직도 이해하지 못했다.

"그렇담 나는 정말 알고 싶은데. 당시엔 알렉산더 광장에서 신문을 팔았으면서 어째서 갑자기 이걸 원하는 거야, 누군가 우리와 함께하자고 말하기라도 한 것처럼?"

프란츠는 제 의자에 똑바로 앉아 한참 동안이나 아무 말도 하지 않았다. 그들도 아무 말이 없었다. 그는 옛날에 착실하게 살겠다고 맹세했거니와 여러분은 그가 여러 주 동안 착실하게 사는 것을 보았다. 하지만 그것은 어느 정도는 은총의 기간에 지나지 않았다. 그는 범죄에 얽혀든다, 그것을 바라지 않기에 저항하지만 그것이 그를 덮쳤고 그는 그렇게 하지 않으면 안 된다. 그들은 오랫동안 앉아서 아무 말도 하지 않았다.

그런 다음 마침내 프란츠가 말했다.

"프란츠 비버코프가 어떤 사람인지 알아보고 싶다면 란츠베르크 대로의 키르히호프 묘지로 가봐라. 거기 한 여자가 누워 있어. 그 대가로 나는 4년을 치렀다. 내 훌륭한 팔이 그 짓을 했지. 그런 다음 나는 신문을 팔았어. 착실하게 살려고 했거든."

프란츠는 낮게 신음하고 침을 삼켰다.

"내 교훈을 봐라. 네게 길이 있거든 신문팔이 같은 건 접어라. 그래서 난 이리로 왔다."

"우리가 너의 팔을 망가뜨렸으니 그 팔을 다시 온전하게 만들어내라 이건가."

"그건 너희가 못하지. 내가 여기 앉아 있고 알렉산더 광장을 헤매지 않는다는 것으로 이미 충분해. 난 라인홀트를 비난하지 않는다. 그에게 물어봐라, 내가 단 한 번이라도 그런 말을 한 적 있는지. 내가 자동차에 앉아 있는데, 의심스러운 녀석이 거기 있다면 내가 무얼 해야 할지 나도 안다. 이제 내 어리석은 짓에 대해선 말하지 말자. 네가 멍청한 짓을 한다면 너도 무언가 배우기를 내가 빌어주마."

그 말과 함께 프란츠는 모자를 들고 방에서 나갔다. 그래서 그대로 결정되었다.

방에서 라인홀트는 다음과 같은 말을 하면서 호주머니에 넣고 다니는 작은 병에서 소주를 따랐다.

"나한테 그건 완전히 끝난 일이다. 내가 한 번 끝났다고 말하면 앞으로도 됐다는 뜻이다. 니들은 녀석과 함께 시작하는 게 위험하다고 말할 테지. 하지만 첫째로 놈은 이미 강력하게 안에 들어와 있어. 그놈은 기둥서방이다, 그 자신도 인정했지. 그러니 착실하게 산다는 건 이미 끝난 일이야. 그럼 이제 남은 문제는, 어째서 놈이 우리에게 오고 비쇼에게로 가지 않느냐는 점이야. 비쇼가 제 친군데 말이지. 나도 모르겠다. 온갖 방향으로 생각해보았지만. 어쨌든 프란츠 비버코프 일을 지금 마무리 짓지 않는다면 우리가 멍청한 거지. 녀석은 이제 우리와 함께 일한다. 만일 그가 이상한 짓을 했다간 이번에는 몸통에 한 방 맞을 거다. 내가 장담하지만 녀석은 이제 우리 편이다."

이렇게 해서 프란츠는 이쪽으로 붙었다.

도둑 프란츠, 프란츠는 자동차 밑에 깔리지 않고 이제는 자동차 안에 앉아 있다, 그는 그 일을 해냈다

8월 초에 이른바 범죄 신사단은 아직 평화롭게 준비하는 자세로 휴식과 시시한 일들에 몰두하고 있었다. 날씨가 어느 정도 좋을 때는 적어도 전문가라면 함부로 건물에 침입하지 않는다. 또는 아예 아무런 노력도 하지 않는다. 그런 건 겨울철을 위해 남겨두는데, 겨울철에는 사람들이 창고 건물에서 밖으로 나오지 않을 도리가 없기 때문이다. 예를 들면, 유명한 금고털이 프란츠 키르슈는 벌써 8주 전인 7월 초에 다른 놈과 함께 존넨부르크 형무소에서 탈출했다. 존넨부르크는 이름은 아름답지만* 휴식 목적으로는 별로 적합하지 않다. 그래서 그는 베를린에서 아주 멋진 휴식을 취했다. 8주 동안 편안한 시간을 보내고 아마도 어떤 작업을 구상 중일 것이다. 물론 복잡한 문제들이 있게 마련이고, 인생이란 게 원래 그런 법이지만. 그는 전차를 타야만 했다. 그런데 8월 말에 형사들이 라이니켄도르프 서부에 나

---

* '태양의 성'이라는 뜻.

150

타나더니 전차에서 그를 붙잡아 끌어 내렸고, 그것으로 휴식도 끝나고 더는 아무 일도 할 수 없게 되었다. 하지만 아직도 많은 도둑들이 바깥에서 활개치며 돌아다니고 있으니 그들은 천천히 작업을 시작할 것이다.

앞에서 이미 기상청이 내놓은 베를린의 날씨 상황을 잠깐 언급했다. 전체적인 날씨: 서쪽의 고기압권이 중부 독일로 세력을 확장하면서 전체적으로 날씨가 맑아질 전망이다. 남쪽의 고기압권은 이미 세력이 약해졌다. 그러므로 남쪽에서는 현재의 맑은 날씨가 지속되지 못할 것으로 예측된다. 토요일까지는 계속 고기압대가 날씨에 영향을 주어서 상당히 좋은 날씨를 보일 것이다. 지금 스페인에서 발달하는 저기압이 일요일에는 독일 지역으로 넘어올 것이다.

베를린과 주변: 구름 조금, 약한 바람, 기온이 천천히 올라감. 독일 서부와 남부는 흐리고 북동부는 바람이 조금 있음, 전체적으로 기온이 상승.

이렇게 매우 온건한 날씨에 프란츠가 끼어 있는 품스 패거리는 천천히 움직이기 시작했다. 이 패거리에 합류한 여자들도 신사들이 산책을 조금 하는 데 찬성이다. 나중에 자기들이 손님 꾀러 거리로 나서야 할 텐데, 여자들은 반듯한 자세로 걷지 못하는 걸 좋아하지 않기 때문이다. 먼저 시장 조사, 인수자 찾기, 기성복이 안 된다면 모피 제품을 찾아야 한다. 여자들은 그것이 순식간에 된다고 생각한다. 그들은 언제나 똑같은 일을 하기 때문에 그런 기술은 빨리 익힐 수 있지만, 경기가 나빠지면 또한 순식간에 상황의 변화에 적응해야 한다. 여자들은 그런 점을 이해하지 못하기 때문에 그들은 함께 이야기를 하지 못한다.

품스는 산소 용접기를 다룰 수 있는 함석장이 하나를 알게 되었다. 그다음으로는 실패한 상인이었다. 그는 껍데기는 우아해 보여도 속이 건달이라 일을 안 했고, 그래서 어머니에게 쫓겨났다. 하지만 이 친구는 사기를 칠 줄 안다. 그는 사업을 잘 알고 있기에 어디라도 보낼 수 있다. 그러면 그는 사방을 살펴보고 여행을 준비한다. 품스는 패거리의 노련한 자들에게 이렇게 말했다.

"근본적으로 우리는 경쟁 상대를 고려할 필요가 없다. 물론 어디에나 그런 게 있기는 하지만 우리는 별로 신경 쓰지 않는다. 기술을 잘 이해하고 적절한 도구가 뭔지 잘 아는 사람들을 못 찾아낸다면 물론 우리는 엄청 뒤처질 것이다. 하지만 우린 그냥 훔치기에만 전념할 수 있다. 이 일을 위해 여섯이나 여덟 명씩 조를 짤 필요는 없다. 모두가 각자 맡은 일을 한다."

지금 그들은 기성복과 모피를 노리고 있기 때문에 다리가 달린 사람 누구라도 열심히 움직이기만 하면 그다지 복잡한 질문을 안 받고도 쉽게 판매할 수 있는 곳, 그리고 범죄 전담 경찰이 쉽게 나타나지 않을 만한 사업장을 찾아야 한다. 모든 것은 새로 고치거나 다르게 바느질할 수가 있고, 필요할 경우에는 그냥 쌓아놓을 수도 있다. 그걸 찾아내는 게 문제다.

품스는 바이센 호수에 자리 잡은 장물아비와의 일이 잘 풀리지 않았다. 그런 식으로 일한다면 아무도 그런 사람과는 사업을 같이할 수가 없다. 사업이란 저도 살고 남도 살게 해주어야 한다. 좋다. 지난겨울 그가 돈을 잃었다고 주장하니까—그건 어디까지나 그의 말이지만!—그가 손해를 보았다니까 말이다. 그는 빚이 있고, 우린 여름에 즐겁게 잘 지냈다. 그래서 놈은 사람을 앞에 놓고 돈을 요구하면서 먼저 탄식부터 한다. 투기를 했다가 돈을 잃었다고 말이지. 그렇다면 그가 정말로 돈을 잃은 거지, 그 멍청이 자식, 형편없는 장사꾼은 사업이란 걸 이해 못한다. 그는 우리에게 적당한 놈이 아니다. 우린 다른 사람을 찾아야 해. 물론 말이야 쉽지. 그런 사람이 꼭 있어야 하고, 그런 일은 패거리 전체에서 우리의 품스가 맡은 부분이다. 그건 상당히 특이한 일이다. 다른 패거리들도 물건을 어떻게 하느냐를 놓고 고민한다. 단순히 훔치기만 해서는 아무도 배를 채울 수가 없다. 결국은 돈을 만들어야 하는데, 이미 말했듯이 그들은 모두 품스에게 그 일을 미루고 게으름을 피우며 이렇게 말한다.

"품스가 있지, 그가 어떻게든 할 거야."

그가 정말로 그 일을 해낸다. 품스가 할 수 없다면 대체 어떻게 될까. 이런! 하지만 품스도 언제나 잘할 수는 없다. 품스한테도 무슨 일인가 일어날 수 있다, 결국은 그도 사람이니까. 그럼 여러분은 볼 수 있다, 도둑질 전체가 아무 소용도 없다는 걸 알게 되는 수도 있다. 오늘날의 세계에서는 단순히 연장과 용접만으로는 안 된다, 오늘날에는 모두가 사업가가 되어야 한다.

그래서 품스는 산소 용접기만 찾아낸 게 아니었다. 그거야 이미 9월 초에 찾아냈지만, 어쨌든 누가 물건을 인수할 거냐 하는 문제로도 고민했다. 품스가 누군지 당신이 알고 싶다면, 그는 잘나가는 작은 모피 사업장과 모피 가공 사업장 다섯 군데의 공동 소유자다. 그게 어디냐는 어차피 상관없는 문제다. 그 밖에 몇몇 다림질방에도 그는 돈을 뿌려놓았다. 저 아메리카 사람들이 하는 작은 가게 말이다. 진열창에는 다리미판이 있고,

재단사가 셔츠 바람으로 거기 서서 증기가 나오는 판을 들어 올렸다 내렸다 하며 일하지만 저 뒤에는 문제가 되는 양복들이 걸려 있다. 그게 바로 문제의 양복들이다. 그런 것들이 어디서 났느냐고 물으면 고객들이 어제 밤에 수선과 다림질을 해달라고 갖다 맡겼다는 대답이 나온다. 형사가 찾아와 물어보면 주소도 여기 있고, 모든 게 잘 짜맞추어져 있다. 우리의 뚱뚱하고 선량한 폼스는 겨울을 위해 이렇게 훌륭하게 예비를 해두었고, 이제 시작할 수 있다. 무슨 일이 일어난다면 아무도 모든 것을 예비할 수는 없는 법이니, 약간의 행운이 없다면 일이 잘 풀리지 않는다, 그에 대해서는 우리가 고민할 필요가 없지만.

이제 본론으로 돌아가자. 그러니까 9월 초에 우리의 세련된 건달은, 짐승 소리 흉내 내는 장기도 가졌지만—그야 우리가 여기서 들어볼 길이 없는 것이고—발데마르 헬러라는 이름의 이 건달은 얼굴이 정말 허옇기도 하구나, 크로넨 거리와 새로운 발(Wall) 거리에 있는 큰 기성복 가게들을 탐색했다. 입구와 출구, 앞문과 뒷문을 조사하고, 위층에 누가 살고 아래층에 누가 살고, 누가 문을 잠그고 순찰 시계가 어디에 있는지 따위를 알아냈다. 폼스가 그 일의 경비를 대주었다. 이 인간이 막 자리를 잡아가는 포젠 상회에도 구매자로 등장했다. 우선 포젠 상회에 대해 물어보고 싶은 게 있는데, 좋소, 물어보시오, 그냥 다음 번에 위에서 내려올 경우에 대비해 당신네 가게의 천장이 얼마나 높은지 보려는 거요.

토요일에서 일요일로 넘어가는 밤에 프란츠는 처음으로 이 패거리에 끼었다. 그는 이 일을 해냈다. 프란츠 비버코프, 그는 이제 자동차 안에 앉아 있고, 그들은 모두 제 할 일을 알고 있으며 그도 그들처럼 제 역할이 있었다. 일은 완전히 실무적으로 진행되었다. 다른 사람이 보초를 서야 한다. 말하자면 실제로는 보초를 세우지 않았다는 말이다. 전날 저녁 세 사람이 한 층 위에 있는 인쇄소로 숨어들었다. 사다리와 용접기를 상자에 담아 그곳으로 들고 가서 종이 더미 뒤에 감추어놓았다. 한 명은 자동차를 끌고 돌아갔고, 나머지 두 명이 11시에 나머지 패거리를 위해 문을 열었다. 건물 안에서는 그 누구도 아무것도 알아채지 못했다. 그야 순전히 사무실과 가게들뿐이니까. 이제 이 패거리는 편안히 앉아서 일을 했다. 한 명이 창가에 서서 계속 밖을 내다보고 또 다른 한 명이 뜰을 살펴보았다. 그런 다음 바닥에서 용접 일이 시작되었다. 함석장이가 보호안경을 쓰고 바닥에 지름 반 미터가 넘는 구멍을 뚫었다. 그들이 양복점 천장의 목재를 뚫는 동안 탕탕, 우당탕하는 소리가 났지만, 실은 별일 아니었다. 그것은 부서진 두툼한 덩어리들이 아래층으로 떨어지는 소리였다. 열기로 천장에 구멍을 내고, 처음 구멍을 통해 보드라운 비단우산을 아래로 밀어 넣었다. 이제 대부분의 덩어리들이 우산 속으로 떨어졌지만 우산 안에 모조리 집어넣을 수는 없었다. 하지만 아무 일도 없었다. 아래층은 여전히 어둡고 쥐 죽은 듯 고요했다.

11시 반에* 그들은 가게 안으로 내려갔다. 세련된 발데마르가 이 장소를 아는지라 맨 먼저 내려갔다. 고양이처럼 밧줄 사

---

*되블린이 쓴 원고에는―따라서 원서에도―10시로 되어 있다. 이것은 위에 동료들에게 문을 열어준 시간과 맞지 않는다. 옮긴이가 임의로 문맥에 맞추어 시간을 고쳤다.

다리를 타고 내려갔는데, 그는 이런 일을 처음 해보는데도 두려운 기색이라곤 없었다. 마치 사냥개 같았다, 그들은 대개 운이 아주 좋은 편이다. 물론 일이 잘못되기 전까지만 그렇다. 그런 다음 한 사람 더 내려가야 했다. 금속 사다리의 높이가 2.5미터밖에 되지 않아 바닥에 닿지 않기 때문이다. 아래서 두 사람이 책상 몇 개를 밀어서 한데 붙였다. 그런 다음 천천히 사다리를 그 책상 위로 내렸다. 이제 우리가 내려갈 차례다. 프란츠는 위에 남아 구멍 옆으로 배를 깔고 엎드려서, 아래층에서 올려 보내는 헝겊 덩어리를 하나뿐인 팔로 어부처럼 붙잡아서는 제 뒤에 내려놓았다. 그곳에 다른 놈이 서서 기다렸다. 프란츠는 힘이 셌다. 함석장이와 함께 아래층에서 일하던 라인홀트도 프란츠가 일하는 것을 보고 놀랐다. 외팔이와 이런 일을 도모하다니 정말 웃기는 일이다. 하지만 그의 팔은 기중기처럼 물건을 들어 올렸다. 정말 거대한 폭탄, 진기한 인간이었다. 나중에 그들은 바구니들을 아래로 끌고 내려갔다. 아래 안뜰의 출구에서 한 명이 망을 보고 있었지만 라인홀트가 정찰을 했다. 2시간이 지나자 모든 일이 매끈하게 진행되었다. 경비원이 건물 안을 돌았지만 별로 할 일이 없었다, 그가 아무것도 알아채지 못했으니. 그야 물론 그가 받는 얼마 안 되는 돈을 위해 총에 맞는다면 정말 멍청한 일이지만, 자 보아라, 이제 그가 지나간다. 그는 질서를 지키는 사람이니 그가 자신의 순찰 기록부에 푸른 도장을 찍도록 놓아두자. 그러자 2시가 되었다, 자동차는 2시 30분에 온다. 그사이 위에 있는 자들은 근사한 아침 식사를 했다. 다만 소주를 너무 많이 마시지 않도록 조심하면서, 나중에 누가 소동이라도 부리면 안 되니까, 드디어 2시 30분이 되었다. 오늘 저녁 패거리의 두 명이 처음으로 이 일에 합류했다. 프란츠와 세련된 발데마르였다. 두 사람은 재빨리 동전 하나를 던졌다. 발데마르가 이겼다. 그래서 그가 오늘의 여행에 기념 도장 찍는 일을 맡았다. 그는 한 번 더 사다리를 타고 물건이 탈탈 털린 어두운 가게로 내려가 쭈그리고 앉았다. 바지를 내리고 뱃속에 든 것을 밖으로 내놓았다.

3시 30분에 물건을 다 부린 다음 그들은 재빨리 일을 한 번 더 해치웠다. 우리가 그렇게 금방 다시 모이지는 못할 것이니, 언제 우리가 슈프레 강의 초록 강변에서 다시 만날지 누가 알리오. 모든 것이 잘 진행되었다. 다만 물건을 싣고 돌아가는 길에 그들은 개 한 마리를 자동차로 치었다. 하필 품스를 지독하게 자극하는 그런 일이 일어난 것이다. 그는 개를 좋아했다. 그래서 운전을 맡은 함석장이에게 욕을 퍼부었다. 경적을 울릴 수도 있는 거 아니냐, 사람들이 세금을 낼 수가 없어 그런 개를 길거리로 쫓아냈는데, 이제는 네가 그놈을 치어 죽이느냐. 라인홀트와 프란츠는 품스가 개를 두고 억지로 분을 내는 꼴을 보고 우스워 죽을 지경이었다. 이 아저씨는 정말로 머리가 약간 모자란 모양이네. 그놈의 개가 귀가 좀 어두웠어요, 내가 분명 경적을 한 번 울렸는데, 대체 언제부터 귀 어두운 개가 있었단 말이냐, 그럼 다시 돌아가서 녀석을 병원으로 데려갈까요, 헛소리 집어치워라, 그냥 조심해서 운전이나 해, 난 그런 꼴 못 보니까, 그런 일은 나쁜 운을 가져오거든. 그러자 프란츠가 함석장이의 옆구리를 쿡 찔렀다. 그거 고양이에 해당하는 말이잖아. 모두들 웃음바다가 되었다.

그리고 이틀 동안 프란츠 비버코프는 무슨 일이 있었는지 집에서 아무 말도 하지 않았다. 폼스에게서 2백 마르크를 받았다. 쓸 데가 없다면 도로 내놓아도 되고, 그러자 프란츠는 큰 소리로 웃었다. 물론 쓸 데가 있지요. 하다못해 비쇼에게 주는 한이 있더라도. 그런 다음 그는 누구에게 갔을까, 집에서 누구 눈을 들여다볼까, 대체 누구지? 누구의 눈일까? 누구를 위해 누구를 위해 이 마음 고이 간직했을까? 누구를 위해 누구를 위해, 너만을 위해서지, 행운이 오늘 밤 내게 나타났네, 그래서 난 너를 초대해, 오늘 밤 난 네게 맹세할 테야, 우리 두 사람이 함께할 운명이라고.* 미체, 나의 황금의 아가씨 미체, 너는 마르치판 과자로 만든 신부 같구나, 황금색 구두를 신고 거기 서서 너의 프란츠가 대체 지갑에 어떤 일을 만들어냈는지 기다리는구나. 그는 지갑을 무릎 사이에 꼭 끼우고 돈을, 그러니까 지폐 두 장을 끄집어냈다. 그것을 그녀에게 내밀었다가 탁자에 내려놓았다. 환한 얼굴로 그녀를 바라보고 할 수 있는 한 부드럽게 대했다. 커다란 사내가 그녀의 손가락을 꼭 잡았다, 얼마나 사랑스러운 가는 손가락이냐!

"자 미체, 귀여운 미체?"

"대체 무슨 일이에요, 프란츠?"

"아무것도 아니야. 당신 때문에 기뻐."

"프란츠."

그녀가 바라보고 이름 하나를 말한다.

"난 기뻐, 그냥 그뿐이야. 이것 봐, 미체, 삶이란 게 정말 우

*당시의 유행가 가사.

습다. 난 다른 사람들과는 아주 달라. 그들은 형편이 좋지, 이리저리 돌아다니고 돈을 벌고, 일을 잘 하지. 그런데 나는, 나는 그들처럼 할 수가 없어. 난 내 옷을 쳐다봐야 해, 내 재킷, 소매, 팔이 없으니까."

"귀여운 프란츠, 당신은 나의 사랑스러운 프란츠야."

"그래, 이거 봐, 귀여운 미체, 그게 그냥 그래, 그건 나도 바꾸지 못해, 아무도 바꾸지 못해. 하지만 당신이 그냥 그걸 감당한다면 말이야."

"그럼요, 프란츠, 그게 대체 뭔데, 나도 있잖아, 모든 게 좋잖아요, 그러니까 그런 일 다시 시작하지 말아요."

"안 하지, 바로 그래서 안 해."

그는 그녀의 얼굴을 올려다보며 미소를 지었다. 매끈하고 팽팽한 예쁜 얼굴, 그녀는 아름답고 생생한 눈길을 가졌구나.

"자 이거 봐, 탁자 위에 무엇이 있나, 지폐야. 내가 벌었어, 미체…… 당신한테 선물할게."

아니 이게, 대체 어쩌자고 저런 얼굴을 하는 거야, 어째서. 그녀는 돈을 바라보더니 그 멋진 돈을 움켜잡지 않았다.

"당신이 번 거라고?"

"그래, 이거 봐, 아가씨, 내가 해냈어. 난 일을 해야 해, 안 그럼 좋지가 못해. 안 그럼 내가 망가져. 하지만 다른 사람한테는 말하지 마, 품스와 라인홀트와 함께 했어, 토요일 밤에. 비쇼한테도 에바한테도 말하지 마. 그들이 그 말을 들으면 난 죽어."

"대체 어디서 난 거예요?"

"일을 했지. 품스와 함께, 자 어때, 미체? 이 돈을 당신에게 줄게. 나한테 키스해줘, 자 말을 좀 해봐."

그녀는 머리를 가슴에 숙이고 있다가 뺨을 그의 뺨에 대고 그에게 키스한 채로 그를 꼭 끌어안고 아무 말도 하지 않았다. 그녀는 그를 바라보지 않았다.

"그걸 나한테 선물해요?"

"그래, 아님 대체 누구에게 주라고?"

이 아가씨가 연극을 꾸미나.

"어째서 내게 돈을 주는 건가요?"

"그럼 돈이 싫어?"

그녀가 입술을 움직이더니 몸을 그에게서 떼고는 프란츠를 바라보았다. 전에 그들이 아싱거에서 함께 집으로 돌아올 때 알렉산더 광장에서와 같은 모습이었다. 창백하고 기운이 없었다. 의자에 앉은 채 푸른색 탁자만 바라보았다. 대체 누가 여자를 알 수 있단 말인가.

"아가씨, 그걸 원치 않나? 난 기뻤는데, 한번 쳐다보기라도 해, 이걸로 우리 여행을 할 수도 있어, 어디가 되었든."

"그래요, 프란츠."

그녀는 탁자 모서리에 머리를 대고 울었다. 대체 이 여자는 어떻게 된 건가? 프란츠는 그녀의 목덜미를 쓰다듬고 아주 다정하게 대해주었다, 누구를 위해, 대체 누구를 위해 이 마음 고이 간직했을까? 누구를 위해, 누구를 위해서.

"아가씨, 나의 미체, 우리가 여행을 할 수 있다면, 그럼 당신은 나하고 여행을 할 거야?"

"그럼요."

그런 다음 그녀는 머리를 들었다. 그 사랑스럽고 매끈한 얼굴을, 얼굴에 바른 분이 눈물과 한데 엉겨 뒤범벅이 된 채로 팔

을 프란츠의 목에 두르고 자신의 얼굴을 그의 얼굴에 갖다 댔
다. 그런 다음 갑자기 혀라도 깨문 것처럼 몸을 재빨리 떼더니
다시 탁자 모서리에 대고 눈물을 흘렸다. 하지만 프란츠는 아
무것도 보지 못했다. 그녀는 아주 조용히, 아무 말도 하지 않았
다. 내가 대체 무얼 또 잘못했나, 이 여자는 내가 일하는 것을
바라지 않는다.

"어서, 그 귀여운 머리를 쳐들어, 옳지, 그 작은 머리를, 어째
서 우는 거야?"

"당신은, 당신은……."

그녀는 재빨리 꼿꼿하게 몸을 폈다.

"당신은 나를 떼버리고 싶어요, 프란츠?"

"아가씨, 맙소사."

"그렇지 않은가요, 프란츠?"

"아니, 도대체 왜 그런……."

"그럼 왜 돌아다녀요. 내가 돈을 충분히 벌지 않나요. 내가
충분히 벌죠."

"미체, 난 그냥 당신에게 무언가를 선물하고 싶었어."

"싫어요, 난 싫어."

그러곤 다시 머리를 단단한 탁자 모서리에 올려놓았다.

"미체, 그럼 나는 아무것도 해서는 안 되나? 난 그렇게는 못
살아."

"그런 말이 아니야, 그냥 돈 때문에 일할 필요는 없다는 거
예요. 난 그 돈을 받고 싶지 않아요."

그리고 미체는 일어나 앉아서 자신의 프란츠를 끌어안고 기
쁜 표정으로 그의 얼굴을 바라보고 달콤한 말들을 지껄였다.

그리고 계속 이렇게 애걸했다.

"그런 거 갖고 싶지 않아요, 갖고 싶지 않아."

그가 무언가를 원한다면 어째서 아무 말도 하지 않았나, 하지만 아가씨, 난, 난 필요가 없는걸.

"그럼 내가 아무것도 해서는 안 돼?"

"내가 하잖아요, 그렇지 않다면 내가 무엇 하러 여기 있어요, 프란츠."

"하지만 난, 난……."

그녀가 그의 목을 끌어안았다.

"아, 내게서 도망치지 말아요."

그녀는 지껄이고 키스하고 그를 유혹했다.

"그걸 선물해버려요, 비쇼에게 줘요, 프란츠."

프란츠는 이 처녀와 함께 너무나 행복했다. 정말 피부가 좋구나, 그는 아무 말도 할 수가 없었다. 그녀에게 폼스 이야기를 한다는 건 그야말로 헛소리였다, 그런 건 이해도 못할 것이다.

"나한테 약속해요, 프란츠, 다시는 안 하겠다고."

"돈 때문에 하는 건 아니야, 미체."

그제야 에바가 자기에게 했던 말이 생각났다. 자기가 프란츠를 잘 지켜보아야 한다던 그 말.

이제 뭔가 약간 더 분명해졌다. 그는 정말로 돈 때문에 일하는 것이 아니었다. 그보다 먼저 팔이었다. 그는 항상 팔 생각을 하는 게 분명했다. 그가 돈에 대해서 말한 것은 맞는 말이었다. 돈은 문제가 아니었다. 돈이야 필요한 만큼 그녀에게서 받으니까. 그녀는 생각을 거듭하면서 그를 팔에 꼭 안았다.

사랑의 고통과 사랑의 기쁨

그리고 프란츠에게 작별의 키스를 한 다음 그녀는 밖으로 나와 에바에게로 갔다.

"프란츠가 내게 2백 마르크를 가져왔어요. 어디서 났는지 알아요? 거기 그 사람들, 당신도 아는 사람들."

"폼스?"

"그래요, 그가 그렇게 말했어요. 어떻게 하면 좋아요?"

에바는 비쇼에게 프란츠가 토요일에 폼스 패거리와 함께 돌아다녔다고 외쳤다.

"어디 갔었나도 말했나?"

"아니요. 하지만 내가 어떻게 하면 좋죠?"

헤르베르트 비쇼는 놀랐다.

"이것 보게, 그가 직접 그들과 일을 하다니."

에바: "그걸 이해하겠어, 헤르베르트?"

"아니. 미쳤군."

"이제 어떻게 하지?"

"그냥 놔둬야지. 돈이 문제라고 생각해? 내가 하는 말 잘 들어. 그가 드디어 앞으로 나선 거야. 그가 곧 무슨 말을 할 거야."

에바는 미체의 맞은편에 서 있었다. 자기가 상이용사 거리에서 주워온 창백한 얼굴의 어린 창녀 미체. 그들 두 사람은 자기들이 처음으로 만난 곳을 잘 기억하고 있었다. 발틱 호텔 옆의 주점이었다. 당시 에바는 어떤 시골뜨기와 거기 앉아 있었다. 그럴 필요는 없었지만 그녀는 그렇게 잠깐씩 옆길로 새기를 좋아했다. 그 밖에는 아가씨 네 명과 서너 명의 사내들. 밤 10시에 형사 순찰대가 들어왔다. 그들은 모두 건너편 슈테틴 정거장 파출소로 끌려갔다. 일렬로 줄을 지어서, 저 뻔뻔스러운 오스카처럼 뻔뻔스럽게 입에 담배를 물고서. 형사들이 앞뒤에서 호위했다. 그들 중에서는 술에 취한 반다 후브리히가 물론 맨 앞장을 섰다. 그런 다음 맞은편에서 싸움질, 미체, 그러니까 소냐는 에바 옆에서 울었다. 이제 모든 게 베르나우의 부모에게 알려질 테니까. 그러자 경찰 한 명이 술에 취한 반다의 손에서 담배를 뺏었다. 그녀 혼자만 구류실로 데려가 문을 쾅 닫고는 그 안에서 욕을 퍼부었다.

에바와 미체는 서로를 바라보았다. 에바가 날카롭게 말했다.

"네가 이제 잘 지켜볼 거지, 미체."

미체는 그녀에게 애걸했다.

"대체 내가 뭘 해야 하지요?"

"그거야 네 일이니까, 무얼 할 건지는 스스로 알아내야지."

"난 모르겠는데."

"어쨌든 울지 마라, 제길."

비쇼가 빛을 내뿜었다.

"내가 말하겠는데, 그 친구는 괜찮아. 그게 기뻐. 그가 이제 나섰다는 것 말이지. 녀석은 계획이 있어, 아주 약아빠진 친구거든."

"오 에바."

"울지 마, 울지 말라고. 맙소사, 나도 살펴볼게."

넌 프란츠를 차지하지 못하겠구나. 아니, 이렇게 행동하는 걸로 봐서 애는 아니다. 대체 이 멍청한 애가 어쩌자고 저렇게 우는 거야, 바보. 뺨을 한 대 더 올려붙여야겠네.

나팔 소리! 싸움이 시작되었다. 연대들이 행진한다, 트라라, 트라리, 트라라, 포병대와 기병대, 기병대와 보병대, 그리고 보병대와 공군, 트라리, 트라라, 우리는 원수의 나라로 들어간다. 나폴레옹이 말했다. 앞으로, 앞으로 중단 없이 앞으로, 위는 마르고 아래는 젖었다. 하지만 아래가 마를 때쯤이면 우린 밀라노를 점령하고 너희는 훈장을 받을 거다, 트라리, 트라라, 트라리, 트라라, 우리는 행진한다, 우린 곧 거기 닿을 거야, 병사가 되는 건 얼마나 즐거운가.

미체는 제가 무엇을 할 것인가를 놓고 그렇게 오래 울면서 생각할 필요가 없었다. 머지않아 그것이 스스로 나타났기 때문이다. 라인홀트는 제집에서 예쁘장한 여자 친구 옆에 앉아 품스가 판매를 위해 마련한 사업들을 생각했다. 그리고도 또 다른 생각을 할 시간이 있었다. 이 친구는 금방 지루함을 느꼈고, 지루함은 그에게 맞지 않았다. 그에게 돈이 생기면 사정이 썩 좋지 않았다. 음주벽도 그에게 좋지 않았다. 술집에서 발을 질질 끌면서 걷고 사람들의 말에 귀를 기울이며 일하고 커피를 마시는 편이 훨씬 더 좋았다. 게다가 이젠 그가 폼스에게 가거나 어디로 가든지 언제나 이 프란츠란 작자가 코앞에 나타나곤 했다. 이 멍청이, 이 뻔뻔스러운 외팔이는 돈을 펑펑 쓰면서 아직도 뭐가 모자라 황소가 파리를 건드릴 수는 없다는 듯이 경건한 사람 노릇을 하고 있었다. 그래 둘 곱하기 둘은 넷이 되는 것만큼이나 분명한 일이지만 저 자식은 내게 무언가를 원하고 있다. 저 건달은 항상 만족해하면서 내가 어디 있든 어디서 일하든 항상 나타난다. 자 그럼 어디 한 판 붙어볼까. 어디 한 판 붙어볼까.

하지만 프란츠는 대체 무얼 하는 사람인가? 저 사람? 그가 무얼 하느냐고? 세상을 이리저리 돌아다니지. 무슨 생각을 하든 그건 완전히 당신 마음이오. 저 친구하고는 무엇이든 할 수 있소. 그는 언제나 오뚝이처럼 두 발로 일어서니까. 그런 사람들이 있지, 많진 않지만 어쨌든 있어.

포츠담에 어떤 사내가 있었는데, 나중에는 살아 있는 시체라고 불리게 되었다. 그도 그런 종류의 인간이었다. 이 친구는 보르네만이라는 사람인데 완전히 망가져서 15년 징역형으로 형무소에서 고생하다가 도망을 쳤다. 그러니까 탈옥을 했는데 포츠담 근처가 아니라 안클람 근처에 있는 고르케라는 형무소에서였다. 우리의 보르네만이 이곳 노이가르트에서 도망치는 길에 슈프레 강물에 떠 있는 시신을 발견했다. 그걸 보고 노이가르트, 아니 노이가르트 출신의 보르네만은 이렇게 말했다.

"난 어차피 이미 죽은 목숨이다."

그러곤 시체에 다가가서 제 신분증을 죽은 사람의 옷에 넣어주었다. 그렇게 해서 이제 그는 죽은 사람이 되었다.

보르네만의 아내: "내가 어쩌겠어요? 나도 더는 어쩔 수 없지, 남편은 이미 죽었으니까, 그게 내 남편이냐, 아니냐, 천만다행으로 그게 내 남편이네요. 어차피 이런 남자를 잃었다고 더 잃을 것도 없으니 대체 그에게서 무얼 바라겠어요, 그런 인간이 인생의 절반을 감옥에서 보내니 해악이 사라진 거지."

나의 오토, 오 나의 사랑스러운 오토는 죽은 게 아니다. 그는 안클람으로 갔다. 그리고 물이 좋다는 것을 알아챘기에 물을 좋아하게 되었고, 그래서 그는 생선 장수가 되어 안클람에서 생선을 팔며 핑케라는 이름을 갖게 되었다. 이제 보르네만은 세상에서 사라졌다. 그런데도 그는 나중에 붙잡혔다. 어째서, 그리고 어떻게 그랬느냐, 가만히 앉아 계시오.

하필 그의 의붓딸이 안클람에 일자리를 얻어 오게 되었다. 누구나 세상이 엄청 크다고 생각하지만 하필 그 딸이 안클람으로 와서 죽음에서 되살아난 물고기를 만났으니, 그가 노이가르트에서 탈출해서 벌써 1백 년 정도는 그곳에서 지내는 사이 그딸도 이미 커서 집을 떠나 멀리 왔기에, 당연히 그는 딸을 못 알아보았으나 딸은 그를 알아보았다. 여자가 그에게 말한다.

"여보세요, 아저씨는 우리 아버지가 아닌가요?"

그가 말한다: "이보쇼, 제정신이오?"

여자가 믿지 못하자 그는 제 말을 증언해줄 아내와 게다가 그사이 태어난 다섯 아이를 불러댔것다.

"그는 생선 장수로, 핑케라는 사람이오."

오토 핑케, 마을 사람은 누구나 그를 그렇게 불렀다. 그건 누구나 아는 일, 핑케 씨가 이 사내의 이름, 이미 죽은 또 다른 사내 이름은 보르네만이지.

그러나 이 여자는 그가 제게 아무 해도 끼치지 않았건만 그 말을 받아들이지 않았다. 여자는 일단 떠났다. 이 여자의 영혼에 무슨 일이 일어나고 있느냐, 아무래도 그 머리에 새 한 마리가 들어 있구나*. 그녀는 베를린의 범죄 전담 경찰 4a 부서에 편지 한 통을 보냈다.

"나는 핑케 씨의 가게에서 여러 번 생선을 샀는데, 내가 그의 의붓딸인데도 그는 스스로 내 아비임을 인정하지 않고 내 어머니를 속이고 있습니다. 다른 여자와의 사이에 애를 다섯이나 두었으니까요."

그 애들이 제각기 받은 이름이야 그대로 지녀도 좋지만 그들의 성(姓)은 엉터리다. 그들은 모조리 어머니의 성을 물려받아 훈트라는 성을 쓰는데, 그야 그들이 정식 결혼을 하지 않고 얻은 자식들이기 때문이다. 민법의 규정에 따르면 결혼하지 않고 생긴 자식과 그 아비는 서로 친척이 아니다.

그리고 이 핑케처럼 프란츠 비버코프도 당신과 아무 상관이 없다. 한번은 어떤 짐승이 그에게 덤벼들어 한 팔을 물어뜯었지만 나중에 그가 이 짐승을 꼭 찍어 눌러 놈이 헐떡이고 씩씩대며 그의 뒤에서 열 받는다. 프란츠는 아주 똑바르게 두 발로 서서 걷고 그 고집스러운 머리통을 반듯이 쳐들고 다닌다. 그는 다른 사람들이 하는 것을 아무것도 못하지만 그의 눈길은 아주 밝다. 하지만 상대방은, 그가 제게 아무 해도 끼치지 않았건만 이렇게 혼자 묻는다.

*약간 제정신이 아니라는 뜻.

"놈이 무얼 바라는 거야? 대체 내게 무얼 바라는 거야."

그는 다른 사람들이 보지 못하는 것을 모두 보고 모조리 이해한다. 프란츠의 근육질 목덜미와 꼿꼿한 두 다리가 제게 아무 해도 끼치지 않았건만, 프란츠는 단잠을 이루건만. 그러나 그들은 그에게 못된 짓을 한다, 그가 아주 조용히 있을 수는 없지. 이젠 대답해야 한다. 그럼 그가 어떻게 대답하나?

미풍에 문이 열리니 양 떼 한 무리가 밖으로 달려나가는 것처럼. 파리 한 마리가 사자를 약 올리니 사자가 사나운 앞발로 파리를 치고 아주 끔찍하고 끔찍하게 울부짖는 것처럼.

파수꾼이 작은 열쇠를 들고 빗장을 살짝 건드리자 범죄자 한 떼가 달려나가 곧바로 사방에서 죽이고, 때리고, 집에 침입하고, 도둑질하고, 강도 살인을 저지르는 것처럼.

라인홀트는 제집에서도 프렌츨라우에 위치한 술집에서도 이리저리 오가며 궁리에 궁리를 거듭하고 앞으로 궁리, 뒤로 궁리를 해댄다. 그러던 어느 날 프란츠가 함석장이와 함께 앞으로 무슨 일을 할까를 놓고 새로운 아이디어를 이리저리 검토할 것을 알았기에 저는 미체를 찾아갔다.

미체는 처음으로 이 인간과 얼굴을 마주했다. 이 인간에게 특별히 볼일이 있는 건 아니다, 미체, 네 생각이 옳다, 이 사람은 용모가 나쁘진 않다, 약간 슬퍼 보이고 기운이 없고 누르스름한 게 약간 아픈 것도 같다. 하지만 용모가 나쁘진 않다.

하지만 그를 자세히 바라보아라, 그와 악수도 하고 그의 얼굴을 자세히 뜯어보아라. 귀여운 미체, 그건 네게는 세상 다른 어떤 얼굴보다도 더 중요한 얼굴이니, 에바의 얼굴보다도 중요하고, 심지어는 네가 사랑하는 프란츠의 얼굴보다도 더욱 중요하다. 그가 이제 계단을 올라오니, 살펴보라, 허나 너는 아무것도 못 느끼고 아무것도 모르고 다가올 네 운명을 짐작도 못한다.

베르나우 출신의 작은 미체야, 대체 무엇이 네 운명이냐? 넌 건강하고 돈을 벌고 프란츠를 사랑하고 그리고 바로 그런 탓에 지금 그것이 계단을 올라와 네 앞에 선다, 네 손을 건드리고, 프란츠의 운명도—이제 그것은 너 자신의 운명이기도 하구나. 넌 그의 얼굴을 자세히 바라볼 필요가 없다, 그냥 그의 손을, 그의 두 손을, 잿빛 가죽 장갑을 낀 별로 특별할 것 없는 그 손을 잘 보면 된다.

라인홀트는 멋쟁이 옷을 입었고, 미체는 그를 어떻게 대해야 옳을지 모른다, 어쩌면 프란츠가 그를 보낸 걸까, 아니면 이게 프란츠가 놓은 덫일까, 하지만 그럴 리가 없다. 그가 이미 프란츠는 제가 여기 온 것을 전혀 모른다고 말하고 있으니 말이다. 프란츠는 매우 예민하다. 이 사람은 그녀와 이야기를 해볼 생각으로 찾아왔다, 프란츠와는 그리 쉽지가 않다, 한 팔을 잃었으니, 하지만 그가 정말로 꼭 일을 해야 하는지, 자기들 모두 그게 정말로 궁금하다. 미체는 이런 말에는 아주 영리해서 비쇼가 한 말을 기억했다. 프란츠가 무얼 원하는가 하는 것 말이다. 그래서 이렇게 대답했다. 아니, 돈 버는 걸로 말하자면 그는 그렇게까지 돈을 벌어야 하는 건 아니다, 그를 도와줄 사람들이 있으니까. 하지만 그것만으론 충분하지 않은 것 같다, 그 사람은 일을 하려고 한다. 라인홀트가 말한다. 정말 그렇다, 그도 일을 해야 한다. 다만 자기들이 하는 일이 힘들다는 게 문제다, 아주 튼튼한 두 팔을 가진 사람이라도 누구나 할 수 있는 일이 아니다. 그래 자기는 다만 재정적 상황에 대해 물어보려는 것이다, 재정 문제라면 자기들도 이 동료에게 여러 가지 배려를 할 생각이다, 물론. 그런 다음 그는 코냑 한 모금을 마시고 이렇게 묻는다.

"나를 아시나요, 아가씨? 그가 나에 대해 아무 말도 안 하던가요?"

"아니요."

대체 이 작자가 무얼 바라는 거야, 에바가 있다면, 에바는 이런 대화를 나보다 훨씬 더 잘할 텐데.

"우린 서로 알게 된 지가 한참 되어서요, 프란츠와 나 말이죠. 그에게 당신이 생기기 전에 또 다른 여자가 있었지요, 칠리라고."

저 작자가 저걸 원하나, 내가 그 사람을 나쁘게 생각하라고. 그는 어디서나 쓸모가 있는데.

"그 사람에게 다른 여자가 있었다고 안 될 건 없죠. 내게도 다른 사람이 있었는데, 그래도 그는 여전히 내 사람이에요."

그들은 이제 아주 평화롭게 얼굴을 마주보고 앉아 있다. 미체는 의자에, 라인홀트는 소파에서 두 사람 모두 편안한 자세다.

"그야 물론 당신 사람이죠. 하지만 아가씨, 내가 그를 쫓아내려 한다고 생각하는 건 아니겠죠. 나를 지배하는 사람을 말입니다. 그와 나 사이에 우스운 일들이 있었어요, 그가 그 이야기를 했나요?"

"우스운 일? 그게 뭔데요?"

"아주 우스운 일이죠, 아가씨. 솔직하게 말씀드려야겠네요. 프란츠가 우리 패거리에 있는 건 나 때문이에요. 그냥 나 때문에, 그리고 그 이야기 때문이죠. 우리 둘 다 무슨 일이 있었는지 굳게 입을 다물고 있으니까. 그렇다면 당신에게 그 우스운 일들을 이야기해드리죠."

"하지만 여기 이렇게 앉아 이야기를 하다니, 다른 일은 없으세요?"

"아가씨, 사랑하는 하느님도 이따금 하루씩 휴일을 갖는대요. 우리 인간은 적어도 이틀은 쉬어야죠."

"내 생각엔 사흘을 놀아도 될 것 같은데."

두 사람은 웃었다.

"그 말도 틀리진 않아요. 나는 힘을 모으고 있어요, 게으름이 삶을 연장시키죠, 대신 다른 곳에선 너무 많은 힘을 빼니까."

그러자 그녀가 그를 보고 미소를 지었다.

"그렇다면 힘을 아껴야죠."

"뭘 좀 아시네요, 아가씨. 어떤 사람은 이렇고 또 어떤 사람은 저런 거죠. 그러니까 아가씨 프란츠와 나, 우린 언제나 여자들을 바꿨어요, 자 이제 뭐라고 하시겠어요?"

그러곤 고개를 옆으로 기울이고 잔을 들어 한 모금 마시고 이 자그마한 여자가 무슨 말을 하나 기다렸다. 예쁜 여잔데, 흠 나도 곧 이 여자를 갖게 되겠지, 저 다리를 어떻게 꼬집어주나.

"그런 거야 당신 할머니께 말씀드려야죠, 여자들을 바꾸었다고 말이에요. 어떤 사람이 그러는데, 러시아에선 그렇게 한다데요, 당신 아마 러시아 사람인가 보지요, 우리나라엔 그런 게 없으니까."

"하지만 내 말은."

"그렇담 그건 헛소리에 소스까지 뿌린 거죠."

"그렇다면 프란츠가 당신에게 그런 말을 할 수도 있죠."

"그럼 분명 예쁜 여자들이었겠네요, 50페니히짜리요, 어디 피난처에서 나오기라도 했나요?"

"이것만 알아두십시오, 아가씨, 우린 그 정도는 아닌데."

"그럼 말해보세요, 무엇 때문에 내게 그런 이야기를 하죠? 대체 무슨 의도로 그런 말을 하는 거예요?"

이 아가씨 좀 보게. 하지만 이 여자 괜찮네, 그를 좋아하는구나, 이거 참 괜찮은데.

"아무것도 아닙니다, 아가씨, 의도라니요. 난 그냥 약간 뭘 좀 알고 싶어서요(달콤한 아가씨, 판코, 판코, 킬레 킬레 홉사싸*), 폼스가 직접 명령을 내렸거든요. 그렇담 이만 작별 인사를 드려야겠네요, 당신은 우리 협회에 안 들어오실 겁니까?"

"당신이 언제나 그런 이야기만 할 거라면……."

"그야 해로울 것 없지요, 아가씨. 당신이 이미 모든 걸 알고 있다고 생각했어요. 게다가 사업적인 부분도 좀 있고. 폼스는 나더러 당신한테 찾아가 돈이나 그 밖에 이것저것 물어보라고 했어요. 프란츠가 그 팔 때문에 하도 예민해서, 하지만 당신도 더 할 말이 없으니. 프란츠는 굳이 이걸 알 필요가 없지요. 난 그냥 집을 뒤져서 알아낼 수도 있었지만, 이렇게 생각했죠. 무엇 하러 비밀 따위를 만드나. 당신이 여기 있으니 차라리 모든 걸 밝히고 직접 당신에게 물어보자, 이렇게 말입니다."

"그에게 말하지 말라고요?"

"그래요, 안 하는 편이 더 낫죠. 하지만 당신이 원한다면 우리도 굳이 반대는 못하죠. 좋으실 대로 해요. 그럼 안녕히 계십

*카를 바파우가 작곡한 폴카의 후렴.

시오."

"아니, 출구는 오른쪽이에요."

섬세한 여자다, 이제 일을 해치웠다, 아무튼 다행이다.

혼자 남은 작은 미체는 탁자 앞에서 아무것도 보거나 느끼지 못한 채 멍하니 소주잔을 바라보며 생각에 잠겼다. 그렇다, 그녀는 무엇을 생각하는가, 방금 무언가를 생각했다. 그러면서 잔을 치우고, 그러자 아무것도 모르게 되었다. 난 너무 흥분했어, 그 작자가 나를 너무 흥분시켰어, 온몸이 떨린다. 장식장에 든 저 잔을 봐, 맨 오른쪽 것. 내 안에서 모든 게 떨린다, 어디든 앉자, 아니 소파는 싫어, 거기 그자가 앉았었지, 그럼 이젠 의자에 앉자. 그녀는 의자에 앉았다, 그게 대체 뭔가, 두 팔과 가슴속, 모든 게 벌벌 떨린다. 프란츠가 그런 개자식이었단 말이지, 두 놈이 여자들을 바꾸다니. 라인홀트에 대해선 그 말을 믿겠는데, 프란츠는, 그는—사람들은 어디서나 그를 멍청이로 취급하지만 그게 도대체 맞기나 한가.

그녀는 손톱을 물어뜯었다. 그게 사실이라면, 하지만 프란츠는 약간 멍청한 데가 있으니, 아무 일에나 이용당한다. 그렇기 때문에 그들이 그를 자동차에서 밖으로 떠밀었다. 그들은 그따위 인간들이니까. 이런 패거리에 그가 끼다니.

그녀는 손톱을 계속 물어뜯었다. 에바에게 말하나? 모르겠다. 프란츠에게 말하나? 난 모르겠다. 아무에게도 말 안 할 거야. 아무도 여기 없으니.

그녀는 스스로 부끄럽게 여기며 손을 탁자 위에 올려놓고는 집게손가락을 물어뜯었다. 아무 소용이 없다. 목구멍이 탄다. 나중에 그들은 나를 놓고도 그런 일을 할 거야, 나도 팔아버릴 거야.

자동 오르간이 뜰에서 음악 소리를 낸다. 난 하이델베르크에서 마음을 잃어버렸네*. 나도 마찬가지다, 마음을 잃었어. 그래서 이젠 마음이 없다. 그녀는 웅크리고 울기 시작한다. 마음이 가버렸어, 그래서 난 마음이 없다, 할 수 없어, 하지만 나의 프란츠는 그런 짓 안 해, 그는 여자들을 바꾸는 러시아 사람이 아니야, 그건 모두 헛소리.

그녀는 열린 창가에 서서 푸른색 체크무늬 가운을 입은 채로 자동 오르간에 맞추어 노래를 부른다. 난 하이델베르크에서 마음을 잃어버렸어. (그건 고약한 패거리다, 그가 그런 모임을 없애버리는 게 옳아.) 어느 여름날 밤에. (대체 그는 언제 집에 올까, 계단으로 그를 마중 나갈까.), 난 머리 꼭대기까지 홀딱 반했어. (그에게 아무 말도 하지 말아야지, 그렇게 고약한 일을 전할 수는 없어, 한 마디도, 단 한 마디도 안 할 거야. 난 그를 너무 사랑해. 그럼 블라우스를 입어야겠다.) 그녀의 입술이 장미처럼 웃었다. 문 앞에서 헤어질 때 마지막 키스를 하면서 나는 분명히 깨달았다. (비쇼와 에바 말이 맞아. 그들은 무언가 알고 있는 거야, 다만 그것이 맞는지 내게 확인하려는 거지. 이제 그들은 오래 기다려야 할걸, 난 그렇게 멍청하지 않으니까.) 난 하이델베르크에서 마음을 잃어버렸네, 내 마음아, 이제 너는 네카어 강변에서 뛰고 있구나.

*1925년에 나와서 1926년에 큰 인기를 얻은 노래에서 가져온 내용. 같은 제목의 영화까지 나왔다.

빛나는 수확의 전망,
하지만 계산 착오일 수도 있다

그는 세상을 이리저리 돌아다니고, 언제나 돌아다니고, 또 돌아다니고 있으니 무엇이든 그냥 마음대로 생각하세요. 무슨 일이 일어나도 그는 언제나 오뚝이처럼 두 발로 일어서죠. 그런 사람들이 있어요. 포츠담에 그런 사람이 한 명 있었다. 안클람 근처 고르케에, 그는 보르네만이라는 사람이었는데 감옥에서 도망쳐 슈프레 강에 이르렀다. 저기 물속에서 누가 헤엄치고 있나.

"우리 한 번 스케이트 타러 가자, 프란츠, 이럼 어떤가, 이름이 뭐지, 그 자네 애인 말이야?"

"미체 말인가. 이거 아나, 라인홀트, 예전에 그 애는 소냐라는 이름이었어."

"그래, 자넨 그 여자를 보여주지 않는군. 나 같은 사람한테 보여주기엔 너무 멋진 모양이지."

"그야, 내가 뭐 동물원이라도 차렸냐, 그 여자를 보여주게. 그 사람은 길거리를 돌아다녀. 제 기사도 있고, 돈을 아주 잘 벌지."

"그러니까 보여주지만 않는 거구나."

"보여주다니 대체 무슨 말인가, 라인홀트? 그 아가씬 할 일이 있다니까."

"하지만 한 번 데리고 올 수도 있지 않나. 예쁘다던데."

"그렇다고들 하지."

"한 번 보고 싶다. 자넨 보여주고 싶지 않은 모양이지?"

"이거 봐, 라인홀트, 우린 예전에 사업을 했었지, 그 앤 장화와 모피 목도리에 대해 알아."

"그런 일이야 더는 일어나지 않아."

"물론 그건 안 돼. 난 그런 고약한 짓 할 수 없어."

"알았어, 그냥 물어본 것뿐이야."

(이런 개자식, 여전히 그따위 생각이네, 여전히 그런 정신 나간 소리야, 기다려봐라, 이놈아.)

보르네만이 물가에 이르렀을 때 물속에 죽은 지 얼마 안 되는 시신이 떠 있었다. 보르네만의 머리에 번쩍 작은 불꽃이 켜졌다. 호주머니에서 제 모든 서류를 꺼내 시신에게 넣어주었다. 이건 앞서 이미 얘기했지만 이제 기억이 조금 더 난다. 그 다음, 그는 시신을 나무에 묶었다. 이게 떠내려가면 찾기가 어려울 테니. 그는 곧바로 협궤 열차를 타고 슈테틴으로 가서 차표를 구했고, 베를린에 도착하자마자 어떤 술집에서 아내에게 전화를 걸어 빨리 오라고 누가 기다린다고 일렀다. 그녀는 그에게 돈과 옷가지를 가져다주었고, 그는 그녀에게 몇 가지를 속삭였다. 그런 다음 유감이지만 헤어져야 했다. 그녀는 시신의 신분을 확인하겠노라고 약속했다. 그는 어떻게든 돈을 구하면 그녀에게 보내겠노라고 했다. 그런 다음 그는 재빨리 돌아가야 했다, 안 그랬다간 다른 사람이 시체를 발견할라.

"난 그냥 알고 싶었네, 프란츠, 정말로 알고 싶었어."

"이제 아가씨 이야기도 그런 헛소리도 집어치워."

"그냥 알아보는 것뿐이라니까. 그게 뭐 네게 해로울 거야 없잖아."

"해로울 거야 없지. 라인홀트, 그냥 너 말이야, 네가 그렇게 건달이니까."

프란츠가 웃었다. 상대방도 웃었다.

"자네 애인은 어떤가, 프란츠. 정말로 나한테 보여줄 수 없나?"

(봐라, 네가 어떤 익살꾼인지, 나를 자동차에서 밀어내더니 이젠 이렇게 덤비네.)

"그래 대체 무얼 원하나, 라인홀트?"

"원하는 거 없어. 그냥 그 아가씨를 한 번 보고 싶을 뿐이지."

"그 여자가 나를 좋아하는지 보고 싶다 이건가? 내 한 마디 하지, 아가씨는 머리끝에서 발끝까지 한 마음이야, 자네가 전혀 짐작도 할 수 없을 정도지. 자네 에바를 아나?"

"뭐 그야."

"에바한테 이 미체가…… 아니 말 안 할 테다."

"대체 뭔데 그래, 말해봐."

"아니, 그런 건 생각도 할 수 없어, 하지만 그 여자는, 자넨 그런 말은 들어본 적도 없을 거야, 라인홀트, 그건 나한테도 이 분야에선 처음 있는 일이니까."

"뭔데 그래? 에바하고?"

"그래, 비밀은 꼭 지켜라. 그러니까 이 아가씨, 미체 말이야, 이 아가씨는 에바가 내 아이를 갖기를 바라고 있다니까."

맙소사. 그들은 서로를 바라본다. 프란츠는 제 허벅지를 치면서 웃음을 터뜨렸다. 라인홀트는 미소를 지었다. 그는 미소를 짓고 가만히 있었다.

그런 다음 핑케라는 이름의 그자는 고르케로 가서 생선 장수가 되었다. 어느 날 그의 의붓딸이 안클람에 직장을 얻어 와서 생선을 사려고 했다. 그녀는 손에 그물을 들고 핑케에게 가서 말했다.

라인홀트는 미소를 지었다. 미소를 짓고 가만히 있었다.

"그 여자 혹시 동성애자냐?"

프란츠는 다시 두 발을 탕탕 치며 킥킥거렸다.

"아니, 그 여자는 나를 사랑해."

"그건 생각할 수 없는 일인데."

(그런 걸 믿을 수는 없다, 이 바보에게 그런 게 생기다니, 그러곤 아직도 웃고 있네.)

"그럼 에바는 그에 대해 뭐래?"

"둘은 서로 친해. 서로 잘 알거든, 에바 소개로 미체를 만났으니까."

"너 진짜 입맛 다시게 만든다, 프란츠. 내가 미체를 한 번 볼 수 없을까, 20미터쯤 떨어진 곳에서 말이야, 네 마음이 두렵다면 내 쪽에서 완전히 칸막이를 칠게."

"맙소사, 난 전혀 두렵지 않아! 아가씨는 아주 성실하고 사랑스러워. 넌 짐작도 못할걸. 당시 내가 한 말 알지 왜, 여러 여자들과의 관계를 그만둬야 한다던 말, 그랬다간 건강을 망치고, 또 신경이 아주 튼튼한 사람이라도 오래 견디지 못한다던 말. 그래서야 뇌졸중을 일으킬 판이지. 정신을 차려야지, 그래야 너한테 좋을 거야. 이제 자넨 정말로 내가 옳다는 것을 보게 될 거다. 라인홀트. 내 이 아가씨를 보여주지."

"하지만 그 아가씨가 나를 보아선 안 되고?"

"왜 안 돼?"

"아니, 내 쪽에서 싫어. 그냥 아가씨를 내게 보여주기만 해."

"이렇게 하자, 난 기쁘다. 그게 네게도 좋을 거야."

오후 3시가 되었다. 프란츠와 라인홀트는 거리를 따라 걸어간다. 온갖 종류의 에나멜 칠을 한 문장들, 에나멜 칠을 한 물건들, 독일산 양탄자와 페르시아산 양탄자, 12개월 할부, 식탁보 위에 겹으로 올리는 긴 장식용 식탁보, 보통의 식탁보와 낮은 안락의자 덮개, 누비이불, 이중 커튼, 라이스너 주식회사, 당신에게 어울리는 유행을 읽어보세요, 없다면 무료 우편배달을 요청하세요, 조심, 목숨이 위험하니 극히 조심.* 그들은 프란츠가 살고 있는 건물로 들어간다. 이제 너는 내 집으로 간다, 난 형편이 좋다, 내겐 부족한 것이 없다, 내가 어떻게 사는지 네가 한번 보아야지, 내 이름은 프란츠 비버코프.

"그럼 조용히 가자, 내가 가서 여자가 있는지 문을 열어볼게. 아니 없어, 난 여기 산다, 하지만 여자가 곧 올 거야. 이제 우리가 어떻게 할지 생각해보자. 이건 순전히 연극이지만 넌 끽소리 내지 마라."

*가는 길에 보이는 각종 광고문과 경고문.

"조심할게."

"가장 좋은 건, 네가 여기 침대에 눕는 거다. 라인홀트. 이건 낮 동안엔 사용하지 않을 거니까, 그리고 내가 여자가 그리로 못 가게 할게. 그럼 넌 이 베일을 통해 볼 수 있지. 누워봐, 잘 보이나?"

"보인다. 하지만 장화를 벗어야겠는데."

"그게 더 좋겠는데. 알아둬, 내가 장화를 복도에 내놓을게, 나중에 갈 때 거기서 신어."

"맙소사, 프란츠, 만일 일이 잘못되면."

"무섭나? 아가씨가 무얼 알아차린다 해도 난 무섭지 않아. 자네가 아가씨와 인사를 해야지."

"아니, 나를 보아서는 안 돼."

"어서 누워. 이제 여자가 돌아올 시간이다."

에나멜 칠을 한 문장들, 온갖 종류의 에나멜 칠 물건들, 독일산 양탄자와 진짜 페르시아산 양탄자, 페르시아 사람과 페르시아 양탄자, 무료 배달을 요청하세요.

슈테틴에서 블룸 경감이 말했다.

"당신은 대체 어디서 그 남자를 알게 되었소? 무엇을 보고 그를 알아보았나요, 무언가를 보고 그를 알아보았을 텐데?"

"그는 우리 의붓아버지예요."

"그렇다면 우리가 고르케로 가야겠군요. 그 말이 맞다면 우리는 즉시 그를 잡아 데려올 겁니다."

아파트 문에서 누군가가 열쇠를 돌린다. 프란츠가 복도로 나간다.

"자 당신 놀랄 일이 있어, 미체. 자 작은 아가씨, 내가 벌써 돌아왔지. 어서 들어와. 침대로는 가지 마. 거기에 당신을 위한 놀라움을 마련해두었으니까."

"그럼 당장 가봐야겠네."

"멈춰, 우선 맹세해! 미체, 손을 높이 쳐들고 맹세해, 이렇게 쳐들고, 내 말을 따라해. 나는 맹세한다."

"나는 맹세한다."

"침대로 가지 않겠다고."

"침대로 가지 않겠다고."

"내가 말할 때까지."

"내가 달려갈 때까지."

"여기 멈춰. 한 번 더 맹세해. 나는 맹세한다."

"나는 침대에 가지 않겠다고 맹세한다."

"내가 당신을 거기 눕힐 때까지."

그러자 그녀는 진지해져서 그의 목에 매달린 채 떨어지려 하지 않았다. 그녀에게 무슨 일이 있음을 눈치채고 그는 그녀를 복도로 데려가려고 문으로 갔다. 오늘은 일이 안 된다. 그녀가 멈추어 섰다.

"난 침대로 안 가, 이거 놔줘요."

"내 미체가 무슨 일일까, 내 귀여운 미체가?"

그녀는 소파로 달려갔고, 그곳에 둘이 꼭 끌어안은 채 나란히 앉았다. 그녀는 아무 말도 하지 않았다. 그런 다음 그녀가 그의 넥타이를 잡아당기며 나직하게 중얼거렸다. 이런 말이 흘러나왔다.

"귀여운 프란츠, 당신한테 무슨 말을 해도 돼?"

"그야 물론이지, 귀여운 미체."

"우리 아저씨 일인데, 거기서 있었던 일이야."

"그래 귀여운 아가씨."

"거기야."

"대체 무슨 일인데?"

넥타이를 만지작거리는 이 아가씨는 대체 무슨 일일까, 하필 오늘 그가 저기 누워 있는데.

경감이 말한다.

"당신은 어째서 핑케라는 이름입니까? 신분증이 있소?"

"그런 일이야 관청으로 가야지요."

"어떤 관청, 우리한테는 상관이 없소."

"물론 신분증이 있지요."

"좋소, 그럼 우선 그것부터 이리 내시오. 저편에 노이가르트의 관리 한 사람이 있소, 그가 노이가르트 출신의 보르네만이란 사람을 잡았거든, 저 사람을 들여보내."

"프란츠, 지난 얼마 동안 이 아저씨 조카가 거기 머물고 있었어요. 그러니까 그가 조카를 오라고 부르지도 않았는데 그가 혼자 온 거죠."

프란츠는 혼자 중얼거리며 마음이 서늘해졌다.

"그를 아나요, 프란츠?"

"대체 내가 어떻게?"

"그러게요. 어쨌든 그가 그곳에 있었어요, 그러다 이제 그도 끼어들게 되었어요."

프란츠는 몸이 떨렸다. 그의 눈길이 어두워졌다.

"어째서 나한테 아무 말도 안 한 거야?"

"어떻게든 그를 떼어낼 수 있을 거라고 생각했어요. 그야,

누군가 그냥 옆에 있는 거니까."

"그러다 이젠……."

그의 입술의 경련이 강해졌다. 그러다가 축축해졌고 여자는 프란츠의 목에 꼭 달라붙었다. 아가씨가 내게 꼭 달라붙었다. 이건 그녀의 고집스러운 방식, 그녀는 아무 말도 하지 않으니, 대체 누가 그녀의 속마음을 아나, 대체 어째서 우는 거야, 그것도 저자가 저기 누워 있는 지금 말이지. 그냥 막대기 하나를 집어 들고 침대를 후려쳐서 저자가 다시는 못 일어나게 했으면 좋겠구먼, 빌어먹을 계집 같으니, 나를 이렇게 고되게 모욕하는구나. 그러나 그는 몸이 떨렸다.

"그래서 어떻게 되었나?"

"아무것도요, 프란츠. 아무 걱정도 안 했죠, 아무 일도 안 하고, 아무것도 아니었으니까. 그가 다시 따라왔어요. 아침 내내 기다리다가 내가 아저씨 집에서 나오는데 그가 거기 서 있지 않겠어요. 난 그와 함께 차를 타고 갔어요, 그럴 수밖에 없었죠."

"그야 그랬겠지. 그래야 했겠지."

"그래요. 대체 무얼 할 수 있겠어요? 프란츠, 어떤 사람이 그렇게 치근대면, 그것도 그렇게 젊은 사람이, 그러곤……."

"대체 어디 갔었는데?"

"먼저 베를린을 계속 돌더니 그루네발트로 갔죠. 난 몰라요, 그런 다음 걸었어요, 그에게 계속 그만 가자고 빌었죠. 그는 아이처럼 울고 매달렸어요. 그리고 내 앞에서 쓰러졌죠, 그렇게 젊은 사람이, 그는 철물공이에요."

"그럼 돌아다니지 말고 일을 해야 할 거 아냐, 게으른 자식."

"모르겠어요, 화내지 말아요, 프란츠."

"무슨 일인지 아직도 영문을 모르겠어. 그런데 당신 어째서 그렇게 우는 거지?"

그러자 그녀가 다시 아무 말도 없이 그냥 몸을 밀착시킨 채 그의 넥타이만 만지작거렸다.

"화내지 말아요, 프란츠."

"그 자식한테 반했구나, 미체?"

아무 말도 없었다. 그는 얼마나 두려운지, 발끝까지 얼마나 소름이 끼치는지. 그가 그녀의 머리카락에 대고 속삭였다. 라인홀트에 대해선 까맣게 잊고 말았다.

"그자한테 반했지?"

그녀는 그에게 몸을 밀착시켰다. 그는 그녀의 몸을 전부 느낄 수 있었다. 그 입에서 소리가 나왔다.

"그래요."

아, 아, 그는 들었다, 그래요. 그녀를 떼어내려고 했다, 난 때려야 해, 이다, 저 브레슬라우 자식, 이제 또 이거구나, 그의 팔이 마비되었다. 그는 마비되었다, 하지만 그녀가 짐승처럼 그를 꼭 붙잡고 있다, 이 여자는 대체 무얼 원하나, 아무 말도 없이 자기를 붙잡은 채 얼굴을 그의 목에 대고 있으니, 그는 돌처럼 굳어서 그녀의 머리 너머 창밖을 바라보았다.

프란츠는 그녀를 떼어내며 소리 질렀다.

"대체 무슨 소리야? 나를 좀 놔줘."

이 암캐를 어떻게 해야 하나.

"난 이리로 왔어요, 프란츠. 난 당신한테서 도망치지 않았어, 난 여기 있어요."

"도망쳐, 난 당신을 원치 않아."

"소리 지르지 말아요, 오 맙소사, 내가 무슨 일을 했담."

"그놈을 사랑한다면 그놈한테 가버려, 이런 재수 없는 것."

"난 그런 사람 아니야, 제발, 프란츠, 그에게 벌써 말했어요, 그건 안 된다고, 난 당신 거라고요."

"난 당신이 싫어. 그런 여잔 싫다고."

"그래도 난 당신 거야, 그에게도 말했어요, 그리고 그를 떼어버렸어, 당신이 나를 위로해줘야 해요."

"맙소사, 당신 미쳤군! 나 좀 놔줘! 돌았어! 당신이 그놈한테 빠졌다고, 나더러 당신을 위로하라고."

"그래요, 당신이 그래야 해, 프란츠, 난 당신의 미체예요, 당신은 나를 사랑하지요, 그러니 나를 위로해줘요, 이제 그는 갈 거예요, 그 젊은이……."

"아니, 이제 그쯤 해둬, 미체! 당신이 놈에게로 가야지, 가서 놈을 가져."

그러자 미체가 날카로운 소리를 질렀다. 그는 그녀를 떼어낼 수가 없다.

"그래, 당신이 가야지, 나를 놓아줘."

"아니, 그렇게는 안 해요. 당신이 나를 사랑하지 않으니까, 당신이 나를 좋아하지 않으니까, 내가 무슨 일을 한 거지."

프란츠는 마침내 팔을 풀고 그녀를 떼어낼 수 있었다. 그녀가 그의 뒤를 따라왔다. 프란츠가 순식간에 돌아서면서 그녀의 얼굴을 세게 갈겨서 그녀가 뒤로 비틀거리는데 다시 어깨를 밀치자 그녀가 넘어졌다. 그는 그녀의 몸을 타고는 한 손으로 닥치는 대로 때렸다. 여자가 몸을 움찔거리며 고개를 돌렸다, 오 오, 그가 때린다, 그가 때린다, 그녀는 배와 얼굴을 아래로 하고 엎어진 꼴이었다. 어떻게 해야 그가 매질을 멈출까, 방이 그의 주위에서 빙빙 돈다, 방이 도는구나, 방이 일어선다.

"몽둥이는 안 돼, 프란츠, 이걸로 됐어요. 몽둥이는 안 돼."

그녀는 블라우스가 찢어진 채로 앉았다. 한 눈은 감고 코에서는 피가 흘러내려 왼쪽 뺨과 턱이 피칠갑이었다.

하지만 프란츠 비버코프는—비버코프, 리버코프, 치버코프, 이자는 이름이 없으니—방이 빙빙 돈다, 침대들이 서 있고 침대 하나를 그가 붙잡는다. 거기에 라인홀트가 누워 있다. 이자가 장화를 신은 채로 누워서 침대를 더럽히고 있다. 이놈은 여기서 대체 무얼 찾나? 제 방도 있으면서. 놈을 쫓아내야지, 놈을 밖으로, ㄴ을 ㅂ으로, ㄴ을 ㅂ으로 밀어내자. 그리고 프란츠 비버코프, 치버코프, 니버코프, 비데코프가 훌쩍 뛰어 침대로 가서 이불을 통해 놈의 머리를 잡는데, 놈이 움직인다, 이불이 위로 올라간다, 라인홀트가 일어나 앉는다.

"이제 나와라, 라인홀트, 나와, 저 여자를 봐라, 그런 다음 데리고 나가라."

미체의 입이 벌어진다, 지진이구나, 번개, 천둥, 선로가 엉키고 꼬였구나, 정거장, 대기실이 뒤집혔다, 날뛰고 뒹굴고 연기, 구름, 아무것도 안 보인다, 모든 게 사라졌다, 모든 게 수직으로 붙어간다, 비스듬히 붙어간다.

"무슨 일이야, 뭐가 잘못되었나?"

외침 소리, 그녀의 목에서 끊임없는 외침 소리, 연기 자욱한 외침 소리, 저기 연기 뒤 침대에 있는 것에 맞서서, 저기 저것에 맞서 외침의 벽, 외침의 창을 더욱 높이자, 외침의 돌들을 던지자.

"입 닥쳐, 뭐가 잘못됐냐, 그만둬. 집이 무너지겠다."

마구 쏟아져 나오는 외침, 저기 저것에 맞선 외침 덩어리, 시간이 없다, 단 한 시도 없다.

이미 그 외침의 파도가 프란츠를 붙잡았다. 미쳐미쳐미쳐 날뛰는 인간. 그가 침대를 향해 의자 하나를 휙 밀치자 의자가 쓰러지며 그의 손에서 떨어졌다. 그는 아직 앉은 채로 악을 쓰고 소리소리 질러대는 미체에게 비스듬히 달려가서 그녀를 자빠뜨리고는 그녀 위에 무릎을 꿇고 앉아 가슴을 그 얼굴에 올려놓았다. 이걸…… 내가…… 죽일…… 거야.

외침 소리가 멈추었다. 그녀는 두 다리를 위쪽으로 버둥거렸다. 라인홀트가 프란츠를 옆으로 밀쳐냈다.

"맙소사, 여자가 질식해 죽겠다."

"네 길이나 가라."

"일어나, 어서."

그는 프란츠를 떼어 보냈다. 그녀는 배를 깔고 엎어져서 머리를 웅크린 채 신음하고 그르렁거리고 팔로 마구 쳤다. 프란츠가 말을 더듬었다.

"이 못된 년을 봐라, 이년을 봐. 너 누구를 때리려는 거지?"

"저리로 가, 프란츠. 옷을 입고 숨을 돌렸거든 먼저 나가라."

미체가 아래서 웅얼거리며 두 눈을 떴다. 오른쪽 눈꺼풀이 벌겋게 부풀어 올랐다.

"어서 나가, 여자를 잡겠다. 어서 재킷을 입으라고."

프란츠가 숨을 헐떡이며 재킷을 입자 라인홀트가 그를 도왔다.

그러자 미체가 몸을 일으켜 가래를 뱉어내고는 말을 하려고 했다. 그녀는 몸을 일으켜 주저앉은 채 소리를 냈다.

"프란츠."

그가 재킷을 입는다.

"모자도 써야지."

"프란츠……."

그녀는 이제 소리를 지르지 않는다. 이제 목소리가 나온다.

"난…… 난…… 나도 함께 갈게요."

"아니 당신은 여기 있어요, 아가씨. 나중에 내가 당신을 도 와줄게요."

"프란츠, 어서, 나도 함께 갈래."

그는 일어서서 머리에 모자를 쓰고 비틀거리고 헐떡거리며 침을 뱉고는 문으로 간다. 끼익. 탕.

미체는 신음하고 두 발로 일어선다. 라인홀트를 옆으로 밀 치고 그녀는 더듬더듬 문으로 나간다. 복도 문에서 그녀는 더 이상 가지 못한다. 프란츠가 나간다, 그는 벌써 계단을 내려간 다. 라인홀트가 그녀를 방으로 데려온다. 그가 그녀를 침대에 눕히자 그녀는 헐떡이고 혼자서 몸을 일으키고는 다시 침대에 서 기어 내려와 피를 뱉고 문으로 향한다.

"나가요, 나가."

그녀는 그냥 "나가요, 나가"에 멈추어 있다. 그녀의 한 눈은 여전히 그를 바라본다. 그녀의 두 다리가 실실 풀어진다. 저 지 저분한 침. 그는 흘러나온 그녀의 침이 역겹다. 난 여기 있을 수 없어, 나중에 사람들이 오겠지, 난 어쨌든 여기를 정리해주 었다. 이런 쓰레기가 나하고 무슨 상관이냐. 안녕히 계시오, 아 가씨. 모자를 머리에 쓰고 한가운데를 통과하여 퇴장.

아래서 그는 왼손에 묻은 피를 닦았다. 낡은 침, 그러곤 큰 소리로 웃었다. 그러자고 놈이 나를 위로 데려갔구나, 이런 난리라니, 이런 멍청한. 놈이 나를 장화째로 제 침대에 밀어 넣었지. 이제 저 멍청이는 무지하게 화가 났다. 어퍼컷을 한 대 맞았으니 지금쯤 어디를 헤맬까?

그는 다시 길을 따라 사라졌다. 에나멜 칠을 한 문장들, 온갖 종류의 에나멜 칠 물건들. 저 위는 퍽 괜찮았어, 그럴싸했다고. 이런 멍청이, 너 정말 잘했다, 고맙구나, 언제나 그렇다니까. 우스워 죽겠네.

이어서 보르네만은 다시 슈테틴의 유치장에 들어갔다. 그들은 그의 아내를 데려왔다. 경감님, 여자는 그냥 놔두십시오, 그 여잔 맹세를 했습니다. 그게 옳지요. 난 2년을 더 옥살이해야지요, 그런 일쯤 아무것도 아닙니다.

그리고 저녁때 프란츠의 방에서, 그들은 웃는다. 그들은 서로 팔을 낀 채 누워서 키스를 하고 서로 아주 다정하다.

"하마터면 당신을 죽일 뻔했어, 미체. 내가 어떻게 당신한테 그런 짓을 할 수가 있지."

"그건 아무것도 아니야. 당신이 이렇게 돌아왔으니까."

"그자는 금방 돌아갔나, 그 라인홀트 말이야?"

"그래요."

"그가 어째서 거기 있었는지 나한테 묻지 않을 건가, 미체?"

"아니요."

"궁금하지 않아?"

"안 궁금해."

"하지만 미체."

"아니요, 그건 정말이 아니야."

"대체 뭐가?"

"당신이 나를 그에게 팔려고 한다는 거요."

"뭐라고?"

"그건 정말이 아니야."

"하지만 귀여운 미체."

"난 알아요. 그게 좋아."

"그냥 내 친구야, 미체, 하지만 여자들한테 못된 짓을 한 놈이지. 그에게 제대로 된 여자가 어떤 건지 보여주려고 했어. 그런 걸 그도 보아야 하니까."

"좋아요."

"당신 나도 사랑하지? 아니면 당신 그 작자만 사랑하나?"

"난 당신 거예요, 프란츠."

8월 29일 수요일

그녀는 자신의 기사를 이틀 동안이나 기다리게 해놓고 그 시간을 사랑하는 프란츠와 함께 지냈다. 그와 함께 에르크너와 포츠담으로 가서 사이좋게 지냈다. 그녀는 이전보다 더 많이, 그와 비밀을 공유했다. 이 작은 여자는 제가 사랑하는 프란츠가 품스 패거리들 사이에서 무슨 일을 하는지 두렵지도 않았다. 자기도 무언가를 할 생각이다. 그들이 펼치는 무도회나 볼링 경주에 대체 누가 있는지 직접 볼 생각이었다. 프란츠는 자기를 그들에게 데려가지 않았다. 비쇼는 에바를 데려갔지만 프란츠는 이렇게 말했다. 그건 당신에게 맞지 않아, 그런 더러운 자식들에게 당신을 보여주고 싶지 않아.

하지만 귀여운 소냐, 귀여운 미체는 프란츠를 위해 무언가할 생각이다. 우리의 작은 고양이는 그를 위해서 무언가를 할 생각이다. 돈을 버는 것보다 더 좋은 어떤 일을. 그녀는 모든 것을 알아내서 그를 보호할 것이다.

품스 패거리가 친구들과 함께 란스도르프로 가서 벌인 다음 번 무도회에는 아무도 알지 못하는 한 여자가 끼어들었다. 함석장이가 그녀를 데려왔다. 그의 파트너는 가면을 썼는데, 그녀는 심지어 프란츠와도 한 번 춤을 추었지만 단 한 번뿐이었다. 나중에 그는 향수 냄새를 맡았다. 뮈겔호르트에서였다. 저녁이 되자 종이로 만든 등들이 정원에 내걸렸다. 사람을 가득 태운 유람선이 출발했다. 유람선이 출발하면서 악단이 이별가를 연주했지만 그들은 그 안에서도 계속 3시가 될 때까지 춤을 추고 마셔댔다.

여기서 미체는 함석장이와 함께 헤엄을 쳤다. 그는 아름다운 여자를 동반한 것을 뽐냈다. 그녀는 품스와 그 부하들을 보았고, 라인홀트도 보았다. 그가 우울한 모습으로 앉아 있는 꼴을—그는 언제나 심한 변덕을 부렸으므로—그런 다음 우아한 장사꾼도 보았다. 2시에 그녀는 함석장이와 함께 자동차를 타고 출발했다. 그는 자동차에서 그녀에게 사납게 키스를 할 수 있었다. 안 될 게 뭐야, 자기는 이제 훨씬 더 많이 알게 되었는데, 키스가 자기를 쓰러뜨리진 않을 거니까. 귀여운 미체는 무엇을 알게 되었나? 품스 패거리들이 어떤 모습인지 알게 되었고, 덕분에 함석장이는 그녀에게 입을 맞출 수 있었다. 그래도 그녀는 프란츠의 애인, 이제 시간은 깊은 밤이 되고, 이런 밤에 이 자식들이 사랑하는 프란츠를 자동차 밖으로 밀어냈다. 프란츠는 분명 그게 누군지 알고 있을 것이다. 그렇지 않다면 어째서 라인홀트가 집까지 찾아왔겠는가, 정말 뻔뻔한 자식이던데, 나의 프란츠, 소중한 사람, 나는 함석장이에게 죽도록 키스를 당할 수도 있지, 내가 프란츠를 사랑하니까, 그래, 내게 키스해라, 네 혀를 깨물어주마, 맙소사, 이 사람 자동차로 곡예를 하는구나, 우리를 무덤으로 데려갈 모양이지, 만세, 너희 곁에서 오늘밤은 정말 황홀했다, 이젠 오른쪽으로나 왼쪽으로 달려도 괜찮아, 멋대로 운전해라, 당신은 사랑스러운 여자야, 미체, 그래 내가 마음에 든다면 카를, 나를 자주 데려와줘요, 어이쿠, 이 멍청이, 이 사람 취했네, 이 사람 자동차를 슈프레 강에 쑤셔 박겠네.

그럼 안 되지, 그럼 내가 물에 빠져 죽게, 난 아직 할 일이 많은데, 사랑하는 프란츠의 뒤를 캐야 하는데, 그가 무슨 일을 하려는지 난 몰라, 그는 내가 무슨 일을 하려는지 몰라, 그건 우리 두 사람 사이에 말없이 그대로 남아 있어야 해, 그가 원하고 내가 원하고, 우리 두 사람이 같은 것을 원하는 한, 우리 둘은 같은 것을 원해, 오, 이건 뜨거워, 더 키스해줘요, 자, 나를 꼭 안아줘요, 카를, 나는 녹아들어, 나는 녹아버리네, 맙소사.

귀여운 카를, 귀여운 카를, 당신, 당신은 나의 멋진 사람이 되어야지, 가로수 길에서 검은 떡갈나무들이 쏜살같이 지나간다, 1년 중 128일을 당신에게 선물하지, 날마다 아침, 점심, 저녁이 있는 날들을.*

하지만 푸른 옷을 입은 경찰 두 명이 삐뽀삐뽀 저기 무덤으로 왔다. 그들은 묘석 위에 앉아 그들이 어디를 지나왔는지 묻고, 카지미르 브로도비츠라는 사람을 보았느냐고 물었다. 그는 30년 전에 무슨 일인가를 저질렀는데, 정확하게 무슨 일인지는 모르지만, 아직도 무슨 일인가 계속 일어나는 중이고, 이런 패거

---

*당시의 유행가.

194

리에 대해서는 절대로 확실히 알 수 없기 때문에 우리는 지금 그의 지문을 얻고, 키를 확인하려고 하는데, 가장 좋기로는 그를 미리 붙잡는 것, 그를 우리 앞으로 데려와라, 트라리 트라라.

라인홀트는 바지를 추어올리고 자신의 집에서 이리저리 오간다, 조용함과 많은 돈이 그에겐 편치가 못하다. 지난번 아가씨는 벌써 보내버렸다. 세련된 여자도 더는 참을 수 없다.

무언가 다른 걸 해야 한다. 그는 프란츠와 무슨 일을 도모하고 싶다. 이제 이 바보가 다시 주변을 어슬렁거리고 광채를 내며 제 여자를 자랑한다. 무언가 특별한 것이라도 되는 것처럼. 놈에게서 여자를 빼앗을까. 얼마 전 그 여자의 침이 정말 역겹긴 하더라만.

마터라는 성을 가진 함석장이, 물론 경찰에는 오스카 피셔라는 이름으로 알려져 있지만, 그는 라인홀트가 제게 소냐에 대해 묻자 깜짝 놀란 얼굴을 했다. 하지만 마터는, 네가 이미 알고 있다면 그야 아는 거지, 하고 곧바로 고백했다. 라인홀트는 팔을 마터의 허리에 두르고 물었다. 자기가 작은 소풍을 가려고 하는데 그녀를 양보해줄 수 있나. 그러자 소냐가 프란츠의 여자지 마터의 여자가 아니라는 게 밝혀졌다. 그렇다면 마터가 그녀를 데려와 자기와 드라이브를 하도록 주선해줄 수 있을까, 프라이엔발데로.

"그거야 프란츠에게 물어야지, 나 말고."

"프란츠에게 물어볼 수야 없지, 그 사람과 난 전의 일도 있고, 또 그 여잔 나를 좋아하지 않는 것 같아. 그렇게 느꼈어."

"그거야 나도 어쩔 수 없지. 나 혼자 그 여자를 데려가면 모를까."

"그것도 좋지. 그냥 드라이브를 하려는 것뿐이야."

"나한테 있는 여자는 모조리 가져도 좋아, 라인홀트, 그 여자도, 하지만 훔치지 않는다면 대체 어떻게 데려오지?"

"걔가 너하고는 함께 외출할 거야. 이것 봐 카를, 갈색 지폐를 원한다면 내가 줄게."

"그야 언제나 좋지."

푸른 옷을 입은 경찰 두 명이 돌 위에 앉아 지나가는 모든 사람에게 묻고 자동차마다 세웠다. 누런 얼굴에 검은 머리를 한 사내를 보지 못했느냐. 자기들은 그를 찾고 있다. 그가 무슨 일을 했고, 또 앞으로 무슨 일을 할지 자기들은 모르지만. 경찰 기록에 이렇게 되어 있다. 하지만 아무도 그를 보지 못했다, 아니면 모두가 그를 못 보았다고 주장했다. 그래서 경찰 두 명은 계속 가로수 길을 따라 걸어야 한다, 형사 두 명이 그들에게 합세했다.

1928년 8월 29일 수요일,* 벌써 이해의 242일이 지났고, 남은 날이 그리 많지 않은 이 수요일에—그리고 과거의 날들은 마그데부르크로 자동차를 달리는 것과 더불어 돌이킬 수 없이 흘러갔고, 회복 및 치유와 더불어 라인홀트가 소주에 적응하는 것, 미체의 등장, 그리고 그들이 금년 최초의 도둑질을 한 것, 프란츠가 다시 환하게 빛나는 평화를 얻고 완벽한 평화로움이 되는 것과 더불어 돌이킬 길이 없이 흘러갔거니와—함석장이는 저 작은 미체를 싣고 쏜살같이 시골로 달렸다. 그에게, 그러

*여기서 날짜와 요일이 실제와 맞지 않는다. 원래 1928년 8월 29일은 일요일이었다. 작가의 착오로 보인다.

니까 프란츠에게 그녀는 자신의 기사와 함께 드라이브를 나간다고 말했다. 어째서 가는지는 그녀 자신도 몰랐다. 그녀는 그냥 프란츠를 도우려 했지만 어떻게 도울지는 자신도 몰랐다. 지난밤 그녀는 꿈을 꾸었다. 자신과 프란츠의 침대가 집주인 부부의 거실에 있는데, 무언가 잿빛 유령 같은 것이 거기서 천천히 풀려나와 방으로 들어갔다. 아, 그녀는 한숨을 쉬고 침대에 일어나 앉았는데 프란츠는 옆에서 곤히 잠들어 있었다. 그에게는 아무 일도 일어나지 않았다. 그래서 그녀는 다시 누웠다. 우리 침대가 이 위로 거실까지 굴러오다니, 그것 참 웃기네.

끼익, 그들은 프라이엔발데에 왔다, 이곳은 아름답구나, 이곳은 온천지, 누런 자갈이 깔린 멋진 휴양지의 정원이 있고 많은 사람들이 거기 있다. 그들이 이 정원 옆의 테라스에서 점심을 먹고 났을 때 대체 누구를 보게 될까?

지진, 번개, 번개, 천둥, 선로가 일어나고 정거장이 뒤집어지고 구르고, 연기, 연기, 모든 것이 사라졌다, 연기, 아무것도 보이지 않는다, 연기, 날카로운 외침들…… 나는 당신 여자야, 난 당신 거야.

그더러 들어오라고 해라, 그더러 앉으라 해라, 난 그자가 두렵지 않아, 전혀 두렵지 않아, 그의 얼굴을 조용히 들여다본다.

"이쪽은 미체 양, 혹시 벌써 알고 있나, 라인홀트?"

"잠깐 보았어. 정말 기쁩니다, 아가씨."

그렇게 그들은 프라이엔발데의 휴양지 정원에 함께 앉았다. 누군가 안에서 멋지게 피아노를 연주했다. 난 여기 프라이엔발데에 앉아 있고, 내 맞은편에 저 사람이 앉아 있다.

지진, 천둥, 연기, 모든 게 끝이다, 하지만 우리가 이 사람을 만난 게 좋구나, 저 사람에게 모든 걸 물어봐야지, 품스 패거리 모두에 대해서, 그리고 프란츠가 한 일에 대해서, 저 사람이라면 욕망을 달구면 그걸 얻을 수 있겠어. 버둥대보라지, 그러면 오겠지. 미체는 행운이 자기편이기를 꿈꾸었다. 피아노 연주자가 노래했다. 나한테 '위(Oui)'라고 말해요, 베이비, 이거 프랑스 말이지, 나한테 도이치 말로 예라고 말해요, 아님 중국어면 어때. 너 좋을 대로, 그야말로 상관없어, 사랑은 국제적인 거니까. 꽃들을 통해, 코를 통해 내게 말해, 나직하게 또는 무아경에서 나한테 말해줘, 나한테 '위'라고 말해요, '예스'라고 말해, 또는 '야'라고 해줘. 나머지는 당신 좋을 대로!*

소주 몇 잔이 들어가고, 모두가 한 모금씩 마셨다. 미체는 자기가 무도회에서 함석장이 파트너였다고 털어놓았다. 곧이어서 대단한 대화가 이어졌다. 피아노 앞에 앉은 악장께서 모두의 소망에 따라 춤곡을 연주한다. 〈스위스와 티롤에서〉, 프리츠 롤러와 오토 슈트란스키 작사, 안톤 프로페스 작곡. 스위스와 티롤에서, 사람들은 기분이 좋지. 티롤에는 따스한 우유가 많고, 스위스에는 한 아가씨가 있네, 야호! 우리에겐—솔직하게 말하자, 그런 건 힘들어, 그래서 난 스위스와 티롤이 좋아! 홀로로이디! 모든 음악을 통해서 홀로로이디, 귀여운 미체가 웃는다, 지금쯤 나의 사랑스러운 프란츠는 내가 나의 기사와 함께 있다고 생각하겠지, 하지만—난 그의 곁에 있어, 그는 그걸 못 느끼지만.

나중에 우리 이 근처를 드라이브합시다, 자동차로. 카를, 라

*당시의 유행가.

인홀트, 미체가 그걸 원한다, 거꾸로 말하면 미체, 라인홀트, 카를이 원하고, 라인홀트, 카를, 미체, 모두가 함께 원한다. 이제 전화가 오고 웨이터가 외친다. 마터 씨 전화 왔습니다. 자네가 아까 두 눈을 꿈쩍이지 않았나, 라인홀트, 자 우리 아무 말도 말자, 미체도 미소 짓는다, 당신들 두 사람이 반대만 않는다면, 아주 기분 좋은 오후가 될 것 같아. 곧이어 카를 마터가 돌아온다, 오 귀여운 카를, 귀여운 카를, 그대는 나의 좋은 사람, 어디가 아픈가, 아니야, 난 급히 베를린으로 돌아가야 해, 하지만 당신은 여기 남아요, 미체, 난 돌아가야 해, 무슨 일인지 모르겠지만, 미체에게 키스를 하고. 너무 지껄이지 말게, 카를, 그렇게, 모든 남자는 할 수만 있다면 외도를 하지, 다시 보세 라인홀트, 부활절 잘 보내, 오순절 잘 보내. 모자걸이에서 모자를 내리고 그는 퇴장.

이제 우리만 남았다.

"이제 무슨 말을 하실 건가요?"

"그야 아가씨, 전에 그렇다고 그렇게까지 소리 지를 필요는 없었을 텐데요."

"그냥 너무 놀라서."

"나한테 말입니까?"

"차츰 익숙해지지요."

"정말 좋은 말씀."

저 작은 계집 눈 돌리는 꼴을 봐라, 섬세하고 사랑스러운 물건이다, 장담하지만 오늘 저 여자를 차지할 거야. 기다려 보셔, 그냥 애만 태우게 할 거야, 그럼 내게 당신이 아는 걸 다 말해야 할걸. 저 눈길 좀 봐. 셀러리를 통째로 먹었나 봐.

그러자 피아노 연주자가 노래를 끝냈고, 피아노도 피곤해져서 잠자리에 든다. 라인홀트와 미체는 언덕을 올라 숲으로 약간 들어간다. 이것저것 이야기하고 팔짱을 끼고, 이 사내 전혀 나쁘지 않은걸. 그들이 8시에 다시 휴양지 정원으로 돌아오자 카를이 돌아와 그녀를 기다리고 있다가 다시 자동차에 오른다. 벌써 집에 가려고, 오늘은 보름달인데 함께 숲으로 가면 어떨까요, 그거 좋아요, 그렇게 합시다. 그들은 셋이서 숲으로 들어갔다. 카를은 서둘러 호텔에 방을 잡아놓고 자동차를 살펴보러 갔다. 그럼 나중에 정원에서 자네를 만나기로 하지.

이 숲에는 나무들이 많고, 많은 사람들이 팔짱을 끼고 산책한다, 사람 없는 외로운 길들도 있다. 그들은 꿈에 취해 나란히 걸어간다. 미체는 계속 무언가 물어보려고 했지만 무엇을 물어야 할지도 모르고, 또 이 사람과 팔짱을 끼고 가는 게 너무 좋구나, 다음번에 물어봐도 되지, 오늘 저녁은 이리도 아름다운 걸. 맙소사, 프란츠는 나를 어떻게 생각할까, 어서 숲 밖으로 나가야지, 여긴 너무 아름다워. 라인홀트는 그녀의 팔을 받쳤다. 그는 오른팔을 갖고 있으니, 사내가 왼편에서 걷는다, 프란츠는 언제나 오른편에서 걷는데, 원래는 이렇게 걸어야 하는데, 이렇게 팔이 강하니, 이 얼마나 대단한 사람이냐. 그들은 나무들 사이를 천천히 걸어간다, 바닥은 부드럽고, 프란츠는 정말 취향이 훌륭한데, 이 여자를 놈에게서 빌려야겠어, 한 달 동안 내 것으로 만들고 그런 다음 그 녀석 하고 싶은 대로 하라지. 그가 무얼 원한다면 다음번 여행 때 한 방 먹일 거야, 일어서지도 못하게, 예쁜 여자야, 새침하고 게다가 놈에게 충실하고.

그들은 걸으면서 이것저것 이야기를 나누었다. 점점 사방이 어두워졌다. 이야기를 하는 편이 낫다. 미체는 한숨을 쉬었다. 말도 없이 그냥 상대방을 느끼기만 하면서 걷는 것은 아주 위험하다. 그녀는 계속 길을 바라보면서 어디서 빠져나가는지 살펴보았다. 내가 이 사람하고 무엇을 하려고 하는지 모르겠다. 내가 원래 이 사람과 무엇을 하려고 했지. 그들은 한 바퀴를 돈다. 미체가 슬그머니 큰길로 이끌었다. 눈을 떠봐, 넌 여기 있어.

10시*가 되었다. 그는 손전등을 꺼내고 호텔로 향했다. 숲은 우리 뒤에 있다, 작은 새들, 아 작은 새들이 정말로 멋지게 노래했지, 정말로 멋지게 노래했다. 그의 내면이 떨렸다. 이상하고 고요한 길이다. 그는 눈길이 밝았다. 그녀 곁에서 조용히 걸었다. 함석장이 혼자 테라스에서 기다리고 있었다.

"방을 구했나?"

라인홀트는 미체를 찾아 뒤를 보았다. 그녀는 사라졌다.

"여자는 어디 있지?"

"자기 방으로 갔어."

그는 문을 두드렸다.

"여자가 말했어, 잠자러 간다고 말이지."

그의 내면이 떨렸다. 정말 멋졌다. 어두운 숲, 새들. 난 저 아가씨에게서 무얼 기대하는 걸까. 프란츠는 얼마나 멋진 여자를 얻은 걸까. 난 그녀를 갖고 싶다. 라인홀트는 카를과 함께 테라스에 앉았다. 그들은 굵은 시가를 피웠다. 그리고 서로를 향해 미소를 지었다. 우린 대체 여기서 뭘 하는 거지? 원래는 집에

---

*원서에는 8시로 되어 있다. 하지만 산책을 시작한 것이 8시 넘었을 때이기에 옮긴이가 문맥에 맞추어 임의로 시간을 바꾸었다.

서 잠을 잘 수도 있을 텐데. 라인홀트는 여전히 깊고 조용히 숨을 쉬면서 천천히 시가를 빨았다. 어두운 숲, 우린 한 바퀴 돌았어, 여자가 나를 도로 데리고 나왔지.

"자네가 원한다면, 카를, 난 밤새 여기 있겠네."

그런 다음 그들은 둘이서 숲의 가장자리로 걸어가 그곳에 앉아서 자동차를 살펴보았다. 이 숲에는 나무가 많아, 부드러운 땅에서 많은 사람들이 팔짱을 끼고 걷는다, 난 대체 얼마나 나쁜 놈인가.

9월 1일 토요일

그것이 1928년 8월 29일 수요일의 일이었다.

사흘 뒤에 같은 일이 한 번 더 되풀이되었다. 함석장이가 자동차로 출발했다. 미체도 함께였다. 다시 프라이엔발데로 가겠느냐고, 라인홀트도 함께 가고 싶어 한다고 그가 물었을 때 미체는 얼른 '예' 하고 대답했다. 이번엔 더욱 강해질 테야, 하고 그녀는 자동차에 올라타면서 생각했다. 그 사람과 함께 숲에 가지 말아야지. 그녀는 프란츠가 어제 그토록 우울했기 때문에, 그리고 그는 어째서 그러는지 말하지 않았고, 나는 알아야 하기 때문에, 무슨 일이 벌어지는지 알아야 하기 때문에 얼른 '예' 하고 대답했던 것이다. 그는 내게서 돈을 받고, 모든 것을 가졌으며 부족함이 없는데, 대체 무엇이 이 남자에게 근심을 만들어내는 걸까.

라인홀트는 자동차에서 그녀 곁에 앉아 얼른 팔로 그녀의 엉덩이를 감쌌다. 모든 것을 미리 생각해두었다. 오늘 넌 마지막으로 그 프란츠 곁을 떠난 거다, 오늘은 내 곁에 머물 거야,

내가 원할 때까지는. 내가 갖는 5백 번째 또는 1천 번째 여자겠지만 지금까지 모든 게 잘되었으니, 앞으로도 잘되겠지. 그녀는 여기 앉아서 앞으로 무슨 일이 벌어질지 모르고 있다. 난 알고 있으며, 그게 좋다.

그들은 프라이엔발데의 음식점 앞에 자동차를 세웠다. 카를마터 혼자서 미체와 함께 숲으로 산책하러 갔다. 9월 1일 토요일 오후 4시였다. 라인홀트는 한 시간 정도 음식점에서 잠을 자고 싶었다. 6시가 지나서야 라인홀트는 밖으로 나와 자동차를 이리저리 살펴보았다. 그런 다음 한 잔 걸치고 퇴장.

숲에서 미체는 행복했다. 카를은 아주 상냥하고, 온갖 이야기를 다 했다. 자기는 특허를 갖고 있었는데 그가 근무하던 회사에서 그것을 뺏어갔다. 고용인들은 그런 식으로 사기를 당한다. 고용인들은 미리 서류로 그것을 제출하고, 회사는 그것으로 떼돈을 번다, 그는 이제 품스와 함께 일한다. 자기는 지금 새로운 모델을 개발하는 중이다. 그것은 회사가 훔쳐간 모든 것을 소용없게 만들 것이다. 그런 모델을 완성하려면 돈이 아주 많이 든다, 그리고 미체에게도 그걸 알려줄 수 없다. 아주 엄청난 비밀이기에. 그게 성공하면 세상이 완전히 달라질 것이다. 시가 전차도, 소방서도, 쓰레기 처리도 모든 것이, 그것이 모든 것에 이용될 수 있기 때문에. 그들은 가장무도회 날 드라이브한 일을 이야기했다. 가로수 길에서 떡갈나무들을 지나가던 것, 한 해의 128일을 당신에게 선물하지, 날마다 아침과 점심과 저녁이 있는 날들을.

"야호, 야호."

라인홀트가 숲을 통해 소리친다. 이건 라인홀트 소리구나,

그들이 대답한다.

"야호, 야호."

라인홀트가 다가오자 카를은 어딘가로 숨고, 미체는 약간 진지해졌다.

푸른 옷을 입은 경찰 두 명이 돌에서 일어섰다. 그리고 이런 관찰이 아무런 성과가 없었다고 말하고는 슬그머니 사라졌다. 우린 할 수 있는 게 없어, 여기선 별 상관 없는 일들만 일어난다, 우린 경찰서에 그냥 보고서만 내면 된다. 혹시 무슨 일이 일어난다면 그때 다시 보면 되지, 그러면 광고탑에 쓰여 있게 될걸.

미체와 라인홀트 둘이서만 숲을 걸었다. 새 몇 마리가 나직한 소리로 찍찍거렸다. 위에서 나무들이 노래하기 시작했다.

나무 하나가 노래하자 다른 나무도 노래하고, 이어서 나무들이 함께 노래를 했다. 그러다 노래를 멈추고, 이어서 두 사람의 머리 위에서 노래를 했다.

베어 들이는 자가 있으니, 그 이름은 죽음, 그는 위대한 신에게서 권능을 받았다. 오늘 그는 칼을 갈지, 칼은 훨씬 더 잘 든다.

"다시 프라이엔발데에 오니 얼마나 기쁜지 몰라요, 라인홀트. 엊그제 말이에요, 정말 좋았지요, 그렇지 않은가요?"

"조금 짧았지요, 아가씨. 당신은 정말 피곤했나 봐요, 당신 방문을 두들겼는데 열지 않던걸요."

"공기도 그렇고 자동차 드라이브와 모든 게 힘들어서요."

"그래도 약간 멋지지 않았나요?"

"물론 그렇죠. 근데 무슨 말인가요?"

"이렇게 걷는 것 말입니다. 이렇게 예쁜 아가씨하고 같이 말이죠."

"예쁜 아가씨라니 과장하지 마세요. 난 예쁜 신사라고는 말하지 않아요."

"당신이 나와 함께 걷는 거……."

"그게 어때서요?"

"내가 기대할 건 별로 없겠지만. 당신이 나와 함께 걷는 게, 내 말을 믿을지 모르겠지만, 정말로 기뻐요."

멋진 사람이네.

"여자 친구가 없나요?"

"여자 친구라, 오늘날엔 모두가 여자 친구라고 불리는 판이라서."

"그러니까."

"그래요. 어디나 그런 게 있지요. 당신은 모릅니다, 아가씨. 당신은 확고한 남자 친구가 있지요, 그는 당신을 위해 무언가를 합니다. 하지만 어떤 여자는 그냥 즐기려고만 하고 마음 같은 건 없어요."

"그렇담 운이 나쁘시네요."

"그래서 그런…… 그러니까 여자 바꾸기가 일어난 겁니다. 하지만 당신은 그런 이야기를 듣고 싶지 않지요?"

"오, 이야기하세요. 그건 어땠나요?"

"그거야 정확하게 말씀드릴 수 있지요. 이제 당신도 이해할 수 있을 겁니다. 어떤 여자가 정말 별로라면 그런 여자와 몇 주나 몇 달보다 더 오래 함께할 수 있을까요? 어때요? 이리저리 꼬리치고 돌아다니거나 아니면 정말 별로이거나, 아무것도 이해하지 못하거나, 모든 일에 끼어들거나, 아니면 술을 마신다면요?"

"정말 끔찍하네요."

"아셨죠, 미체, 나한텐 그런 일이 생긴 겁니다. 그런 일이 생겨요. 온통 깨지는 거죠, 쓰레기나 잡것이죠. 그야말로 쓰레기통에서 나온 거라니까. 당신은 그런 사람과 결혼하고 싶은가요? 난 단 한 시간도 싫어요. 뭐 그냥 얼마 동안 견디는 거죠, 몇 주 정도, 그런 다음엔 잘 안 되고, 그럼 여자가 가야죠, 난 다시 혼자 남는 거고. 그리 좋지가 않아요. 하지만 여긴 좋군요."

"약간의 기분 전환인가요?"

라인홀트가 웃었다.

"대체 무슨 뜻인가요, 미체?"

"그러니까 당신은 다른 사람을 바라느냔 말이죠."

"그러면 안 되나요, 모두가 인간인 걸."

그들은 웃으며 팔짱을 끼고 걸었다. 9월 초하루. 나무들은 노래를 그치지 않는다. 그것은 긴 설교.

모든 일에는 다 때가 있다. 세상에서 일어나는 일마다 알맞은 때가 있다. 태어날 때가 있고, 죽을 때가 있다. 심을 때가 있고, 뽑을 때가 있다. 죽일 때가 있고, 살릴 때가 있다. 허물 때가 있고, 세울 때가 있다. 찾아 나설 때가 있고, 포기할 때가 있다. 간직할 때가 있고, 버릴 때가 있다. 찢을 때가 있고, 꿰맬 때가 있다. 말하지 않을 때가 있고, 말할 때가 있다. 모든 일에는 다 때가 있다. 이제 나는 깨닫는다. 기쁘게 사는 것보다 더 좋은 것이 없다.* 기쁘게 사는 것보다 더 좋은 것. 기쁘게 사는 것, 우리 기쁘게 살자. 하늘 아래 웃고 기쁜 것보다 더 좋은 것이 없나니.

라인홀트는 미체의 손을 잡고 그녀의 왼쪽에서 걸었다. 그가 강한 팔을 가졌기에.

"이거 알아요, 미체? 난 당신을 초대할 용기가 없었어요, 그때 일 때문에, 알잖아요."

그런 다음 그들은 반시간쯤 걸었다. 말은 별로 없었다. 오래 걸으면서 말을 안 하는 것은 위험하다. 하지만 그의 오른팔을 느낀다.

이 어여쁜 여자를 어디에 앉히나, 이 사람은 아주 특별하다, 어쩌면 난 이 아가씨를 그대로 계속 지닐 거야, 어쩌면 그녀를 호텔로 끌고 갈 거야, 밤에, 밤에 달빛이 깨어나면.

"당신은 손이 온통 상처투성이네요, 게다가 문신도 했네요. 가슴에도 했나요?"

"그럼요, 한번 보겠어요?"

"어째서 문신을 하지요?"

"그야 여러 가지 이유가 있죠."

미체는 킥킥거리곤 그의 팔을 이리저리 흔들었다.

"상상할 수 있어요. 내게도 그런 사람이 있었지요, 프란츠보다 이전에, 그가 온통 무얼 그려 갖고 다녔는지는 말할 수 없지만요."

"유감입니다. 하지만 좋아요. 한번 보겠어요?"

그는 그녀의 팔을 놓고 재빨리 셔츠 단추를 열고 가슴을 보

*〈전도서〉 3장 1~3, 6~7, 12절.

여주었다. 모루가 하나 있고, 그 둘레로 월계수 잎이 새겨졌다.

"어서 도로 가려요, 라인홀트."

"천천히 살펴봐요."

그의 안에서 불꽃이, 눈먼 갈망이 일어나 그는 그녀의 머리를 붙잡고 자기 가슴에 가져다 댔다.

"키스해, 키스해, 키스를 하란 말이야."

그녀는 키스하지 않고 그의 손에 머리를 눌린 채 그대로 가만히 있었다.

"나를 놔줘요."

그가 놓아주었다.

"난 당신한테……."

"그만 갈래요."

이런 빌어먹을, 난 네 목을 잡을 테다, 이 계집이 나한테 이런 식으로 말하다니. 그는 셔츠 앞깃을 여몄다. 난 저 여잘 잡을 거야, 침착해라.

"난 당신한테 아무 짓도 안 했어. 자, 벌써 입었소. 당신 벌써 사내를 본 모양이네."

난 여기 저 사내 곁에서 대체 무얼 하려고 하나, 그가 내 머리카락을 쥐어뜯었다, 이건 무뢰한이야, 난 갈 거야. 모든 일에는 다 때가 있는 법. 무엇이나, 무엇이나.

"그러지 말아요, 아가씨. 그건 그냥 한순간이었지, 잠깐이었소. 사람이 살다 보면 이따금 그런 순간들이 있지요."

"그렇다고 내 머리를 잡을 것까진 없잖아요."

"욕하지 말아요, 미체."

다른 곳을 잡아주지. 거친 열기가 벌써 다시 나타났다. 내가 저걸 그냥 붙잡기만 하면.

"미체, 다시 화해할까요?"

"그렇다면 행동을 조심하세요."

"그러죠."

팔짱을 끼었다. 그는 그녀를 보고 미소를 지었고, 그녀는 풀을 보고 미소를 지었다.

"그렇게 나쁘진 않았죠, 미체? 우린 그냥 잠깐 짖은 것뿐, 물어뜯은 건 아니니까."

"난 당신이 어째서 거기에 모루를 갖고 있을까 생각하고 있어요. 많은 사람들이 거기에 여자나 하트나 뭐 그런 걸 새기죠, 하지만 모루라니."

"어떻게 생각해요, 미체?"

"아무 생각도 안 해요. 그냥 모르겠어요."

"그건 내 문장(紋章)입니다."

"모루가요?"

"그래요. 누군가가 그 위에 누워야죠."

그가 그녀를 보고 씩 웃었다.

"하지만 당신은 나빠요. 차라리 침대를 만들지 그랬어요."

"아니, 모루가 나아요. 모루가 나아."

"당신은 대장장이인가요?"

"어떻게 보면 그런 셈이죠. 우리 같은 사람은 모두가 그래요. 하지만 당신은 모루를 제대로 이해하지 못하는군요, 미체. 아무도 내게 너무 가까이 다가오면 안 돼요, 그랬다간 금방 데이고 말죠. 하지만 내가 그렇게 금방 물어뜯는다곤 생각하지 않겠죠, 더구나 당신은 아닙니다. 여기서 이렇게 걷는 것도 좋지만 앉는 것도 좋겠는데요, 어디 구덩이 같은 데."

"품스 밑에서 일하는 당신들 모두가 그런가요?"

"그야 각기 다르지요, 미체. 우리하고 어울리긴 쉽지 않아요."

"그렇다면 당신들은 대체 무얼 하나요?"

어떻게 하면 너를 이 구덩이로 끌어들일까, 이 근처엔 사람이 없는데.

"아 미체, 그런 건 프란츠에게 물어보지 그래요, 그도 나만큼이나 잘 알 텐데."

"하지만 그는 그런 말 안 해요."

"그게 좋죠. 똑똑한 겁니다. 말 안 하는 편이 낫죠."

"하지만 내겐."

"대체 무얼 알고 싶은데?"

"당신들이 무슨 일을 하는지."

"그럼 나한테 키스해 주려나."

"그 말만 해준다면."

그래서 그는 그녀를 품에 안았다. 이 사내는 두 팔을 가졌다. 그는 얼마나 사람을 꽉 끌어안는지. 모든 일에는 다 때가 있다. 심을 때가 있고, 뽑을 때가 있고, 찾아 나설 때가 있고, 포기할 때가 있다. 숨을 쉴 수가 없네. 이 사람은 놓아주지 않는다. 정말 뜨겁구나. 놓아줘요. 이자가 몇 번만 더 이렇게 하면 난 죽겠구나. 오, 그래, 이자와 먼저 이야기를 해야 한다, 프란츠가 무얼 하는지, 프란츠가 대체 무얼 원하는지, 그 모든 게 무엇이었는지, 그들이 어떤 생각을 하는지 등을 말이지.

"이제 나를 좀 놓아줘요, 라인홀트."

"자 그럼."

그는 그녀를 놓아주더니 일어서서 그녀의 앞 땅바닥에 엎어져 그녀의 구두에 키스를 했다. 이 사람 미쳤나 봐, 그녀의 스타킹에 키스하고 더 위로 올라와 원피스에 키스하고, 그녀의 손에 키스하고, 모든 일에는 다 때가 있는 법, 목까지 올라왔다. 그녀는 웃으면서 손을 휘저었다.

"그만, 저리 가요, 맙소사, 당신 미쳤어."

그가 얼마나 활활 타오르는지, 샤워기 밑에 세워야겠네. 그는 숨을 헐떡이며 그녀의 목을 파고들었다. 무슨 말인가를 더듬었으나 알아들을 수가 없었다. 그는 저 스스로 그녀의 목에서 멀어졌다. 이자는 종우(種牛) 같아, 그의 팔이 그녀의 팔과 얽혀 있고 그들은 걷는다, 나무들이 노래한다.

"이거 봐, 미체, 저기 근사한 구덩이가 있네, 이건 우리를 위한 거야, 한번 봐요, 주말에 쓰이는 웅덩이야. 누군가 그 안에서 요리를 했어. 저걸 좀 치웁시다. 바지를 더럽히겠어."

여기 앉아야 하나. 어쩌면 그가 이야기를 더 잘 해줄지도 몰라.

"그럼 좋아요. 외투를 아래 깔면 더 좋겠지만."

"기다려, 미체, 내가 재킷을 벗을게."

"그거 참 좋네요."

이렇게 해서 그들은 풀이 자라는 웅덩이에 비스듬한 자세로 누웠다. 그녀는 발로 통조림 깡통 하나를 차버리고는 몸을 돌려 편하게 그의 가슴 위에 한 팔을 걸친 채 몸을 눕혔다. 우리 함께구나. 그녀는 미소를 지어 보였다. 그가 조끼 앞섶을 열자 모루가 드러나 보였다.

"나한테 얘기해줘요, 라인홀트."

그는 여자를 가슴에 꼭 끌어안았다. 이제 우린 함께다. 멋져, 아가씨가 여기 있다. 모든 게 잘되는구나. 예쁜 아가씨, 정말로 세련된 이 여자를 오래 간직해야지, 프란츠는 저 하고 싶은 대로 소리 지르라지, 어차피 소리 지르기 전엔 그녀를 얻지 못할 테니. 라인홀트가 아래로 미끄러지면서 미체를 잡아당겨 자기 몸 위에 오게 했다. 그녀를 두 팔로 꼭 끌어안고 그 입술에 키스를 했다. 그는 그 입술을 빨았다, 아무 생각도 없이 오로지 즐거움, 갈망, 사나움만 있을 뿐, 모든 손짓은 정해져 있고, 아무도 이리로 와서 방해하지 말았으면. 그랬다간 그쪽이 부서지고 깨질 거야, 태풍이나 낙석도 여기 맞설 순 없어, 이건 대포를 쏘는 것, 날아가는 지뢰. 길을 가로막는 것은 무엇이든 뚫고 나가라, 쳐서 옆으로 밀쳐내라, 멀리, 더욱 멀리 멀리로.

"그렇게 꼭 붙잡지 말아요, 라인홀트."

이자는 나를 약하게 만든다. 정신을 집중하지 않으면 이자가 나를 가질 것이다.

"미체."

그는 위를 흘낏 올려다보고는 그녀를 놓아주지 않았다.

"자, 귀여운 미체."

"라인홀트."

"대체 내게서 무얼 알고 싶은 거지?"

"당신 나한테 고약한 짓을 하는 거예요. 프란츠를 안 지 얼마나 됐어요?"

"당신의 프란츠?"

"그래요."

"당신의 프란츠. 그가 아직도 당신 남잔가?"

"아니면 뭐겠어요?"

"그럼 난 대체 뭐야?"

"무슨 말이에요?"

그녀는 그의 가슴에 머리를 묻으려 하지만 그는 그 머리를 위로 들어 올린다.

"그럼 난 뭐냐고?"

여자가 그에게로 덤벼들어 그 입술을 꼭 누른다. 그가 다시 불타오른다, 이 사람한테도 약간은 착하게 굴어야지, 그가 몸을 쭉 펴고 타오르는 걸 봐. 이걸 끌 수 있는 엄청난 물은 없다, 소방대의 거대한 호스도 없다, 불길이 집을 태운다, 안에서부터 솟아오른다.

"그만, 다시 나를 놓아줘요."

"대체 무얼 원하는 거야?"

"아무것도. 그냥 당신과 함께 있는 거."

"그렇담 좋아. 나도 당신 남자야, 아닌가? 프란츠하고 싸웠소?"

"아니요."

"그 사람과 싸웠느냐고, 미체?"

"아니요. 그냥 그 사람 이야기를 해줘요, 당신은 오래전부터 그를 알았으니까."

"당신한테 그 사람 이야기를 할 순 없어."

"오."

"난 말 안 해, 미체."

그는 그녀를 잡아 옆으로 눕혔다. 그녀가 저항했다.

"아니, 난 싫어요."

"그렇게 고집부리지 마, 아가씨."

"그만 일어날래요. 여기선 아주 더러워질 거야."

"내가 이야기를 해주면?"

"그럼 좋죠."

"그럼 난 무얼 얻지, 미체?"

"당신이 원하는 것."

"무엇이든지?"

"좋아요…… 어디 두고 보죠."

"무엇이든지?"

그들의 얼굴이 서로 닿고 함께 불타오른다. 그녀는 아무 말도 하지 않는다. 내가 무슨 짓을 하는지 나도 모르겠다, 그를 통해 무언가가 솟구쳐나온다, 생각은 그만, 생각은 그만, 의식이 없음.

그는 몸을 일으키고 얼굴에서 땀을 닦아낸다, 푸, 이 숲, 그래 여기선 몸이 더러워지지.

"그럼 당신한테 프란츠 이야길 해주지. 벌써 오래전에 그를 알게 되었어. 그건 아주 특별한 인간이지. 술집에서 그를 만났어, 지난겨울에 프렌츨라우 대로에 있는 술집에서. 그는 신문을 팔고 있었지, 그는 이 술집에 오는 사람 하나와 잘 알고 지냈어, 메크 말이야. 나도 그를 알게 되었고. 그런 다음 우린 함께 이야길 나누었고, 여자들 이야긴 벌써 했지."

"그거 정말이에요?"

"그게 정말이냐! 하지만 그는 멍청이야, 이 비버코프, 멍청이, 그가 그걸 자랑삼을 수야 없지, 그건 내게서 나온 거니까. 당신은 그가 내게 여자들을 주선했다고 생각하겠지? 오 하느님, 그의 여자들이란. 아니야, 그의 말대로 되는 거라면 나를 낮게 만드는 일은 구세군에서 벌써 끝났겠지."

"하지만 당신은 나아지지 않았나요, 라인홀트?"

"아니, 지금 나를 봐. 난 어떻게 할 수가 없어. 있는 그대로의 나를 쓰는 수밖에 없어. 그건 교회에서 아멘 하는 것만큼이나 확실한 일이라고. 아무것도 바꿀 수가 없으니까. 하지만 미체 그놈은 변화시킬 수 있지. 미체, 당신의 기둥서방 말이야, 당신은 예쁜 여자야, 아가씨. 어쩌자고 그런 자식을 캐냈나, 외팔이를, 이렇게 예쁜 아가씨가, 당신은 손가락마다 하나씩 남자를 구할 수도 있을 텐데."

"헛소리 말아요."

"그야, 뭐 사랑이란 두 눈이 머는 거니까. 하지만 이런 일이라니! 그가 지금 우리에게서 무얼 바라는지 알아? 당신의 기둥서방 말이야. 지금 그는 우리 앞에서 부자 흉내를 내고 있어, 하필 우리 앞에서. 우선 놈은 나를 회개의 기도석으로 보내려고 하지, 구세군, 그런 건 벌써 실패했어. 그런데도."

"아니, 그 사람을 그렇게 욕하지 말아요. 그런 말은 못 듣겠어요."

"킬레, 킬레, 그럼 알아둬, 당신의 사랑스러운 프란츠, 아직도 여전히 사랑하는 프란츠라 이건가? 응?"

"당신하곤 상관없잖아요, 라인홀트."

모든 일에는 다 때가 있다, 무엇이나, 무엇이나. 이자는 끔찍한 자식이다, 나를 놓아줘, 이 사람에게선 아무것도 알아내고 싶지 않아, 내게 이야기를 해주지 않아도 좋아.

"아니, 상관이야 없지, 그냥 그놈을 힘들게 하려는 거야, 미체. 당신은 근사한 놈을 잡은 거야, 미체. 그가 당신에게 팔 이야기를 하던가? 응? 당신 아직도 그의 여잔가, 아니면 그건 지난 일인가! 이리 와, 귀여운 미체, 당신은 내 애인이야, 난 당신을 갖지 못했어."

내가 대체 무엇을 하나, 이 사람을 원치 않아. 심을 때가 있고, 뽑을 때가 있고, 찢을 때가 있고, 꿰맬 때가 있고, 울 때가 있고, 기뻐 춤출 때가 있고, 통곡할 때가 있고, 웃을 때가 있다.

"이리 와 미체, 대체 그놈과 어쩌겠다는 거야, 그런 시건방진 놈과. 당신은 내 애인이야, 그렇게 뻗대지 마, 그놈과 함께 있으니 아직도 백작부인이 못 되는 거지. 그를 차버린 걸 기쁘게 여겨."

기쁘게 여겨라, 무엇 때문에 내가 기쁘게 여겨야 하나.

"이제 그가 깨갱대겠지, 이제 미체는 없으니까."

"이건 분명히 해두죠. 나를 그렇게 누르지 말아요, 난 쇠로 된 사람이 아니야."

"아니 살로 이루어졌지, 아름다운 살, 미체, 내게 그 입술을 줘."

"이게 대체 뭐야, 나를 그렇게 누르지 말라니까. 그런 허약함은 상상도 하지 말아요. 대체 내가 어째서 당신의 미체라는 거야?"

구덩이에서 빠져나가자. 모자는 밑에 놓아두고. 이자가 나를 때릴 거야, 도망치자. 그리고 벌써—그가 아직 구덩이에서 몸을 일으키기도 전에—그녀는 소리를 질렀다. 프란츠를 부르며 달렸다. 그러자 그도 일어서서 달렸다. 단 한 걸음에 그녀를 따라잡았다. 그는 셔츠 바람이었다. 두 사람은 나무에 기댄 채 쓰러졌다. 그녀가 손발을 버둥거렸다. 그는 그녀의 몸 위에서 그녀의 입술을 막았다.

"소리 질러봐, 이 재수 없는 계집, 소리를 질러보라고, 어째서 소리 지르는 거야, 내가 뭘 어쨌다고, 조용히 해, 응? 얼마 전에 놈은 네 뼈다귀를 온전하게 놓아두었지. 조심해, 난 전혀 다르니까."

그는 그녀의 입술에서 손을 뗐다.

"소리 안 지를게요."

"그래야지. 그럼 좋아. 이젠 일어서, 그리고 나와 함께 돌아가서 모자를 주워. 난 여자한테 손을 대진 않아. 내가 살아 있는 한 아직 그런 일은 해본 적이 없어. 하지만 나를 화나게 해선 안 돼. 그럼 힘들어져."

그가 뒤에서 걸어왔다.

"프란츠를 두고 그렇게 잘난 척할 건 없어, 당신이 그놈의 갈보라고 하더라도 말이야."

"난 이제 그만 갈래요."

"가다니, 대체 그게 무슨 말이야, 당신 자동차에 치이기라도 한 모양이군. 지금 대체 누구를 상대하는지 모르는가 본데, 그런 건 너희 얼간망둥이 놈한테나 통하지."

"난…… 어떻게 하면 좋을지 모르겠어요."

"구덩이로 가서 얌전하게 있어."

송아지를 도살하려 할 때면 송아지 목에 끈을 묶고 놈을 데리고 벤치로 간다. 그런 다음 송아지를 들어 벤치에 올려놓고 꽉 조여 묶는다.

그들은 함께 걸어서 구덩이로 갔다. 그가 말한다.

"저기 누워."

"내가요?"

"소리만 질러봐라! 아가씨, 난 당신이 좋아, 그렇지 않았다면 이리로 오지 않았을 거야. 이 말은 해두지. 당신이 비록 그의 갈보라 해도 백작부인은 아니야. 나한테 소동을 피우지 마. 어떤 사람도 그런 걸 좋아하진 않아. 그럼, 사내나 계집이나 어린아이 누구라도, 난 근지러워져. 네 기둥서방에게 물어볼 수 있지. 놈이 무슨 말인가 해줄 수 있으니까. 놈이 당황하지 않는다면 말이야. 하지만 나한테서 들을 수도 있어. 내가 당신한테 말해줄 수 있으니까, 그가 어떤 놈인지 당신이 알도록 말이지. 네가 어디로 덤비든지 나하고 엮이게 되지. 그도 뭔가를 원했어, 여기 위쪽 제 대가리에 들어 있는 걸 말이야. 어쩌면 우릴 배신하고 싶었을 거야. 그가 한번은 우리가 일할 때 보초를 섰거든. 그런데 저는 함께 일하지 않겠다는 거야. 저는 착실한 사람이라나. 제 양말엔 구멍이 없다는 거지. 그래서 내가 너도 함께 해야 해, 하고 말했지. 그래 그는 함께 자동차를 타야 했고, 난 아직도 이 자식을 어떻게 해야 할지 몰랐어, 놈은 언제나 떠버리였거든, 잠깐 우리 뒤에 자동차가 오네, 그래 내가 생각했지, 어디 한번 당해봐라 자식아, 잘난 척하며 착실하게 살기로 우리에게 맞서다니. 그럼 자동차에서 떨어져라. 이제, 알았나, 그가 팔 하나를 어디 두었는지."

두 손이 얼음장 되고, 두 발이 얼음장 된다, 이 사람이었구나.

"이제 가서 누워, 자 착하지, 이게 어울리는 일이다."

이게 살인자다.

"더러운 개새끼, 악당."

그가 환하게 빛을 냈다.

"알았지? 이제 마음껏 소리 질러봐."

이젠 네 차례다. 그녀는 소리치며 울었다.

"개자식, 네가 그를 죽이려 했구나, 그를 불행하게 만들었어, 그리고 이젠 나를 가지려고, 이 악당."

"그래, 그럴 셈이다."

"더러운 자식. 너한테 침이나 뱉어주마."

그가 그녀의 입을 막았다.

"그럴래?"

그녀는 그의 손길에 눌려 새파랗게 질렸다.

"살인자, 사람 살려, 프란츠, 프란츠, 살려줘."

때가 있다! 때가 있다! 모든 일에는 다 때가 있다. 죽일 때가 있고, 살릴 때가 있고, 허물 때가 있고, 세울 때가 있고, 찢을 때가 있고, 꿰맬 때가 있다. 그녀는 거기서 벗어나려고 몸을 던졌다. 그들은 구덩이에서 레슬링을 했다. 프란츠 도와줘.

일은 우리가 꾸밀 거다, 너의 프란츠에겐 우리가 즐거움을 마련해주지, 한 주 내내 무언가를 하도록.

"난 갈 테야."

"가겠다고? 벌써 여러 번이나 가겠다네."

그는 위에서부터 등 위로 무릎을 꿇고 두 손을 그녀의 목에 감았다. 엄지손가락 둘을 목에 대고, 그녀의 몸뚱이는 오그라들고, 오그라들고, 그녀의 몸뚱이는 오그라들고. 태어날 때가 있고, 죽을 때가 있고, 나고 죽을 때, 무엇이나.

너 살인자라고 말했지, 그리고 날 유혹했것다. 나를 속이려고, 이런 창녀 같은 계집, 라인홀트를 제대로 알아봐야지.

권능, 권능, 베어 들이는 자, 그는 위대한 신에게서 권능을 받았다. 나를 놓아줘. 그녀는 몸을 흔들고 버둥거리고 아래서 마구 쳤다. 우리는 아이를 흔들어준다. 그러면 개들이 와서 네게서 남은 것을 먹으리.

그녀의 몸은 오그라, 오그라들고, 미체의 몸. 살인자라고 그녀는 말한다. 그녀는 그것을 경험하게 된다. 그가 네게 그런 숙제를 주던, 너의 사랑하는 프란츠가.

이어서 막대기로 짐승의 목을 치고 칼로 양쪽 목덜미에서 핏줄을 찾아 자른다. 금속 함지에 피를 받는다.

8시다. 숲은 적당히 어두워졌다. 나무들은 이리저리 흔들린다. 힘든 일이었다. 그녀가 무어라고 말하나? 더는 헐떡이지 않는다, 천박한 계집 같으니. 이런 왕재수하고 소풍을 나오면 이런 일이 벌어진다니까.

덤불을 몸뚱이 위에 덮고, 나중에 쉽게 찾을 수 있도록 가장 가까운 나무에 손수건을 묶어놓으니, 이젠 끝났다. 카를은 어디 있나, 녀석을 데려와야지. 한 시간쯤 지나 카를과 함께 돌아온다. 이런 기운 없는 놈을 봤나, 놈이 떠는구나, 무릎이 약하다, 이런 초짜와 함께 일을 해야 하다니. 사방은 완전히 어두워졌다. 그들은 손전등으로 사방을 살펴보고, 저기 손수건이 보인다. 자동차에서 삽을 가져왔다. 시신을 파묻고, 모래를 위에 뿌리고, 덤불을 얹고, 발자국은 남기지 마라, 깨끗이 치워, 이제 수평을 유지해라, 카를, 그래 그렇게, 마치 너 자신이 거기 있는 것처럼.

"내 여권을 받아, 카를, 좋은 여권이다. 그리고 돈은 여기, 형세가 심상치 않은 동안 자넨 어디로 피신해 있게. 돈은 받을

야, 그건 걱정 마. 언제나 폼스에게 주소를 남기고. 난 다시 돌아간다. 아무도 나를 보지 못했고, 아무도 네가 무언가 하는 걸 보지 못했다. 게다가 넌 알리바이도 있고. 됐지, 그럼."

나무들이 흔들린다, 몸을 떤다. 무엇이나, 무엇이나.

사방이 새카맣다. 그녀의 얼굴은 맞아 죽었다. 이빨도 맞아 죽고, 눈도 맞아 죽고, 입도, 입술도, 혀도, 목도, 몸도 다리도, 자궁도, 난 당신 여자, 당신이 날 위로해줘야 해, 경찰 관할구역 슈테틴 정거장, 아싱거, 난 몸이 좋지 못해요, 이리 와, 우린 곧 집에 닿을 거야, 난 당신 여자.

나무들이 몸을 흔든다, 바람이 불기 시작한다. 휘 휘 휘— 잉. 밤이 계속된다. 그녀의 몸은 맞아 죽었다. 그 눈도, 그 혀도, 그 입도, 어서 와요, 우린 곧 집에 가요, 나는 당신의 여자. 나무 하나가 끽 소리를 내고, 이 나무는 가장자리에 서 있다. 휘 휘 휘— 잉. 이건 폭풍이다, 폭풍이 북을 치고 피리를 불며 다가오네, 이제 폭풍은 숲 위에 머물고, 이제 잦아들어, 바람이 울부짖으면 폭풍은 가라앉는다. 신음 소리가 덤불에서 나온다. 마치 무언가 긁히는 것 같다. 갇힌 개처럼 울부짖고, 신음하고 꽥꽥거린다, 저기 신음하는 소리를 들어봐, 누군가가 그를 밟은 모양이야, 아마 뒷발굽으로, 이제 소리가 다시 멈춘다.

휘 휘 휘잉. 폭풍이 다시 온다. 밤이다. 숲은 고요하고, 나무들이 나란히 있다. 그들은 조용한 가운데 높이 자랐다, 그들은 떼를 지어 나란히 서 있고, 나무들이 그렇게 나란히 서 있으니 폭풍도 쉽게 다가오지 못한다, 다만 저 바깥쪽 나무들만 그걸 믿지, 약한 나무들만. 하지만 우린 함께 아주 조용히 서 있다, 밤이다, 태양은 사라졌다, 휘 휘 휘잉, 다시 시작이다, 폭풍이 왔다, 폭풍이 이제 아래와 위와 사방에 있구나. 하늘엔 누렇고 붉은 빛, 그리고 다시 밤, 누렇고 붉은 빛, 밤, 신음과 울음소리가 점점 강해진다. 가장자리에 있는 나무들은 저희 앞에 신음하는 것이 무엇인지 안다, 풀들은, 풀들은 몸을 굽힐 수 있지, 퍼덕일 수 있지, 하지만 굵은 나무들은 무얼 할 수 있나. 갑자기 바람이 멈춘다, 바람이 포기했다, 이제 더는 불지 않는다, 그들은 아직도 바람 소리를 낸다, 이제 바람은 무엇을 하려나.

집 한 채를 쓰러뜨리려 한다면 손으로야 할 수 없다, 메를 가져오거나 아래에 다이너마이트를 파묻어야 한다. 바람은 제 가슴이 하는 것보다 더는 하지 못한다. 잘 보아라, 바람이 숨을 들이쉰다, 그리고 이제 내쉰다, 휘 휘 휘이잉. 그러곤 다시 들이쉬고, 다시 내쉬고, 휘 휘 휘— 잉. 숨결마다 산처럼 무겁구나, 바람이 내쉰다, 휘 휘 휘. 숨결마다 산처럼 무겁구나, 바람이 숨을 내쉰다, 휘 휘 휘이. 들이쉬고 내쉬고. 숨결은 무게다, 숲을 향해 날아가는 총알이다. 언덕 위에 숲이 양 떼처럼 서 있으면 바람이 양 떼를 휘감아 돌고 그 사이를 꿰뚫고 지나가고.

이젠 이런 소리가 된다. 붐— 붐, 북도 피리도 없이. 나무들은 오른쪽 왼쪽으로 몸을 흔든다. 붐— 붐. 하지만 그래도 박자를 맞출 수 없다. 나무들이 왼편에 있으면 붐 하고 왼편으로 넘어가고, 나무들은 우지끈 뚝딱, 우두둑, 후드득, 탁, 쩍, 쌩, 툭 꺾인다. 폭풍이 붐 하고 소리 내면 넌 왼쪽으로 가야 해. 휘 휘 휘, 되돌아가, 그건 지나간다, 이제 멀리 갔다. 올바른 순간을 엿보아야 한다. 붐, 하면서 폭풍이 다시 오고, 준비, 붐, 붐, 붐, 이거야 날아다니는 폭탄이네, 폭풍이 숲을 쓸어가려 하네,

숲 전체를 깔아뭉개려 하네.

　나무들은 울부짖고 몸을 흔들고, 후드득 소리를 내고, 부러지고, 꺾이고, 붐, 목숨이 달렸구나, 붐, 붐, 태양이 사라졌다, 휘몰아치는 무게, 밤, 붐, 붐.

　난 당신 여자야, 어서 와, 우린 곧 만날 거야, 난 당신 여자. 붐 붐.

제8권

아무것도 소용이 없었다. 여전히 아무것도
소용이 없었다. 프란츠 비버코프는 망치에
얻어맞았고, 제가 졌다는 것은 알고 있으나,
어째서 졌는지는 여전히 모른다.

프란츠는 아무것도 알아채지 못하고, 세상은 그대로 계속된다

9월 2일. 프란츠는 전처럼 이리저리 돌아다니고, 야무진 장사꾼 녀석과 함께 반제 온천장에 갔다. 3일. 월요일, 그는 이상하게 여겼다. 미체가 안 오다니, 아무 말도 없었는데, 여주인도 아무것도 모르고, 전화도 없었다. 어쩌면 저 고귀한 신사 분과 함께 소풍이라도 갔나 보지, 어쨌든 곧 놓아주겠지. 저녁까지 기다려보자.

점심때 프란츠가 집에 앉아 있는데 벨이 울렸다. 미체의 고객인 신사가 미체에게 보낸 파이프 우편*이었다. 이게 대체 무슨 소리야, 난 미체가 이 사람과 함께 있는 줄 알았는데, 도대체 무슨 일인가. 내가 편지를 뜯어봐야겠다.

"소냐, 전화도 안 하다니 이상하네. 어제도 그제도 난 약속처럼 사무실에서 당신을 기다렸소."

*19세기 말부터 20세기 초에 일부 대도시에서 이용되던 우편 전달 방식. 지름이 작은 파이프라인을 연결하고 압축 공기를 이용해서 빠른 속도로 편지를 목적지로 보냈다.

이게 대체 무슨 소리야, 그럼 이 여자는 어디 있는 거야.

프란츠는 일어서서 모자를 찾아 썼다. 도무지 알 수가 없네, 직접 그 사람에게 가봐야겠다. 택시.

"미체가 당신과 함께 있었던 게 아닌가요? 대체 언제 마지막으로 보셨습니까? 금요일에요? 그래요?"

두 사람은 서로 바라보았다.

"조카 분이 있지요. 혹시 둘이 함께 있는 게 아닐까요?"

신사가 역정을 냈다. 뭐라고, 그 녀석 당장 이리로 오라고 해, 당신은 잠깐 여기 계시오. 그들은 천천히 붉은 포도주를 마셨다. 조카가 나타났다.

"이쪽은 소냐의 신랑이다. 혹시 소냐가 어디 있는지 아니?"

"내가요, 대체 무슨 일입니까?"

"넌 언제 마지막으로 그 여자를 보았니?"

"하지만 그럴 리가 없어요. 2주쯤 전인데."

"맞아요, 미체가 내게 그렇게 이야기했죠. 그 뒤론 못 보았나요?"

"못 보았습니다."

"아무 말도 못 들었고?"

"전혀요. 어째서요, 대체 무슨 일입니까?"

"여기 계신 이분이 네게 설명하실 게다."

"그녀가 없어졌어요. 토요일부터, 단 한 마디도 남기지 않고, 모든 게 그대로죠, 어디로 간다는 말 한 마디 없이."

신사: "어쩌면 누군가를 알게 되었을지도 모르죠."

"그런 것 같진 않습니다."

그들은 셋이서 포도주를 마셨다. 프란츠는 조용히 앉아 있었다.

"일단 조금 더 기다려야 할 것 같습니다."

그녀의 얼굴은 맞아 죽었다. 이빨도 맞아 죽고, 눈도 맞아 죽고, 입술도, 혀도, 목도, 몸도, 다리도, 자궁도 맞아 죽었다.

다음 날에도 그녀는 돌아오지 않았다. 그녀가 없다. 모든 것이 그녀가 떠날 때 그대로 남아 있다. 그녀만 없다. 에바가 알고 있을까?

"개하고 싸웠어, 프란츠?"

"아니. 아, 2주 전에. 하지만 모든 게 좋게 되었는데."

"새로 누구를 사귀었을까?"

"아니, 고객의 조카 이야기를 하긴 했지만 조카는 집에 있어. 내가 보았는걸."

"어쩌면 조카를 감시해야 할까 봐. 그 집에 있을지도 모르잖아."

"그렇게 생각해?"

"조심은 해야지. 미체는 알 수가 없어. 변덕이 있어서."

그녀가 없다. 프란츠는 이틀 동안 아무것도 하지 못했다. 미체의 뒤를 밟지는 않을 거야. 그런 다음 아무 소식도 못 들었다. 이제 하루 종일 조카의 뒤를 따라다녔다. 다음 날 점심때 조카에게 세를 준 여주인이 외출했을 때 프란츠와 저 세련된 장사꾼이 서둘러 그 집으로 밀고 들어갔다. 문은 갈고랑이로 쉽게 열렸다. 집에는 아무도 없었고, 그의 방에는 책들뿐이었다. 여자라곤 그림자도 없고, 벽에는 고상한 그림들, 책들, 그녀는 여기 없다. 난 그녀의 분 냄새를 알아, 이런 냄새가 나지 않지, 나가자, 저 불쌍한 여자를 그대로 두자, 방을 세주어서 먹고사는 여자니까.

대체 무슨 일인가. 프란츠는 제 방에 앉아 있었다. 몇 시간
씩이나. 미체는 어디 있나. 그녀는 떠났고, 연락조차 닿지 않는
다. 이제 무슨 말을 할까. 방 안의 모든 게 엉망진창이다. 침대
는 마구 흐트러진 채 정돈되지 않았다. 그녀가 이렇게 나를 골
탕 먹이는구나. 이럴 순 없어. 이런 건 가능하지가 않아. 나를
이렇게 골탕 먹이다니. 내가 무슨 잘못을 했나. 그녀에게 잘못
한 게 없다. 그녀는 조카와의 일을 더는 말하지 않았다.

누가 오나? 에바였다.

"어둠 속에 앉아 있네, 프란츠. 불이라도 켜."

"미체가 나를 이렇게 골탕 먹이고 있어. 이게 말이 되는 일
인가?"

"그대로 둬, 돌아올 거야. 그 앤 당신을 좋아해, 당신한테서
도망치지 않을 거야. 난 사람을 알지."

"나도 알아. 당신 생각에 내가 그 때문에 슬퍼할 것 같아? 미
체는 돌아올 거야."

"그렇지. 누군가와 함께 있을 거야, 예전에 알았던 사람, 그
냥 소풍이나 갔겠지. 난 당신이 그 애를 알기 훨씬 전부터 그
앨 알아. 걘 그런 일을 하지, 변덕이 좀 있어."

"그래도 이건 이상해. 난 모르겠어."

"그 앤 당신을 사랑해. 이것 봐, 내 배를 봐, 프란츠."

"뭔데?"

"당신한테서 얻은 거지. 난 알아. 걔가 그걸 원했어, 미체 말
이야."

"뭐라고?"

"그렇다니까."

프란츠는 머리를 에바의 배에 갖다 댔다.

"미체가? 나 좀 앉자. 그게 가능한 일인가?"

"조심해, 프란츠. 걔가 돌아오면 당황한 얼굴을 할 거야."

에바가 울음을 터뜨렸다.

"이거 봐, 에바, 대체 여기서 흥분한 사람이 누구지? 당신이 잖아."

"아, 그게 나를 망가뜨려. 난 그 애를 모르겠어."

"그럼 내가 당신을 위로해야 할 판이네, 이런."

"아니, 그냥 신경이 예민해진 것뿐이야. 어쩜 아기 땜에 그런 것 같아."

"조심해, 미체가 돌아오면 그것 때문에 한바탕 난리를 칠지도 몰라."

에바는 울음을 그치지 않았다.

"우린 어떻게 해야 하지, 프란츠? 이건 전혀 그 애의 방식이 아닌데."

"처음엔 이게 그녀의 방식이라더니, 누군가와 드라이브를 나갔을 거라고. 이젠 그게 그녀의 방식이 아니라네."

"나도 모르겠어, 프란츠."

에바는 프란츠의 머리를 팔에 안았다. 그러곤 프란츠의 머리를 내려다보았다. 마그데부르크의 병원에서 그의 팔을 절단하는 수술을 했지, 그는 이다를 때려죽였다, 맙소사, 대체 이 남자는 어떻게 된 건가, 불운이 이 사람을 따라다닌다. 미체는 죽었을 거야. 뭔가가 이 사람을 따라다녀. 미체한테 무슨 일이 있는 거다. 그녀는 의자에 풀썩 주저앉았다. 두 손을 번쩍 쳐들었다. 프란츠는 갑자기 두려움을 느꼈다. 에바는 계속 훌쩍였다. 그녀는 불운이 이 사람을 따라다니고 미체한테는 무슨 일이 생겼음을 알았다.

그는 에바를 닦달했지만 그녀는 아무 말도 하지 않았다. 그런 다음 그녀는 정신을 추슬렀다.

"아이를 떼지 않을 거야. 헤르베르트는 골똘히 궁리하겠지만."

"그가 뭐라고 해?"

생각이 6마일이나 펄쩍 뛰어 이곳으로 이동했다.

"아니. 그는 자기 앤 줄 알아. 하지만 난 애를 낳을 거야."

"좋아, 에바. 내가 대부가 되어주지."

"당신 기분이 이렇게 좋다니, 프란츠."

"나한텐 아무도 들이대지 않으니까. 그만 좀 안심해라, 에바. 내가 그래도 미체를 알지 않겠어? 미체가 버스에 치이는 일 따위 없을 거야. 그건 분명해."

"당신 말이 옳아야 할 텐데, 안녕, 프란츠."

"그럼 키스."

"당신이 그렇게 편안하다니, 프란츠."

나는 다리가 있고 이빨이 있고 눈도 있고 팔이 있지, 누구든 와서 나를 물어보라지, 이 프란츠를 한 번 물어보라고. 누구든 와봐라. 놈은 팔 둘, 다리 둘에 강한 근육으로 무엇이든 때려 엎을 수 있겠지. 하지만 프란츠를 알아야 한다, 프란츠는 그냥 우직한 돌쇠가 아니다. 내가 뒤에 둔 것, 앞에 둔 것도 함께 갖고 와야지. 그걸 위해 한 잔, 그걸 위해 두 잔, 그걸 위해 아홉 잔을 마신다.

난 다리가 없어, 오 아야, 이빨도 없어, 눈도 없고 팔도 없어, 누구든 올 수 있다, 누구든 프란츠를 물어뜯을 수 있다, 그는 그냥 우직한 돌쇠, 오 아야, 그는 저 스스로를 방어하지 못해, 오로지 퍼마실 줄만 알지.

"뭔가를 해야 해, 헤르베르트. 그냥 바라보고만 있을 수가 없어."

"당신이 대체 뭘 하려는 건데, 아가씨?"

"그래도 그냥 보고만 있을 순 없어, 그 사람은 아무것도 알아채지 못한 채 그냥 앉아서 미체가 올 거라고 말하지만, 난 매일 신문을 보고 있어, 신문엔 아무것도 안 났어. 당신 무슨 말 못 들었지?"

"못 들었어."

"돌아다니며 무슨 말이라도 들어봐, 누가 무슨 소릴 들었는지, 다른 사람한테 말이야."

"모든 게 끝이야, 에바, 당신 말은 소용이 없어. 당신한텐 이해할 수 없는 일이라도 나한텐 전혀 이해할 수 없는 게 아니야. 대체 이게 뭐야? 그 여자가 그냥 그의 곁을 떠난 거라고. 애써 볼 것도 없지. 다른 여자를 구할 수 있을 거야."

"당신 나를 놓고도 그렇게 말할 거야?"

"아 이제 그만 해, 에바. 하지만 여자가 그렇다면."

"걘 그렇지가 않아. 내가 걜 프란츠에게 소개해주었어. 난 벌써 시체 공시소까지 찾아보았어, 헤르베르트, 걔한테 무슨 일이 일어난 거야. 이건 프란츠한테는 큰 불행이고. 불운이 그를 따라다녀. 당신 아무 말도 못 들었단 말이지?"

"난 아무것도 모른다니까."

"하지만 이따금 누군가 무슨 말을 할 거 아냐, 협회에서. 누군가 걔를 보지 못했나? 어쨌든 그냥 펑 하고 세상에서 사라질 순 없는 거잖아. 걔가 다시 돌아오지 않으면 난 경찰서에 갈 거야."

"잘도 가겠다! 잘도 가겠어!"

"비웃지 마. 그렇게 할 테니까. 어쨌든 걔를 데려와야 해, 헤르베르트. 무슨 일이 일어난 거야, 갠 그렇게 혼자 떠나지 않아, 나한테서도 프란츠한테서도 말이야. 프란츠도 아무 낌새 못 느꼈고."

"그딴 소리 더는 못 듣겠다, 몽땅 끝났어. 그럼 우리 이제 영화나 보러 갈까, 에바."

영화관에서 그들은 영화를 보았다.

3막에서 고귀한 기사가 어떤 깡패에 의해 쓰러지게 되었을 때 에바는 한숨을 쉬었다. 헤르베르트 비쇼가 옆을 바라보자 그녀는 앉은 곳에서 그대로 미끄러지더니, 기절해버렸다. 나중에 그들은 말없이 팔짱을 끼고 거리를 걸었다. 비쇼가 놀라움을 표현했다.

"당신이 그러면 당신의 아저씨는 상당히 좋아하는 모양이지."

"그가 그 사람을 쏘아 죽였어, 당신도 보았잖아, 헤르베르트."

"그냥 보기에만 그런 거야, 속임수지. 당신이 제대로 보지 않은 거야. 그런 다음에도 당신은 몸을 떨고 있던걸."

"당신이 무슨 일인가 해야 해, 헤르베르트, 이렇게 계속 두어선 안 돼."

"당신은 여행을 가야겠어, 당신 고객에게 말해, 당신은 병이 났어."

"아니야, 무언가 해야 해. 해봐, 헤르베르트, 프란츠가 팔을 다쳤을 때도 당신이 도왔잖아. 지금도 어떻게 좀 해봐. 제발 이렇게 빌게."

"그럴 수 없어, 에바. 대체 무슨 일을 한단 말이야?"

그녀는 울었다. 그는 그녀를 자동차에 앉혀주어야 했다.

프란츠는 구걸하러 돌아다닐 필요는 없었다. 에바가 그에게 돈을 좀 주었고, 품스에게서도 돈을 받았다. 9월 말이면 다시 일을 하기로 약속이 잡혀 있었다. 9월 말에 함석장이 마터가 다시 나타났다. 그사이 외국에 갔었다고 했다. 프란츠를 다시 보더니 그는 폐가 좀 나빠서 휴양하러 갔었다고 말했다. 그리고 정말로 형편없는 몰골이었다. 전혀 쉬지 못한 사람 같았다. 프란츠는 미체가 사라졌다고 말했다. 그도 그녀를 보아서 알지 왜. 하지만 아무에게도 이런 이야기는 하지 말게. 그러면 여자가 도망쳤다는 말에 배꼽을 쥐고 웃을 놈들이 잔뜩 있으니 말이야.

"라인홀트에게 말하지 마. 그놈과는 옛날에 여자들 일이 있어서, 녀석이 그 말을 들으면 배꼽을 잡고 웃을 거야." 프란츠는 미소를 지었다. "다른 여자는 아직 없네, 원하지도 않고."

그는 이마 위와 입 주변이 슬퍼 보였다. 하지만 머리를 힘껏 굽히고는 입을 꾹 다물었다.

도시는 활기가 넘쳤다. 권투 선수 튜니가 세계 챔피언 자리를 지켰다. 하지만 미국 사람들은 그것만으론 만족하지 못했다. 그들은 이 사내가 마음에 들지 않았다. 그는 7라운드에서 9라운드까지 바닥에서 기었다. 그런 다음 뎀프시가 그로기 상태가 되었다. 그것은 뎀프시의 마지막 큰 일격이었다. 1928년 9월 23일 4시 58분의 일이었다. 역사 이야기를 들을 수도 있고, 쾰른-라이프치히 구간에서 비행 기록에 대한 이야기도 들을 수 있다. 그리고 오렌지와 바나나 사이에 경제 전쟁이 있다고도 했다. 하지만 그런 말은 눈을 꼭 감고 작은 구멍을 통해서 듣는다.

식물은 어떻게 추위에 맞서 스스로를 보호하나? 많은 식물은 가벼운 서리에도 아무런 저항을 하지 못한다. 어떤 식물들은 세포 안에서 추위에 저항할 수 있는 화학적인 보호 물질을 만들 수 있다. 가장 중요한 방어책은 세포 안에 들어 있던 전분을 당분으로 바꾸는 것이다. 대개 작용 식물은 이런 당분 형성을 통해 특별히 더 유용해지지는 않는다. 얼어서 달콤해진 감자가 그것을 가장 잘 보여준다. 하지만 서리의 작용을 통해 생겨난 식물이나 열매의 당분이 이 작물을 쓸모 있도록 만들어주는 경우도 있다. 야생의 작용 식물이 그 예다. 가벼운 서리가 내릴 때까지 이런 열매들을 그대로 가지에 놓아두면 식물이 많은 당분을 만들어내서 그 맛이 훨씬 좋게 변한다. 들장미 열매의 경우가 그렇다.

베를린 출신의 카약 선수 두 명이 도나우 강에서 빠져 죽었건, 또는 프랑스 출신 비행사인 넌제세르가 아일랜드 근처에서 자신의 비행기 '흰 새'를 탄 채로 추락했건 그게 어쨌다는 말인가. 거리에서 저 사람들이 뭐라고 소리를 지르나, 10페니히면 산다, 그런 건 버려라, 있던 곳에 그대로 놔둬라. 그들은 헝가리 총리에게 린치를 가하려고 했다. 그가 농부 소년을 자신의 자동차로 치었기 때문이다. 그들이 그에게 린치를 가했다면 신문 표제 기사는 이렇게 나왔을 것이다.

"헝가리 총리가 카포스바르 시 근처에서 린치를 당하다."

그럼 외침 소리가 더욱 커졌겠지, 많이 배운 사람들은 린치 대신 런치 이야기를 읽으며 그것을 비웃었을 것이고, 다른 80퍼센트의 사람들은 이렇게 말했을 것이다. 별로 유감도 아니야, 만일 유감이라 해도 나하곤 상관없어, 여기서도 뭔가를 해야만 하니까.

베를린에는 웃음도 많았다. 빌헬름 황제 거리 모퉁이에 있는 도브린 케이크 집에 세 사람이 탁자에 앉아 있다. 유쾌한 뚱보와 통통한 그의 애인, 그녀는 계속 소리 지르거나 웃어대고, 그의 친구 한 사람이 더 있었다. 그는 그대로 앉아 뚱보가 하는 말을 들으며 함께 웃었다. 그들이 더 나은 사람들이다. 뚱보 창녀는 5분 간격으로 허풍선이 애인의 입술에 키스를 하며 소리를 질러댔다.

"이 사람은 멋진 생각들을 가졌어!"

그러면 그는 한 2분쯤 그녀의 목을 빨았다. 그걸 구경하는 상대방이 그사이 무슨 생각을 할까에 대해선 전혀 아랑곳하지 않았다. 허풍선이 뚱보가 이야기를 한다.

"그러자 여자가 남자에게 말하지. 그래 나를 어떻게 하셨나요? 그녀가 이렇게 말해. 그래 어떻게 하셨어요? 세 번째로는 이렇게 말할 수 있다네. 빵!"

상대가 비죽이 웃는다.

"자넨 정말 약아빠진 놈이군."

허풍선이가 만족해서 말한다.

"자네가 놀랄 만큼 그렇게까지 약아빠진 건 아니고."

그들은 고기 수프를 먹는다. 뚱보가 다시 이야기를 한다.

"어떤 낚시꾼이 연못에 와보니 아가씨가 하나 앉아 있겠지. 그가 여자에게 말했어. '자 어떤가요, 피셔 아가씨, 언제 한 번 함께 낚시나 갈까요?' 그러자 여자가 말했지. '내 이름은 피셔가 아니라 포겔이랍니다.*' '그럼 더 잘됐네요. 우리 날아가죠.'"

세 사람이 모조리 웃음을 터뜨렸다. 뚱보가 설명했다.

"오늘은 잡탕 수프를 먹고 있네."

창녀: "이 사람에겐 멋진 생각들이 있다니까!"

"내 말 좀 들어보게, 그거 아는가. 어떤 아가씨가 말하지. '여보세요, 아프로포(à propos)**란 대체 무슨 뜻인가요?' '아프로포요? 그야 앞에서 들어와라라는 뜻이죠.' 여자가 말했지. '거봐, 난 그게 망측한 말일 줄 알았어. 키히히!'"

아주 편안하고 유쾌했다. 여자는 여섯 번이나 용변을 보러 나가야 했다.

"암탉이 수탉에게 말했어. 날 좀 내버려둬요. 웨이터, 계산. 코냑 석 잔, 치즈 빵 둘, 고기 수프 둘, 고무사탕 셋."

"고무사탕이라니요, 그건 두 번 구운 빵인데."

"그럼 당신은 그걸 그렇게 부르시오, 난 고무사탕이라 부를

---

* '피셔'는 어부, '포겔'은 새라는 뜻.
** 프랑스어로 '그건 그렇고'라는 말.

테니. 아기 없어요? 우리 집엔 꼬마가 요람에 누워 있지, 난 언제나 빨아 먹으라고 1그로셴 동전을 아기 입에 넣어주거든. 자, 아가씨, 가세. 웃음의 시간은 끝났으니 이제 계산하고 카셀로 가세."

많은 부인들과 아가씨들이 알렉산더 거리와 광장을 지나간다. 그들은 배 속에 태아를 지니고 있으며, 태아는 법적으로 보호를 받는다. 부인들과 아가씨들이 바깥 열기 때문에 땀을 흘려도 태아는 편안히 제자리에 앉아 있다. 태아에겐 꼭 알맞은 온도, 그는 알렉산더 광장을 산책하지만 뒷날 어떤 태아는 형편이 그리 좋지 못할 것이니 너무 일찍 웃지는 말게나.

다른 사람들은 여기서 이리저리 달리며 무엇이든 훔치고, 일부 사람들은 내장이 가득 찼지만, 다른 사람들은 대체 무엇으로 내장을 가득 채울지 궁리한다. 한(Hahn) 백화점은 완전히 철거되었다. 그 밖에 나머지 건물엔 가게들이 가득 차 있다. 하지만 가게들처럼 보일 뿐 실은 그냥 외침 소리, 호객 소리, 지저귐, 뚝딱, 숲도 없는데 쩍쩍 소리.

하늘 아래서 억울한 일 당하는 사람들을 다시 살펴보았더니 그 억울한 사람들이 눈물을 흘리는데 위로해주는 사람도 없더라. 억압하는 자들이 권력을 휘두르는데 감싸주는 사람도 없더라. 그래서 나는 숨이 넘어가 죽은 사람들이 복되다고 말하고 싶어졌다.*

죽은 사람들이 복되다고 했노라. 모든 일에는 다 때가 있다.

*〈전도서〉 4장 1절 이하 인용.

찢을 때가 있고, 꿰맬 때가 있고, 간직할 때가 있고, 버릴 때가 있다. 죽은 사람들이 복되다고 했노라, 나무 아래 누워 잠자는 사람들.*

다시 에바가 들어왔다.

"프란츠, 아무것도 안 할 셈이야? 이제 3주가 지났는데, 만약 당신이 내 사람인데, 그렇게 걱정을 안 한다면……."

"아무한테도 말할 수가 없어, 에바, 당신과 헤르베르트가 알지, 그리고 함석장이가 알아, 그 밖엔 아무도 몰라. 난 누구한테도 말할 수가 없어, 그들이 날 비웃을 거야. 그렇다고 고발할 수도 없고. 당신이 내게 뭘 주려는 게 아니라면 내버려둬. 난 가서 일할 거야."

"당신이 전혀 우울하지 않다니, 눈물 한 방울 안 흘리고! 맙소사, 당신을 흔들어놓을 수만 있다면, 하지만 난 아무것도 못해."

"나도 못해."

*〈전도서〉 3장 6절을 변형한 것.

일이 터지다, 범죄자들이 저희끼리 싸우다

10월 초에 폼스가 두려워하던 싸움질이 패거리에서 일어났다. 돈이 문제였다. 폼스는 언제나처럼 훔친 물건의 판매를 이 일에서 가장 중요한 일이라 여겼고, 라인홀트와 다른 사람들, 프란츠까지도 물건의 취득이 가장 중요한 일이라 여겼다. 물건의 판매가 아니라 취득에 따라 분배가 이루어져야 한다, 사람들은 계속 폼스가 높은 소득을 올린다고 여겼다. 이 사람이 장물아비 관계를 독점함으로써 따로 이득을 얻는다고 여긴 것이다. 믿을 만한 장물아비들은 폼스 말고 다른 사람과는 어떤 연결도 원치 않았다. 패거리는 폼스가 매우 느긋한 태도로 온갖 통제력을 갖고 있음을 보았다. 무슨 일인가 해야 한다. 그들은 조합 방식의 사업을 더 좋아한다. 그가 말했다. 우린 이미 그렇게 하고 있어. 그들은 그 말을 믿지 않았다.

슈트랄라우 거리에서 도둑질이 있었다. 폼스는 육체적인 일을 할 수가 없는데도 불구하고 함께했다. 이것은 붕대 재료 만드는 공장인데 슈트랄라우 거리에서 안뜰을 지나 들어가게 되어 있는 건물이었다. 사전 조사를 해서 개인 사무실 금고 안에 돈이 있다는 사실을 알아냈다. 이거 품스에게 한 방 먹이는 일이 되겠는데. 물건이 아니고 돈이니 말이지. 돈을 분배하면 속임수가 들어설 자리 없으니까. 그래서 품스도 직접 나선 것이다. 그들은 두 사람씩 소방용 사다리를 타고 올라가서 사무실의 앞문 자물쇠를 조용히 비틀어 열었다. 함석장이가 일을 시작했다. 사무실의 캐비닛을 모조리 깨뜨렸지만 겨우 몇 마르크의 돈과, 우표 등을 찾아냈을 뿐이고, 복도에서 찾아낸 휘발유통 두 개는 자기들이 쓸 수 있는 물건이었다. 그런 다음 그들은 함석장이 카를이 작업을 끝내기를 기다렸다. 그러나 그가 금고를 열다가 용접 버너에 손을 데었다. 라인홀트가 해보았지만 연습을 해본 적이 없어 안 되었고, 품스가 그의 손에서 용접기를 뺏었지만 역시 되지 않았다. 일이 이상하게 흘러갔다. 그들은 떠나야 했다. 경비가 올 시간이었다.

그들은 분이 나서 휘발유통을 붙잡아 모든 가구 위에 휘발유를 뿌리고 그 빌어먹을 금고에도 뿌리고는 성냥불을 던졌다. 품스가 승리했다, 안 그래? 하지만 그들은 그에게 승리를 주고 싶지 않았다. 성냥을 조금 일찍 던져서 품스가 불에 데었다. 적어도 그것만은 해냈다. 그는 여기서 찾을 게 없단 말이거든. 그는 등짝을 데었고, 모두들 계단을 달려 내려가서는 신호를 보냈다. "경비다." 품스가 자동차에 막 도착했을 때였다. 이 자식이 이 일에서 교훈을 얻었겠지. 하지만 돈은 어디서 생기나.

품스는 웃을 수 있었다. 결국은 돈보다 물건이 나은 것이다. 누구나 전문가가 되어야 한다. 무엇을 하느냐. 품스는 착취하는 놈, 사업가, 사기꾼 등의 나쁜 평판을 얻고 있었다. 하지만 알 수가 없었다. 저 인간과 너무 많은 일을 하면 그는 자신의 관계들을 이용해 새로운 패거리를 만든다. 목요일 스포츠클럽에서 그는 이렇게 말할 것이다. 나는 내가 할 수 있는 일을 한다. 너희가 원한다면 서류상의 계산서를 만들어줄 수도 있다. 하지만 그에게 아무것도 증명할 수가 없으니, 우리가 함께할 생각이 없다면 협회에서 사람들은 이렇게 말할 것이다. 너희가 함께할 생각이 없다면 우린들 어떻게 하겠느냐, 이 사내는 제가 할 수 있는 일을 하고, 그에게 몫이 조금 더 떨어진다 해도 뭘 어쩌겠느냐, 대신 너희에겐 돈을 벌어오는 아가씨들이 있지 않으냐, 그는 마누라와 그냥 시시하게 사는데. 그러니까 그와 함께 계속 일하게 될 것이다, 이런 빌어먹을 착취꾼에 사기꾼.

슈트랄라우 거리에서 실패한 함석장이를 그들은 모두 본 척도 하지 않다가 모든 분노를 그에게 쏟아놓았다. 그렇게 솜씨가 없는 놈은 필요 없어. 그는 손을 데어서 치료하느라 별짓을 다했다. 언제나 일을 잘했는데 이젠 늘 욕이나 얻어먹었다.

나한테 그렇게 해보라지, 그는 화가 잔뜩 났다. 놈들은 내가 아직 일하고 있을 때 내 일에 끼어들었지. 난 술을 좀 마시고 마누라한테 소릴 질렀어. 섣달그믐이던가, 집에 돌아가 보니, 마누라가 집에 없는 거야. 빌어먹을 인간. 7시에나 나타나더군. 다른 놈과 잠을 잔 거지. 그년이 나를 배신한 거야. 그런 다음 난 일도 없어지고 마누라도 없어졌지. 저 작은 미체는 저 개자식 라인홀트가 채갔고. 내 여자였는데, 그 여자는 놈에게 가고 싶어 하지 않았어, 나하고 함께 파티에 갔었지, 가로수 길을 따라 그 여잔 키스를 했어, 그런데 놈이 내게서 여잘 뺏어간 거야, 내가 불쌍한 뜨내기라 이거지. 개자식, 놈이 여자를 없애버

렸어, 살인자, 이제 난 손을 데었고, 그런데도 물건 드는 일을
도왔는데. 아주 못된 살인자다. 차라리 나 혼자 일을 했어야 하
는 건데, 그런 악당을 위해 일하다니. 난 얼마나 바본가.

함석장이 카를을 조심해라,
놈이 앙심을 품었다

함석장이 카를은 누구와 이야기하면 좋을지 사방을 둘러보았다. 티츠 백화점 건너편 알렉산더 광장의 아싱거 맥줏집에 앉았다. 복지 기관 청년 두 명이 그의 옆에 앉았고, 그 옆에는 정체를 알 수 없는 사내가 앉았다. 그는 제가 원래는 도제 훈련을 마친 달구지 목수지만, 지금은 무엇이든 걸리는 대로 온갖 종류의 일을 하고 있다고 말했다. 그는 스케치를 아주 잘했다. 그들은 탁자에 둘러앉아 소시지를 먹고 있었는데, 젊은 달구지 목수는 자신의 수첩에 야한 그림들을 그렸다. 여자와 남자들, 뭐 그런 그림들이었다. 복지 기관 청년들은 그걸 보고 엄청 좋아했고, 함석장이 카를은 그런 모습을 건너다보며 저 친구 스케치 참 잘하네, 하고 생각했다. 세 젊은이는 계속 웃음을 터뜨렸다. 복지 기관 청년들은 기분이 들떠 있었다. 그들은 방금 전 뤼커 거리에 있었는데, 거기서 수색이 벌어지자 재빨리 뒤쪽으로 도망쳤던 것이다. 함석장이 카를은 맥주 따르는 카운터로 갔다.

때마침 두 사내가 천천히 실내를 통과하며 오른쪽과 왼쪽을 살폈다. 어떤 사람과 이야기를 하면서 종이를 꺼내 들여다보더니 몇 마디 더 했다. 그리고 두 사내는 벌써 세 젊은이들이 앉은 탁자 옆에 섰다. 그들은 깜짝 놀랐지만 전혀 투덜대지 않았고 단 한 마디도 하지 않았다. 그들은 계속 조용히 이야기했다, 이 사람들은 물론 형사다, 저기 뤼커 거리에서 우리를 본 모양이구나. 달구지 목수가 아무것도 아니라는 듯 뻔뻔스러운 스케치를 계속하는데 형사 한 명이 그에게 말을 걸었다.

"형사요."

그러면서 재킷을 열어 보였다. 조끼에 함석 명찰이 매달려 번득였다. 옆에서는 그의 동료가 다른 두 명에게 같은 행동을 해 보였다. 두 젊은이는 신분증이 없었고, 목수는 의료보험 진찰권과 어떤 소녀에게서 받은 편지뿐이었다. 세 사람은 모조리 빌헬름 황제 거리의 관할 파출소로 끌려갔다. 젊은이는 자기들이 겪은 이야기를 하다가, 형사들이 뤼커 거리에서 그들을 보지 못했으며, 그들을 술집에서 만난 건 순전히 우연이었다는 말을 듣고는 놀라 자빠질 지경이었다. 그런 줄 알았다면 우린 도망쳤다는 말을 안 했을 텐데. 그들은 모두 웃음을 터뜨렸다. 형사가 그들의 어깨를 두들겼다.

"너희가 돌아오면 아버지가 기뻐할 거야."

"아, 아버진 휴가 중인데."

목수는 파출소에서 경찰관들 앞에 섰다. 그는 말을 잘 할 줄 알았고, 주소도 정확했다. 다만 목수라고 하기엔 그의 손이 너무 부드러웠기에 형사가 그걸 이해하지 못하겠다고 했다. 그는 두 손을 계속 이리저리 돌렸다. 하지만 1년 동안이나 일을 못했어요. 내가 당신을 뭐라고 여기는지 말해볼까요, 동성애죠, 나야 그게 뭔지 모르지만.

한 시간 뒤에 그는 다시 술집으로 돌아왔다. 함석장이 카를은 탁자 주변에서 어슬렁거리고 있었다. 목수는 즉시 그에게 다가왔다.

"무얼 해서 먹고사시오?"

카를이 그에게 이 질문을 던졌을 때는 12시였다.

"뭐를 하느냐. 당신은 무얼 하는데요?"

"뭐든 닥치는 대로 해야지."

"나한테 말할 준비는 안 되어 있죠?"

"그야 자네가 목수는 아닌 것 같으니."

"당신이 함석장이라면 나도 목수죠."

"그런 말 말게. 내 손을 봐, 이렇게 데었지, 열쇠공 노릇도 하니까."

"그러다 손가락을 덴 모양이네, 사업을 하다가, 그렇죠?"

"사업이라니! 얻은 게 하나도 없는걸."

"누구하고 하는데요?"

"그렇게 알고 싶다면 말해주지. 그냥 그런 익살꾼이라오."

카를이 목수에게 물었다.

"자넨 어느 협회에 들었나?"

"쉰하우젠 구역이요."

"그렇다면 볼링 클럽이군."

"당신도 아네요."

"내가 몰라야 할 이유라도 있나. 한번 물어보시오, 그 클럽에서 함석장이 카를을 아는지 말이오. 거기엔 미장이 파울도 있지."

"아, 그래요, 그를 아시다니, 그는 내 친군데."

"우린 한때 브란덴부르크에 함께 있었지."

"맞아요. 그렇군요. 그럼 나한테 5마르크 줄 수 있나요? 난 한 푼도 없으니 여주인이 나를 내쫓을 판이에요, 아우구스트 거리의 합숙소, 거긴 가기 싫은데. 그 찐득한 공기."

"5마르크라, 그야 줄 수 있지. 그 이상만 아니라면."

"고맙습니다. 그렇다면 어디 사업 이야기를 해볼까요?"

목수는 허풍이 심했다. 때로는 여자들과 때로는 남자들과 관계를 맺었다. 곤경에 빠질 때면 돈을 빌리거나 훔쳤다. 이 목수와 함석장이와 쉰하우젠 협회에 속한 어떤 사내, 이렇게 셋이서 독립하기로 하고, 무기를 구해서 몇 가지 일들을 꾸몄다. 어디서 무얼 훔칠 수 있느냐는 협회 친구가 말해주었다. 먼저 그들은 오토바이 몇 대를 훔쳐서 기동성을 갖추었다. 이제 현장을 관찰할 수 있게 되었다. 일터를 베를린에만 국한할 필요가 없었다. 무슨 생각이 떠오르거나 아니면 우연히 베를린 밖에서의 일을 찾아낸다면 말이다.

그들이 저지른 일 한 가지는 상당히 기묘했다. 엘자스 거리에 기성품 양복점이 있었는데, 협회에는 재단사가 몇 명 있어서 그런 물건을 잘 보관해줄 수 있었다. 그곳 양복점 앞에 새벽 3시에 셋이서 서 있는데, 경비원도 거기 서서 제집을 바라보았다. 목수가 대체 집에 무슨 일이 있느냐고 묻고 다른 사람들도 함께 이야기에 끼어들었다. 도둑질로 이야기가 흘러갔다. 지금은 위험한 시간이다, 많은 밤손님들이 호주머니에 권총을 넣고 다닌다. 그들을 붙잡았다간 사람을 쏘아 쓰러뜨린다. 자기들

같으면 그런 일은 생각지도 못할 텐데, 하고 다른 세 사람이 말했다. 대체 저 위 양복점에 뭐 가져갈 게 있기라도 한가? 그야 아주 가득 차 있지, 남성복, 외투 등 그런 것들로. 그렇다면 한 번 올라가서 입어봐야겠는걸.

"당신들 분명 돌았구려, 그래 봤자 주인에게 어떤 어려움도 만들어내진 못할걸."

"어려움이라, 여기서 누가 어려움 얘기를 하겠어요. 이웃 양반도 결국은 사람이고, 게다가 뚱뚱하지도 않은데, 여기서 경비 서는 대가로 얼마를 받나요, 동지?"

"그거야, 그런 건 물어볼 필요도 없지. 예순이 넘고 연금이라야 몇 푼밖에 되지 않는데 아무것도 할 수 있는 게 없다면 남들이 함부로 대하는 판이니."

"그러니까 여기서 밤에 이렇게 경비를 서다간 류머티즘이나 얻는 거죠, 당신은 아마 전쟁에도 나갔겠지요?"

"폴란드에서 예비군으로 복무했소. 하지만 삽질은 안 했소, 당신이야 우리가 참호 속에 있었다는 걸 믿지 않겠지만."

"말씀을 해주셔야 알지요. 그야 우리도 그랬죠. 머리를 겨드랑이 아래 끼고 있지 않은* 놈은 언제나 참호 속에 있었지요. 덕분에 당신은 지금 여기 서서 저 위에 있는 부자 양반이 도둑 맞지 않게 지키는 거고요. 어떻게 생각해요, 이웃 양반, 우리 밀 좀 할 수 있을까? 어딘가 앉아서? 어때요, 이웃 양반?"

"아니, 아니요. 주인네 아파트 바로 옆에서 그런 일을 하면 너무 마음 졸이지. 주인이 무슨 소리라도 들으면 어째, 그 사람

---

*죽지 않은.

워낙 잠귀가 밝아서."

"정말 조용히 할게요, 자 함께 커피라도 마시죠, 당신한테 물 끓이는 기구가 있을 게 아닙니까, 이야기나 좀 하죠. 그 사람 때문에 걱정하다니, 그렇게 기름진 사람을 위해서."

조금 뒤에 그들 네 사람은 경비원 자리에 앉아 함께 커피를 마셨다. 목수가 가장 약아서 나직한 소리로 경비원과 이야기를 나누는 사이 나머지 두 사람은 이리저리 돌아다니며 물건들을 그러모았다. 경비원이 계속 일어서려고 했다. 이제 자긴 정말 순찰을 돌아야 한다. 전체 일에 대해선 아무것도 알고 싶지 않다고 했다. 그러자 목수가 말했다.

"아무것도 알아차리지 못하겠다면 저 두 사람이 일하게 그냥 버려둬요, 아무도 당신을 찾아오진 않을 테니."

"그게 대체 무슨 말이오, 아무것도 알아차리지 못하다니?"

"우리가 무슨 일을 할 건지 아세요? 내가 당신을 묶을 겁니다. 당신은 기습을 당한 거지요, 어차피 늙은 사람이니 어떻게 저항할 수 있겠어요, 당신이 무언가 알아차리기도 전에 당신에게 보자기를 씌우고 이빨 사이에 재갈을 물리고 다리를 묶었는데."

"이런."

"소동을 일으키지 마요, 그런 허풍선이 뚱뚱한 부자를 위해 머리에 총구멍이라도 만들고 싶단 말인가요? 커피나 마저 마십시다. 그리고 계산은 내일 하죠. 어디 사는지 적어주세요, 정직하게 몫을 나누어드리지요. 맹세해요."

"그럼 얼마나 받게 될까요?"

"저들이 무엇을 가져오느냐에 달려 있지요. 1백 마르크는 분명 받게 될 거예요."

"200마르크."

"좋아요."

그런 다음 그들은 담배를 피우고 커피를 실컷 마셨다. 모든 것을 잘 꾸린 다음 안전한 자동차를 구하려고 함석장이가 전화를 했다. 운이 좋아서 반시간 뒤에 소련 자동차 한 대가 문 앞에 도착했다.

그러자 재미있는 일이 벌어졌다. 늙은 경비원이 자신의 안락의자에 앉았고, 목수가 구리전선을 잡아 그의 두 다리를 묶었지만 아주 꽉 묶지는 않았다. 그는 정맥류가 있어서 하체가 예민했다. 그런 다음 그의 팔을 전화선으로 묶고는 세 젊은이는 노인을 갖고 장난치기 시작했다. 그가 얼마를 원하느냐, 어쩌면 300이나 350마르크. 그런 다음 그들은 어린이 바지 두 벌과 거친 여름 외투를 가져왔다. 그러곤 어린이 바지를 이용해서 경비원을 안락의자에 묶었다. 경비원은 이제 그만하면 됐다고 말했지만 그들은 계속 늙은 사내를 놀렸다. 그는 저항했지만 뺨을 몇 대 맞았을 뿐이다. 그리고 그가 소리를 지르기도 전에 외투가 그의 머리 위로 덮이고, 덧붙여서 조심하기 위해 손수건을 앞가슴에 묶었다. 그들은 물건을 자동차에 실었다. 목수는 판지에다가 간판 글자를 썼다.

"조심! 방금 묶었음!"

그것을 경비원의 앞뒤에 매달았다. 그런 다음 그들은 물러났다. 이렇게 편하게 돈을 벌어본 적이 없는걸.

하지만 경비원은 겁이 났다. 저놈들이 문을 열어놓고 나갔으면 다른 작자들이 들어와서 또 훔칠지도 모른다. 두 손이 묶여 있었지만 다리를 묶은 구리선은 쉽게 풀렸다. 눈만 보인다면 좋으련만. 노인은 몸을 숙이고 안락의자를 뒤에 매단 채, 집을 짊어진 달팽이 모양으로 종종걸음을 쳐서 앞도 보이지 않는 상태로 사무실을 가로질러 나아갔다. 두 손은 몸에 딱 붙어 빼낼 수가 없고, 머리를 덮은 두툼한 외투도 벗어버릴 수 없었다. 계속 머리를 부딪치며 복도로 연결된 문까지 더듬어 찾아갔지만 문을 통과할 수 없었다. 이제 그는 끔찍한 분노에 사로잡혀서 뒤로 물러났다가 의자를 앞으로 하고 문을 향해 돌진했다. 의자가 떨어지지는 않았지만 문이 쾅 소리를 내면서 그 소리가 고요한 건물 안으로 울렸다. 눈이 가려진 경비원은 앞뒤로 계속 움직이면서 문에 부딪혀 쿵, 쾅 소리를 만들어냈다. 누군가 와야 해, 앞이 보여야 말이지, 이 나쁜 자식들이 뜨거운 맛을 보아야 하는데, 우선 이 외투를 좀 벗기고 도와달라고 소리를 치면 좋겠는데, 아직도 외투가 얼굴을 가리고 있었다. 하지만 2분도 채 지나지 않아 주인이 잠에서 깨어났다. 그리고 3층에서도 사람들이 내려왔다. 이제 노인은 등에 짊어진 안락의자 위에 거꾸로 앉아 비스듬히 매달린 채 기절해 있었다. 소동이 일어나고 사람들이 문을 깨부수고, 몸이 묶인 사내를 발견했다. 어쩌자고 이런 늙은이를 고용했나, 돈을 아끼려고만 한다, 언제나 아끼면 결국엔 일이 잘못되고 만다.

작은 패거리는 환호성.

흠, 우리한테 품스나 라인홀트나 그 밖에 온갖 소동이 뭐가 필요한가.

하지만 일은 그들 생각과 전혀 딴판으로 결판 났다.

일이 결판 나고,
함석장이 카를이 마침내 실토하다

라인홀트는 프렌츨라우 주점에서 함석장이에게 다가가 자기들에게 오라고 요구했다. 열쇠공을 찾고 있지만 아무도 찾지 못하겠으니 카를더러 오라는 것이었다. 둘이 뒷방으로 가자, 라인홀트가 말했다.

"어째서 안 오려고 하냐? 대체 무슨 일을 하는데? 우리도 소문은 들었어."

"니들한테 괴롭힘당하기 싫어서 그런다."

"이제 다른 일을 한다며?"

"내가 무슨 일을 하든 니들 소관이 아니지."

"너한테 돈이 있는 게 보이는걸, 하지만 우리와 함께 해서 돈을 번 다음 이제 그만 안녕, 그렇게는 안 되지."

"그렇게는 안 되다니, 그게 무슨 말이야. 나더러 일을 못한다고 소리 지른 건 너희야, 그러더니 갑자기 나더러 돌아오라고?"

"우리한테 열쇠공이 없으니 네가 와야 한다. 아니면 전에 번 돈을 토해내. 우린 임시 노동자는 안 쓰거든."

"그 돈은 네가 알아서 가져가라, 라인홀트, 나한텐 이제 없다."

"그럼 일을 함께 해야겠네."

"그렇게는 안 해. 그리고 이미 너한테 그 말도 했을걸."

"카를, 우리가 네 뼈다귀를 모조리 부러뜨릴 거라는 거 너도 알지. 살아 있는 시체가 되어 굶어 죽게 만들고 말겠어."

"웃기네. 너 취했나 보지. 내가 네 멋대로 주무를 수 있는 그런 꼬마 바보로 보이냐."

"그래, 그렇단 말이지. 이젠 물러난다 이 말이네. 니가 바보냐 아니냐는 상관없어. 잘 생각해봐. 한 번 더 들를 거니까."

"거참 고맙네." 베어 들이는 자가 있으니.

라인홀트는 어떻게 하면 좋을지 다른 사람들과 상의했다. 그들은 열쇠공 없이는 찬밥 신세였다. 마침 성수기도 다가온데다가 라인홀트는 다행히도 품스에게서 빼내온 장물아비 둘에게서 주문을 받은 참이었다. 모두가 함석장이에게 목 꺾기한 방을 먹여야 한다는 의견이었다. 협회에서 빠지다니, 그놈 참 사기꾼이다.

함석장이는 자기를 두고 무슨 일이 진행되고 있음을 알아차렸다. 그는 프란츠를 찾아갔다. 프란츠는 주로 제집에 앉아 있었다. 그는 프란츠더러 내게 속을 털어놓거나 아니면 내 편이 되어달라고 부탁했다. 프란츠가 말했다.

"자넨 슈트랄라우 거리에서 우리에게 낭패를 주더니 이젠 우리를 곤란하게 만드는군. 이제 그만두게."

"라인홀트와는 아무런 상관도 하고 싶지 않아서 그래. 그놈 개자식이야, 네가 몰라 그렇지."

"그는 좋은 사람인데."

"너 정말 바보다. 세상을 몰라, 보는 눈도 없고."

"헛소리 작작 해, 카를, 이미 물렀다. 우린 일을 해야 하는데 네가 우릴 곤란하게 하잖아. 두고 봐라, 이제 네 일이 잘 안 풀릴 테니."

"라인홀트 때문에? 그것 참 웃긴다. 내가 어떻게 웃는지 한번 볼래? 입을 이렇게 크게 벌리고 배가 꿈틀거리네. 나도 그놈만큼 강하거든. 그놈은 나를 하찮은 바보로 여기지만 뭐, 나야 아무 말도 안 하지. 올 테면 오라고 해."

"어서 꺼져, 미리 말해두지만 조심해라."

그런 다음 함석장이가 동료 두 명과 함께 이틀 뒤에 프리덴 거리에서 일을 꾸몄다가 우연히도 붙잡혔다. 목수도 함께 잡혔고, 보초를 섰던 세 번째 친구만 도망쳤다. 경찰서에서는 엘자스 거리의 도둑질 때도 카를이 현장에 있었다는 사실을 밝혀냈다. 커피 잔에 남은 지문만으로 충분했다.

내가 어쩌다 붙잡혔을까, 하고 카를은 생각했다. 형사들이 어떻게 그걸 알아차렸지? 분명 저 개자식 라인홀트다, 그 자식이 찔러 넣은 거다! 분해서! 내가 저와 함께 일하지 않았다고. 그 개자식이 나를 찬밥 신세 만들었다 이거지, 이런 나쁜 놈, 우리를 덫으로 몰아넣었것다. 이런 나쁜 새끼. 그는 목수에게 감방 비밀 통신을 보냈다. 라인홀트 때문이다, 놈이 우리를 폭로한 거다, 놈이 그 자리에 있었다. 목수는 복도에서 그에게 고개를 끄덕여 보였다. 카를은 심문 담당 판사를 만나겠다고 신청했다. 그리고 경찰서에서 이렇게 말했다.

"라인홀트도 그 자리에 있었어요, 다만 놈은 미리 빠져나갔죠."

그들은 곧바로 그날 오후에 라인홀트를 잡아들였다. 그는 모든 걸 부인했다. 게다가 알리바이까지 입증할 수 있었다. 그는 심문 담당 판사 곁에서 두 사람을 발견하고는 그들 맞은편에 섰을 때 분노로 얼굴이 하얗게 되었다. 저 개자식들이 라인홀트가 양복점 도둑질에도 함께했다고 털어놓았다. 판사는 그 말을 듣고 그들의 기색을 살펴보았다. 일이 매끄럽지 않아, 이 놈들이 서로에게 화를 내고 있는걸. 정말로 이틀 뒤에 라인홀트의 알리바이가 정확하다는 사실이 드러났다. 그는 악당이긴 하지만 이 일과는 상관이 없었다.

때는 10월 초였다.

라인홀트는 도로 풀려났다. 형사들은 그가 뒤가 깨끗하지 않다는 사실을 알았기에 이제부터 그를 두 배로 감시하게 된다. 심문 담당 판사는 저 두 사람, 목수와 카를에게 호통을 쳤다. 여기서 허튼짓하지 마라, 라인홀트의 알리바이는 입증되었다. 그러자 두 사람은 아무 말도 하지 못했다.

카를은 제 방에 앉아 머리를 굴렸다. 헤어진 아내의 오빠인 처남과는 서로 잘 통하는 편이었는데, 처남이 면회를 왔다. 그를 통해서 그는 변호사를 소개받았다. 그는 형사 사건에 유능한 변호사가 필요하다고 고집을 부렸다. 변호사가 오자 그에게 물었다. 죽은 사람을 파묻는 일을 도왔다면 일이 어떻게 되는가.

"그건 무슨 말?"

"이미 죽은 사람을 발견했다면, 그리고 그 사람을 파묻었다면 어떻게 되냐고요?"

"당신이 감추고 싶은 사람이 경찰의 총에 맞았거나 뭐 그런 일이오?"

"그야 어찌 되었든, 그를 손수 죽이진 않았지만 그가 발견되기를 원치 않았다면요. 그런 일을 했다면 이 사람은 어떻게 될까요?"

"당신이 죽은 사람을 알고 있었나요, 그를 파묻어서 어떤 이득을 보았나요?"

"이득은 전혀 없고, 그냥 우정으로 도운 것뿐이죠. 사람은 이미 죽었고, 그런 꼴로 발견되기를 바라지 않아서요."

"경찰한테 발견되는 것 말입니까? 그 정도면 그냥 습득물 은닉에 지나지 않아요. 하지만 그 사람은 어떻게 죽었나요?"

"나도 몰라요. 그 자리에 없었으니까. 그냥 다른 사람이 하는 일을 도운 거죠. 그러니까 진짜로 돕지도 않았어요. 그 사실도 전혀 몰랐으니까. 그런데 그만 죽은 채 뻗어 있는 겁니다. 좀 붙잡으라는 말을 듣고 같이 그를 파묻은 거죠."

"대체 누가 당신한테 그 말을 한 겁니까?"

"파묻으란 말? 그야 어떤 사람이죠. 난 그냥 나한테 무슨 일이 생길까만 알고 싶은 거예요. 파묻는 걸 도왔다면 그것도 범죄인가요?"

"이것 보시오. 당신이 설명한 대로라면 아닙니다. 그리 큰 일이 아니오. 당신이 함께 한 게 아니라면, 그리고 거기서 어떤 이익도 보지 않았다면 말이오. 하지만 어째서 도운 겁니까?"

"그야 우정으로 한 일이라고 말하지 않았나요. 하지만 그건 어차피 상관없어요. 내가 함께 일을 저지른 건 아니고, 그가 그대로 발견되건 말건 어떤 이익도 없으니까요."

"그렇다면 그건 당신들 사이에서 일종의 비밀 재판이었나요?"

"그런 셈이죠."

"맙소사, 거기서 손을 떼요. 당신이 무얼 바라는지 아직도 모르겠군."

"잘 알았습니다, 변호사님, 알고 싶었던 건 다 알았어요."

"나한테 그 일을 좀 더 자세히 설명하지 않겠소?"

"하룻밤 보내면서 한번 생각해보죠."

함석장이 카를은 그날 밤 침대에 누워 잠을 청했지만 잠을 이룰 수 없었고 화만 치밀었다. 난 이 세상에서 가장 큰 바보구나, 라인홀트를 도둑이라고 밀고하다니, 지금쯤 놈도 무언가 알아챘겠지. 놈은 이미 여기 있지도 않을 거야, 벌써 도망쳤을걸. 난 정말 바보다. 이런 악당, 건달, 나를 이렇게 없애버리다니.

도무지 밤이 끝나지 않을 것처럼 보였다. 대체 언제쯤이나 종을 치려나, 나한테는 모든 게 상관없다. 단순히 도운 일과 매장한 것은 아무것도 아니다. 겨우 몇 달, 하지만 놈은 종신형이다, 그들이 놈의 머리를 베어버리지 않는다 해도 어쨌든 다신 못 나올 거다. 심문 담당 판사는 언제 오나, 몇 시나 되었을까, 그사이에 라인홀트는 기차를 타고 멀리 도망치겠네. 이런 악당이 이미 사라지고 없다니, 게다가 저 비버코프는 친구인데, 대체 그는 뭐로 먹고사나, 그 외팔이가, 상이용사들도 그런 대우를 받으니 말이다.

그런 다음 마침내 감방 건물에 하루의 활기가 시작되었다. 카를은 즉시 신호 막대를 내걸었다. 11시에 판사 앞에 앉았다. 이 사람이 화를 내네.

"당신은 그자를 싫어하는군. 벌써 두 번이나 고발했으니 말이야. 당신 자신이나 곤란을 겪지 말라고."

하지만 카를이 아주 정밀한 정보를 내놓았기에, 점심때쯤 자동차가 나타났고, 심문 판사가 손수 차에 올랐다. 튼튼한 형사 두 사람이 동행하고, 카를은 두 손에 수갑을 찬 채 경찰관 사이에 앉았다. 자동차는 프라이엔발데로 향했다.

그들은 옛길을 따라 달렸다. 이렇게 달리니 좋구나. 빌어먹을, 자동차에서 빠져나갈 수만 있다면 얼마나 좋을까. 짭새들이 사람을 아무것도 못하게 꽁꽁 묶어놓았으니. 게다가 저들은 권총도 있다. 아무것도 못해, 아무것도. 그냥 달린다, 가로수 길이 쏜살같이 지나간다. 난 당신에게 180일을 선물하지, 내 무릎 위의 미체, 사랑스러운 아가씨, 그놈은 건달이다, 저 라인홀트는 양심의 가책도 없지. 기다려라 자식아. 이제 미체를 생각하자, 난 너의 혀를 물을래, 그녀는 애무를 잘하지, 어디로 가려는가, 오른쪽 아니면 왼쪽으로, 나한텐 상관없어, 귀여운 아가씨.

그들은 언덕을 넘어 숲으로 들어섰다.

프라이엔발데는 멋지구나, 온천이 있는 작은 요양지다. 요양소 정원을 다시 깔끔하게 누런 자갈로 덮었구나, 저 뒤엔 테라스가 달린 식당이 있지, 거기서 우리 셋이 식사를 했는데. 스위스와 티롤에서 사람들은 기분이 좋지. 티롤에는 따스한 우유가 많고, 스위스엔 한 아가씨가 있네, 야호. 그런 다음 놈이 그녀와 함께 사라졌어, 난 지폐 몇 장 받고 꺼져주고, 그런 악당한테 가여운 아가씨를 팔아넘긴 거야, 그 대가로 난 지금 감방에 있는 거고.

여긴 숲 속, 햇빛이 비치는 가을날이었다. 숲의 우듬지는 움직임이 없었다.

"여기서 한참 걸어야 합니다. 그는 손전등을 가졌죠. 찾기가 쉽지는 않지만 내가 그 장소를 보면 알 겁니다. 아주 탁 트여 있고 소나무 한 그루가 비스듬히 서 있고 그다음 구덩이가 있죠."

"구덩이야 많지."

"기다려보십시오, 경감님. 우린 벌써 아주 많이 걸었죠. 식당에서 20분이나 25분쯤 걸었어요. 아주 많이 남진 않았어요."

"하지만 달렸다고 하지 않았소."

"우선은 숲에 들어가야죠. 길은 아니었어요, 그랬다간 눈에 띄었게요."

마침내 탁 트인 장소, 비스듬한 소나무가 저기 있다. 모든 것이 그날과 같다. 나는 그대의 것, 그녀의 가슴은 맞아 죽고, 눈도 맞아 죽고 입도 맞아 죽었네, 조금만 더 걸어갈까요, 그렇게 사람을 꽉 누르지 말아요.

"저기 검은 소나무가 있네, 맞아요."

남자들이 말을 타고 왔다. 그들은 갈색 말 등에 앉았는데 멀리서 온 길이었다. 그들은 계속 길을 물었고 마침내 물가에 도착했다. 커다란 호수에 도착해서는 말에서 내렸다. 말을 떡갈나무에 묶어놓고 물가에서 기도문을 외고는 몸을 바닥에 던졌다. 그런 다음 보트를 타고 물로 나아갔다. 그들은 노래를 불러 호수를 찬양하고, 호수에 말을 걸었다. 그들은 호수에서 보물을 찾으려는 게 아니고, 그냥 위대한 호수를 숭배하려는 것이었다. 저희의 추장이 물밑에 누워 있다. 그래서 이 남자들이 온

*인디언 소설을 패러디한 것. 아마도 카를 마이의 작품일 것으로 추정된다.

것이다.*

경찰관들은 삽을 들었다. 함석장이 카를이 이리저리 오가며 장소를 가리켰다. 그들은 삽을 꽂았고, 그러자 벌써 땅이 물렁했다. 깊이 파들어 가면서 흙을 높이 쌓아 올렸다. 바닥을 파헤치자 깊은 곳에 소나무 덤불이 놓여 있었다. 함석장이 카를은 거기 서서 바라보며 기다렸다. 거기다, 자기들이 아가씨를 파묻은 곳이다.

"하지만 대체 얼마나 깊은가?"

"25센티미터쯤, 더 깊진 않은데요."

"그렇다면 벌써 뭔가를 찾아냈어야 하는데."

"하지만 여기가 분명해요. 조금 더 파보세요."

"계속 파라, 파, 하지만 아무것도 없는걸!"

바닥이 파헤쳐지고, 푸른 풀을 바닥에서 뽑아냈다. 어제나 오늘 누군가 이곳 땅을 팠다. 이젠 그녀가 나타날 때가 되었다. 그는 계속 소매로 코를 막고 있었다. 벌써 모양이 완전히 변했을 게 분명해, 그새 몇 달이 흘러가고 게다가 비까지 내렸으니.

아래서 땅을 파던 사람 하나가 위를 보고 물었다.

"대체 무슨 옷을 입었나?"

"검은 치마와 핑크 블라우스."

"실크인가?"

"아마도 그럴 겁니다. 어쨌든 아주 밝은 핑크죠."

"이런 건가?"

한 사람이 흙이 묻은 레이스를 손에 잡았다. 레이스 조각은 더러웠지만 핑크빛이었다. 그는 그것을 판사에게 보여주었다.

"아마 소매의 일부인 것 같습니다."

그들은 땅을 더 팠다. 여기 무언가가 있었던 것만은 분명했다. 어제 아니면 오늘 누군가 여기를 팠다. 카를은 거기 서 있었다. 그래, 틀림없어, 그 자식이 뭔가 냄새를 맡았지, 그래서 시체를 파헤쳐서는 어디 물속에라도 처박았나 보지. 판사가 옆에 있는 경감과 이야기를 나누었다. 이야기는 한참 계속되었다. 경감이 메모를 했다. 그런 다음 그들 세 사람은 자동차로 돌아왔다. 한 명은 그 장소에 남았다.

가는 길에 판사가 카를에게 물었다.

"그러니까 당신이 왔을 때는 아가씨가 벌써 죽어 있었다 이거지?"

"예, 그렇습니다."

"그걸 어떻게 증명할 셈이오?"

"무얼 말입니까?"

"그러니까 당신이 여자를 죽여놓고 라인홀트한테 도와달라고 말한 건지, 아니면 당신이 그냥 돕기만 한 건지를 말이야."

"시체를 옮기는 걸 도왔어요. 내가 대체 왜 그 아가씨를 죽입니까?"

"그가 죽인 것과 같은 이유에서."

"하지만 나는 그날 저녁 여자와 함께 있지도 않았는데요."

"하지만 오후는 함께 보내지 않았나."

"하지만 그다음엔 아니죠. 그땐 아직 살아 있었어요."

"알리바이 성립이 힘들겠는데."

자동차에서 판사가 카를에게 물었다.

"라인홀트와의 일이 있고 나서 그날 저녁 또는 밤에 어디 있었소?"

262

빌어먹을, 하지만 말을 하자.

"난 여행을 떠났어요. 그가 내게 자기 여권을 주었고, 난 바로 떠났죠. 일이 밝혀질 경우에 내 알리바이를 입증하기 위해서요."

"이상하군. 어째서 그런 일을 했소. 그런 식으로 친구를 사귀다니 정말 정신이 나갔군."

"그렇기도 합니다. 난 그냥 가난한 놈이고 그가 내게 돈을 주었죠."

"그렇다면 이제 그가 더는 당신 친구가 아니라는 거요, 아니면 그가 돈을 주지 않았다는 거요?"

"그 친구 말입니까? 아니요, 판사님. 제가 어째서 감옥에 갇혔는지 아시지 않나요, 경비원 일 등 때문이죠. 그 자식이 나를 밀고해서요."

판사와 경감은 자기들끼리 서로 바라보았다. 자동차는 질주했다. 이따금 도로의 움푹 팬 곳으로 들어갔다 튀어오르고, 가로수 길이 쏜살같이 지나갔다. 여기서 나는 놈과 함께 차를 달렸다. 네게 180일을 선물하지.

"당신들 사이에 무슨 일이 벌어졌고, 그래서 우정에 금이 간 거지?"

"예, 그렇죠. (이자가 나를 떠보려 하네, 아니, 그렇게는 안 되지, 그만 스톱, 난 알아.) 그러니까 판사님, 라인홀트가 완전히 미쳐서 나를 제거하려고 한 겁니다."

"그렇다면 그가 당신에 대해 어떤 일을 꾸몄단 말인가?"

"아니요. 하지만 그런 말을 했죠."

"그 이상은 아니고?"

"예."

"어디 두고 보기로 하지."

이틀 뒤 미체의 시신이 그 구덩이에서 1킬로미터 정도 떨어진 숲에서 발견되었다. 신문에 사건이 보도되자마자 정원사 조수 두 명이 신고를 해왔다. 그들은 이 근처에서 어떤 사내가 혼자서 아주 무거운 트렁크를 들고 숲을 지나가는 것을 보았노라고 했다. 두 사람은 저 사내가 대체 무얼 들고 가는 걸까 이야기를 주고받았고, 나중에 보니 그가 숨을 돌리며 구덩이에 앉아 있었다. 그들이 반시간 뒤 그곳으로 돌아와 보니 그가 셔츠 바람으로 아직 그곳에 앉아 있었다. 트렁크는 더 이상 보이지 않았으니 분명 땅속에 묻혔을 것이다. 그들은 그 사내의 모습을 어지간히 묘사했다. 키는 175센티미터 정도, 어깨는 아주 넓었고, 검은 모자, 밝은 잿빛의 여름 양복, 깨소금무늬 재킷, 아주 건강하지는 않은 것처럼 다리를 질질 끌고 있었고, 높은 이마에 가로 주름이 나 있었다. 두 조수가 말한 지역에는 구덩이가 아주 많았다. 경찰견은 아무것도 찾아내지 못했고, 그일대에서 발견된 구덩이마다 파헤쳤다. 그러다 한 곳에서 삽질몇 번 만에 벌써 가는 끈으로 묶인 커다란 갈색 마분지 상자가나타났다. 경감이 그것을 열자 거기에는 여자 옷이 들어 있었다. 갈기갈기 찢긴 셔츠, 밝은 색의 긴 스타킹, 낡은 갈색의 면직물 옷, 더러운 핸드백, 칫솔 두 개. 상자에는 물기가 있었지만 물기가 완전히 스며들지는 않았다. 상자가 여기 오래 있지는 않았던 것처럼 보였다. 이해할 수 없는 일이었다. 죽은 여자는 핑크색 블라우스를 입고 있었는데.

곧이어 다른 구덩이에서 트렁크를 찾아냈다. 그 안에 웅크린 자세의 시신이 들어 있었다. 블라인드용 끈으로 단단히 묶여 있었다. 저녁때 모든 경찰 구역과 외부의 지서 등으로 용의자의 모습을 서술한 공지문이 전달되었다.

라인홀트는 경찰서에서 취조당하면서 즉시 경계경보가 울렸음을 깨달았다. 그는 곧바로 프란츠를 끌어들였다. 어째서 그가 그 자리에 있어선 안 된단 말인가. 저 함석장이 카를이 대체 무얼 입증할 수 있겠는가. 누군가 나를 프라이엔발데에서 보았을지는 의문이다. 누군가 식당이나 길에서 나를 보았어도 그건 별로 해가 되지 않는다. 어쨌든 해봐야지, 프란츠를 없애야 한다. 그도 이 일에 끼어 있는 것처럼 보이니까.

라인홀트는 경찰서에서 나오던 날 오후에 곧바로 프란츠의 집으로 찾아갔다. 함석장이 카를이 우리를 밀고했다, 어서 도망쳐라. 프란츠는 15분 만에 짐을 쌌다. 라인홀트가 그를 도왔다. 그들은 함께 카를에게 욕을 퍼부었고, 그런 다음 에바가 프란츠를 빌머스도르프에 사는 자신의 오랜 친구인 토니에게 데려갔다. 라인홀트도 함께 자동차를 타고 빌머스도르프로 갔다. 그들은 함께 트렁크를 샀다. 라인홀트는 외국으로 도주할 생각이니 큼직한 것이 필요했다. 그는 우선 옷가방을 사고 그런 다음 자기가 들 수 있는 가장 큰 목재 트렁크를 샀다. 난 짐꾼을 믿지 않아, 놈들은 사람을 염탐하지, 내 주소를 알려줄게, 프란츠, 에바에게 인사 전해줘.

끔찍한 프라하 사고, 사망자 21명은 이미 파묻히고 150명이 흙더미에 휩쓸리다. 이 쓰레기 더미는 겨우 몇 분 전까지만 해도 7층짜리 새 건물이었는데, 지금은 그 아래 수많은 사상자가 깔려 있다. 80만 킬로그램 무게의 철근콘크리트 건물이 무너져 지하 2층 건물이 된다. 거리에서 당직 근무 중이던 경비원은 건물 갈라지는 소리를 듣고 보행자들에게 경고를 했다. 그는 다가오는 전차의 차량에 침착하게 올라타 손수 브레이크를 걸었다. 대서양에서는 사나운 폭풍우가 휩쓸었다. 대서양의 상황은 북아메리카에서 저기압이 하나씩 동쪽으로 접근하는 동안, 중앙아메리카에 있던 고기압과 그린란드 및 아일랜드 사이에 걸쳐 있던 고기압대가 굳건히 자리를 지키는 모습이다. 각 언론들은 '체펠린 백작'과 그가 계획하고 있는 비행에 대해 여러 면에 걸친 기사들을 내놓았다. 비행 기구 제작의 세부 사항과 지휘자의 인간성, 이번 기획의 성공 전망 등을 극히 상세하게 언급하고, 열광적인 사설은 독일 사람의 유능함과 체펠린 열기구의 업적 등을 찬양한다. 비행기를 위한 온갖 선전에도 불구하고 열기구야말로 미래의 공중 교통이 될 것이라고 한다. 하지만 체펠린은 비행을 하지 않고, 에케너는 그의 위치를 불필요하게 위협하지는 않을 것이다.

미체의 시신이 들어 있던 트렁크가 열렸다. 그녀는 베르나우의 전차 차장의 딸이었다. 집에는 세 자녀가 있었고, 차장의 아내는 남편을 버리고 집을 떠났는데 어떤 이유에선지는 알 수 없다. 미체는 혼자 집에 남아 모든 일을 해야 했다. 저녁이면 이따금 베를린으로 나가 레스트만 댄스홀과 그 맞은편 집에 갔다가 몇 번인가 어떤 사내와 호텔에 들었고, 그런 다음 시간이 너무 늦어져 집으로 돌아갈 용기를 잃었다. 그래서 베를린에 머물면서 에바를 만났고 그렇게 계속 살았다. 그들은 슈테틴 정거장 구역에서 만났다. 미체에게 우정의 삶이 시작되었다. 그녀는 처음에 소냐라는 이름으로 불리며 지인과 친구들을 많이 사귀었다. 하지만 나중에는 언제나 한 사람과 함께 지냈는데 그는 체격이 좋은 외팔이 사내로, 미체는 첫눈에 그를 좋아하게 되었고 마지막까지 그와 함께 잘 지냈다. 미체는 마지막에 끔찍한 종말, 슬픈 종말을 맞이했다. 어째서, 어째서, 대체 그녀가 무슨 잘못을 저질렀다고, 그녀는 베르나우를 떠나 베를린의 소용돌이 속으로 들어왔다. 죄가 없지는 않지만, 물론 그렇진 않다, 그래도 그를 향해 꺼지지 않는 내면의 사랑을 지녔고, 그는 그녀의 남자였으며, 그녀는 그를 어린아이처럼 보살폈다. 그녀는 우연히 이 사내 곁에 있다가 이렇게 망가진 것이다. 그게 삶이다, 생각하기 힘든 일이지만 그녀는 제 남자 친구를 보호하려고 프라이엔발데로 갔다. 거기서 목이 졸려, 목이 졸려 죽었다, 끝났다, 그게 삶이구나.

이제 그들은 그녀의 목과 얼굴에서 지문을 얻었다. 그녀는 이제 오로지 범죄 사례일 뿐, 전화선을 사용한 기술적인 과정일 뿐이다. 그녀의 모양을 그대로 본뜬 모형을 만들어 거기에 자연스러운 색깔을 입힌다. 정말 놀랄 정도로 비슷하다, 일종의 셀룰로이드다. 저기 미체가 서 있다. 그녀의 얼굴과 목이 문서 보관함에 있다. 어서 이리로 와, 우린 금방 집에 갈 거야, 아싱거 술집, 나는 당신 여자이니 당신이 나를 위로해줘야 해. 그녀는 유리 안에 놓여 있다, 그녀의 얼굴은 맞아 죽고, 그녀의 심장은 맞아 죽고, 그녀의 자궁은 맞아 죽고, 그녀의 미소는 맞아 죽고, 당신이 나를 위로해줘야 해, 어서.

하늘 아래서 억울한 일 당하는 사람들을
살펴보았더니

프란츠, 너는 어째서 한숨을 쉬느냐, 프란츠야, 어째서 에바는 언제나 잽싸게 나타나 네게 무슨 생각을 하느냐고 묻고, 아무런 대답도 못 얻고, 대답도 없이 돌아가야 하느냐, 어째서 너는 그토록 마음이 불안한 것이냐, 머리를 숙이고, 작은 구석에 작은 커튼을 달고, 작은 발걸음을 떼어놓느냐? 너는 이미 삶을 경험했다, 어제 세상에 나온 게 아니다. 넌 이미 여러 가지 냄새를 맡고 무언가를 알아차리고 있다. 너는 아무것도 못 보고 못 듣지만 짐작하고 있다, 눈길을 그리로 향할 용기가 없기에 곁눈질하지만 그렇다고 도망치지도 않는다. 도망치기엔 너무 확고하다, 넌 이미 이를 악물었다. 너는 비겁하지 않다, 하지만 대체 어떤 일이 일어날 수 있는 건지, 네가 대체 그걸 감당할 수 있는지, 네 어깨가 그걸 감당할 만큼 강한지, 그걸 모른다.

  우스 땅 출신의 사내 욥은 얼마나 많은 고통을 겪고 나서야 모든 것을 알고 이제 더는 제 위로 떨어질 불운조차 없어졌던가. 스바에서 적이 쳐들어와 그의 양치기들을 죽였다. 신의 불길이 하늘에서 떨어져 양과 양치기를 죽이고, 갈대아 사람들이 그의·낙타를 약탈하고 그 몰이꾼들을 죽였다. 그의 아들과 딸들이 모조리 맏형 집에 모여 앉았을 때 바람이 사막에서 불어와 집의 네 구석을 무너뜨리니 아이들이 다 깔려 죽고 말았다.

그것만 해도 이미 대단한 일이었으나 그게 다가 아니었다. 욥은 제 옷을 찢고 손을 물어뜯고, 머리를 쥐어뜯으며 흙을 제 몸 위에 뿌렸다. 하지만 아직도 다 끝난 게 아니었다. 욥은 부스럼을 얻었으니 발끝에서 머리끝까지 부스럼투성이라, 모래 속에 주저앉아 온몸에 고름이 흐르는데, 토기 조각으로 몸을 긁었다.

친구들이 찾아와 그의 꼴을 보았다. 데만 사람 엘리바즈와 수아 사람 빌닷과 나아마 사람 소바르였다. 그들은 그를 위로하기 위해 멀리서 와서 그를 보고 소리 지르며 울었다. 욥을 알아볼 수가 없었다. 욥은 그토록 심하게 망가졌으니, 전에는 아들 일곱과 딸 셋을 두었고, 양 7천 마리와 낙타 3천 마리, 소 5백 마리, 나귀 5백 마리와 많은 하인들이 있었건만.

너는 우스 사람 욥처럼 많은 것을 잃은 건 아니다, 프란츠 비버코프, 게다가 모든 일이 천천히 일어난다. 그리고 너는 네게 일어난 일에 한 걸음씩 천천히 다가간다. 자신에게 1천 마디의 좋은 말을 해준다. 넌 그것을 감행하고자 하며, 그리로 더 가까이 다가가기로 굳게 결심했으니, 아주 극단적인 일까지도 각오하고 있으니 말이다. 하지만 오 슬프구나, 가장 극단적인 일까지도 각오했더냐? 그것만은 아니다, 오 그건 아니다. 너는 자신에게 말한다, 너는 너 자신을 사랑한다고. 봐라, 아무 일도 일어나지 않는다, 하지만 피할 수는 없다. 그러나 네 안에서 그것을 바라고, 또 그것을 바라지 않는다. 너는 한숨을 쉰다. 난 어디서 보호를 얻으랴, 불행이 내게 닥쳐오니, 무엇을 붙잡고 견디랴. 그것이 더 가까이 다가온다. 너는 달팽이처럼 천천히 그리로 다가간다. 넌 비겁하지 않다, 넌 단순히 강한 근육만 가진 게 아니다, 너는 프란츠 비버코프, 너는 코브라 뱀. 보라, 저기 덤벼드는 괴물을 향해 뱀이 꿈틀꿈틀 나아가는 것을.

너는 돈을 잃어버리는 게 아니다, 프란츠, 너는 가장 깊은 영혼에 이르기까지 불태워질 것이다! 보라, 저 창녀가 벌써 기뻐 날뛰는 것을! 창녀 바빌론! 일곱 개의 그릇을 든 일곱 천사 중 하나가 다가오더니, 오라, 내 너에게 큰 물 곁에 앉은 큰 바빌론을 보여주마, 라고 말한다. 거기서 여자는 빨간색 짐승을 타고 손에는 금잔을 들고 있다. 이마에는 큰 비밀인 한 이름이 적혀 있다. 그 여인은 성도들의 피로 취해 있다.

너는 이제 그녀를 짐작하고, 그녀를 느낀다. 네가 강한지, 네가 무너지지나 않을지.

프란츠 비버코프는 빌머스도르프의 정원이 딸린 집에 앉아서 기다린다.

코브라 뱀이 똬리를 틀고 햇빛 속에 누워 몸을 데운다. 모든 게 지루해지면 그는 힘을 얻고 무언가 하고 싶다. 그들은 아직 어디서 만날지 약속하지 않았다. 뚱뚱한 여자 토니가 그에게 검은 뿔테 안경을 마련해주었다. 새로 옷을 장만해야겠네, 어쩌면 뺨에 칼자국을 만들어야 할지도 몰라. 그때 저 아래서 누군가가 안뜰을 지나 달려간다. 이 집에선 너무 늦는 게 없지. 사람들이 그렇게 서두르지만 않는다면 다시 오래 살면서 서너 배쯤 더 많은 것을 이룰 텐데. 6일 달리기도 마찬가지다. 그들

은 계속 앞으로 나아간다, 언제나 침착하게, 사람들은 참을성
이 있다. 우유는 지나치게 끓이지 않고, 대중도 파이프 담배를
피울 수 있다. 그들이 그에 대해 무엇을 아는가.

복도에서 누가 문을 두들긴다. 어째서 벨이 울리지 않는 거
야. 빌어먹을, 나는 집 밖으로 나가야 한다, 출구라곤 하나뿐이
니. 어디 들어보자.

너는 한 걸음씩 다가간다, 자신에게 1천 마디의 좋은 말을
해주고, 너 자신에게 듣기 좋은 말을 한다. 너는 스스로를 유혹
하고, 아주 극단적인 일까지도 각오가 되어 있다. 하지만 오 슬
프구나, 가장 극단적인 일은 각오가 되어 있지 않다, 가장 극단
적인 일은 아니다.

들어보라. 저게 뭐지. 나는 저걸 알아. 저 목소리를 알아. 소
리 지른다. 울고 또 우는구나. 어디 한번 보자. 놀라워라, 정말
놀라워라, 너 대체 무슨 생각을 하느냐? 사람들은 대체 무슨
생각을 하는 거지. 저 여자 안다. 에바다.

문이 열린다. 밖에는 에바가 서 있고, 뚱뚱한 토니가 그녀에
게 팔을 두르고 있다. 신음 소리, 낑낑대는 소리, 대체 이 여자
가 왜 이러지. 사람들은 대체 무슨 생각을 하는 거야, 무슨 일이
일어났나, 미체가 소리 지르고 라인홀트는 침대에 누워 있다.

"안녕 에바, 에바, 이것 봐, 무슨 일이야, 말을 해봐, 무슨 일
이 일어났나, 그래도 아주 나쁜 일은 아니겠지."

"나를 놔줘."

이 여자가 왜 이리 뻣뻣대나, 정말이지 쐐기라도 하나 박히
려나, 누가 한 방 먹였나. 기다려봐. 이 여자가 헤르베르트에게
무슨 말을 했구나, 헤르베르트가 아이 일을 알게 되었구나.

"헤르베르트가 당신을 때렸어?"

"나를 놔줘, 나를 잡지 마, 이런."

대체 이 여자가 왜 이런 눈으로 보나. 이젠 내 이야길 들으려고도 안 하네. 제가 원했으면서. 대체 무슨 일이 일어났나, 이 여자가 무얼 갖고 있나, 사람들이 오더니 문을 잠가버리네. 토니가 서서 에바를 달랜다.

"진정해 에바, 진정하라고, 말을 좀 해봐, 무슨 일인지 말을 해, 들어와, 헤르베르트는 어디 있어?"

"안 들어갈래, 들어가지 않을 거야."

"들어와, 여기 앉자, 내가 커피 끓일게. 꺼져, 프란츠."

"어째서 내가 꺼져야 하지, 난 아무 일도 안 했는데."

그러자 에바가 눈을 커다랗게 떴다. 마치 모든 것을 집어삼킬 듯이 무서운 눈길이었다. 그러더니 그녀가 소리를 지르며 프란츠의 조끼를 잡았다.

"이 사람도 함께 들어가야 해, 이 사람도 함께야. 당신도 함께 들어와!"

대체 이 여자가 어찌 된 걸까. 이 여자가 돌았나, 누가 이 여자한테 무슨 이야기를 했나. 그런 다음 에바는 소파에서 뚱뚱보 토니 옆에 앉아 벌벌 떨었다. 이 여자 부은 것 같다. 이건 임신 때문이다. 그것도 내 아인데, 나는 이 여자에게 아무 짓도 안 할 건데. 에바가 팔을 뚱보 토니에게 두르고 그녀의 귀에 무슨 말을 속삭였다. 처음에는 말을 못하더니 마침내 털어놓았다. 그러자 이번에는 토니에게 무슨 일이 일어났다. 그녀는 두 손을 딱 마주치고, 에바는 몸을 떨면서 호주머니에서 구겨진 신문을 끄집어냈다. 신문은 정말 완전히 구겨져 있었다. 저 여자들이 나를 놓고 무슨 연극을 하는 건가, 아닌가, 신문에 뭐라고 쓰여 있나, 어쩌면 슈트랄라우 거리에서 벌인 우리 일에 대한 건가, 프란츠가 일어서서 소리를 질렀다. 이것 참 멍청한 여자들이네.

"당신들 멍청이네. 나한테 억지 부릴 생각 마. 당신들 나를 멍청이라고 보는 거지."

"맙소사, 맙소사."

뚱보가 그대로 앉아 있고, 에바는 계속 몸을 떨면서 아무 말도 못하고 그냥 신음 소리만 흘렸다. 그러자 프란츠는 탁자 너머로 뚱보에게서 신문을 낚아챘다.

두 개의 그림이 나란히 실려 있다, 뭐, 뭐라고, 끔찍하다, 무섭고도 끔찍한 놀라움이다, 여기 이거…… 나잖아, 이게 나네, 대체 어째서, 저 슈트랄라우 거리 때문인가, 어째서, 이런 끔찍한 공포, 이건 나하고 라인홀트다. 제목은 살인, 프라이엔발데의 창녀 살인, 베르나우 출신의 에밀리 파르중케 살인 사건. 미체! 이게 무슨 소리야. 내가. 난로 뒤에 쥐 한 마리가 앉아 있다, 완전히 웅크리고 앉아 있다. 신문에 무어라고 쓰여 있나. 난로 뒤에 쥐 한 마리가 앉아 있다.

그러자 울고 있던 두 여자는 입을 벌리고 이쪽을 멍하니 바라보았다. 대체 무슨 일인가, 살인이라니, 그게 어떻게, 미체, 난 미쳤다, 이게 어찌 된 일이냐, 무슨 뜻이냐. 그의 손이 다시 탁자 위로 내려왔다. 신문에 나와 있다. 읽어보자. 내 사진, 나, 그리고 라인홀트, 살인, 베르나우 출신 에밀리 파르중케, 프라이엔발데 숲에서, 어떻게 이 여자가 그 숲에 갔지. 대체 이게 무슨 신문이냐, 〈베를린 아침 신문〉이구나, 신문을 든 손이 위로 올라갔다가, 신문과 함께 아래로 떨어졌다. 에바, 에바가 무슨 일을 한 거야, 그녀는 눈길을 바꾸더니 그에게로 달려왔다. 그녀는 울지 않았다.

"자, 프란츠?"

목소리, 누군가 말을 한다, 나는 뭐든 말해야 한다, 두 여자, 살인, 살인이 뭐냐, 프라이엔발데에서, 내가 그녀를 프라이엔발데에서 죽였다네, 난 한 번도 프라이엔발데에 가본 적이 없는데. 그게 대체 어디 있지.

"말을 해봐, 프란츠, 뭐라고 말 좀 해봐."

프란츠는 그녀를 바라보았다. 크게 뜬 그의 두 눈이 그녀를 바라보았다. 그는 손바닥에 신문을 쥐고는 머리를 떨었다. 그는 읽고 말을 한다, 말이 툭툭 끊기며 목이 잠긴다. 프라이엔발데의 살인, 베르나우 출신 에밀리 파르중케, 1908년 6월 12일생. 미체야, 에바. 그는 뺨을 긁고 에바를 바라본다, 그의 멀고도 텅 빈 눈길, 그 안을 들여다볼 수 없다. 이건 미체야, 에바. 그래, 당신이 뭐라고 했지, 에바. 미체는 죽었어. 그래서 우리가 그녀를 찾을 수 없었던 거다.

"당신도 거기 있어, 프란츠."

"내가?"

그는 다시 신문을 쳐들고 들여다보았다. 내 사진이네.

그의 상체가 이리저리 흔들린다. 맙소사, 맙소사, 에바. 그녀는 점점 더 겁이 난다, 그녀는 그의 안락의자 옆으로 의자를 밀어 보낸다. 그의 상체가 계속 흔들렸다. 맙소사, 에바, 맙소사, 맙소사. 그리고 계속 흔들렸다. 이제 그는 숨을 헐떡이며 콧김을 내뿜기 시작한다. 이제 그는 마치 미소라도 지으려는 것 같은 얼굴이다.

"맙소사, 우린 무얼 하지, 에바, 우리가 무얼 하지."

"어째서 그들이 당신 초상화를 거기 실은 거지?"

"어디?"

"거기."

"몰라. 맙소사, 이게 대체 뭔가, 이게 어떻게 된 일인가, 하하, 웃긴다."

이제 그는 어찌할 바를 모르고 벌벌 떨면서 그녀를 바라본다. 그녀는 기뻤다. 이건 인간적인 눈길이다. 그녀의 눈에서 다시 눈물이 흘러나온다. 뚱보도 흐느끼기 시작한다. 그런 다음 그의 팔이 그녀의 등에 올라가고, 그의 손이 그녀의 어깨에 놓인다. 그의 얼굴이 그녀의 목에 닿는다. 프란츠는 흑흑 흐느꼈다.

"무슨 일이야, 에바, 우리 미체가 어떻게 된 거지, 무슨 일이 일어난 거야, 그 애가 죽었어, 그런 일이 일어난 거야, 이젠 끝났지. 그 앤 내게서 도망치지 못해, 누군가 그 애를 죽였어, 에바, 우리 미체를 누군가 죽였어, 나의 미체를, 이게 어떻게 된 일이야, 이게 정말인가, 말해봐, 이건 사실이 아니지."

그는 미체를 생각했다. 무언가가 올라왔다. 두려움이 올라왔다. 공포가 이편으로 손짓했다. 저기 있어, 베어 들이는 자가 있으니 그 이름은 죽음. 그는 도끼와 몽둥이를 들고 작은 피리를 분다. 그런 다음 턱을 가르나니, 그러곤 나팔을 잡고 나팔을 분다, 그는 팀파니를 치고, 검고 무시무시한 성벽 깨는 기구가 와서 쿵, 언제나 나직이 쾅.

에바는 그의 턱이 천천히 부딪치는 것을 본다. 에바가 프란츠를 붙잡고 있다. 그의 머리가 떨리고, 그의 목소리가 나온다,

첫 음은 삑 소리를 냈지만 소리가 점점 낮아진다. 낱말이 만들어지지 못한다.

그는 자동차 아래 누워 있었다, 꼭 지금 같았지. 물레방아가 있다, 채석장이 있다, 이 채석장은 언제나 내 위로 돌을 쏟아붓는구나, 나는 정신을 차리고, 내가 원하는 대로 자신을 붙잡으려 하지만 아무 소용도 없다, 그것이 나를 망치려 하는구나, 내가 강철 들보라 해도 그것이 나를 부수려 한다.

프란츠는 이를 갈며 중얼거렸다.

"무슨 일인가 일어날 거야."

"무슨 일이 일어날 거라고?"

이건 대체 어떤 종류의 물레방아인가, 바퀴들이 돈다, 바람의 힘으로 돌아가는 건가, 물의 힘으로 돌아가는 건가.

"조심해 프란츠, 그들이 당신을 찾고 있어."

내가 그녀를 죽였단 말이지, 내가. 그는 다시 몸을 떨고, 그의 얼굴은 다시 미소를 지으려는 것처럼 되었다. 난 그녀를 한번 때렸다, 그들은 물론 내가 이다를 저세상으로 보냈기 때문에 그렇게 생각할 것이다.

"앉아 있어, 프란츠, 나가지 마, 대체 어딜 갈 셈이야, 그들이 당신을 찾고 있는데, 팔을 보면 금방 당신을 알아보잖아."

"그들은 날 잡지 못해, 에바, 내가 그러려고 하지 않으면 나를 잡지 못해, 그건 믿어도 돼. 난 나가봐야 해, 광고탑으로 가야 해. 그걸 봐야겠어. 어디 카페 같은 데서 신문을 읽어야 해, 뭐라고 쓰여 있는지, 그게 어떻다는 건지."

그런 다음 그는 에바 앞에 서서 그녀를 바라보았다. 지금 웃으려는 게 아니라면, 어쨌든 아무 말도 나오지 않았다.

276

"나를 봐, 에바. 내게 뭔가가 붙어 있나, 나를 봐."

"아니, 아니야."

그녀는 소리를 지르며 그를 붙잡았다.

"나를 봐, 내게 있는 뭔가를, 뭔가 내게 붙어 있는 게 분명해."

아니, 아니야, 그녀가 소리치며 울었다. 그는 문으로 다가가 미소를 짓고는 장롱에서 모자를 꺼내 밖으로 나섰다.

위로해주는 사람도 없이 억울한 일을 당하는 사람들의 눈물을 보라

프란츠는 인공 팔을 달았다. 보통은 그걸 달고 다니는 일이 드물지만 지금은 인공 팔을 달고 거리로 나갔다. 가짜 손은 외투 주머니에 넣고 왼손에는 담배를 들었다. 그는 힘들게 집 밖으로 나왔다. 에바가 울부짖고 복도의 문에서 그의 앞을 가로막았다. 그는 도망치지 않을 것이며 조심하겠다고 약속했다. 그는 이렇게 말했다.

"커피를 마시러 다시 올게."

그런 다음 그는 계단을 내려갔다.

사람들은 프란츠 비버코프가 잡히려고 마음먹기 전에는 그를 잡지 못할 것이다. 그의 옆에는 언제나 천사 둘이 오른편과 왼편에 하나씩 서서 사람들의 눈길을 그에게서 다른 곳으로 돌렸다.

오후 4시에 그는 커피를 마시러 다시 나타났다. 헤르베르트 비쇼도 그 자리에 있었다. 그들은 처음으로 프란츠가 길게 말하는 것을 들었다. 그는 밖에서 신문을 읽었다. 친구인 함석장이 카를에 대해서도, 그가 자기들을 밀고했다는 것을 읽었다. 그가 어째서 그런 일을 했는지는 알지 못했다. 함석장이 카를도 함께 프라이엔발데에 갔었다. 그들은 그곳으로 미체를 끌고 갔다. 라인홀트가 억지로 그렇게 했다. 라인홀트가 자동차를 가지고 미체와 함께 아마도 조금 더 드라이브를 하고는 카를이 올라탔고, 그들은 그녀를 붙잡아 프라이엔발데로 끌고 갔다. 밤에 그랬을 것이다. 어쩌면 이미 도중에 그녀를 죽였을지도 모른다.

"라인홀트는 어째서 그런 일을 했지?"

"그가 나를 자동차 밖으로 민 놈이야, 이제 알겠지. 바로 그놈이었어. 하지만 난 그렇다고 그에게 나쁜 마음을 품지도 않았어, 그 인간은 뭔가 배워야 하고, 만일 그가 아무것도 배우지 못한다면 그가 아무것도 모르는 거지. 멍청이처럼 이리저리 돌아다니면서 세상에 대해 아무것도 모르는 거지. 난 그에게 화나지 않았어, 아니, 아니야. 그러자 놈은 나를 정복하고 싶어 했지, 그는 나를 수중에 넣었다고 생각했는데 그렇지가 않았고, 놈도 그걸 알아차렸어. 그래서 놈이 내게서 미체를 뺏어다가 그런 짓을 한 거야. 미체가 어떻게 하겠어."

그래서, 아이바룸, 아이다룸, 북소리, 대대 행진, 행진하라. 병사들이 도시를 통해 행진하면 아이바룸, 아이다룸, 아이 그냥 칭다라다 붐다라다 붐.

그래서 내가 그의 집으로 찾아갔는데, 이제 그런 건 아무 소용이 없다.

비쇼는 눈을 크게 뜨고 에바는 아무 소리도 내지 못했다.

비쇼: "어째서 자넨 미체에게 그런 이야길 하지 않았나."

"그건 내 잘못이 아니야. 거기 맞서 아무 일도 할 수가 없어. 내가 그의 방으로 찾아갔을 때 그가 나를 쏘아 죽일 수도 있었어. 이 말을 자네들한테 하지만, 그에 맞서 아무 일도 할 수가 없지."

머리 일곱과 뿔 열 개, 손에는 공포가 가득 담긴 잔을 들고. 그들이 이제 나를 완전히 잡을 거다, 그에 맞서 더는 아무 일도 할 수가 없다!

"그런 말을 하다니, 맙소사, 미체는 지금도 살아 있어, 그냥 다른 놈이 제 머리를 겨드랑이에 끼게 되었다면 말이지."

"내 잘못이 아니야. 어떤 사람이 무슨 일을 할지 너는 절대 알 수가 없어. 지금도 그가 무엇을 하는지 알 수가 없잖아. 자넨 그걸 밝히지 못하지."

"내가 밝혀내고야 말 거야."

에바가 빌었다. "그놈한테 가까이 가지 마, 헤르베르트, 나도 무서워."

"우린 조심할 거야. 우선 놈이 어디 있는지 알아내고 반시간 뒤에는 형사들이 놈을 잡는 거지."

프란츠가 손짓을 했다.

"그놈에게서 손을 떼, 헤르베르트, 그는 네 몫이 아니야. 그러겠다고 약속할 거지?"

에바: "어서 약속해, 헤르베르트. 당신은 대체 어떻게 할 셈인데, 프란츠?"

"내 문제야. 자네들은 나를 쓰레기 더미에 내던져도 돼."

그런 다음 그는 재빨리 구석으로 가서 그들에게 등을 돌렸다.

흐느낌, 흐느낌, 그들은 흐느끼는 소리를 들었다. 그는 자신과 미체 때문에 울었다. 그들은 그 소리를 들었다. 에바는 울고 탁자 위로 소리를 질렀다. '살인' 사건을 보도한 신문이 아직 탁자 위에 있었다. 미체가 살해당했다. 아무도 그 어떤 짓도 하지 않았다. 그 일이 그녀에게 그냥 닥쳤다.

그래서 나는 숨이 넘어가 죽은 사람들이 복되다고 하고 싶어졌다

저녁 무렵 프란츠 비버코프는 다시 밖으로 나갔다. 바이에른 광장에서 참새 다섯 마리가 그의 머리 위로 날아갔다. 그들은 전부터 프란츠 비버코프를 자주 바라보곤 하던 죽은 악당들이었다. 그들은 그를 어떻게 하면 좋을지, 그에 대해 어떤 결정을 내려야 좋을지, 어떻게 그를 두렵고도 불안하게 만들지, 그리고 그가 어떤 장애물에 걸려 비틀거리게 만들지 상의했다.

첫째 참새가 소리친다. 저기 놈이 간다. 보아라, 놈이 가짜 팔을 달았네, 놈은 이 판에서 아직 깨지지 않았어, 아직 들키고 싶지 않은 거야.

둘째 참새: 저 세련된 신사가 이미 어떤 일을 저질렀던가. 놈은 중한 범죄자, 놈을 감옥에 넣어야 한다. 종신형이 어울리지. 어떤 여자를 죽이고, 좀도둑질하고, 남의 건물에 침입하여 큰 도둑질을 하고, 또 다른 여자, 그에 대해서도 죄가 있다. 이제 그는 무얼 더 바라나?

셋째 참새: 놈이 잘난 척한다. 놈이 죄 없는 사람 노릇을 하

는구나, 착실한 사람 노릇을 한다. 이 건달을 보아라. 형사가 오면 우리가 놈의 모자를 벗겨버리자.

다시 첫째 참새: 이런 인간이 오래 살아 무엇 하나. 나는 9년 동안 감옥살이를 한 끝에 감옥에서 죽었다. 나는 저놈보다 더 젊었어, 지금 난 죽었다, 이젠 끽소리도 못하지. 놈의 모자를 벗겨라. 멍청아, 네 둔한 안경을 벗어라, 넌 편집장이 아니잖아, 이 바보야, 구구단도 모르면서 마치 학자처럼 뿔테 안경을 썼구나, 조심해라, 그들이 너를 잡을 거야.

넷째 참새: 그렇게 소리 질러대지 마. 그자를 두고 무얼 할 셈이냐. 놈을 봐라, 그는 머리가 있고, 두 발로 똑바로 서 있다. 우린 작은 참새들, 그냥 놈의 모자나 어떻게 할 수 있지.

다섯째 참새: 그에게 소리를 질러라. 놈은 헛생각을 품고 있다.. 나사가 하나 풀려 있어. 그는 천사 둘과 함께 걸어간다. 그의 애인은 경찰서에 인형의 모습으로 서 있는데, 그걸로 무얼 어쩌려고. 소리를 질러라.

그들은 쌩 하고 날아가면서 소리 지르고 그의 머리 위에서 조잘거렸다. 프란츠는 머리를 쳐들었고 그의 생각은 갈가리 찢겼는데, 새들은 계속 싸우고 욕을 퍼부었다.

가을이었다. 타우엔트치엔 궁전 영화관에서 〈프란체스코의 마지막 날들〉을 상연하고 있다. 예거 거리의 댄스홀에서는 50명의 미녀들이 춤을 추고, 라일락 꽃다발을 주면 당신은 내게 키스를 해도 되지. 프란츠는 이렇게 느꼈다. 내 삶은 이제 끝이다. 이제는 끝났어, 난 지쳤다.

전차들이 거리를 따라 달린다. 그들은 모두 어딘가로 달린다, 나는 어디로 가야 할지도 모르는데. 51번 전차는 북쪽 끝, 실러 거리, 판코, 브라이테 거리, 쉰하우젠 대로 정거장, 슈테틴 정거장, 포츠담 정거장, 놀렌도르프 광장, 바이에른 광장, 울란트 거리, 슈마르겐도르프 정거장, 그루네발트, 올라타 보자. 안녕하시오, 나는 자리에 앉는다, 그들이 원하는 곳으로 나를 데려가겠지. 그리고 프란츠는 도시를 관찰하기 시작했다. 발자국 흔적을 놓친 개처럼. 이건 대체 어떤 도시인가, 얼마나 거대한 도시인가, 그 도시에서 자기는 어떤 삶을, 어떤 삶을 살아왔나. 슈테틴 정거장에서 내려 상이용사 거리를 따라 걸어서 로젠탈 문에 이르렀다. 파비시 양복점, 저기 서서 나는 소리를 질렀어, 크리스마스 전에 넥타이 고정기를 팔았지. 그는 41번 전차를 타고 테겔로 갔다. 붉은 담이 나타난다, 왼편에 붉은 담, 무거운 쇠문들, 프란츠는 더욱 조용해졌다. 저건 내 삶의 일부, 그걸 나는 보아야 해, 보아야 한다.

붉은색 담이 서 있다. 그 앞으로 가로수 길이 길게 뻗어 있다. 41번 전차는 그 앞을 스쳐 지나간다. 파페 장군 거리, 라이니켄도르프 서부, 테겔, 보르지히, 쿵쾅. 프란츠 비버코프는 붉은 담 앞에 섰다. 주점이 있는 다른 편으로 간다. 벽 뒤에 있는 붉은 집들이 떨리고 흔들리기 시작하고 두 뺨이 부풀어 오른다. 창문마다 죄수들이 서서 머리를 기둥에 찧는다, 그들의 머리카락은 아주 짧게 깎여 있고, 모습은 비참하다. 체중 미달에 모든 얼굴은 잿빛으로 덥수룩하다. 그들은 눈알을 굴리며 탄식한다. 저기 살인, 가택 침입, 도둑, 위조, 강간 등 온갖 죄를 저지른 자들이 서서 잿빛 얼굴로 탄식한다. 그들은 감옥에 있는데, 이제 그들이 미체의 목을 눌러 죽였다.

프란츠 비버코프는 거대한 감옥 주변을 돌아다녔다. 감옥은 점점 더 흔들리고 떨면서 그를 불렀다. 경작지 위로, 숲을 지나 다시 멀리 나무들이 있는 거리로.

그는 나무들이 늘어선 거리에 있다. 나는 미체를 죽이지 않았어, 난 그 짓을 하지 않았어. 나는 이곳을 찾을 이유가 없어, 그건 지나갔다, 나는 테겔과 아무 상관 없어, 어떻게 이 모든 일이 일어났는지 모르겠다.

벌써 저녁 6시. 프란츠는 혼잣말을 했다. 나는 미체한테 가야 해, 어떤 묘지로 가야 해, 그들이 그녀를 그곳에 파묻었다.

범죄자 다섯 명, 참새 다섯 마리가 다시 그를 따라왔다. 그들은 멀리 전선 위에 앉아서 아래를 향해 소리를 질렀다. 그녀에게 가라, 너 악당아, 용기가 있느냐, 그녀에게 가다니 부끄럽지도 않으냐? 그녀는 구덩이에 누워 너를 불렀어. 묘지에서 그녀를 보아라.

고인들의 평화를 빕니다. 베를린에서 1927년에 사산아를 빼고 48,742명이 죽었다.

결핵 4,570명. 암 6,443명. 심장병 5,656명. 혈관 질환 4,818명. 뇌졸중 5,140명. 폐렴 2,419명. 백일 기침 961명. 어린이 562명 디프테리아, 성홍열 123명, 홍역 93명, 그 밖에 영아 3,640명. 그리고 42,696명이 태어났다.

죽은 자들은 묘지의 무덤에 누워 있다. 문지기가 지팡이를 들고 걸어가면서 종잇조각을 줍는다.

6시 30분, 아직 밖은 훤하다. 저기 너도밤나무 앞 제 무덤 위에 아주 젊은 여인이 앉아 있다. 모피 외투를 입고 모자를 쓰지 않은 머리를 아래로 숙이고 아무 말도 없다. 그녀는 검은 견사를 두르고 손에 종잇조각을 들고 있다. 작은 봉투다. 프란츠가 읽는다.

"나는 더 이상 살 수가 없다. 부모님에게 한 번 더 인사를 드리고, 귀여운 아이에게도 인사를 남긴다. 삶이 내겐 고통이 되었다. 비리거만이 내게 양심의 짐을 지고 있다. 그는 즐거울 것이다. 나를 장난감 공처럼 이용하고 실컷 빨아 먹었다. 비열한 악당. 오직 그 때문에 나는 베를린으로 왔다. 그 한 사람이 나를 불행하게 만들었다. 나는 파멸한 인간이 되고 말았다."

프란츠는 그녀에게 봉투를 되돌려준다. "오 아야, 아프다. 미체가 여기 있나?" 슬퍼하지 마라, 슬퍼하지 마라. 그는 운다. "아 아야, 아프다, 나의 작은 미체는 어디 있나?"

커다랗고 부드러운 안락의자 같은 무덤이 있다. 학식이 많은 교수님이 그 위에 누워 있다. 그는 그를 내려다보며 미소를 지었다.

"무엇 때문에 그리 슬퍼하시오, 젊은이?"

"난 미체가 보고 싶어요. 그냥 여기 들렀어요."

"이것 보시오, 난 이미 죽었소. 하지만 삶을 너무 진지하게 받아들이면 안 된다오, 죽음도 마찬가지지. 지친 상태로 병이 들었을 때 내가 어떻게 했게요? 욕창이 날 때까지 기다릴 거라 생각하시오? 나는 모르핀 병을 내 옆에 두게 했소. 그런 다음 음악을 연주해달라고 부탁했지. 피아노로 재즈 음악을, 최신 유행곡으로 말이오. 그리고 플라톤을 낭독해달라고 했소.《향연》을, 그건 참으로 아름다운 대화편이오. 그사이 나는 이불 아래서 몰래 주사를 계속 놓았소, 치사량의 세 배가 될 때까지 말이지. 나는 여전히 즐거운 음악 소리를 듣고 또 늙은 소크라테스의 대화를 듣고 있었지. 그래요, 세상엔 영리한 사람과 덜 영리한 사람들이 있는 법이오."

"낭독? 모르핀? 미체는 어디 있나요?"

끔찍하다. 어떤 나무 아래 한 사내가 매달려 있고, 프란츠가 다가가자 그의 아내가 그 옆에 서서 탄식한다.

"어서 오세요, 그를 어서 아래로 내려주세요. 그는 무덤에 머물려 하지 않고 계속 나무로 기어 올라가 저렇게 매달려 있답니다."

"오 하느님, 오 하느님, 어째서요?"

"나의 에른스트는 오래 아팠어요. 아무도 그를 도울 수 없었죠. 그를 요양 보내려 하지도 않았어요. 그가 거짓으로 꾸며 낸다고들 말했지요. 그러자 그는 지하실로 내려갔어요. 못과 망치를 가지고요. 나는 그가 지하실에서 망치질하는 소리를 들었죠. 무얼 만드는 걸까, 하고 생각했지요. 그래도 여기 계속 앉아 있는 것보다는 무슨 일이든 하는 게 좋지, 토끼장이라도 만드나, 하고 말이에요. 그런데 저녁에도 그가 올라오지 않는 거예요. 그래서 나는 두려워졌어요. 대체 그가 어디 있나, 지하실 열쇠가 벌써 위에 올라와 있나, 하지만 열쇠는 없었어요. 이웃 사람들과 함께 아래로 내려갔지요. 그런 다음 경찰도 왔고. 그는 자기 머리에 커다란 못을 박아 넣은 거예요. 몹시 말랐는데도, 그는 확실하게 하고 싶었던 거죠. 여기서 무얼 찾고 계세요? 어째서 흐느끼나요? 자살할 생각인가요?"

"아닙니다. 내 신부가 살해당했어요. 그녀가 여기 있는지 아닌지도 모릅니다."

"저 뒤쪽에서 찾아보세요. 새로 온 사람들은 거기 있어요."

그런 다음 프란츠는 텅 빈 무덤 옆 길가에 누웠다. 그는 소리를 지를 수 없었다. 땅을 물어뜯었다. 미체, 우린 대체 무슨 짓을 했지, 그들이 어째서 당신한테 그런 짓을 한 거야, 당신은 아무 짓도 안 했는데, 귀여운 미체. 내가 무엇을 할 수 있나, 사람들은 어째서 나를 그 무덤에 함께 넣지 않나, 아직 얼마나 더 오래 돌아다녀야 하나?

그런 다음 그는 일어섰다. 걷기가 힘들었다. 몸을 움츠리고 묘지들이 늘어선 사이로 비틀거렸다.

이제 뻣뻣한 팔을 한 신사 프란츠 비버코프는 바깥으로 나와서 자동차에 앉았다. 자동차는 그를 바이에른 광장으로 데려왔다. 에바는 그와 함께 할 일이 아주, 아주 많았다. 에바는 여러 날 여러 밤 동안 그와 할 일이 있었다. 그는 살지도 죽지도 않았다. 비쇼는 거의 모습을 나타내지 않았다.

며칠 동안이나 프란츠와 비쇼는 라인홀트를 찾아 이리저리 헤맸다. 중무장을 하고 사방을 돌아다니며 소문을 듣고 라인홀트를 붙잡으려고 애쓴 쪽은 비쇼였다. 프란츠는 처음에는 원치 않다가 마침내 이를 악물었다. 이것은 이 세상에서 그의 마지막 약이었다.

요새는 완전히 포위되었다.
마지막 돌파 시도들이 이루어지지만,
실은 위장 작전이다

11월이 되었다. 여름은 이미 오래전에 끝났다. 가을로 접어들며 비가 내렸다. 거리에 즐거운 광채가 넘치던 시절은 이미 오래전에 끝났다. 그 시절 사람들은 가벼운 옷차림을 하고 여자들은 셔츠만 입은 모습으로 돌아다녔다. 프란츠의 아가씨 미체는 하얀 원피스에 폭이 좁은 모자를 썼다. 그녀는 프라이엔발데로 가더니 다시는 돌아오지 않았다. 지난여름 일이었다. 베르크만에 대한 심리가 이루어졌다. 그는 경제 생활에서는 기생 인간으로, 공익을 해칠 우려가 있고 무자비한 사람이었다. 체펠린 백작은 흐린 날 베를린에 도착했다. 그가 2시 17분에 프리드리히스하펜을 떠날 때는 하늘이 아주 맑았다. 중부 독일에 예보되어 있던 나쁜 날씨를 피하려고 비행 기구는 슈투트가르트, 다름슈타트, 마인 강변의 프랑크푸르트, 기센, 카셀, 라테노를 거치는 길을 잡았다. 8시 35분 나우엔 상공에 이르렀고, 8시 45분에는 슈타켄 상공에 이르렀다. 9시 직전에 체펠린은 베를린 상공에 모습을 드러냈다. 비가 내리는 날씨에도 불구하고 지붕마다 구경꾼들이 잔뜩 기다리고 있다가 비행 기구를 보고 환호성을 지르며 맞아들였다. 기구는 도시의 동부와 북부를 거쳐 우회 비행을 계속하다가 9시 45분에 슈타켄에서 첫 착륙 밧줄을 내렸다.

프란츠와 비쇼는 베를린을 샅샅이 뒤지고 다녔다. 그들은 자주 집 밖에 나와 있었다. 프란츠는 구세군의 숙소들과 빈민 구호소들을 뒤지고, 아우구스트 거리의 아우구스트 숙소를 살펴보았다. 그는 라인홀트와 함께 간 적이 있는 드레스덴 거리의 구세군 예배당에 앉았다. 그들은 구세군 찬송가 66장을 노래했다.

어째서 아직도 기다리나, 내 형제여? 일어서서 서둘러 이리로 오라! 너의 구세주는 이미 오래 너를 불렀다. 네게 평화와 안식을 주려 하시네.

합창: 어째서? 어째서? 어째서 이리로 오지 않나? 어째서? 어째서 너는 평화와 안식을 바라지 않나? 성령의 거룩한 움직임 가슴에 느끼지 않나, 오 형제여? 죄에서 구원받기를 원치 않나? 오 서둘러 예수께 오라! 어째서 아직도 기다리나, 내 형제여? 죽음과 심판이 곧 네게 닥치리! 오라, 문이 아직 열려 있으니, 예수의 피가 아직도 너를 변호하리.

프란츠는 라인홀트가 있나 보려고 프뢰벨 거리의 빈민 숙소 팔메에 갔다. 그는 드라트파터 숙소에 몸을 눕혔다. 오늘은 여기, 내일은 저기, 이발 요금 10페니히, 면도 5페니히, 그들은 저기 앉아 각자의 서류를 정리한다. 장갑과 셔츠를 거래한다, 맙소사, 자네 여기 처음이군, 옷을 벗는 일 따윈 없어, 내일 아침에 무엇이 남았나 찾아보게, 이거 봐, 장화, 장화는 자기 침대다리로 눌러 놓아야 해. 안 그럼 몽땅 도둑맞지. 여기선 의

치도 도둑맞는 판이니까. 문신을 할래? 그럼 조용히, 잘 주무시오. 검은 평화, 톱 공장처럼 코 고는 소리, 난 그를 보지 못했다. 평화. 빔빔빔, 이게 뭐야, 감옥이군, 난 테겔에 있다고 생각했지. 기상, 그들은 서로 때린다. 다시 거리로, 6시, 여자들이 서서 사랑하는 사람을 기다린다. 그 사람과 함께 싸구려 술집으로 가서 구걸한 돈을 도박으로 잃는다.

라인홀트는 여기 없네, 내가 그를 찾는다니, 이건 헛소리다, 놈은 다시 여자 사냥을 하고 있을 텐데, 엘프리데, 에밀리, 카롤리네, 릴리, 갈색 머리들, 금발 머리들.

에바는 저녁때 프란츠의 굳은 얼굴을 본다. 그는 애무를 모르고 좋은 말도 모르고, 잘 먹지도 말하지도 않는다. 그냥 소주와 커피만 들이붓는다. 소파의 그녀 곁에 누워서 울고 또 운다. 우린 그를 잡지 못해.

"맙소사, 그를 내버려둬."

"우린 그를 못 잡아. 대체 우린 어쩌지, 에바?"

"제발 그만둬, 그건 아무 의미도 없어, 당신만 망가지지."

"당신은 우리가 무얼 하는지 몰라. 그런 걸 당신은 겪어보지 못했어, 에바, 당신은 이해 못해, 헤르베르트는 약간 이해하지. 우린 무얼 해야 하나. 난 놈을 잡고 싶어, 놈을 잡을 수만 있다면 교회로 가서 무릎을 꿇고 기도라도 할 거야."

하지만 그것은 참말이 아니다. 이 모든 건 다 참말이 아니다. 라인홀트를 찾으러 다니는 이 모든 게 진짜가 아니다. 그것은 신음이며 끔찍한 두려움이다. 그를 두고 주사위는 이미 던져졌다. 그는 주사위 결과가 어떻게 나올지 알고 있다. 모든 것은 제 의미를 얻게 된다, 생각지도 못한 끔찍한 의미를. 숨기

장난은 오래 걸리지 않을 거다, 친구야.

　그는 라인홀트의 아파트를 지켜본다. 그의 눈은 그곳의 그 어느 것에도 가지 않고, 그냥 바라보면서 아무것도 느끼지 못한다. 많은 사람들이 건물 앞을 그냥 지나가고 일부 사람들은 안으로 들어간다. 그 자신도 들어간다. 들어가서 아이 그냥 칭다라다 붐다라다 붐.

　건물은 그가 거기 서 있는 것을 보고 웃음을 터뜨린다. 건물은 이 사람을 좀 보라고 이웃들, 그러니까 날개 건물과 직각으로 이어진 건물들을 불러 모으려고 움직이고 싶다. 저기 가발과 가짜 팔을 단 놈이 서 있다, 저렇게 이글거리는 저 작자는 술에 절어 있어, 서서 무어라 중얼거린다.

　"안녕하시오, 비버코프. 오늘은 11월 22일. 아직도 비가 내리네. 감기라도 걸리고 싶은가? 차라리 좋아하는 술집에 가서 코냑이나 마시지?"

　"내놓아라!"

　"들어와봐!"

　"라인홀트를 내놓아라!"

　"간질 병원이나 가라, 너 신경이 망가진 모양이구나."

　"내놓아라!"

　그러던 어느 날 저녁 프란츠 비버코프는 건물 안에서 무언가 일을 했다. 석유통과 병을 감추었다.

　"나와라, 숨어봐, 더러운 자식, 음탕한 개자식아, 밖으로 나올 용기가 없느냐?"

　건물: "그가 여기 없는데 누구한테 소리 지르고 있느냐, 와

292

서 둘러보고 싶으면 네가 들어와라."

"나는 구석구석 모두 들여다볼 수가 없어."

"그는 여기 없어, 그리고 여기 있을 만큼 그렇게 정신이 나가지도 않았다."

"놈을 내놔. 너한테 나쁜 일이 생길 거다."

"아직도 그 타령, 나쁜 일이 생긴다고. 이거 보게, 집에 가서 잠이나 푹 자라, 좀 취했구나, 제대로 먹질 않으니 그런 일이 생기지."

이튿날 아침 신문 파는 여자가 지나간 직후에 그가 나타났다.

가로등들이 그가 걷는 모습을 보았다. 그들은 몸을 흔들었다. "얼씨구, 불이 나겠다."

연기, 바닥 구멍에서 솟아오른 불길. 7시에 소방대 출동. 프란츠는 이미 비쇼의 집에 앉아 주먹을 쥐고 있다.

"나도 모르고 너도 모르지. 나한테 그런 말을 할 필요는 없어. 이제 놈은 거처가 없어, 앞으론 숨을 곳을 찾아보아야 할 거야. 불이 났거든."

"맙소사, 놈은 거기 살지 않아, 놈은 저를 보호할 줄 안다고."

"어쨌든 놈이 살던 건물이지. 그게 불났으니 놈은 그게 나라는 걸 알 거야. 연기를 내서 놈을 밖으로 몰아냈으니, 잘 보라고, 이제 놈이 밖으로 나올 거야."

"난 모르겠네, 프란츠."

하지만 라인홀트는 밖으로 나오지 않았다. 베를린은 계속해서 덜컹, 들들, 부릉부릉 소리를 내며 굴러갔지만, 신문에는 그가 잡혔다는 기사가 나오지 않았다. 그는 도망쳤다. 외국으로 갔으니, 그들은 놈을 잡지 못할 거다.

그러자 프란츠는 에바 앞에 서서 울면서 몸을 굽혔다.

"난 더 이상 못해, 난 이걸 견뎌야 해, 놈은 나를 망가뜨릴 수 있어, 여자를 이미 없앴으니, 난 여기 얼간이처럼 서 있는 거지. 이렇게 억울할 데가. 이렇게 억울할 데가."

"프란츠, 그건 달라지지 않아."

"난 못해. 난 망가졌어."

"어째서 당신이 망가진 거지, 프란츠?"

"난 내가 할 수 있는 일을 했어. 이렇게 억울할 데가, 이렇게 억울할 데가."

두 천사가 그와 함께 다녔다. 그들의 이름은 스룩과 데라였다.* 그들은 서로 이야기를 나눈다. 프란츠는 군중 속에 서서 군중과 함께 걸으며 말이 없다. 하지만 그들은 그가 사납게 우는 소리를 듣는다. 형사들이 옆을 지나쳐 가지만 프란츠를 알아보지 못한다. 두 천사가 그의 옆에서 걷고 있으니까.

어째서 두 천사는 프란츠 옆에서 같이 걷는가? 이건 대체 무슨 어린이 놀이란 말인가, 천사들이 인간과 나란히 걸어가다니, 1928년 베를린의 알렉산더 광장에서 두 천사가 옛날에 사람을 때려죽인 적이 있고 지금은 건물을 침입하는 도둑에다가 기둥서방인 인간과 나란히 걷다니. 그렇다, 프란츠 비버코프에 대한 이 이야기는, 그의 무겁고 참되고, 환하게 빛나는 삶에 대한 이야기는 이제 여기에 이르렀다. 프란츠 비버코프가 버티고

---

*구약성서에서 가져온 이름. 〈창세기〉 11장 20절과 24절 참조.

저항할수록 모든 것이 점점 더 분명해진다. 이제 모든 것을 밝힐 순간이 다가온다.

그와 함께 나란히 걷는 천사들이 이야기를 나눈다. 그들의 이름은 스룩과 데라. 프란츠가 티츠 백화점 앞에서 진열품을 바라보는 동안 그들이 나눈 이야기는 다음과 같다.

"어떻게 생각하나, 스룩, 이 사람을 저 자신한테 맡기고 그대로 놓아두면 무슨 일이 벌어질까, 그는 잡힐까?"

스룩: "근본적으로야 별 상관이 없지. 결국 그는 잡히고 말 테니까. 그건 피할 수 없는 일이야. 그는 저기서 붉은 건물을 바라보았지. 그의 생각이 옳아, 몇 주 지나지 않아 그 안에 앉아 있을 테니."

데라: "그렇다면 결국 우리가 별 쓸모 없다는 말인가?"

스룩: "어느 정도는 그렇다고 생각하네. 그를 여기서 완전히 빼가는 일이 우리한테 허용되어 있지 않다면 말이야."

데라: "자넨 아직 어린애구먼, 스룩, 이곳 구경을 겨우 몇 천 년밖에 못했으니 그럴 만도 하지. 우리가 이 인간을 여기서 빼내다가 다른 곳에 놓아주면, 전혀 다른 삶에 말이지, 그는 여기서 할 수 있었던 일을 할 것 같은가? 자네도 이건 알아둬야 할 거야. 1천 명 중에 7백, 아니 9백 명이 방해를 받지."

"그럼 대체 어떤 이유에서 이 사람을 보호하는 건가, 데라, 그냥 평범한 사람일 뿐인데, 우리가 어째서 그를 보호하는지 이유를 모르겠네."

"평범하다, 평범하지 않다, 그게 대체 뭔가? 거지는 평범하고 부자는 평범하지 않다는 말인가? 부자가 내일은 거지가 되고, 거지가 내일은 부자가 되네. 여기 이 인간은 차츰 보는 경지에 다가가고 있어. 많은 이들이 여기까지 이르렀지. 하지만 그는 느끼는 경지에 아주 가까이 다가가고 있다네. 보아라, 스룩, 많은 것을 경험하고 많은 일을 겪은 이는 오직 알려고만 할 뿐, 그다음엔 그냥 피하려고, 그냥 죽으려는 경향을 지니기가 쉽다네. 그렇다면 더는 못하게 되지. 이 사람은 체험의 길을 다 갔네, 그러면서 지친 거지, 그의 몸과 영혼이 완전히 지쳐버렸어. 그건 이해하겠나?"

"응."

"하지만 많은 것을 겪고 깨달은 다음 굳건히 서 있는 것, 쓰러지지 않고 죽지 않고 느끼는 것, 피하지 않고 자신의 영혼으로 서서 꿋꿋이 버티는 것은 대단한 일이지. 스룩, 자넨 자신이 어떻게 이루어졌는지, 자네가 무엇이며, 과거에는 무엇이었고, 어떻게 해서 나와 함께 여기 서서 다른 존재들을 보호하는 위치에 오게 되었는지 모르지."

"정말 그래, 데라, 난 그걸 모르네. 기억이 완전히 사라졌거든."

"다시 천천히 나타나게 될 거야. 사람은 저 혼자서는 절대로 강하지 못하네, 언제나 제 뒤에 무언가 받쳐주는 게 있다네. 강인함은 싸워서 얻는 것이지, 자넨 스스로 어떻게 강인함을 얻었는지 모르는 거야, 자넨 지금 이렇게 여기 서 있지, 이제 다른 이들을 죽이는 온갖 것들이 자네에겐 전혀 위험이 되지 않아."

"하지만 그는 우리를 원치 않아, 이 비버코프란 사람은, 자네도 이미 그가 우리를 떼어내려 한다고 말하지 않았나."

"그는 죽고 싶어 한다네, 스룩, 죽고 싶다는 소망을 품지 않은 채 이 엄청난 발걸음을 떼어놓은 사람은 아직 없다네, 아무도 말이야. 그리고 자네 말이 옳아, 대부분의 사람들은 여기서 쓰러지고 말지."

"그렇다면 자넨 여기 이 사람에게는 희망을 두고 있단 말인가?"

"그래, 그가 강하고, 소모되지 않았기 때문이야. 그는 이미 두 번이나 견디고 일어섰네. 그러니까 우린 그의 곁에 있기로 하세, 데라, 난 자네한테 그걸 간청하고 싶어."

"그래."

젊은 의사 봄벤피구어가 프란츠 앞에 앉아 있다.

"안녕하십니까, 클레멘스 씨. 여행을 하세요. 죽음의 발작을 겪은 다음엔 그런 기분이 들곤 하지요. 다른 환경을 찾아야 합니다. 베를린 전체가 지금 당신의 마음을 짓누르고 있어. 당신은 다른 풍토가 필요합니다. 약간 기분 전환을 하고 싶지 않으세요? 당신은 그의 형수라고 하셨죠, 그와 함께 여행할 사람은 없습니까?"

"꼭 그래야 한다면 저라도 따라가야지요."

"꼭 그래야 합니다, 클레멘스 씨, 여기서 할 수 있는 일은 한 가지뿐입니다. 휴식과 요양, 약간의 기분 전환이지요. 기분 전환, 하지만 너무 많이는 말고. 그랬다간 반대 방향으로 충격을 줄 테니까요. 언제나 적절하게 정도를 지켜야지요. 아직 어디나 계절이 가장 좋을 때인데요. 어디로 가시겠습니까?"

에바: "강장제도 좋지 않을까요? 레치틴이나 뭐, 그러면 잠을 더 잘 잘 텐데."

"모든 걸 다 처방해드리지요. 기다리세요. 아달린은 어때요?"

"아달린은 이미 썼어요." (그런 독약은 필요 없어.)

"그럼 파노도름을 쓰시지요. 저녁에 페퍼민트 차와 함께 한 알 드시면 됩니다. 차가 좋아요. 그러면 약이 더 빨리 흡수되거든요. 그런 다음 그와 함께 동물원에서 산보를 하시지요."

"아니요, 난 동물을 좋아하지 않아요."

"그럼 식물원이나. 약간의 기분 전환이 필요해요, 너무 많이는 말고."

"그를 위해 신경 안정제 하나를 처방해주세요, 힘을 내도록."

"어쩌면 기분을 돋우기 위해 아편을 좀 쓸 수도 있겠군요."

"나는 술을 마시는데요, 의사 선생님."

"아니, 그건 그만두십시오. 아편은 좀 다릅니다. 하지만 여기 레치틴을 처방해드리죠. 새로운 조제법입니다. 복용 방법은 위에 적혀 있습니다. 그리고 목욕을 하십시오, 진정시키는 목욕을. 집에 욕실이 있지요, 부인?"

"물론 모두 있지요, 의사 선생님."

"그거 보세요. 이건 새로운 아파트가 갖는 이점이라니까요. 거기선 모든 게 그냥 자연스럽죠. 우리 집은 그렇지가 못해요. 난 모든 시설을 새로 해야만 했는데, 비용이 엄청 들었지요. 그림이 들어간 방이라, 그런 걸 보시면 정말 놀랄 겁니다. 그런 건 여기 없지요. 그럼 레치틴과 목욕, 이틀에 한 번씩, 그런 다음 마사지, 근육을 모두 완전히 풀어주어야 합니다. 그러면 제대로 움직일 수 있게 되지요."

에바: "좋아요, 그렇게 할게요."

"제대로 마사지를 받도록 하십시오. 그럼 훨씬 가벼워질 겁니다, 클레멘스 씨. 건강을 되찾으세요. 그런 다음 여행을 가시지요."

"이 사람은 그게 쉽지 않아요, 선생님."

"상관없어요. 어떻게 되겠지요. 그럼 클레멘스 씨, 어떤가요?"

"뭐가요?"

"머리를 떨어뜨리지 마시고, 규칙적으로 수면제를 복용하십시오. 그리고 마사지도."

"그렇게 하겠습니다, 의사 선생님. 안녕히 계십시오. 우선 감사드립니다."

"당신 뜻대로 했군, 에바."

"난 당신을 위해 목욕과 신경 안정제를 가져올 거야."

"그렇게 해."

"그럼 당신은 거기 오래 머물러 있게 되겠지."

"좋아. 좋다고, 에바."

그런 다음 에바는 외투를 입고 외출했다. 15분 뒤에 프란츠도 나갔다.

싸움의 시작.
우리는 북과 나팔 소리와 더불어 지옥으로 간다

싸움터가 부른다, 싸움터가!

우리는 북과 나팔 소리와 더불어 지옥으로 간다. 이 세상에 우린 가진 것이 아무것도 없네. 세상은 그 위나 아래 있는 것까지 모조리 함께 우리에게서 사라졌어, 도둑맞았다. 그곳의 모든 사람, 남자와 여자들, 지옥의 온갖 불량배까지도 모조리 도둑맞았으니, 기반으로 삼을 그 누구도 없어라. 만일 내가 새라면 한 더미 오물을 집어 들 텐데. 두 발로 그 오물을 내 뒤에 뿌리곤 날아갈 텐데. 만일 내가 말이라면, 개라면, 고양이라면, 이 세상에 똥을 갈기고 가능한 한 재빨리 자취를 감추는 것보다 더 나은 일을 할 수 있을까.

이 세상에선 아무 일도 일어나지 않는다. 나는 다시 술에 취할 기분도 나지 않아, 그거야 할 수 있지만, 마시고, 마시고, 또 마시고, 그런 다음엔 앞에서부터 지옥의 오물이 시작된다. 사랑하는 하느님이 지구를 만들었어, 어떤 성직자가 내게 그렇게 말하겠지. 하지만 무엇 하러 만들었담. 하지만 하느님은 성직자들이 아는 것보다 세상을 더 낫게 만들었지, 그분은 우리가 이 모든 마법 위에 오줌을 깔기는 걸 허락해주셨네, 그리고 우리에게 두 손과 밧줄 하나를 주셨으니, 오물과 더불어 사라져라, 우리는 그럴 수 있네, 그러면 지옥의 오물도 끝나지, 마음껏 즐겨라, 나의 행복아, 우리는 북과 나팔 소리와 더불어 지옥으로 간다.

　내가 라인홀트를 잡을 수만 있다면 이 분노도 끝나련만, 그럼 난 그놈 목을 잡고 그 모가지를 부러뜨려 그놈을 죽일 텐데, 그럼 내 기분이 나아질 텐데, 그럼 난 배가 부를 거고, 마침내 쉴 수 있을 텐데. 하지만 내게 그 많은 못된 짓을 한 그 자식, 나를 다시 범죄자로 만들고, 내 팔을 부러뜨린 그 자식은 어딘가 스위스 같은 데서 나를 비웃고 있지. 나는 가엾은 개처럼 비참하게 이리저리 돌아다닌다, 놈은 나를 멋대로 가지고 놀 수 있어, 어떤 인간도 내 편이 아니다, 심지어 형사도 내 편이 아니다. 형사는 내가 미체를 죽이기라도 했다는 듯이 나를 잡으려 든다. 그 악당이 나를 거기까지 끌어들인 거지. 항아리는 터질 때까지 물을 담는다. 난 충분히 견디고, 할 만큼 했다, 더는 못해. 아무도 내가 저항하지 않았다고는 말하지 못할걸. 하지만 지나친 건 지나친 거다. 라인홀트를 죽이지 못하기 때문에 난 자신을 죽이는 거다. 나는 북과 나팔 소리와 더불어 지옥으로 간다.
　여기 알렉산더 거리에 서서 한 발 한 발 아주 천천히 움직이는 사람은 누군가? 그의 이름은 프란츠 비버코프, 그가 무슨 일을 하는지 여러분은 이미 안다. 기둥서방, 무거운 범죄자, 불쌍한 인간, 실패한 사내, 그가 이제 끝나간다. 그를 후려친 빌어먹을 주먹질들! 그를 붙잡은 끔찍한 주먹! 다른 주먹들은 그를 후려치고는 놓아주었다. 그러면 상처가 났어도 나을 수 있었다. 프란츠는 여전히 전과 똑같은 사람으로 남아 계속 살아갈 수 있었지. 지금 이 주먹은 그를 놓아주지 않는다, 이 주먹은 무시무시하게 크다, 그의 몸과 영혼을 움켜쥐고 있다. 프란츠는 아주 작은 걸음으로 걸으면서 내 삶이 이제 더는 내 것이 아님을 안다. 나는 지금 무엇을 해야 할지 몰라, 하지만 프란츠 비버코프는 이제 끝이야, 종 쳤다.

11월의 늦은 저녁 9시 무렵, 사내들은 뮌츠 거리에서 이리저리 움직이고, 전차와 버스 소리, 신문팔이들의 외침 소리가 크다. 고무곤봉을 매단 경찰관들이 본부를 출발한다.

란츠베르크 거리에 붉은 깃발을 든 한 패거리가 행진한다. 깨어나라, 이 세상의 저주받은 자들아.

'모카-픽스' 카페, 알렉산더 거리, 구하기 힘든 좋은 시가, 잔에 든 훌륭한 맥주, 카드놀이는 무엇이든 엄격하게 금지, 손님 여러분께 간청합니다, 의상은 각자 잘 보관하십시오, 우리는 아무 보장도 못합니다. 주인 백. 아침 식사 아침 6시부터 오후 1시까지 75페니히. 커피 한 잔, 삶은 달걀 둘, 버터 빵 하나.

프란츠는 프렌츨라우 거리의 카페에 들어가 앉는다. 그들은 그를 향해 환호를 올렸다. "남작님!" 그들은 그의 가발을 벗기고 그는 인공 팔을 떼어놓고 맥주를 주문한다. 외투는 무릎 위에 올려놓았다.

세 사내가 있구나. 그들은 잿빛 얼굴을 하고, 그래, 죄수들이다. 아마도 탈출한 것으로 보이는데 쉬지 않고 떠들어댄다. 허튼소리들.

난 목이 말라, 그럼 혼잣말을 하지, 멀리 갈 게 뭐람, 여기 술집이 있는데, 저 안엔 멍청이들이 살지, 놈들에게 내 소시지와 담배를 보여준다, 그들은 내가 어디서 이걸 구했는지, 또는 샀는지 물어보지도 않고 내게 소주를 주거든, 난 모든 걸 놓아둬. 아침이면 그들이 떠나는 걸 지켜보고는 술집에 들어가지, 갈고리를 지니고, 아직 모든 게 그대로다. 내 소시지와 담배, 그럼 이걸로 끝. 괜찮은 사업이지, 어때?

경찰 놈들, 대체 저들이 뭘 할 수 있다고. 다섯 놈이 우리 담을 통과해 지나갔어. 어떻게, 그야 내가 정확하게 말해줄 수 있지. 벽 양쪽으로 얇은 금속판 장식이 붙어 있다. 8밀리미터 두께는 되지. 그들은 바닥을 통과해 가는 거야, 그러니까 시멘트 바닥 말이지. 구멍을 파고 언제나 밤에 거기서 담 밑을 통과하는 거지. 그러면 경찰이 나타나 말하는 거야. 그런 소리가 났으면 우리가 들었어야 하는 건데. 우린 잠을 잤지. 우리가 어떻게 그 소리를 들을 수 있을까? 하지만 어째서 하필 우리가?

웃음, 명랑함, 오 명랑한 그대, 오 행복한 그대, 우리 탁자로 한 순배 돌아간다, 흥겹게.

그럼 자연스럽게 나중에야 누가 도착하나, 경찰 경비 대장, 슈밥 경사님이 오셔서 잘난 척하며 말하지. 그저께 벌써 모든 소릴 다 들었지만 자긴 출장을 가야만 했다. 출장이란다. 무슨 일이 생기면 그들은 언제나 출장을 갔다네. 맥주 한 잔, 나도, 그리고 담배 셋.

젊은 아가씨 하나가 탁자에서 긴 금발 사내의 머리를 빗어준다. 그는 노래한다.

"오 존넨부르크, 오 존넨부르크." 그리고 잠깐 쉬었다가 또 시작한다. 그는 태양 노래를 불러야 한다.

"오 존넨부르크, 오 존넨부르크, 언제나 푸른 네 잎, 여름철에는 스물여덟, 베를린과 단치히는 아니고, 쾨니히스베르크도 아니야, 그럼 난 어디 있게? 너흰 모르지, 존넨부르크야, 존넨부르크.*

오, 존넨부르크, 언제나 푸른 네 잎. 넌 철두철미 감옥, 거긴 언제나 휴머니즘이 지배하는 곳. 사람을 때리지 않고 들볶지 않고, 함부로 대하지 않고 권력을 부리지도 않지, 마시고 먹고 피울 수만 있다면 필요한 건 다 있는 셈.

침대에는 오리털, 소주, 맥주, 담배, 이곳에선 사람을 살게 한다, 마음으로 손으로 감시가 이루어지지, 우린 관리들에게 군화를 줄게, 너희는 우리에게 담배를 주어야지, 마음으로 손으로, 우리가 취하게 해주어야지, 마음으로 손으로, 우린 너희가 전쟁 때 남은 군화와 군복들을 팔도록 해준다, 우린 그걸 고칠 필요도 없어, 너희는 그대로 팔 수 있다, 거기서 나온 돈을 우리가 쓸 수 있지, 우리야 불쌍한 죄수들이니까.

건방진 동료들이 있어 우리를 밀고하려 한다, 우리는 놈들의 뼈를 부술 거야, 놈들은 생각을 해봐야 해, 우리와 함께 즐길 건지, 아니면 우리가 놈들을 달구어야 하는지, 놈들은 우리한테서 진짜배기 맛을 보아야 하지. 우린 종이호랑이가 아니거든.

소장님이 종이호랑이지, 오랫동안 아무것도 알아채지 못했

---

*〈소나무야(오 탄넨바움)〉로 우리에게도 알려진 노래를 비튼 것.

으니. 최근에 새로 온 소장님이 자유로운 존넨부르크 형무소를 샅샅이 고치려 하네, 그에겐 어려운 일. 그럼 그는 어떤 꼴을 겪나, 어떤 꼴을 겪나, 너희는 이제 그걸 듣게 될걸. 우린 함께 주점에 있어, 관리 두 명도 우리와 함께 앉아 있지. 우리가 술집 한가운데 있는데, 누가 오나, 그래 누가 오나, 저기 누가 오나.

그거야 붐붐, 그거야 붐붐, 바로 감독관님, 자 이제 무슨 말을 할 테냐? 우린 건배라고 말하지, 고귀하게 살아야지, 감독관님은 고귀하게 살아야지, 분이 나서 펄펄 뛰어라, 코냑 한 잔 마시고, 내 옆에 앉아라.

그럼 감독관은 무슨 말을 하나? 나는 감독관님이다, 붐붐, 그가 저기 서 있네, 난 감독관님이다, 붐붐, 그가 저기 서 있네, 난 너희 모두를 가둘 거야, 죄수들과 관리들, 너희는 이제 웃을 일이 없을 거다, 이제 정신을 바싹 차려야 할걸, 붐 그가 저기 서 있다, 붐 그가 저기 서 있다, 붐붐.

오, 존넨부르크, 오 존넨부르크, 언제나 푸른 네 잎. 우린 그를 새파랗게 화나게 만들었다. 그가 제 아내에게 가더니 화를 그쳤다. 붐붐, 그가 저기 서 있네, 붐붐, 그가 저기 서 있네, 붐붐, 감독관님. 아 맙소사, 이제 넌 아무것도 못해, 우리에게 화내지 마라."

갈색 바지와 검은 모직 재킷! 누군가 제 보따리에서 갈색 죄수 재킷을 꺼낸다. 값을 가장 많이 부르는 경매 방식, 가차 없이 떨어뜨린 가격, 갈색의 주간, 값싸게 건질 수 있는 재킷 하나, 코냑을 맛봐. 누가 그게 필요할까? 명랑함, 즐거움, 오 명랑한 그대, 오 행복한 그대, 형제여, 그대가 가장 좋아하는 것을 우린 한 잔씩 더 마신다. 그럼 한 쌍의 무도회용 신발, 교도

소라는 지역 상황에 친숙하게 짚을 댄 신발창, 도망치기에 딱이지, 그런 다음 이불까지 하나. 하지만 그건 그 집 꼰대에게 반납했어야지.

여주인이 살그머니 들어와 나직하게 문을 닫는다. 그렇게 큰 소리 내지 마, 여기 손님들이 계셔. 한 사람이 창문으로 다가가 바라본다. 그의 이웃이 웃는다. 닫은 창문. 공기가 탁하면, 쳐다봐라. 그는 탁자 아래를 잡고 바닥에서 들창을 들어 올린다. 지하실로, 그러고 나선 곧바로 이웃집 안뜰, 기어 올라갈 필요도 없다, 모든 게 그냥 평평한 길. 그냥 모자만 쓰고 있어라, 안 그랬다간 눈에 띌라.

노인 한 명이 웅얼댄다.

"그 노래 멋졌어, 자네가 노래한 것 말이야. 하지만 다른 노래도 불러봐. 그것도 틀린 일은 아닐걸. 이걸 아나?"

그는 종이를 꺼낸다, 구겨진 필기 용지, 불확실하게 적힌.

"죽은 죄수."

"하지만 너무 슬프지 않게!"

"슬프다는 게 뭐냐. 이건 자네 것만큼이나 참되고 꼭 맞는 말인걸."

"울지 마라, 울지 마라, 성대에 큰 덩어리 얹힌다, 그러니 울지만 마라."

"죽은 죄수. 불쌍하긴 하지만, 그래도 젊음의 기쁨에 넘쳐 그도 한때는 올바른 길을 걸었지. 고귀한 모든 것이 그에겐 거룩했어, 비열한 것, 나쁜 것은 그에겐 낯설었지. 하지만 불운의 정령들이 삶의 갈림길마다 서 있었네, 악한 행동의 의심을 받아 그는 추적자들의 손에 떨어졌네. (추적, 추적, 빌어먹을 추적, 저 빌어먹을 개들이 나를 뒤쫓았다, 그들이 얼마나 나를 쫓았는지, 나를 거의 죽였다. 제 살길을 모르니 그렇게 계속되지, 알지 못하네, 그렇게 빨리 달릴 수는 없어, 할 수 있는 만큼 달리지만 마지막엔 한계에 부딪힌다. 이제 당신은 프란츠를 잡았네, 이제 나는 끝났다, 이제 나는 갈 데까지 갔다, 자 건배 즐거운 식사, 건배.)

그의 외침, 그의 맹세, 그의 온갖 분노도 그를 구하지 못해, 서류도 증언도 그에게 불리하다, 쇠사슬은 이미 확실했다. 지혜로운 판사들도 잘못을 범했지(추적, 추적, 빌어먹을 추적), 그에 대한 판결을 내렸을 때 말이다(저 빌어먹을 개들이 나를 얼마나 쫓았는지). 하지만 그의 죄 없음이 무슨 소용이던가, 그의 명예의 방패가 부러졌으니. 인류여, 인류여, 그가 눈물을 억누르고 부른다, 어째서 너희는 나를 짓밟으려 하느냐, 나는 그 누구도 억울하게 한 적이 없건만. (그야 사람이 제 살길을 모른 채 계속 그렇게 달리니 그렇지. 하지만 그렇게 빨리 달리진 못해, 제가 할 수 있는 만큼 하는 거지.)

그가 낯선 나그네가 되어 지하실의 벽에서 다시 나왔을 때 세상은 더는 옛날과 같지 않았다. 그 자신도 다른 인간이 되었다. 강가에서 헤맸지만 다리(橋)는 부러져 있었다. 심장에 병이 들어 원망으로 가득 찬 그를 도로 밤으로 몰아갔다. 아무도 그에게 빵을 주려고 하지 않았다(추적, 추적, 빌어먹을 추적), 그는 참을성이 없어졌고, 스스로를 도와 삶으로 나아갔다. 이번엔 정말로 죄를 지었다.

(죄가 있어, 죄가 있어, 죄가 있어, 그래, 그거구나, 그렇게

되어야 하는 거구나, 그렇게 되어야 했다, 천 배나 더 죄가 있어!) 그런 행동에 대해선 더욱 엄한 벌을 받는다, 도덕과 관습이 그렇게 명한다. 그는 탄식하며 다시 감방으로 제 발길을 이끌어간다. (프란츠 할렐루야, 너는 듣느냐, 천 배나 더 죄가 있어, 천 배나 더 죄가 있어.) 그래, 단번에 풀쩍 뛰어 너른 곳으로, 강도, 살인, 도둑질, 그러니 인류여, 이 야수를 가차 없이 때려 눕혀라. 그는 밖으로 나갔으나 머지않아 다시 돌아왔다, 무거운 짐을 지고. 마지막 도취와 죄악은 재빨리 스러졌지만 형벌은 종신형. (추적, 추적, 빌어먹을 추적, 그가 옳았다, 그가 제대로 했다.)

하지만 그는 탄식을 모른다, 야단맞고, 짓밟히고, 말없이 등에 멍에를 지고, 우는 법을 배우고 기도하는 법을 배웠다. 둔한 감각으로 제 일을 했다, 날마다 언제나 같은 것을, 그 자신이 시체가 되기 전에 그의 정신은 이미 오래전에 부서졌다. (추적, 추적, 빌어먹을 추적, 그들이 계속 나를 쫓았다, 나는 언제나 최선을 다했지만, 지금은 오물 더미 속에 뛰어들었어, 그건 내 잘못이 아니야, 난 무얼 해야 하나. 내 이름은 프란츠 비버코프, 아직도 난 여전히 프란츠 비버코프, 조심해.)

오늘 그는 달리기를 끝냈다. 3월의 봄빛 속에서 사람들은 그를 무덤 속에 내려놓았다, 죄수의 최고 감방으로. 그리고 감옥의 종(鍾)이 그에게 마지막 작별 인사를 울렸다, 세상에서는 이미 잊힌 채 감옥에서 죽어야 할 그에게. (조심하시오, 존경하는 신사 분들, 여러분은 프란츠 비버코프를 모릅니다, 그는 푼돈을 받고 스스로를 팔진 않죠, 그가 제 무덤으로 가야만 한다면, 사랑하는 하느님 앞에 서서 우리가 먼저 가고 난 다음 프란츠가 가는 게 맞다고 증언해줄 사람들이 그에겐 열 손가락만큼이나 많답니다. 사랑하는 하느님, 그가 저렇게나 커다란 말을 매달고 왔다고 놀라진 않으시죠, 사람들이 그를 그렇게 추적했으니, 이제 그는 아주 커다란 마차를 타고 등장한다, 세상에서 그리 작은 사람이었으나 하늘에선 제가 어떤 사람인지 보여주어야 한다.)

그들은 탁자에서 노래하고 잡담한다, 프란츠 비버코프는 지금까지 졸았지만 이젠 깨어나 정신을 차렸다. 그는 다시 몸을 추스르고, 팔을 끼워 맞추고, 우린 전쟁 때 팔을 잃었다오, 전쟁에선 언제나 그렇지. 사람이 사는 한 전쟁은 끝나지 않는다. 중요한 건 사람이 두 발로 선다는 것이지.

그런 다음 프란츠는 카페의 쇠 계단을 따라 거리로 나선다. 바깥은 날씨가 풀렸네, 빗방울이 떨어진다, 밖은 어둡고, 프렌츨라우 거리에 이게 웬 소동이냐. 맞은편 알렉산더 거리에 사람들이 떼를 이루었고 경찰도 있구나. 프란츠는 그쪽으로 방향을 잡아 천천히 걸어갔다.

알렉산더 광장에는 경찰서가 있지

밤 9시 20분. 유리 지붕이 덮인 경찰서 안뜰에 몇 사람이 서서 이야기를 나눈다. 그들은 농담을 주고받으며 오래 앉아 굳어진 다리를 푼다. 젊은 경감이 다가와 인사를 한다.

"이제 9시 10분인데, 필츠 씨. 독촉을 제대로 한 거겠지, 우린 9시에 자동차가 필요하다고 말이오."

"마침 저 위에서 동료가 알렉산더 본부로 전화하고 있어요. 자동차는 어제 오전에 신청했습니다."

또 다른 사람이 온다.

"그렇습니다. 그들 말로는 9시 5분 전에 차를 보냈는데 길을 잘못 들었답니다. 그래서 다른 차를 보낸다고요."

"이런, 길을 잘못 들다니. 기다려야겠군."

"대체 그 차가 어디 있느냐니까, 그쪽에서 그러데요. 전화하는 사람은 누구냐고, 그래서 필츠 비서관이라고 했지요. 그랬더니 아무개 경위라고 하데요. 그래서 그랬죠. 그렇다면 경위님, 경감님의 지시에 따라 말씀드리는 겁니다. 우리는 어제 벌써 오늘 9시 일제 단속을 위해 자동차를 신청했고, 서면 신청서도 이미 보냈습니다. 서면 신청서가 거기 도착했는지 알아보라고 하십니다. 경위님, 경감님이 얼마나 친절하신지는 들어서 알고 계시지요. 어쨌든 모두 이미 출발했는데, 그냥 재수가 없는 탓이랍니다."

자동차들이 들어온다. 차량 하나에 신사와 숙녀들이 올라탄다. 형사들, 경감과 여성 관리들이다. 나중에 프란츠 비버코프가 50명의 남녀 사이에 섞여 이곳으로 타고 들어올 바로 그 차량이다. 두 천사는 이미 그의 곁을 떠났을 테고, 그의 눈길은 카페를 떠날 때와는 달라진 모습이지만 천사들은 춤을 출 것이다, 신사와 숙녀 여러분, 당신들이 믿든 안 믿든 그런 일이 일어날 것이다.

일상복 차림의 남녀를 태운 차량이 길을 간다. 본래 전투용 차량이 아니지만 전투와 법정 일을 위해, 화물차에 놓인 벤치에 사람들을 태운 채, 이 자동차는 해롭지 않은 사업용 차량들과 택시들 사이에 섞여 알렉산더 광장을 넘어간다. 이 전투 차량에 앉은 사람들은 모두 극히 편안해 보인다. 이것은 선전 포고 없는 전쟁, 그들은 직업에 따른 일을 하러 간다. 몇몇 사람은 파이프를 피우고 몇몇은 시가를 피우고. 여자들은 묻는다. 저기 앞에 앉은 저 신사는 언론계에서 나온 사람이래, 내일이면 모든 게 신문에 실릴 거야. 이렇게 그들은 만족스럽게 란츠베르크 거리 우측으로 올라간다. 그들은 뒤쪽으로 돌아 목적지로 향한다. 안 그랬다간 술집들이 자기들에게 닥칠 일을 미리 알아챌 것이다. 하지만 저 아래서 걸어가는 사람들은 차량을 잘 볼 수 있다. 그들은 오래 쳐다보지 않고도 안다, 뭔가 고

약하고 두려운 일이 벌어지겠구나. 일이 잽싸게 이루어질 것이다. 저들은 범죄자들을 잡으려 한다. 그런 게 있다는 게 두렵구나, 우린 영화관에나 가자.

뤼커 거리에서 그들은 내린다, 자동차는 멈추어 있고, 그들은 걸어서 거리를 올라간다. 작은 거리는 비어 있다. 그들은 보도로 걸어간다. 저기 뤼커딜레 술집이 있구나.

건물의 문을 점거하고, 입구 앞에 보초, 맞은편에 보초, 나머지는 모두 술집으로 들어간다. 안녕하시오, 웨이터가 미소를 짓는다, 우리야 벌써 알지요. 신사 분들께선 뭘 좀 마시려고요? 고맙지만 시간이 없소. 계산을 마쳐요, 일제 단속이오, 모두 경찰서로. 웃음, 항의, 뭐 이런 일이, 이러지 말라고, 욕설, 웃음. 계속 편안히 있자꾸나, 나야 신분증이 있으니, 그럼 기뻐하시오, 반 시간만 지나면 다시 돌아올 수 있으니, 그게 우리한테 무슨 소용이야. 난 할 일이 있는데, 흥분하지 마라 오토, 야간 조명을 한 경찰서 무료 관람이다. 계속 별실로. 자동차는 가득 채워지고 한 사람이 노래한다. 누가 치즈를 정거장으로 굴려 보냈나, 그건 뻔뻔스러운 일, 어떻게 그런 일을 할 수 있어, 그건 아직 관세도 안 물었는데. 경찰이 끼어들었다. 경찰은 몹시 화를 내며 불평한다, 누군가 치즈를 정거장으로 굴려 보냈기 때문에.

자동차가 출발이다, 모두들 손을 흔든다. 누가 치즈를 정거장으로 굴려 보냈나.

일이 매끄럽게 진행되었다. 우린 걸어간다. 도로에서 우아한 신사 한 사람이 인사한다, 관할 경찰서 경위다. 경감님? 그들은 어떤 건물 현관으로 들어간다, 나머지는 흩어진다, 만나는 곳 프렌츨라우와 뮌츠 거리가 만나는 길모퉁이.

알렉산더 광장의 아싱거 술집엔 사람이 가득하다. 금요일 이니, 돈을 지닌 사람은 한잔하러 간다. 음악, 라디오, 술 따르 는 카운터를 지나 형사들이 밀려든다. 젊은 경사가 어떤 신사 와 이야기를 나누고 악단이 음악을 멈춘다. 일제 단속이오, 형 사입니다, 모두 함께 경찰서로 갑시다. 그들은 탁자에 앉아 웃 으며 전혀 방해받지 않은 채 계속 수다를 떤다. 웨이터는 계속 시중을 든다. 아가씨 하나가 다른 두 사람 사이에 긴 채로 복도 에서 소리 지르고 울음을 터뜨린다. 난 이미 퇴거 신고를 했는 데, 여주인이 내 신고서를 내지 않은 거예요, 그렇담 하룻밤 머 물러야겠네, 이게 대체 뭐야, 난 안 가, 난 잡힐 이유가 없어, 그렇게 분노로 발작하지 말아요, 봐요, 그 병이야 나을 수가 없 지. 나를 내보내주세요, 여기서 내보내다니 무슨 말, 당신이 여 기 있으면 나갈 수도 있는 법, 저 자동차가 먼저 가고 그럼 더 많은 자동차를 부를 수 있어, 우리 머리만 깨뜨리지 마라. 웨이 터, 발 씻게 샴페인 한 병. 난 일하러 가야 해요, 여기 건축 현 장에서 할 일이 있어요. 누가 나한테 시간 수당을 주나, 지금 은 어쨌든 함께 가야 하오, 난 현장으로 가야 하는데, 이건 불 법 감금이오, 여기 모두 함께 가야 하니, 너도 함께 가는 거지, 이봐, 흥분하지 말라고, 이 사람들은 일제 단속을 해야 하는 거 야, 안 그럼 그들이 무엇 하러 여기 왔겠어.

작은 방들로 넘어간다. 자동차들은 계속 경찰서로 갔다가 돌아오고, 형사들이 오가고, 여자 화장실에서 외침 소리, 처녀 하나가 바닥에 누워 있고, 그녀의 신사가 그 옆에 서 있다, 여 자 화장실에 신사가 무슨 일이냐. 아가씨가 경련을 일으키고 있어요, 보세요. 형사들은 미소를 짓는다, 신분증 있나요, 본인

맞구면, 그렇다면 당신은 그 여자 곁에 남아 있어요. 그녀는 계속 소리를 지른다. 두고 보시오, 여기 모든 게 비워지고 나면 저 여자가 벌떡 일어나 두 사람은 탱고를 출걸. 나를 잡는 놈이 누구든 어퍼컷을 먹일 테다. 두 번째 어퍼컷을 맞으면 벌써 시체가 되는 거지. 술집은 거의 비었다. 문가에 한 사내가 서 있다. 경찰관 두 명이 그를 붙잡는다. 그는 소리를 지른다. 난 맨체스터에도 가봤고, 런던에도 뉴욕에도 가봤다, 대도시에서 이런 일을 겪어본 적이 없어, 맨체스터나 런던엔 이런 게 없어. 그들은 그를 빠르게 몰아간다. 언제나 도로 건강하게 만들죠, 당신 상태 어때요, 고맙소, 당신을 키운 죽은 개한테 인사나 하쇼.

11시 15분 전, 사람들을 잡아들이는 일이 벌써 한참 진행되고 나서, 계단을 올라가 그 뒤쪽과 옆쪽 코너에 탁자 몇 개 놓인 곳에서만 아직 일이 계속되고 있을 때, 어떤 사내가 안으로 들어온다. 원래 아무도 들어올 수 없게 되어 있건만. 경찰이 열정적으로 일을 해서 아무도 통과시키지 않았지만 이따금 아가씨 한 명이 진열창을 통해 바라보곤 한다. 난 약속이 잡혀 있는데요, 안 되오 아가씨, 그런 일이라면 12시에 다시 오쇼, 그동안 당신 애인은 경찰서에 있을 테니. 하지만 나이가 제법 들어 보이는 사내는 밖에서 마지막 강제 연행을 지켜보았다. 마침내 입구에 곤봉을 든 경찰들이 끼어들었다. 사람들이 자동차로 가기보다는 밖으로 새려고 했기 때문이다. 이제 자동차가 떠나고 사람이 좀 줄었다. 그 사내는 다른 방향을 바라보는 두 명의 형사 곁을 지나 문을 통해 유유히 안으로 들어간다. 형사들이 다른 쪽을 바라본 것은 저쪽에서 벌써 일부 사람들이 다시 술집으로 들어가려고 하면서 경찰들과 시비가 붙었기 때문이다. 마침 길 저편에서 큰 소리로 '안녕하시오'를 외치면서 경찰관 한 떼가 본부에서 오는 중이다. 그들은 행진하면서 가죽 띠를 더욱 꼭 조인다. 이때 머리 희끗한 사내는 술집으로 들어가 술 따르는 스탠드에 서서 맥주를 주문하고는 그것을 들고 계단을 올라간다. 그곳에선 여전히 여자 화장실에서 여자가 소리를 지르고, 다른 몇몇 사람들은 이 모든 일이 자기들하곤 아무런 상관 없다는 듯 웃고 떠든다.

사내는 홀로 어떤 탁자 앞 의자에 앉아 자신의 맥주를 홀짝이며 아래층을 내려다본다. 그 순간 발에 무언가 걸린다. 벽 바로 옆 바닥에 놓인 물건이다. 이거 보게, 그는 아래로 몸을 굽힌다. 그건 누군가 슬며시 버린 권총. 나쁘지 않은데, 이제 난 권총이 두 개나 되니. 손가락마다 하나씩이네, 사랑하는 하느님이 무엇 하러 두 개씩이나 가졌느냐고 물으면 이렇게 말하지. 난 훌륭한 장비를 갖추고 왔죠, 아래서 갖지 못한 걸 위에선 가질 수 있으니까요. 그들은 이곳을 비웠다. 그들이 한 일이 참으로 옳구나. 경찰서에서 누군가가 아침도 든든히 먹었기에 이렇게 말한다. 우린 대규모 일제 단속을 해야 하오, 나중에 신문에 나올 만한 일이 한 번쯤은 일어나야지. 윗분들도 마침내 우리가 열심히 일한다는 걸 아셔야지, 어쩌면 누군가 봉급이 한 호봉 올라갈지도 모르고, 그 아내도 모피 외투가 필요할 텐데, 그래서 그들은 사람을 잡아들인다, 하필이면 사람들이 일주일 치 주급을 받아 드는 금요일에.

사내는 모자를 그대로 쓰고 있다. 오른손은 호주머니에 넣고 맥주잔을 잡지 않을 때면 왼손도 호주머니에 넣고 있다. 강모 화필 하나가 꽂힌 사냥꾼 모자를 쓴 형사 한 명이 기분 좋게 술집 안을 걷는다. 사방에 빈 탁자, 바닥에는 담뱃갑들, 신문, 초콜릿 포장지. 모두 끝났구나, 이제 곧 마지막 사람이다. 그가 나이 든 사내에게 묻는다.

"돈은 내셨소?"

그는 웅얼거리고는 똑바로 앞을 본다.

"방금 들어왔는데요."

"그렇게까지 할 필요는 없었소만 당신도 함께 가야 합니다."

"내 걱정은 그냥 놓아두쇼."

넓은 어깨를 지닌 다부진 체격의 형사가 위에서 그를 내려다본다. 이 작자가 세상을 바라보는 꼴 좀 보게, 사람을 갈아버리기라도 하겠는걸. 그는 아무 말도 하지 않은 채 천천히 계단을 내려가 홀을 통과한다. 사내의 이글거리는 눈길이 그를 바라본다. 맙소사, 저 눈 좀 보게, 저치 뭔가 있어. 그는 다른 사람들이 있는 문으로 간다. 그들은 서로 속삭이고 함께 밖으로 나간다. 몇 분 뒤에 다시 문이 열린다. 형사들이 돌아온다. 이제는 나머지 모두, 함께 출발. 웨이터가 웃는다.

"다음 번엔 나도 데려가십시오, 나도 경찰서의 어지러운 꼴 좀 보고 싶으니."

"한 시간만 있으면 다시 할 일이 생길 거요. 밖에는 벌써 맨 처음에 갔던 사람들 일부가 다시 들어오려고 기다리고 있소."

"갑시다, 당신도 함께 가야 합니다."

이자가 내게 말하는구나. 네게 애인이 있다면, 마음으로부터 가까운 여자가 있다면 어디냐 언제냐 묻지 마라, 그녀가 키스만 제대로 할 줄 안다면.

사내는 꿈쩍도 안 한다.

"당신, 아무래도 귀가 어두운 모양이군. 당신도 일어서라고 말하는 거야."

너는 봄이 내게 보낸 사람, 내 너를 알기 전에 내 기술을 허비했으니. 더 많은 이들이 와야 할걸, 한 사람만으론 내게 도움이 안 돼, 내 마차는 말이 다섯 마리나 되니까.

계단에 서 있던 세 명의 경찰관 중 처음 한 명이 올라온다. 형사들은 홀을 통해 걸어간다. 키가 큰 젊은 경감이 맨 앞에서 걷는다. 이놈들이 정말 서두르네. 그들은 이미 나를 충분히 추적했다, 난 할 수 있는 일을 다 했어, 난 인간이다, 아니면 인간이 아닌가.

그러자 그는 왼손을 호주머니에서 빼더니 일어서지도 않고 앉은 그대로, 자기를 향해 분노해서 덤벼드는 경찰관을 향해 방아쇠를 당긴다. 탕. 이렇게 우린 지상에서 모든 일을 다 했다. 이렇게 우린 나팔 소리와 함께, 북과 나팔 소리와 함께 지옥으로 간다.

경찰관은 비틀거리며 옆으로 쓰러진다. 프란츠는 일어서서 벽으로 다가가려 한다. 그들이 떼거리를 지어 홀 안으로 달려들어온다. 이거 참 멋진데, 모두들 안으로. 그는 팔을 쳐든다. 한 명이 그의 뒤에 있다. 프란츠는 어깨를 써서 그를 옆으로 밀친다. 그러자 그의 손을 향해 몽둥이 한 방이 날아오고, 한 방은 그의 얼굴로, 한 방은 모자로, 한 방은 팔로 날아왔다. 내 팔, 내 팔, 난 팔이 하나뿐인데, 그들이 내 팔을 망가뜨린다, 난 무얼 하나, 그들이 나를 죽인다, 먼저 미체를 죽이더니 이젠 나를 죽인다. 모든 게 아무 목적도 없다, 모든 게 아무 목적도 없어, 모든 게 모든 게 아무 목적도 없다.

그러더니 난간 옆으로 비틀거리며 쓰러진다.

프란츠 비버코프는 총을 한 방 더 쏘기도 전에 난간 옆으로 쓰러졌다. 포기했다, 삶을 저주했다, 무기들을 내밀었다. 거기 쓰러져 있다.

형사들과 경찰들은 탁자와 의자들을 옆으로 밀치고는 그의 옆에 무릎을 꿇고 그를 똑바로 눕힌다. 이 사내는 인공 팔을 하고 권총을 두 자루나 가졌다. 신분증은 어디 있나, 잠깐, 가발을 쓰고 있네. 그들이 머리카락을 벗길 때 프란츠 비버코프는 눈을 떴다. 그러자 그들이 그를 흔들고, 어깨를 잡고 일으켰다. 일으켜 세워 두 다리로 서게 하니 그는 설 수가 있다, 서야 한다, 그들이 그에게 모자를 씌운다. 밖에선 모두가 자동차 안에 앉아 있다. 그들은 왼팔에 수갑을 채운 프란츠 비버코프를 끌고 문을 나선다. 뮌츠 거리에서의 소동, 사람 패거리, 거기서 총성이 울렸다, 봐라, 지금 그가 나온다, 저 사람이다. 그들은 상처 입은 경찰관을 이미 앞서 자동차로 실어 보냈다.

이것이 그러니까 아까 9시 30분에 경감들과 형사들, 여자 관리들이 타고 경찰서를 출발했던 그 자동차다. 그들은 출발하고 프란츠 비버코프는 그 차 안에 앉아 있다. 이미 이야기했듯이 천사들은 그의 곁을 떠났다. 경찰서의 유리 지붕 안뜰에 이르러 강제로 끌려온 사람들이 차에서 내린다. 작은 계단을 지나 뒤쪽에 크고 긴 복도를 지나 여자들이 그들만을 위한 방으로 들어간다. 풀려난 사람과 신분증이 제대로 맞는 사람은 형사들이 늘어선 길을 통과해 차단목을 지나 밖으로 나간다. 형사들은 한 번 더 한 사람 한 사람 가슴, 바지, 장화까지 조사한다. 남자들은 웃고, 복도에선 욕설과 밀치기, 젊은 경감과 형사들이 이리저리 오가며 진정시킨다. 참을성을 가져요. 경찰들이 문마다 점거하고 있다. 아무도 경찰관 없이는 화장실도 못 간다.

저 안에 여러 책상에 민간인 복장을 한 관리들이 앉아서 사람들에게 질문을 하고 신분증을 가진 사람의 신분증을 살펴보고, 커다란 종이에 다음 사항들을 적는다. 조사 장소, 지방법원 관할 구역, 체포 장소, 경찰서 4 K pv. 그러니까 이름이 뭐요, 인도증, 마지막으로 언제 붙잡혔나, 나부터 해줘요, 난 일하러 가야 하니까. 경찰서장, 4분과, 오전에 인도받음, 오후에, 저녁에, 이름, 성, 지위 또는 직업, 생년월일, 태어난 장소, 주거 없음, 주소를 댈 처지가 못 됨, 또는 주소를 댄 것이 지역 조사 결과 맞지 않는 것으로 밝혀짐. 당신 담당이 답변을 마칠 때까지 기다려야 합니다. 그렇게 빨리 진행되진 못해요, 저들도 손이 두 개뿐이니. 그 밖에 정확한 주소를 댄 사람들도 있다. 거기에 그가 사는 것으로 되어 있는데, 그녀도 그와 같은 이름이다. 다만 그가 떠난 뒤로 다른 사람이 그냥 그의 서류를 쓰는 것으로, 그러니까 그녀가 그의 서류를 훔쳤거나 아니면 그의 친구거나, 어쨌든 사람이 슬쩍 바뀌었다. 지명 수배계에서 질문, 회색 카드를 내놓을 것, 회색 카드는 없는데. 서류에 남아 있는 증거물, 현재 의심되는 또는 다른 범죄 행위와 연결시켜줄 물품들, 체포된 사람이 그 물품으로 자신이나 다른 사람에게 손상을 줄 수 있는 개인 소지품, 지팡이, 우산, 칼, 권총, 격투용 반지 등.

그들은 프란츠 비버코프를 데려온다. 프란츠 비버코프는 끝이다. 그들은 그를 잡았다. 수갑을 채워서 그를 끌고 온다. 그는 머리를 가슴에 푹 떨어뜨리고 있다. 오늘 근무 중인 경감이 그를 아래층에서 심문하려고 한다. 하지만 사내는 말을 하지 않는다. 단단히 굳은 채 자주 제 얼굴을 만져 본다. 고무곤봉으로 한 방 맞은 오른쪽 눈이 부어올랐다. 팔도 아래로 툭 떨어뜨리고 있다. 거기도 몇 방 맞았다.

풀려난 사람들은 아래층 어두운 뜰을 지나 거리로 향한다. 아가씨와 팔짱을 끼고 유리 지붕 안뜰을 지나간다. 네게 애인이 있다면, 마음으로부터 가까운 여자가 있다면, 우리는 노래를 부르며 이 식당에서 저 식당으로 갈 텐데, 걸어갈 텐데, 갈 텐데. 나는 위의 목록이 정확함을 인정한다. 붙잡힌 사람의 서명, 이름과 이 사건을 맡은 관리의 근무 번호, 베를린 미테 지방법원, 151부서, 심문 담당 판사 I.A. 씨.

마침내 프란츠 비버코프가 앞에 세워지고 신원 확인이 이루어진다. 이 사내는 알렉산더 아싱거 술집의 일제 단속 때 총을 발사했다. 그 밖에도 형법에 위반되는 일을 저질렀다. 사내는 알렉산더 아싱거 술집에서 두들겨 맞고 뻗었는데, 반시간 뒤에는 경찰이 지명 수배를 내려 찾고 있던 보호 감찰 청년 여덟 명 말고도 아주 훌륭한 수색 결과를 얻었음이 밝혀졌다. 총을 쏜 다음 곤봉을 맞고 쓰러진 이 사내는 인공 팔을 달고 흰머리 가발을 쓰고 있었다. 이런 점으로 보아, 그리고 마침 경찰이 지니고 있던 사진으로 보아 이 사람이 프라이엔발데에서 일어난 창녀 에밀리 파르중케 살인 사건에 연루되어 공범으로 간주되던 인물, 곧 과실치사 전과가 있는 프란츠 비버코프임이 밝혀졌다.

그는 오랫동안 신고 의무를 이행하지 않았다. 이제 우리는 범인을 한 명 잡았으니 다른 한 명도 곧 잡게 될 것이다.

제9권

이제 프란츠 비버코프의 이승의 길은 끝에 이르렀다. 그가 무너질 시간이 된 것이다. 그는 어두운 힘의 손아귀에 떨어졌다. 그것은 죽음이라 불리는, 또 그의 거처로 어울리는 것처럼 보이는 힘이다. 하지만 그는 그 힘이 자기를 어떻게 생각하는지 예상치 못한 방식으로, 또한 지금까지 알았던 모든 것을 능가하는 방식으로 경험하게 된다.

그 힘은 분명하게 말한다. 그의 잘못과 오만과 무지에 대해 아주 분명하게 그에게 일러준다. 그로써 옛날의 프란츠 비버코프는 붕괴된다. 그의 삶의 이력은 끝난 것이다.

이 사내는 망가졌다. 그러자 옛날의 비버코프가 아예 따라가지도 못할 또 다른 비버코프가 나타난다. 이제 그가 제 일을 훨씬 더 잘할 것이라고 기대할 수 있다.

라인홀트의 검은 수요일,
하지만 이 장은 생략해도 좋다

그리고 경찰이 이제 우리는 범인 하나를 잡았으니 다른 한 사
람도 곧 잡게 될 거라고 짐작한 것이 실제로도 이루어졌다. 다
만 그들이 생각한 것과 아주 똑같지는 않았다. 그들은 우린 곧
그와 전쟁을 하게 될 거라고 생각했다. 하지만 경찰은 이미 그
를 잡아둔 상태였다. 그는 바로 같은 붉은 경찰서를 통과했지
만, 다른 방과 다른 손들을 거쳐서 이미 모아비트 형무소에 갇
혀 있었던 것이다.

　라인홀트의 경우 모든 것이 빠르게 진행되었다. 그는 간결
한 결론을 맺었다. 이 사람은 오래 질질 끄는 것을 좋아하지 않
았으니까. 그가 당시 프란츠를 어떻게 처리했는지는 우리가 이
미 알고 있다. 라인홀트는 며칠 동안 그를 가지고 노는 법을 알
았지만 곧바로 그를 때려눕혔다.

　라인홀트는 어느 날 저녁 모츠 거리로 갔다가 현상금이 붙
은 살인자 수배 전단이 광고탑에 내걸린 것을 보고는 이렇게
말했다. 뭔가 일을 좀 벌이다가 가짜 신분증을 지닌 채 소매치

기나 뭐 그런 사유로 체포되어야겠다. 공기가 수상할 적에는 감방이 가장 안전하니까. 모든 것에 행운이 따랐지만 그 섬약한 여자를 너무 세게 후려쳤다. 하지만 상관없어, 어차피 스크린에서 사라질 건데 뭐, 하고 생각했다. 경찰서에서는 가짜 신분증을 내놓았다. 폴란드 출신 소매치기 모로스키에비츠였다. 이놈을 모아비트로, 경찰은 자기들이 잡은 놈이 누군지 알지 못했다. 그는 전과가 없었고, 수배자 인상을 머리에 담고 다니는 사람이 어디 있겠는가. 게다가 은밀히 협상도 이루어졌기에 그는 경찰서를 극히 조용하게 살그머니 통과했다. 하지만 그가 폴란드에서도 수배 중인 소매치기였기에, 또 이 건달이 거리에서 부자들의 구역으로 들어가 다짜고짜 사람들을 때려눕히고 어떤 부인의 핸드백을 들고 뛰었기에, 그런 건 들어본 적도 없는 일이니, 우리는 러시아-폴란드 접경 지역도 아닌데, 대체 무슨 생각을 하는 겁니까, 이런 친구는 본보기 형벌을 받는 게 옳아요. 그는 4년 징역에 공민권 박탈 5년형을 받았다. 그것은 곧 경찰의 감시 아래 지내야 한다는 뜻이고, 그 밖에 격투용 반지도 뺏겼다. 피고는 소송 비용을 냈고, 10분간 휴식, 여긴 너무 더우니 그사이 잠깐 창문을 좀 엽시다, 당신 더 할 말 있소?

라인홀트는 물론 할 말이 없었다. 상고는 하지 않았다. 그는 사람들이 자기를 그렇게 대하는 게 기뻤다. 여기선 아무 일도 안 일어나겠구나. 그리고 이틀 뒤에는 벌써 모든 일이 지나갔다. 모든 일이 다 지나가고 그는 무사히 빠져나갔다. 저 미체와 멍청이 비버코프와 얽힌 빌어먹을 사건, 하지만 난 원하는 대로 선제공격을 했다, 할렐루야, 할렐루야, 할렐루야.

모든 것이 이렇게 진행되었고, 그들이 프란츠를 잡아 경찰서로 데려갔을 때 진짜 살인범 라인홀트는 이미 브란덴부르크에서 감옥살이를 하는 중이었다. 아무도 그를 생각하지 않았고, 차츰 잠잠해지면서 그는 잊혔다. 세계가 무너진다 해도 그를 그리 쉽게 찾아낼 수는 없을걸. 양심의 가책 따위는 그를 괴롭히지 않았다. 그가 생각한 대로 일이 진행되었다면 그는 아직도 거기 수감되어 있거나 이송 중에 도망쳤을 것이다.

하지만 가장 멍청한 격언들이 들어맞는 게 세상 이치, 누군가 이제 잘되어 간다, 하고 믿는 순간 이미 뭔가가 한참 잘못되어 있다. 인간이 계획을 세우지만 하느님이 그것을 인도하는 법,* 항아리는 깨지기 전까지는 물을 잘 담고 있다. 나는 이제 경찰이 어떻게 라인홀트를 잡았으며, 어떻게 해서 그가 곧 가혹하고 엄한 형벌의 길을 가게 되었는지 이야기할 셈이다. 하지만 이런 일에 관심이 없는 사람이라면 다음 몇 페이지를 건너뛰시오. 이 《베를린 알렉산더 광장》이란 책에선 프란츠 비버코프의 운명에 대한 일들이 진짜이니 그 부분을 두 번 세 번 읽고 깊이 새겨두는 게 좋다. 이것은 붙잡아둘 진실성을 가진 이야기다. 하지만 라인홀트는 여기서 이미 제 역할을 다했다. 다만 그가 냉혹한 폭력의 힘이고 이승에서 변할 것은 하나도 없기 때문에 나는 최후의 힘든 싸움을 하는 그 힘을 보여주고자 한다. 여러분은 그가 마지막 순간까지 냉혹하고 얼음장 같은 모습으로 있다가, 그의 삶이 아무런 변화도 없이 끝나는 것을 보게 된다. 그에 비해 프란츠 비버코프는 마치 원소가 어떤 광선을 맞아 다른 원소로 변하는 것처럼 유연하게 변한다. 아, 우

*〈잠언〉 16장 9절을 변형시킨 독일 격언.

리 모두 인간이라고 말하기는 쉽다. 신이 계시다면, 신 앞에서 우리는 악의나 선의 때문에만 각기 다른 것이 아니라, 각기 모두 다른 특성과 삶을 지니며, 방식도 출신도 가는 곳도 제각기 다르다. 이제 라인홀트의 마지막을 들어보라.

라인홀트는 브란덴부르크에 있는 감옥에서 다른 사람과 함께 매트리스 짜는 작업을 하게 되었다. 그런데 상대는 진짜배기 폴란드 사람에다가 진짜 소매치기이기도 했다. 아주 닳아빠진 그는 모로스키에비츠를 알고 있었다. 모로스키에비츠라는 말을 들었을 때, 내가 그를 아는데, 대체 그가 어디 있다는 거야, 라인홀트를 보고 그는 이렇게 중얼거렸다. 그가 저렇게 변하다니, 대체 이런 일이 어떻게 가능하다는 거냐. 그런 다음 그는 아무것도 모르는 척, 그를 아예 모르는 척했다. 하지만 죄수들이 담배를 피우는 화장실에서 라인홀트에게 접근해서 그에게 담배 반 개비를 주고 이야기를 나누었다. 그런데 저치가 폴란드 말을 아예 못하네. 하지만 라인홀트는 이런 폴란드 말 대화가 마음에 들지 않았다. 그는 매트리스 짜기 작업에서 슬그머니 빠졌고, 여러 번 허약함을 드러냈기에 감독자가 그를 운반자로 차출했다. 그러자 다른 자들이 그에게 덜 덤벼들었다. 하지만 저 폴란드 사람 들루가는 쉽게 포기하지 않았다. 라인홀트가 소리친다. 완성된 건 밖으로! 감방에서 감방으로. 그들이 감독자와 함께 들루가의 감방에 있을 때 마침 감독자가 매트리스를 헤아리고 있는데 들루가가 라인홀트에게 다가와 속삭였다. 난 바르샤바 출신 모로스키에비츠를 아는데 나도 소매치기다, 그와 친척인가? 라인홀트는 두려움을 느끼고 폴란드 사람에게 담배 한 상자를 안기고는 일을 계속했다. 완성된 것은 밖으로.

폴란드 사람은 담배를 얻고 퍽 기뻤다. 여기 뭔가 있다고 여긴 그는 라인홀트를 협박하기 시작했다. 라인홀트는 언제나 뒷구멍으로 돈이 있었기 때문이다.

이 일은 라인홀트에게 끔찍하게 위험한 것이 될 수도 있었다. 그러나 이번에는 운이 좋았다. 그는 이 공격을 막아냈다. 그는 제 동향인인 들루가가 자기에 대해 뭔가 알고 배신하려 한다는 소문을 퍼뜨렸다. 그러자 자유 시간 도중 끔찍한 매질이 일어났다. 라인홀트도 이 폴란드 사람을 무지막지하게 팼다. 그 대가로 일주일간 차가운 감방에 감금되고 사흘 만에야 침구와 따뜻한 음식을 받았다. 그런 다음 감금에서 풀려나자 모든 것이 아주 조용하게 정리되어 있었다.

그러자 우리의 라인홀트가 저 스스로를 해쳤다. 평생 동안 여자들이 그에게 불운과 행운을 가져다주었다. 사랑이 이번에도 그를 파멸로 이끌었다. 들루가 이야기는 그를 몹시 흥분케 하고 또한 분노로 몰아넣었다. 감옥에 끝도 없이 앉아 있어야 하고, 저런 자식한테서 괴롭힘을 당하다니. 즐거움도 없이 이토록 외로우니, 분노가 매주 그의 마음을 더욱 깊이 파먹었다. 라인홀트가 그렇게 오래 앉아서 들루가를 때려죽이고 싶은 마음이 굴뚝같아졌을 때 그는 어떤 젊은 사내에게 빠졌다. 그도 초범으로, 강도짓을 하다 잡혀온 사람이었다. 그는 오는 3월이면 풀려날 예정이었다. 두 사람은 함께 담배 사업을 하고 들루가를 욕하면서 친해졌다. 그러다 두 사람은 완전히 가까운 진짜 친구가 되었다. 라인홀트는 이렇게 가까운 관계를 가져본

적이 한 번도 없었다. 그게 여자가 아니고 남자였지만, 아주 멋진 일이었다. 라인홀트는 브란덴부르크 감옥에 있는 게 기뻤다. 그렇게 해서 들루가와의 빌어먹을 일이 내게 좋은 결과를 가져다주었다. 다만 이 친구가 곧 나간다는 게 유감이구나.

"난 이 검은 모자와 갈색 재킷을 아직도 오래 뒤집어쓰고 있어야 한다. 내가 여기 이렇게 남는데, 넌 어디로 갈 거지, 귀여운 콘라트?"

그 젊은이의 이름은 콘라트였다. 어쨌든 적어도 스스로 그렇게 불렀다. 그는 메클렌부르크 출신으로, 아주 중한 범죄자가 될 소질이 있었다. 그가 폼메른에서 가택 침입을 할 때 함께했던 두 사람 중 한 명은 여기서 10년형을 선고받았다. 그리고 콘라트가 석방되기 전날인 어느 검은 수요일 둘이 한 번 더 함께 침대에 있을 때 라인홀트는 여기서 다시 혼자가 되고 주변에 아무도 없을 걸 생각하면 그만 자살이라도 하고 싶었다—그래도 누군가 나타날 거야, 잘 봐, 라인홀트, 당신도 곧 외부 작업 그룹을 만나게 될 거야, 베르더나 아니면 다른 곳에서라도—라인홀트는 마음이 진정되지 않았다. 일이 이렇게 꼬이다니 이해할 수가 없어, 도저히 이해할 수 없어, 저 멍청한 암염소 미체와 멍청이 프란츠 비버코프, 그런 바보 멍청이들이 나하고 무슨 상관이람, 난 밖에서라면 지금쯤 멋쟁이가 될 수도 있을 테지만, 여기엔 온통 가련한 인간들뿐인데. 그 순간 콘라트의 몸이 라인홀트 안으로 들어왔고, 라인홀트는 신음하고 헐떡이며 콘라트에게 애걸했다. 나도 데려가줘, 나도 데려가줘. 콘라트는 할 수 있는 한 그를 위로했지만 잘 안 되었다. 여기선 누구한테도 도망치라고 권할 수 없다.

그들은 목수 작업장 십장에게서 독한 술이 담긴 작은 술을 한 병 구해둔 게 있었다. 콘라트는 라인홀트에게 병을 내주었고, 두 사람은 술을 마셨다. 도망친다는 건 가능하지 않다. 최근에 두 명이 도망치려는 시도를 했었다. 하지만 한 명은 노이엔도르프 거리에 이르러 자동차를 타려다가 순찰대에 잡혔다. 게다가 그는 형무소 담에 만들어놓은 빌어먹을 유리 조각으로 심한 상처를 입고 피를 많이 흘려서 우선 병원으로 실려갔다. 그의 손이 다시 정상으로 돌아올지 아무도 모르는 일이었다. 그리고 다른 한 명은 그보다 약아서 그 유리를 보고는 감옥 안뜰로 도로 뛰어내리고 말았다.

"아니, 도망은 못 쳐, 라인홀트."

그러자 라인홀트는 완전히 무너지고 허약해졌다. 아직 4년을 더 이곳에 있어야 하는데, 그 모든 게 다 모츠 거리에서의 바보 같은 짓 때문이고 저 재수 없는 미체 년과 멍청이 프란츠 탓이다. 그는 목수 십장에게서 나온 독한 술을 홀짝이며 마셨다. 그러자 기분이 좀 나아졌다. 물건들은 이미 챙겨놓았다. 보따리 위에 칼이 놓였고, 결산도 이미 이루어졌다, 두 번이나. 빗장을 지르고 침대는 정리되었다. 두 사람은 콘라트의 침대에서 함께 속삭였다. 라인홀트는 우울한 시간을 맞이한다.

"그래 베를린에서 어디로 가면 좋을지 알려주마. 밖으로 나가면 내 애인을 찾아가, 지금 걔가 누구 애인일지는 누가 알겠냐만, 자네한테 그녀의 주소를 주지. 자네가 무얼 좀 알게 되면 내게도 알려줘. 그런 다음 내 이야기가 어떻게 되었는지 좀 알아봐 줘. 자네도 알지, 저 들루가는 뭔가를 알아챘던 거야. 나는 베를린에서 한 놈을 알았거든, 아주 멍청한 새끼, 이름이 비

버코프야, 프란츠 비버코프…….'

　그러면서 그는 콘라트에게 속삭여 이야기를 들려주었고, 콘라트는 귀를 쫑긋이 세우고 계속 "알았어"라고 대답하는 중에 곧 자세한 내용을 알게 되었다. 그는 라인홀트가 침대로 들어가도록 도와주었고, 라인홀트는 홀로 버림받는 것이 분하고 제 운명에 화가 나서 울었다. 제가 아무것도 할 수 없다는 것과 이렇게 덫에 걸려버린 것 때문이었다. 콘라트가 4년이 뭐 별거야, 하고 말했어도 아무 소용 없었다. 라인홀트는 그게 싫었다, 견딜 수가 없구나, 이렇게 살 수는 없다, 이거야말로 진짜 감옥 소동이었다.

　그건 검은 수요일의 일이었다. 금요일에 콘라트는 베를린에서 라인홀트의 애인을 찾아갔다. 진심으로 환영받고 며칠 동안 그냥 이야기만 하고는 그녀에게서 돈도 받았다. 그게 금요일이었고 월요일에 라인홀트는 벌써 끝장났다. 그날 콘라트는 제 거리에서 친구 하나를 만났다. 전에 사회 복지 기관에서 함께 지낸 친구였는데 그는 지금 직업이 없었다. 콘라트는 친구에게 자기 형편을 자랑하고 술집에서 그를 위해 돈을 냈다. 그런 다음 그들은 아가씨들과 함께 영화관에 갔다. 콘라트는 감옥에서 겪은 여러 이야기를 들려주었다. 아가씨들을 보내고 나서도 그들은 밤의 절반 정도를 친구 집에 함께 앉아 있었다. 벌써 화요일로 넘어가는 밤이었다. 이날 콘라트는 라인홀트의 정체를 말했다. 그는 스스로 모로스키에비츠라고 칭한다. 그는 세련된 사람인데, 그런 사람은 감옥에서 그리 쉽게 만나지 못한다. 무거운 범죄 때문에 수배를 받고 있는데, 그 머리에 현상금이 얼마나 걸려 있는지 누가 알겠는가. 이 말을 내뱉자마자 그는 벌써 이게 얼마나 멍청한 일인지 알았지만 친구는 정말로 아무 말도 안 하겠노라 단단히 약속했다. 맙소사, 정말 비밀을 지킨다니까, 그는 콘라트에게서 10마르크까지 받았다.

그런 다음 화요일이 되었다. 이 친구는 경찰서 1층에 나타나서 벽보들을 살펴보았다. 그 이야기가 맞는지 어떤 사람들이 내걸렸는지, 라인홀트가 정말로 거기 있는지, 그리고 현상금은 얼마인지, 또는 콘라트가 단순히 허풍을 떤 것인지.

그리고 그 이름을 읽었을 때 그는 깜짝 놀라 믿을 수가 없었다. 맙소사, 프라이엔발데 숲에서 창녀 파르중케 살인범, 거기 정말로 그 이름이 있었고, 맙소사, 현상금 1천 마르크, 이크, 1천 마르크가 걸렸네. 그게 그의 골수에 스며들었다, 1천 마르크, 그는 곧바로 달려나가 오후에 여자 친구와 함께 돌아왔다. 그녀가 말했다. 벌써 콘라트를 만났는데, 콘라트가 그에 대해 묻더라, 그에게 나쁜 예감이 든 것이다, 맙소사, 어떻게 해야 하나, 어떻게 하나, 당신은 무슨 생각을 그리 할 수가 있어, 이건 살인자야, 당신하고 무슨 상관이야, 그럼 콘라트는, 당신한테 콘라트가 뭐 어떻다고, 그리 쉽게 그를 다시 만나지는 않을 거다, 그리고 어째서, 당신이 고했다고 그가 어떻게 알아내겠어, 생각해봐, 1천 마르크야, 지금 당신은 실업 수당이나 받으러 다니는데, 1천 마르크를 생각해봐.

"그가 정말 그 남자일까?"

"자 어서, 우리 들어가요."

그 안에서 그는 당직 경감에게 제가 아는 것을 미주알고주알 털어놓았다. 모로스키에비츠, 라인홀트, 브란덴부르크, 어디서 그런 내용을 알게 되었는지는 말하지 않았다. 그에게 신분증이 없었기 때문에 그와 여자 친구는 한동안 기다려야 했다. 그러곤 모든 게 잘되었다.

콘라트가 토요일에 라인홀트를 보러 브란덴부르크로 갔을 때 그는 라인홀트의 애인, 폼스 등에게서 받은 것들을 함께 지니고 갔다. 그곳 면회실에 낡은 신문이 있었다. 목요일 저녁 신문이었는데 신문 1면 제목이 이랬다. "프라이엔발데의 살인자가 잡히다. 감옥에서 가짜 이름으로." 콘라트의 발밑에서 기차가 덜컹거렸다. 선로들이 부딪치고 기차가 덜컹거렸다. 대체 언제 신문이며, 어떤 신문인가, 목요일 저녁 지역 광고지였다.

그들이 그를 잡았다. 그는 베를린으로 압송되었다. 내가 그렇게 만들었구나.

여자들과 사랑은 라인홀트에게 평생 불운과 행운을 가져다주었다. 그러더니 마지막으로 그에게 큰 재앙을 가져왔다. 그는 베를린으로 이송되었다. 그는 미친 사람처럼 펄펄뛰었다. 하마터면 그들은 그를 옛날 그의 친구인 비버코프가 있는 곳으로 데려갈 뻔했다. 그는 모아비트 형무소에서 진정하고는 자신의 재판이 진행되는 것과 그 밖에도 저편에서 무슨 말이 나오는지, 그러니까 그의 하수인 또는 선동자인 프란츠 비버코프에게서 무슨 말이 나오는지 기다리게 되었다. 하지만 그가 어떻게 될지는 아직 알 수 없었다.

부흐 정신병원, 안전 가옥

경찰서의 방사형 건물인 구치소에서는 처음에는 프란츠 비버코프가 목숨이 걸린 일인 줄을 알기에, 속임수로 미친 사람 흉내를 낸다고 생각했다. 그러다가 의사가 죄수를 관찰하고는 그를 모아비트의 병원으로 보냈다. 그곳에서도 그의 입에서는 단한 마디도 말이 나오지 않았다. 이 사내는 정말로 미친 것 같았다. 그는 뻣뻣하게 누워서 눈만 겨우 깜빡였다. 그가 이틀 동안음식을 거부하자 그들은 그를 부흐 정신병원*의 안전 가옥으로보냈다. 어찌 되었든 그것은 옳은 일이었다. 이 사람은 어차피관찰이 필요했으니까.

그들은 처음에 프란츠를 경비원이 있는 홀로 보냈다. 그가계속 완전히 벌거벗고 누워서 아무것도 걸치려 하지 않았기 때문이다. 심지어는 셔츠마저 찢어버리곤 했는데, 이것이 프란츠비버코프가 처음 몇 주일 동안 유일하게 보여준 살아 있다는

---

*되블린은 정신과 의사로서 1906년부터 1908년까지 이 병원에서 근무했다.

표시였다. 눈은 언제나 질끈 감고 음식을 모조리 거부했다. 그 래서 목구멍에 존데를 꽂아 양분을 공급해야 했다. 여러 주 동 안이나 우유와 달걀, 그리고 약간의 코냑이 주입되었다. 그사 이 이 강골의 사내가 움츠러들어 남자 간호사 한 명이 쉽게 그 를 목욕물에 집어넣을 수 있게 되었다. 프란츠는 목욕을 아주 잘 견뎠고, 목욕물 속에서는 심지어 몇 마디 중얼거리기도 하 고 눈도 뜨고 한숨을 쉬고 신음도 했다. 하지만 그 모든 소리에 서 어떤 의미도 찾아낼 수가 없었다.

부흐 병원은 마을 뒤편으로 조금 떨어진 곳에 자리 잡고 있 다. 그중에서도 안전 가옥은, 병이 들었을 뿐 범죄를 저지르지 않은 일반 환자들이 머무는 병동의 바깥쪽에 따로 마련되어 있 었다. 안전 가옥은 사방이 완전히 트인 평지에 자리 잡았기에, 바람과 비, 눈과 추위, 낮과 밤 등이 이 집을 완전히 휘감았다. 이런 자연의 원소들은 그 어떤 길도 따르지 않았다. 거기엔 나 무 몇 그루와 관목 조금, 전신주 몇 개만이 서 있고, 그 밖에는 비와 눈, 바람, 추위, 낮과 밤만이 있었다.

휘휘, 바람이 그 품을 넓게 벌리고 숨을 들이쉬었다가 마치 통처럼 숨을 내쉰다. 바람의 숨결은 모두 산처럼 무거운데 그 산이 도착해서는 우지끈 탁탁, 집을 향해 굴러온다. 베이스 음 으로 굴러온다, 휘휘, 나무들은 흔들리며 박자도 제대로 못 맞 춘다. 바람이 오른쪽으로 불면 나무들은 아직 왼쪽에 서 있고, 그럼 바람은 우지끈 나무 위로 지나간다. 몰아치는 무게, 망치 질하는 공기, 쿵, 우지끈, 쇄쇄, 탁, 휘휘, 나는 그대의 것, 이리 로 오라, 우린 금방 도착할 거야, 휘이, 밤이다, 밤.

프란츠는 그 외침 소리를 듣는다. 휘이, 그치지 않는다, 그

칠 법도 하련만. 경비원이 제 책상 앞에 앉아 무언가 읽고 있다, 나는 그가 보인다, 그는 이런 울부짖음에 전혀 아랑곳하지 않는다. 나는 이미 오래 누워 있다. 추적, 빌어먹을 추적, 그들이 나를 후닥닥 잡았다, 내 팔과 두 다리가 부러졌다, 내 목덜미도 부러져 끝장났다. 휘휘, 저거야 흐느껴도 되지, 난 이미 오래 누워 있다, 난 일어서지 않아, 프란츠 비버코프는 더는 일어서지 않는다. 최후 심판의 나팔이 울려 퍼져도 프란츠 비버코프는 일어서지 않는다. 그들이야 멋대로 소리 지르라지, 존데를 갖고 오라지, 이제 그들은 내 콧구멍을 통해 존데를 꽂았다, 내가 입을 벌리려 하지 않으니까, 난 굶어 죽을 거다, 그들이 그 약으로 무얼 어쩌겠나, 할 수 있으면 해보라지. 빌어먹을 난 이미 모든 게 끝났다. 이제 경비원이 맥주 한 잔을 마신다, 난 그것도 이젠 끝내버렸다.

휘— 탁, 휘— 탁, 휘— 툭탁, 휘— 탁. 강한 폭풍이 힘을 모아 덤비고 달리고 때리고 휘몰아친다. 이젠 밤이다, 어떻게 하면 프란츠가 깨어날까, 그의 팔다리를 부러뜨리는 것 말고, 하지만 건물이 아주 튼튼해서 그들이 외치는 소리를 그는 듣지 못한다, 그가 건물 바깥 그들 가까이 있다면 그들을 느끼고, 미체가 외치는 소리를 들으련만. 그러면 그의 마음이 열리련만, 그의 양심이 깨어나고 그가 일어서련만, 그러면 좋으련만, 사람들은 무엇을 해야 할지 모른다. 누군가 도끼를 들고 단단한 목재에 꽂아 넣는다면, 가장 나이 든 나무라도 소리를 지르겠지. 하지만 이렇게 뻣뻣하게 누워 단단히 오그라든 채로 불운 속에 고정되어버리는 것, 그것이 세상에서 가장 나쁜 일이다.

우린 이대로 물러나선 안 돼, 우리가 성벽 깨는 무기로 단단한 건물을 부수고 들어가든지, 창문을 깨뜨리든지 아니면 채광창을 들어 올리자, 그가 우리를 느끼면, 이 외침 소리를 들으면, 우리가 실어온 미체의 외침 소리를 들으면, 그럼 그는 살아나서 무슨 일인지 더 잘 알게 될 것이다. 우린 그를 두렵게 하고 놀라게 해야 한다. 그는 저 침대에서 휴식을 취해서는 안 돼, 어떻게 하면 내가 그의 이불을 들치나, 어떻게 하면 그를 바닥으로 불어 떨어뜨리나, 어떻게 하면 경호원의 책으로 불어가고, 탁자에서 맥주를 불어 떨어뜨리나, 휘— 휘—, 어떻게 하면 그의 램프를 뒤집어엎나, 전구를 깨뜨리나, 어쩌면 건물 안에 합선이 될 거다, 어쩌면 불이 날 거다, 휘— 휘— 정신병원에 불이야, 안전 가옥에 불이야.

프란츠는 귀를 틀어막은 채 그대로 뻣뻣하다. 안전 가옥에 낮과 밤이 바뀌고 맑은 날씨와 비 오는 날씨가 바뀌어도.

담장에서 마을의 어떤 젊은 아가씨가 경비원과 이야기를 하고 있다.

"내가 운 게 보이나요?"

"아니, 그냥 한쪽 뺨이 좀 부었는데."

"머리 전체가, 뒷머리가, 몽땅 부었죠."

그녀는 울면서 호주머니에서 손수건을 꺼낸다. 얼굴이 몹시 일그러졌다.

"난 아무 일도 안 했는데. 빵집에 빵을 사러 갔죠. 그곳 아가씨를 알기에 무얼 하느냐고 물었어요. 걔 말이 제빵공들의 무도회에 간다고 하데요. 날씨가 나쁘면 집에 있을 수도 있지만.

개는 표가 한 장 더 있으니 나도 데려가겠다고 했어요. 단 한 푼도 안 드는 일이죠. 그 아가씨 친절하지 않아요?"

"그러네."

"하지만 우리 부모님한테 물어봐야죠, 특히 어머니에게. 가면 안 된다는 거예요. 넌 그렇게 멀리 가면 안 된다, 날씨가 나쁘고 아버지도 병이 나지 않았니. 그런데도 난 가려고 했죠, 그래서 이렇게 된통 맞은 거예요, 이게 뭐야."

그녀는 울면서 앞을 빤히 응시했다.

"뒷머리 전체가 뻐근해요. 어머니가 말했죠. 이제 넌 우리한테 쓸모 있는 일을 하겠구나, 가지 말고 남아 있어. 정말 심하죠. 어째서 가면 안 된다는 거죠. 난 벌써 스무 살인데, 토요일과 일요일은 외출을 해야지. 그러자 어머니가 말했어요. 목요일이라면 좋아, 그리고 그 아가씨한테 표가 있다면."

"원한다면 손수건을 빌려드릴 수 있는데요."

"아, 난 벌써 손수건을 여섯 장이나 버리고 말았는걸요. 코도 풀고, 하루 종일 울고 있어요. 대체 아가씨에게 뭐라고 말하면 좋죠, 이렇게 뺨이 부어가지곤 가게로 갈 수도 없어요. 그냥 떠나고 싶었지만, 난 다른 생각도 해보고 싶어요, 당신 친구 제프하고 말이죠. 그에게 편지를 썼어요, 이제 우린 끝이다, 그는 답장도 하지 않았죠. 이젠 끝난 거예요."

"그를 내버려둬요. 수요일마다 도시에서 다른 여자하고 함께 있곤 하니까."

"난 그가 정말 좋아요. 그래서 떠나려는 거예요."

프란츠의 침대 옆에 딸기코 노인 한 명이 앉아 있다.

"맙소사, 눈을 떠보게, 내 말을 들을 수 있지 않나. 나도 그런 쇼를 했어. 즐거운 나의 집, 알겠지, 아름다운 고향, 내게는 그게 땅속이라네. 편하게 집에 있지 않다면 나는 땅 밑으로 가고 싶어. 비정상적으로 머리가 작은 놈들이 나를 빙하기의 혈거인으로 만들려고 했어. 동굴 속에 사는 존재 말이야, 나더러 이 동굴에 살라는 거지. 자네도 알지, 혈거인 말일세. 우리가 바로 그런 존재야. 일어나라, 이 세상의 저주받은 자들아. 세상은 그들을 굶어 죽게 만들려는 거야. 너희는 전투에서 희생자가 되어 쓰러졌다. 민족을 향한 거룩한 사랑으로 너희는 민족과 삶과 행복과 자유를 위해 모든 것을 바쳤다. 그게 우리야, 빌어먹을. 전제 군주는 화려한 방에서 만찬을 베풀지, 불안감을 포도주에 빠뜨려 죽이지만, 그런데도 손 하나가 풍성한 식탁 위에 위협의 표시를 적은 지 이미 오래야. 나는 독학자다, 내가 배운 건 나 혼자서 배운 것, 모든 걸 감옥에서, 이 요새에서 배웠지. 이제 그들은 나를 여기 가두어놓는다. 그들은 민중을 미숙한 존재로 만든다. 그들에게 나는 공익을 해칠 우려가 있는 사람이지. 정말로 그렇다. 나는 다르게 생각하는 사람이니, 그 말을 자네에게 하겠네. 자네는 내가 여기 앉아 있는 걸 본다. 나는 세상에서 가장 조용한 사람이지만, 누군가 나를 자극하면 때가 된 것이다. 가장 강력하고 힘차고 자유로운 민중이 깨어난다. 그러니 형제들아 조용히 쉬어라. 너희는 우리를 위해 고귀하고도 위대하게 자신을 바쳤다.

이제 알겠나, 동지, 자네가 내 말을 듣는다는 걸 내가 알도록 눈을 떠보게—그래 좋아, 그 이상은 필요 없어. 난 자네를 폭로하진 않을 테니—자넨 대체 무슨 일을 했나, 폭군 한 명을 죽였나, 너희 형리와 전제 군주들에게 죽음을, 그게 맞지. 알겠나, 자네는 계속 누워 있어, 나는 밤새 잠을 이룰 수가 없어, 언제나 밖에서 휘잉— 휘잉— 소리가 나고 있으니, 자네도 그 소리를 듣겠지. 자네도 저걸 듣지, 그 소리들은 맨 먼저 건물 전체를 후려친다. 그들이 옳아. 나는 오늘 밤에 청산할 거야, 밤새도록, 지구가 1초 동안 태양 주변을 얼마나 도는지, 내 계산에는 말이지 28이다, 그런 다음 마누라가 내 옆에서 자고 있는 것 같지 않겠나, 내가 아내를 깨웠어, 아내가 말하지, 여보, 흥분하지 마시구려, 그건 그냥 꿈일 뿐이라우.

그들이 나를 가두었어, 내가 술을 마신다는 이유로. 하지만 술을 마시면 나는 화가 나지, 화가 나, 하지만 그냥 나 자신에게 화가 나는 거야, 그럼 나는 앞에 거치적거리는 건 무엇이든 때려 부수는 거야, 내가 나 자신의 주인이 아니니까. 한번은 연금 때문에 관청에 갔어, 방에는 버릇없는 녀석들이 앉아 있더라고, 펜대를 빨면서 나리 노릇을 하는 것 같았어. 난 문을 부수며 말했지, 그러자 그들이 그러데, 무얼 원하십니까, 대체 여기서 당신이 뭐란 말입니까. 그래 나는 책상을 쾅 하고 내리쳤지. 난 그들이 말하는 걸 원하지 않았으니까. 내가 누구와 함께 그런 명예를 나누겠나, 난 쇠겔이다, 나는 전화번호부를 원한다, 나는 대통령을 원해. 그래서 나는 건물을 부셔버렸어, 그 버릇없는 녀석들 중에 둘은 아직도 그걸 믿고 있다네."

휘잉 탁, 휘잉 탁, 휘잉 꽈당, 휘잉, 탁, 힘차게 쿵쿵, 탁탁,

*후루티 새.

휘잉— 이 거짓말쟁이 프란츠 비버코프, 비데호프,* 멍청이, 그는 눈이 내릴 때까지 기다리고 싶은 거지, 그런 다음 떠나면 다시는 돌아오지 않을 거라 생각하는 거야. 그가 무슨 생각을 하나, 그런 놈은 생각할 줄도 몰라, 머릿속에 지성이란 게 없으니, 그는 여기 누워서 다시는 움직이지 않으려 한다. 하지만 우린 그의 일을 망칠 거야, 우린 무쇠 뼈를 가졌으니, 쿵쾅 잘 봐라, 문을 부숴, 문에 구멍, 문에 틈, 자 봐라, 문이 없다, 텅 빈 구멍, 동굴, 휘잉, 횡, 잘 봐라, 횡, 휘이.

덜컹, 폭풍 속에 덜컹거림이 있네, 폭풍이 불어오자 덜컹 소리 크고, 한 여자가 빨간 짐승을 타고 목을 돌린다. 그 여자는 머리 일곱에 뿔이 열 개나 달렸구나. 손에는 잔을 들고 재잘거리는데, 그 여자가 비웃으며 프란츠를 기다린다. 폭풍의 힘을 가진 자를 위해 건배. 드르륵드르륵, 진정해요, 신사 여러분, 이 사내를 구하려고 애를 써도 소용없어, 이 사람은 별 볼 일이 없어, 팔도 하나뿐이고 몸엔 살도 지방도 없지, 그는 곧 싸늘해질걸, 그들은 그의 침대에 벌써 더운물이 담긴 통을 넣어준다. 난 벌써 그의 피를 가졌어, 그 자신도 아직은 조금 갖고 있지만, 그는 이제 더는 중요한 일을 하지 못해. 진정해요, 신사 여러분.

프란츠의 눈앞에서 그런 일이 일어난다. 창녀가 머리 일곱 개를 움직이고 소리를 꽥꽥 지르며 고개를 끄덕인다. 그녀가 올라타고 있는 짐승이 제 발을 문지르며 머리를 흔든다.

포도당 주사와 캠퍼 주사,
하지만 마침내 다른 사람이 끼어든다

프란츠 비버코프는 의사들과 싸운다. 그는 그들이 끼워놓은 호스를 떼어낼 수도 없고, 코에서 호스를 뽑을 수도 없다. 그들은 고무 위에 매끄럽게 기름칠을 한다. 존데가 그의 인후와 목구멍으로 미끄러져 들어가고, 우유와 달걀이 그의 위장으로 흘러간다. 하지만 그들이 이렇게 양분을 주입하고 나면 프란츠는 구토를 일으켜 토하기 시작한다. 힘들고 고통스러운 일이지만, 손이 묶여 손가락을 목구멍에 집어넣지 못하는데도 그것은 가능하다. 곧 원하는 걸 모조리 토할 수 있다. 누구 의지가 관철되는지 보자, 그들인가, 나인가, 그리고 누구든 나를 이 빌어먹을 세상에 억지로 붙잡아놓을 수 있나 보자. 나는 의사들의 실험을 위한 존재가 아니다. 나한테 무슨 일이 일어나는지 그들은 모른다.

그렇게 프란츠는 자기 뜻을 관철시켜 점점 더 허약해졌다. 그들은 온갖 방법을 다 써본다. 그에게 말을 걸고, 맥박을 재고, 상체를 높였다 낮추었다 하고, 카페인 주사, 캠퍼 주사, 포도당, 식염 주사를 그의 혈관에 놓는다. 그의 침대 주변에서 관장에 대해서도 의논한다. 어쩌면 그에게 추가로 산소 호흡을 시켜야 할지도 모른다. 산소마스크를 떼어버리진 못할 테니까. 그는 생각한다. 이 높은 의사 선생들이 어쩌자고 내 걱정을 하는 걸까. 베를린선 매일 백 명이나 되는 사람이 죽어가는데, 누군가 병이 들어도 돈이 많지 않다면 의사가 오지 않을 텐데. 그들 모두가 이리로 달려오지만, 나를 도와주려고 오는 건 아니다. 어제나 오늘이나 그들에게 난 어차피 상관없지, 그들이 나를 어떻게 하지 못하기 때문에 그들은 내게 화를 내는 거야. 그들은 이걸 참을 수 없다, 절대 안 돼, 죽는 건 이곳 질서에 어긋나는 일이다, 병원 규칙에 어긋난다. 내가 죽으면 그들은 어쩌면 다른 사람에게 앙갚음을 할 거다. 그 밖에도 그들은 나중에 미체와 그 밖에 또 다른 일 때문에 재판을 하는 데 나를 이용하려는 거지. 그러기 위해선 우선 내가 두 다리로 서야 하니까. 이들은 그야말로 형리의 하수인들이다, 형리도 못 되고 형리의 종들, 그쪽으로 몰아가는 자들, 그러면서도 그들은 의사 가운을 입고 돌아다니며 부끄러워하지도 않는다.

병동에서 의사들이 회진을 하는데 프란츠가 예전처럼 그대로 누워 있으면 수감자들 사이에 조롱 섞인 속삭임이 돈다. 저들은 계속 새로운 주사로 저 사람을 괴롭히고 있어, 다음 번엔 저 인간을 완전히 거꾸로 세울 거야, 이제 그들은 그에게 수혈을 하려고 한다, 하지만 피가 어디서 나나, 여기선 아무도 그렇게 피를 뽑힐 만큼 멍청하지 않은데, 그들이 저 가여운 사람을 내버려두는 게 나을 것인데, 인간의 의지가 제 하늘나라이니, 누구든 제가 원하는 걸 원하는 거지. 건물 전체가 한목소리로 오늘 우리 프란츠는 어떤 주사를 맞게 될까, 하고 묻는다. 그들은 의사들 뒤에서 하나같이 비웃는다. 그 사람한텐 그런 게 아무 소용 없다니까, 그들은 뜻을 이루지 못해, 그는 고집이 아주 센 사람이니까. 그는 가장 고집 센 사람에 속한다, 그는 그들 모두에게 그걸 보여주고, 또 제가 무얼 원하는지도 안다.

　의사 선생들은 진찰실에서 하얀 가운을 입는다. 수석 의사, 일반 의사, 수습 의사, 인턴들, 그들 모두가 이건 정신적 육체적 활동 정지 상태라고 말한다. 젊은 의사들은 이런 상태에 대해 특별한 견해를 갖고 있다. 그들은 프란츠 비버코프의 고통을 심리적 원인에 의한 것이라고 간주하려 한다. 그러니까 그의 마비 증세가 영혼에 기원을 둔 일종의 병적인 장애 상태로서, 어쩌면 가장 초기의 영적인 상태들로 퇴행한 것이라고 말이다. 만일에—이 대단한 만일에, 매우 수상쩍은 만일에, 유감스럽게도 이 만일에가 엄청 방해가 된다—만일에 프란츠 비버코프가 내면의 갈등을 진정시키기 위해 말을 한다면, 그리고 의사들과 함께 진료 회의 자리에 참가할 수만 있다면 정신 분석이 그런 영적인 퇴행을 밝혀낼 수 있을 것이라고 말이다. 젊은 의사들은 프란츠 비버코프와 로카르노 회의*를 해보려고 한다. 오전과 오후의 회진이 끝난 다음 수습 의사 두 명과 인턴으로 이루어진 이들 젊은 신사들이 번갈아 한 명씩 작은 격자가 쳐진 프란츠의 방으로 들어와서 그와 대화를 터보려고 온갖 노

*1925년 독일의 슈트레제만 수상이 발의한 국제회의. 이웃 나라들 사이에 다양한 중재 협약들이 체결되었다. 여기서는 의사들이 강압적이지 않은 방법으로 환자의 '자폐 상태'를 열어보려고 하는 치료 방법을 가리킨다.

력을 한다. 예를 들어, 그들은 무시 기법을 사용한다. 그러니까 그가 모두 다 듣고 있는 것처럼 그에게 말을 거는 것이다. 실은 그게 옳지만, 어쨌든 그를 유혹할 수 있는 것처럼, 그래서 그를 이런 고립 상태에서 꺼내고 감금을 풀어주기라도 할 것처럼 말이다.

이게 잘 되지 않자 수습 의사 한 명은 병원 측에서 전기 기구를 가져다가 프란츠 비버코프에게 전기 요법을 실시하기까지 했다. 그것도 그의 상체에 해본 다음 마지막에는 특별히 턱 부위와, 목과 입에 전기를 가져다 댔다. 이 한 판은 특히 흥분되고 자극적인 것이었을 게 분명하다.

나이 든 의사들은 세상 경험이 많은 활기에 넘치는 사람들로 산책을 좋아하고, 안전 가옥으로 산책을 오기 위해 모든 것을 허용한다. 수석 의사는 진찰실 책상 서류 더미 앞에 앉아 있다. 수석 간호사가 왼편에서 그에게 서류들을 넘겨준다. 젊은 신사 두 명, 젊은 경비원, 일반 의사와 인턴은 격자가 쳐진 창가에 서서 이따금씩 이야기를 주고받는다. 수면제 목록을 다 살펴보고 나자 새로운 간호사가 인사를 하고 수석 간호사와 함께 밖으로 나간다. 의사들은 자기들끼리만 남아서 바덴바덴에서의 지난번 회의 보고서를 이리저리 넘긴다.

수석 의사: "다음 번에 당신들은 마비도 심리적인 것이라고 믿겠군. 스피로헤타는 두뇌에 우연히 들어간 기생충일 뿐이오. 영혼, 영혼, 오 현대의 감정 상자. 의학은 노래의 날개를 타고."

두 의사는 입을 다물고 속으로 웃는다. 나이 든 세대는 말이 많지, 일정한 나이부터는 두뇌에 석회가 끼어서 더는 새로운 걸 받아들이지 않아. 수석 의사는 담배 연기를 내뿜고 서명을 하면서 이야기를 계속한다.

"이거 보시오. 전기란 좋은 거지. 수다보단 훨씬 나아. 하지만 약한 전기를 쓰면 아무 소용도 없고. 그렇다고 강한 전기를 쓰면 대단한 걸 경험할 수 있을 게요. 전쟁 때 벌써 알아냈지. 강한 전기 요법이라, 맙소사. 그건 허용되지 않아, 현대의 고문이야."

젊은 신사들은 용기를 내서 이제 비버코프의 경우에 어떻게 하면 좋을지 묻는다.

"우선 진단을 해야지, 가능하다면 올바른 진단 말이오. 논쟁의 여지가 없는 영혼 말고도—우리한텐 괴테와 샤미소가 있으니까, 약간 옛날 사람들이긴 해도—, 이것 말고도 코 출혈이 있지. 티눈과 부러진 다리도 있고. 부러진 다리는 치료를 해야 하는데, 얌전하게 부러진 다리나 티눈은 의사를 필요로 하는 법이오. 망가진 다리는 여러분 좋을 대로 할 수 있지, 그건 말로 낫는 게 아니니까. 덧붙여 피아노를 연주해줄 수도 있지만 낫진 않아. 부목을 대고 뼈를 올바로 맞추어야지, 그래야 해요. 티눈도 다르지 않지. 그것도 붓으로 약을 바르거나 아니면 더 좋은 장화를 사야 해. 물론 장화는 값이 더 비싸지만 목적에는 더 잘 어울리지."

연금 계산에는 잘 어울리는 지혜지만 정신적 내용 단계는 제로 상태다.

"그러니까 이 비버코프의 경우엔 무얼 해야 합니까, 선생님 생각엔 말입니다?"

"올바른 진단을 해야지. 그러니까 가장 오래 견뎌낸 내 진단에 따르면 이 경우엔 긴장성 무감각이오. 그냥 아주 소박한 유기물 소견이 뒤에 숨어 있지 않다면 말이오, 두뇌에 어떤 것, 그러니까 중뇌의 종양이나 뭐 그런 게 숨어 있는 게 아니라면, 아시겠소, 이른바 뇌염의 경우에서 이미 배운 것이지, 적어도 우리 나이 든 사람들은 말이오. 어쩌면 부검 중에 센세이션을 경험할 수도 있어, 처음 있는 일도 아니겠지만."

"긴장성 무감각이요?"

자기나 새 장화를 사는 게 좋겠다.

"그래요. 이런 마비에 들어 있는 것, 그리고 이런 발한 발작, 이따금 경련을 일으키고 또 훌륭하게 우리를 관찰하지. 하지만 말은 안 하고, 먹지도 않고, 이 모든 게 긴장성처럼 보입니다. 꾀병론자, 또는 심인론자는 물론 깜짝 놀라겠지만 말이오. 굶어 죽는다, 저자는 거기까진 가지 않을 거요."

"이런 진단이 나올 경우 이 사람을 낫게 하는 건 무엇입니까, 선생님, 아무것도 그에겐 도움이 되지 않는데요."

이제 우린 그를 땀 빼는 통에 넣겠는걸. 수석 의사는 격하게 웃음을 터뜨리더니 일어섰다. 수석 의사는 창가로 걸어가서 일반의의 어깨를 두들겼다.

"첫째로 그 사람은 당신들 두 사람에게서 놓여나겠지, 선생. 그런 다음 그는 적어도 편안히 잠을 잘 수 있을 게요. 그게 그에겐 이점이 되지. 당신과 다른 의사가 길게 설명하는 일이 마침내 그에게도 지루해질 거라고는 생각지 않으시오? 그 밖에 내가 이런 내 진단을 확고히 밀어붙이는 근거를 아시오? 이거 봐요, 난 분명 알고 있소. 만일 그의 경우 이른바 영혼이 문제라면 저 사람은 이미 오래전에 음식을 먹었을 거요. 저렇게 닳아빠진 죄수가 바라보면 젊은 의사들이 온다, 물론 내 오물을

아는 의사들—용서하시오, 우리끼리라 이런 말을 쓰는 거니까
—그들은 나를 건강하게 하려고 빌고 있다. 저런 친구에게 당
신은 그냥 밥이오. 그는 그걸 이용할 수가 있지. 그렇다면 그는
무엇을 할까, 이미 했을까? 보시오, 선생, 저 친구는 이성을 갖
고 계산을 하고 있소……."

　이젠 눈먼 수탉이 마침내 곡식을 찾았다고 믿는구나. 그걸
어떻게 콕콕 찍어 먹나.

　"그는 장애자입니다, 선생님, 우리 생각으로도 그게 방해가
되지요. 하지만 영적인 동기들에 따른 겁니다—실망과 실패
이후 현실과의 접촉 상실, 그런 다음 현실에 대한 유치한 충동
욕구들, 접촉을 회복하려는 노력들이 성과 없음."

　"헛소리, 영적인 동기라. 그렇다면 그는 또 다른 영적인 동
기들을 가질 겁니다. 그러면 이런 방해와 장애는 끝나지요. 그
는 당신들 두 사람에게 그걸 크리스마스 선물로 주겠지. 일주
일 뒤면 그는 당신의 도움으로 일어서게 됩니다, 그럼 당신은
얼마나 대단한 기도 치료사일까. 새로운 요법을 찬양하겠지.
당신은 빈에 있는 프로이트에게 숭배의 전보를 보낼 거요, 그
다음 주엔 저 사람이 당신의 부축을 받아 복도를 산책하고, 기
적이다, 기적, 할렐루야. 그다음 주엔 그는 벌써 안뜰을 완전히
익히겠지, 한 주가 지나면 그는 당신의 선량한 도움을 받아 당
신에게 등을 돌리고 할렐루야, 신난다, 이곳을 떠나겠지."

　"모르겠습니다. 그래도 시도는 해야 할 것 같은데요, 저도
믿진 않습니다만 선생님."

　(난 모든 걸 알고 있어, 넌 아무것도 모르지, 콕콕, 우린 다
알아.)

"하지만 난 믿어요. 당신도 배울 거요. 그런 걸 경험해봐야 하는 거지. 자 그 사람을 괴롭히지 말아요, 내 말 믿어요, 그런 건 아무 소용도 없어."

(난 9번 건물로 건너가야겠다, 이런 애송이들, 사랑하는 하느님이 다스려야지, 대체 지금 몇 시나 되었을까.)

프란츠 비버코프는 아무런 생각도 없이 멍했다. 아주 헬쑥하고 누렇게 떴으며 관절마다 수종이 일어나 부어 있었다. 기아 수종이다. 그는 굶주림의 냄새를, 달콤한 아세톤 냄새를 풍긴다. 방으로 들어서는 사람은 곧바로 여기서 아주 특별한 일이 일어나고 있음을 알아차린다.

프란츠의 영혼은 이미 아주 깊은 단계에 도달해 있었다. 오직 이따금씩만 그의 의식이 돌아왔다. 저 위 창고에 사는 잿빛 쥐들이 그를 이해한다. 그리고 밖에서 뛰어다니는 다람쥐와 산토끼들도. 쥐들은 안전 가옥과 부흐 병원 중앙 병동 중간에 있는 자기들의 집에 산다. 프란츠의 영혼 일부가 그곳으로 날아와 길을 잃고 이리저리 찾아 헤매고 쉿 소리를 내며 물어보고 눈이 멀어 돌아다닌다. 그러다가 저 건물 안 침대에 누워 숨을 쉬고 있는 제 몸뚱이로 돌아간다.

쥐들은 프란츠더러 슬퍼하지 말고 자기들과 함께 식사하자고 초대한다. 무엇이 그를 그토록 우울하게 하는지. 그러다가 그가 말하기 쉽지 않다는 사실이 드러난다. 그들은 그를 조르고 그는 완전히 끝장을 내고 싶어 한다. 인간은 못생긴 짐승이다, 모든 적들의 적이야, 지상에 존재하는 가장 역겨운 짐승이다, 심지어 고양이보다 더 나빠.

그가 말한다. 인간의 몸 안에 사는 건 좋지가 않아, 나는 차라리 땅 밑에 웅크리고 있을 거야, 들판 위로 돌아다니다가 그냥 보이는 걸 먹고, 바람이 불고 비가 내리고 추위가 왔다가 가고, 그게 인간의 몸 속에 사는 것보다 더 낫지.

쥐들이 돌아다닌다. 프란츠는 들쥐가 되어 함께 땅을 판다.

그는 안전 가옥의 침대에 누워 있다. 의사들이 와서 그의 육체를 힘껏 붙잡고 있다. 그사이 그는 점점 더 창백해진다. 그들 자신도 이제 더는 그를 붙잡을 수 없다고 말하게 되었다. 그의 안에 있는 짐승은 이미 들판을 돌아다닌다.

이제 그에게서 무언가가 빠져나와 더듬고 찾고 멋대로 돌아다닌다, 이것은 그가 전에는 거의 느끼지 못하던 것, 아주 희미하게만 제 속에서 느끼던 일이다. 그것은 쥐구멍을 통해 빠져나갔다가 풀 사이로 돌아다니며 찾고, 식물이 뿌리와 씨앗을 감추어둔 바닥을 더듬는다. 이 무언가가 그들과 이야기를 한다. 그들은 그것을 이해할 수 있다. 그것은 이리저리 불어가고, 똑똑 두들기고, 마치 씨앗들이 바닥 위로 떨어지는 것 같다. 프란츠의 영혼은 제 식물 씨앗을 돌려준다. 하지만 이것은 힘든 시간, 차갑게 얼어붙어 있다. 얼마나 오래 계속될지 누가 알랴, 하지만 들판에는 자리가 있다, 프란츠는 제 안에 많은 씨앗들을 품고 있다. 그는 매일 집에서 밖으로 불어나가 새로운 씨앗을 퍼뜨린다.

죽음이 느리고 느린 노래를 부른다

폭풍처럼 강한 자들이 이젠 조용해지고, 또 다른 노래가 시작
되었다. 모두들 그 노래를 알고, 그 노래를 부르는 자를 안다.
그가 제 목소리를 높이면 그들은 언제나 조용해진다. 심지어는
세상에서 가장 사나운 것들조차 조용해진다.

죽음이 느리고 느린 노래를 이미 시작했다. 죽음은 말더듬
이처럼 노래하고, 낱말마다 반복한다. 시 구절 하나를 노래하
고 나면 첫 구절을 다시 시작하여 반복한다. 죽음은 톱이 지나
가는 것처럼 노래한다. 아주 느리게 지나간다. 깊이 살 속으로
들어가 더 큰 소리로, 더욱 맑고 높은 소리를 지른다, 그런 다
음 톱은 끝까지 한 소리가 되었다가 멈춘다. 그런 다음 톱은 천
천히, 천천히 되돌아간다. 사각사각, 그 소리는 점점 더 높아지
고 더욱 확고해진다. 날카롭게 살 속으로 파고든다.

죽음이 천천히 노래한다.

"이제 내가 네게 나타날 시간이구나, 창문에서 벌써 씨앗들
이 날아가고 넌 침대 시트를 털고 있으니, 마치 더는 누워 있지

않을 것처럼. 나는 그냥 베어가는 자가 아니다, 나는 그냥 썰어가는 자가 아니다, 난 여기 있어야 한다, 지키는 것이 내게는 중요한 일이니. 오, 그래! 오 그래! 오 그래!"

오, 그래, 모든 구절의 마지막에 죽음은 이렇게 노래한다. 죽음이 강하게 움직이면 죽음은 그게 즐거워서 오 그래, 하고 노래한다. 이 노래를 듣는 이들은 눈을 감는다, 견딜 수가 없다.

천천히, 천천히 죽음이 노래한다, 악한 바빌론이 죽음의 노래에 귀를 기울인다, 폭풍처럼 강한 자들이 죽음의 노래에 귀를 기울인다.

"난 여기 서서 기록을 해야 해. 여기 누워 제 목숨과 몸을 내놓는 사람은 프란츠 비버코프다. 그가 어디 있든 그는 제가 어디로 가는지, 무엇을 원하는지 안다."

그건 분명 아름다운 노래지만 이것을 프란츠는 듣는 걸까? 그리고 그게 무슨 말일까, 죽음이 노래한다는 말이? 책에는 그렇게 인쇄되어 있다. 아니면 시처럼 큰 소리로 낭송된다. 슈베르트가 비슷한 노래들을 작곡했다, 〈죽음과 소녀〉라던가, 하지만 여기서 그건 무슨 뜻일까?

나는 순수한 진실을 말하려 한다, 순수한 진실을, 그리고 그 진실이란 다음과 같다. 프란츠 비버코프는 죽음의 노래를 듣는다, 이 죽음을, 그리고 죽음이 말더듬이처럼 노래하는 것을, 언제나 되풀이하는 것을, 마치 목재 속으로 파고드는 톱처럼 천천히 노래하는 것을 듣는다.

"나는 여기 서서 기록해야 한다, 프란츠 비버코프, 너는 여기 누워 내게로 오려고 한다. 그래, 내게로 오다니 네가 옳았어, 프란츠. 인간이 죽음을 찾지 않는다면 어떻게 번성할 수 있을까? 진짜 죽음, 현실적인 죽음을 말이다. 너는 평생 너 자신을 지켰다. 사람들의 무시무시한 동경이란 바로 지키고 또 지키자는 것, 오직 그 한 지점 위에 서 있지만 그렇게 계속하진 못한다.

뤼더스가 너를 속였을 때 너는 처음으로 너 자신과 이야기를 했다, 너는 술을 마시고 너를 지켰다! 네 팔이 부서지고 네 목숨이 위태로울 때, 프란츠, 고백해라, 넌 단 한 순간도 죽음을 생각하지 않았지. 난 네게 모든 것을 보냈지만 너는 나를 알아보지 못했다. 혹 나를 느끼면 너는 점점 더 사나워지고 더욱 두려워했지, 내게서 도망쳤다. 너 자신과 네가 시작한 일을 버린다는 생각은 절대로 네 머리에 떠오르지 않았어. 너는 경련을 일으키며 강인함 속으로 들어갔다, 그 경련은 아직도 완전히 사라지지 않았다. 하지만 아무 소용도 없다. 넌 그게 아무 소용도 없음을 느꼈다. 그건 아무 소용이 없다. 그런 게 아무 소용이 없는 순간이 오는 것이니. 죽음은 네게 부드러운 노래를 불러주지 않고, 네 목을 조르는 목걸이를 걸어주지도 않아. 나는 삶이며 참된 힘이다, 너는 마침내, 마침내, 너 자신을 더는 지키려 하지 않는다."

"뭐라고? 뭐라고! 그게 무슨 말이야, 나를 어쩌겠다는 거냐?"

"나는 삶이며 가장 참된 힘이다, 내 힘은 가장 힘센 대포보다도 더욱 강하다. 너는 지금 내게서 도망쳐 어디선가 평화롭게 살려고 하지 않는다. 너는 스스로를 알아보려 하고, 자신을 시험하려고 하지, 삶은 나 없이는 아무 보람도 없어. 내게 가까이 오너라, 프란츠, 나를 보아라, 자 네가 저 아래 심연에 누워 있는 걸 보아라, 나는 네게 사다리를 보여주려 한다. 거기서 너는 새로운 눈길을 찾을 것이다. 너는 이제 내게로 올라올 것이다, 내가 사다리를 붙잡아주지, 너는 팔이 하나뿐이지만, 그래도 꼭 잡아라, 두 다리를 단단히 딛고 꼭 잡고 올라오너라, 이리로."

"어둠 속에서 사다리가 보이지 않는다, 대체 어디다 두었단 말이냐, 팔 하나만으론 기어 올라갈 수도 없다."

"너는 팔로 기어오르는 게 아니다, 다리로 기어오른다."

"난 꼭 붙잡을 수가 없어, 네가 요구하는 건 헛소리다."

"넌 그냥 내게로 더 가까이 오고 싶지 않은 것뿐이다. 그럼 내가 불을 켜지, 네가 오는 길을 찾도록."

그러면서 죽음은 오른팔을 등 뒤로 쳐든다. 그가 어째서 팔을 등 뒤에 감추고 있었는지 드러난다.

"네가 어둠 속에서 올라올 용기가 없다면 네게 불을 켜주마, 가까이 기어오너라."

공중에서 손도끼가 번뜩인다, 번쩍이더니 다시 사라진다.

"가까이 기어와, 가까이 와라!"

죽음이 도끼를 머리 뒤쪽으로부터 앞으로 휘두르며 팔로 계속 아치를 그리고 원을 그리자 도끼가 쉭, 소리를 내는 것 같다. 하지만 그의 손이 벌써 머리 뒤로 올라가더니 다시 한 번 도끼를 휘두른다. 번개가 번쩍, 아래로 떨어진다, 공중에서 절반의 아치를 그리며 떨어진다, 떨어진다, 떨어진다, 새로이 쉭, 새로이 쉭, 새로이 쉭.

높이 들어 올렸다가 떨어진다, 내리꽂는다, 높이 올라갔다 떨어진다, 내리꽂는다, 올라갔다 떨어진다, 내리꽂는다, 올라갔다 떨어져 내리꽂고, 올라갔다 내리꽂고, 올라갔다 내리꽂는다.

빛의 번쩍임 속에서, 그것이 휘두르고 번갯불을 내고 내리꽂히는 동안 프란츠는 기어서 사다리를 더듬으며 소리 지르고, 소리 지르고, 소리 지른다. 그리고 물러서지 않는다. 죽음이 여기 있다.

프란츠는 소리 지른다.

프란츠는 소리 지르고 기어가고, 소리 지른다.

그는 밤새 소리 지른다. 프란츠는 행진해서 왔다.

소리 지르며 하루를 시작한다.

소리 지르며 오전을 시작한다.

올라갔다 떨어져 내리꽂는다.

소리 지르며 한낮을 시작한다.

소리 지르며 오후를 시작한다.

올라가고 떨어지고 내리꽂고.

올라가고, 내리꽂고, 내리꽂고, 올라가고, 올라가고 내리꽂고, 내리꽂고, 내리꽂고.

올라가고, 내리꽂고.

소리 지르며 저녁을 시작한다, 저녁을 시작한다. 밤이 다가온다.

소리 지르며 밤을 시작한다, 프란츠는 밤을 시작한다.

그의 몸은 계속 앞으로 나아간다. 그의 몸이 조각나며 한 덩이씩 떨어진다. 그의 몸은 자동으로 앞으로 나아간다, 나아가야 한다, 다르게 할 수가 없다. 도끼는 공중에서 선회하고. 번개가 치고 떨어진다. 이렇게 센티미터 단위로 살을 저민다. 저편으로, 센티미터만큼 저편으로, 그의 몸은 죽지 않는다, 그는 앞으로 나아간다, 천천히 계속 앞으로 나아간다, 아무것도 떨어지지 않는다, 모든 것이 계속 살아 있다.

그의 침대 곁을 사람들은 지나가고, 침대 옆에 서서 그의 눈꺼풀을 쳐들고 반응이 있는지 살펴본다. 실낱같은 그의 맥박을 재는 이 사람들은 그의 외침 소리를 듣지 못한다. 그들은 프란츠가 입을 벌리고 있는 것을 보고는 그가 목이 마르다 여기고 조심스럽게 액체 몇 방울을 흘려 넣는다. 그가 그 물방울을 토해내지만 않아도 이미 좋은 일, 그가 이빨을 꽉 다물지 않는 것도 좋은 일이다. 한 인간이 이렇게 오래 살 수 있다니 어떻게 그게 가능한가.

"나는 아프다, 아파."

"네가 아픈 게 좋은 거다. 네가 아픈 것보다 더 좋은 게 없다."

"아, 이제 나를 그만 아프게 해라. 이제 그만 끝내라."

"끝내도 소용이 없다. 이제 끝나간다."

"끝내라. 너는 그걸 손에 쥐고 있다."

"난 도끼를 손에 쥐고 있을 뿐, 나머진 모두 네 손에 있다."

"내 손에 뭐가 있다고? 끝내라."

이제 목소리가 터져나오면서 완전히 변했다.

끝없는 원망, 억제할 수 없는 원망, 미친 듯이 억제할 수 없는, 끝도 모르고 계속되는 원망.

"내가 여기 서서 너와 이야기하는 데까지 이르렀다. 내가 남을 못살게 구는 형리처럼 이렇게 서서, 마치 독성이 있고 물어뜯는 짐승의 목을 조르듯 네 목을 조르는 지경까지 이르렀다. 난 언제나 다시 너를 불렀다. 그러면서 나를 누구든 흥이 나면 계속해서 돌리는 축음기라고, 전축이라고 여겼다. 그럼 난 외쳐야 했지, 네가 물렸거든 이제 그만 나를 내려놓아라. 넌 나를 전축으로 여기지, 또는 그렇다고 비난한다. 나를 비난하지, 하지만 보아라, 사정이 전혀 딴판이다."

"내가 대체 무얼 했는데. 내가 나를 충분히 괴롭히지 않았나. 난 나 같은 꼴을 당한 사람을 한 명도 못 보았다. 그렇게 비참하고 그렇게 불쌍한 인간을."

"넌 한 번도 그 자리에 없었어, 더러운 자식아. 난 평생 프란츠 비버코프를 보지 못했다. 내가 뤼더스를 네게 보냈을 때 넌 눈을 뜨지 않고 주머니칼처럼 꾹 감고 있었어. 그러곤 퍼마셨지, 소주를 계속 퍼마시고는 다른 일은 아무것도 하지 않았다."

"난 착실하게 살려고 했는데, 그놈이 나를 배신했어."

"내 말은 네가 눈을 뜨지 않았다는 거야, 이 비뚤어진 개야. 사기꾼을 욕하고 사기 치는 일을 욕하면서도 사람들을 바라보지 않고, 어째서 그랬는지도 물어보지 않았다. 넌 대체 인간에 대한 어떤 심판관인가, 눈도 없으면서. 넌 눈멀고 뻔뻔했어, 콧대가 높았지. 부유한 지역 출신의 비버코프 씨, 세상은 그가 원하는 대로 되어야 하지. 그렇지가 않아, 이제야 너는 그걸 아네. 사람들은 너를 신경 쓰지 않아. 라인홀트가 너를 잡아 자동차 밑으로 던졌을 때 네 팔이 차에 치여 망가졌을 때도 우리의 프란츠 비버코프는 완전히 망가지지 않았어. 바퀴 아래 누워서도 맹세를 했어. 난 강하게 있을 거라고. 이제 생각을 좀 해보고, 판단력을 모아보자, 라고는 말하지 않았다. 아니, 그는 이렇게만 말해. 난 강하게 있을 거야. 내가 네게 말을 거는 것도 넌 몰랐지. 하지만 이제야 내 말을 듣네."

"모르다니, 어째서? 무얼 말인가?"

"그리고 마지막으로 미체, 프란츠, 이건 부끄러운 일이다, 부끄러운 일이야. 말해, 부끄러운 일이다, 소리 질러, 부끄러운 일이라고!"

"난 못해. 모르겠어, 왜 그래야 하지?"

"부끄러운 일이라고 소리 질러. 그녀는 네게 왔지, 사랑스러웠어, 너를 보호했고, 네게서 기쁨을 느꼈다. 그런데 너는? 너에게 인간이란 무엇이냐, 그런 꽃과도 같은 인간 말이다. 너는 그냥 가서는 라인홀트 앞에서 자랑했지. 그게 네 감정의 절정이었다. 넌 그냥 강하려고만 했다. 라인홀트와 싸울 수 있게 되어 행복했어, 놈보다 더 나은 게 마냥 좋아서 그리로 찾아가 그녀를 들먹이며 그를 자극했지. 그걸 생각해봐, 미체가 지금 죽었다면 그 죄가 네게 있지 않은지 말이다. 그리고 너를 위해 죽은 그녀를 위해 단 한 방울도 눈물을 흘리지 않았다. 대체 누구를 위해 죽었더냐.

그냥 잡담만 했지. '내가', '나는', '내가 겪은 억울함'이라고 말이다. 나는 얼마나 고귀한가, 난 얼마나 섬세한가, 내가 어떤 종류의 인간인지 보여주게 하지 마라. 그렇게만 말했다. 부끄러운 일이라고 외쳐, 부끄러운 일이라고!"

"난 모르겠어."

"이제 넌 싸움에서 졌다. 내 아들아, 넌 끝났어. 이제 끝났다. 그만두어라. 나한테선 이미 끝났다. 이제 너는 마음껏 울부짖고 소리쳐도 좋다. 이런 건달. 넌 마음 하나를 얻었지, 머리와 눈과 귀를, 그런데도 그는 제가 착실하면 좋다고 생각한다. 제가 착실하다고 부르는 그것만 좋다고 여기면서 아무것도 보

지 않고 듣지 않고, 아무 거침없이 살며 아무것도 알아채지 못
했지. 인간은 제가 원하는 걸 할 수 있으니까."

"대체 무슨 말이야, 무엇을 해야 한단 말인가?"

죽음의 대갈 일성. "난 네게 말하는 게 아니다, 나한테 넉
살좋게 말 걸지 마라. 넌 머리도 없고 귀도 없구나. 넌 태어나
지도 않았어, 아예 이 세상에 오지도 않은 거야. 넌 망상을 품
은 기형아다. 뻔뻔스러운 생각들을 지닌 비버코프 교황님, 우
선 태어나셔야지, 형편이 어떤지 우린 알지. 세상은 너와 다른
인간들이 필요하다, 더 밝은 사람들, 그리고 덜 뻔뻔하고 세상
일이 어떻게 되어가는지 바라보는 사람들, 세상은 설탕으로 이
루어진 게 아니다, 설탕과 오물과 온갖 게 뒤죽박죽 섞인 거지.
너 이놈아, 네 심장을 이리 내놓아라, 이제 너를 끝장내겠다.
내 이제 그것을 원래의 제자리인 오물 더미에 던져 넣겠다. 그
주둥이는 네가 그냥 지녀도 좋다."

"아직 나를 조금만 놓아줘. 생각을 좀 해보게. 조금만 더. 조
금만."

"네 심장을 내놔라, 이놈아."

"조금만."

"내가 가져간다."

"조금만."

이제 프란츠는 죽음의 느린 노래를 듣는다

번개, 번개, 번개, 번개, 번개가 멈춘다. 내리꽂고 떨어지고 내리꽂고, 내리꽂고 떨어지고 내리꽂는 게 멈춘다. 프란츠가 소리를 지른 두 번째 밤이다. 떨어지고 내리꽂는 게 멈춘다. 그는 이제 더는 소리치지 않는다. 번개가 멈춘다. 그의 눈이 깜박인다. 그는 뻣뻣하게 누워 있다. 이것은 방, 홀, 사람들이 간다. 너는 입을 꾹 다물어선 안 된다. 그들이 그의 입에 따뜻한 것을 흘려 넣는다. 번개가 없다. 내리꽂는 것도 없다. 벽. 조금만, 조금만 더, 대체 무엇을. 그는 눈을 감는다.

프란츠는 눈을 감으면서 무언가를 하기 시작한다. 여러분은 그가 무얼 하는지 보지 못한다. 그가 누워서 어쩌면 곧 죽을 거라고 생각할 뿐이다. 그는 손가락 하나 까딱하지 않는다. 그는 부르고 움직이고 걷는다. 그는 제게 속한 것을 모두 불러 모은다. 창을 통해 들판으로 나가 풀잎을 흔들고, 쥐구멍으로 들어간다. 내놔라, 내놔라, 대체 여기 무엇이 있나, 내 것 중에 무엇이 여기 있나? 그리고 풀을 흔든다. 감자 샐러드에서 이리 나와라, 그 수다가 대체 뭐냐, 모든 게 아무 의미도 없다, 난 너희가 필요해, 난 아무에게도 휴가를 줄 수 없다, 내 곁에서 할 일이 있다, 즐겁게, 난 너희 모두가 필요하다.

그들이 그에게 고기 수프를 흘려 넣는다. 그는 그것을 받아 삼키고 토하지 않는다. 그는 이제 그러고 싶지 않다, 토하고 싶지 않다.

프란츠는 입 안에 죽음의 말을 지녔다. 아무도 그에게서 그것을 뺏어가지 못한다. 그는 그것을 입 안에서 굴리고, 그것은 돌이다, 단단한 돌이다. 거기서 양분이 흘러나오지는 않는다. 이런 처지에서 수많은 사람들이 죽었다. 그들에게 더 이상이란 없었다. 그들은 이제 단 한 번만 더 고통을 감내하면 계속 나아갈 수 있다는 걸 몰랐다. 이 한 걸음을 그들은 내디딜 수가 없었다. 그들은 그것을 몰랐다. 그것은 빨리 오지 않는다는 것을, 그것은 충분히 빠르지 않기에 이건 그냥 허약함이라는 것, 몇 분, 몇 초 동안의 경련이 오고 나면 그들은 벌써 저편으로 넘어가 있다. 더는 카를, 빌헬름, 민나, 프란치스카라는 이름으로 불리지 못하는 곳으로, 이젠 지긋지긋하다, 지긋지긋하게 지친 상태로 저편으로 넘어가 버린다, 분노와 절망의 경직 상태에서 벌겋게 달구어진 채로 그들은 잠자면서 저편으로 넘어갔다. 조금만 더 하얗게 작열하기만 하면 된다는 걸, 그러면 자기들이 부드러워지고, 모든 것이 새로워졌으리라는 걸 그들은 몰랐다.

다가오게 하라—밤은 아직 그토록 검고 아무것도 아닌 것처럼 있을 수 있나니, 검은 밤과 찬 서리가 앉은 경작지들이, 단단히 얼어붙은 도로들이 다가오게 하라. 붉은빛이 새나오는 고

독한 벽돌 건물이 다가오게 하라. 추위에 떠는 떠돌이들, 도시
로 향하는 야채 실은 마차 위에 앉은 마부들과 마차 앞에 매인
말들이 다가오게 하라. 교외선 열차들과 완행열차가 어둠 속에
서 하얀빛을 양쪽으로 던지며 달리는 평지, 크고도 평평하고
말 없는 평지들이 다가오게 하라. 정거장에 있는 사람들이 다
가오게 하라. 부모와 헤어져 나이 든 지인들과 함께 대양 저편
멀리 해외로 떠나는 어린 소녀의 이별, 표는 이미 갖고 있어,
하지만 맙소사 저렇게 어린 소녀가, 하지만 대양 저편에서 그
앤 적응할 거야, 용감하게 견디면 모든 게 잘되겠지, 그 어린
소녀의 이별이 다가오게 하라. 한 줄로 나란히 서 있는 도시들,
브레슬라우, 리크니츠, 좀머펠트, 구벤, 오데르 강변의 프랑크
푸르트, 베를린 이 도시들을 다가오게 하고 받아들여라. 기차
는 이 도시들을 통해 정거장에서 정거장으로 달린다, 정거장에
도시들이 나타나곤 한다, 크고 작은 거리들을 품고 있는 도시
들. 슈바이트니츠 거리를 품고 있는 브레슬라우, 또 빌헬름 황
제 거리의 순환 도로와 선제후 거리도 있고, 사람들이 몸을 녹
이고 서로 다정하게 바라보고, 차가운 태도로 나란히 앉아 있
는 아파트들이 어디에나 있다. 지저분한 집들과 누군가 피아노
를 연주하는 술집들, 〈작은 인형, 그대는 나의 눈동자〉 같은 옛
날 유행가를 연주하는 곳, 마치 1928년에는 새로운 노래가 나
오지 않기라도 한 것처럼, 예를 들면 〈마돈나, 넌 더 예쁘구나〉
나 〈라모나〉 같은 노래들이 없기라도 한 것처럼 옛날 노래를
연주하는 곳.

다가오게 하라— 자동차들이, 얼마나 많은 자동차 안에 너
는 앉아 있었나. 자동차가 덜컹거리며 달리는데 너는 혼자였거

나 아니면 네 곁에 한두 사람이 있었지. 자동차 번호 20147.

빵 덩이 하나가 오븐으로 밀려들어 간다.

오븐은 농가 바깥에 있고, 뒤쪽은 경작지다. 이 물건은 작은 벽돌 더미처럼 보인다. 여자들이 장작을 잔뜩 톱질하고, 마른 가지를 모아놓았다. 나뭇더미가 오븐 옆에 있어 그들이 나뭇가지를 쑤셔 넣는다. 이제 한 여자가 커다란 형체들을 들고 마당을 건너온다. 반죽이 그 위에 있다. 한 젊은이가 오븐 문을 연다. 그 안은 이글거리고, 이글거리고, 이글거리고, 열기가 엄청나다. 그들은 막대를 이용해서 판들을 안으로 밀어 넣고, 빵은 그 안에서 부풀어 오른다. 물기가 올라가고 빵 반죽은 천천히 갈색으로 변한다.

프란츠는 절반쯤 일어나 앉는다. 그는 침을 삼키고 기다린다. 밖에서 헤매던 것들이 거의 모두 그에게로 돌아왔다. 몸이 떨린다, 죽음이 뭐라고 했던가. 그는 죽음이 한 말이 무언지 알아야 한다. 문이 열린다. 그것이 들어온다. 연극이 시작된다. 저 사람을 난 알아. 내가 기다린 사람은 뤼더스다.

그가 떨면서 기다리던 사람들이 안으로 들어온다. 뤼더스와 무엇을 할 수 있나. 프란츠는 신호를 보냈다. 사람들은 그가 수평으로 오래 누워 있어서 가슴이 답답해진 것이라고 생각했지만 그는 몸을 좀 더 높이고 똑바른 자세를 하고 싶었다. 이제 그들이 오기 때문이다. 그는 상체를 높이고 누워 있다. 시작.

그들이 한 명씩 들어온다. 불쌍한 놈 뤼더스, 저렇게 체격이 작은 놈이라니. 그가 대체 어떻게 된 것인지 보고 싶다. 그는 구두끈을 들고 층계를 올라간다. 그래, 우린 저렇게 장사를 했지. 저런 제 누더기 안에서 썩어가는구나. 아직도 전쟁 때의 옷을 입고 있으니, 마코 구두끈, 부인, 난 그냥 물어보려고, 내게 커피 한 잔 주시겠습니까, 당신 남편이 어떻게 되었다고요, 전쟁 때 죽었지요. 모자를 슬쩍 쳐든다. 잔돈을 끄집어낸다. 저게 뤼더스다. 저자가 나와 함께 일했다. 여자는 얼굴이 벌겋게 달아올랐는데, 그녀의 한쪽 뺨은 눈처럼 하얗게 질렸다. 그녀가 지갑을 뒤지다가 목쉰 소리로 중얼거리며 지갑을 툭툭 턴다. 그는 상자들을 뒤진다, 낡은 양철 제품, 난 도망쳐야지, 안 그럼 저 여자가 소리를 지를 거야. 복도를 지나 문을 닫고 계단을 내려간다. 그래, 그가 저렇게 했다. 도둑질을 한 것이다. 잔뜩. 그녀는 내게 편지를 보냈다. 그녀의 편지, 난 어떻게 하나, 내 두 다리가 잘렸다. 두 다리가 잘렸다. 대체 왜, 난 일어설 수가 없구나. 코냑을 원하나, 비버코프, 상(喪)이라도 당한 모양이군, 그래요. 어째서, 어쩌자고 내 두 다리가 잘렸나, 나는 모르겠네. 그에게 물어봐야지, 그에게 물어봐야 해. 이거 봐, 뤼더스, 좋은 아침이다, 뤼더스, 어떻게 지내나, 잘 지내지 못한다고, 나도 그래, 이리 오게, 여기 의자에 앉아, 가지 말고, 내가 대체 자네한테 무슨 잘못을 그리 크게 한 건가, 가지 말라니까.

검은 밤이 오게 하라, 오게 하라, 자동차들, 단단히 얼어붙은 도로들, 부모를 떠나는 어린 소녀의 작별, 남자와 여자와 함께 떠나 해외에서 적응해 산다. 씩씩하게 지내다 보면 모든 게 다 잘될 거야. 그 모든 것이 다가오게 하라.

라인홀트! 아, 라인홀트, 이런 악마! 이런 악당, 넌 여기서 무얼 원하니, 내 앞에서 잘난 척하려느냐, 아무리 비가 내려도 너를 깨끗이 씻지는 못해, 이 악당, 살인자, 중한 범죄자야, 나

하고 이야기를 하려거든 그 주둥이에서 파이프를 빼라, 네가
오다니 좋아, 네가 필요했거든, 어서 와, 이 더러운 자식아, 그
들이 너를 아직 잡지 못했니? 넌 푸른 외투를 입고 있느냐? 조
심해라, 그 옷을 입고 있다간 망한다.

"넌 대체 뭐냐, 프란츠?"

나 말이냐, 이 악당아? 살인자는 아니다, 너도 알지, 네가 죽
였으니까?

"그럼 누가 내게 그 아가씨를 보여주었나, 누가 그 아가씨를
하찮게 여겼나, 난 침대 속에 누워 있어야 했지, 이 뻥쟁이야,
그게 누구였나?"

그렇다고 그녀를 죽일 것까지야 없지.

"그게 뭔데, 하마터면 너도 그녀를 몹시 패줄 뻔하지 않았
니? 게다가 란츠베르크 대로의 무덤에 누워 있는 여자, 그 여
자에 대해 양심에 걸리는 게 분명 있지, 그 사람도 저절로 무덤
에 가진 않았으니. 자 어쩔래? 이젠 말을 못하네. 프란츠 비버
코프 씨, 말 좀 해보시지, 전문 뻥쟁이 씨?"

넌 나를 자동차 아래로 떨어뜨렸어, 내 팔을 없애버렸지.

"하하하, 판지로 하나 만들어 달지 그러냐. 네가 그리도 멍
청이라 나하고 어울렸으니 말이다."

멍청이라고?

"네가 멍청이란 거 모르겠냐. 넌 지금 부흐에 있지, 여기서
미친놈 노릇이나 하고 있지만 난 잘 지낸다. 대체 누가 멍청이
지?"

저기 놈이 간다, 지옥불이 저놈 눈에서 번쩍인다, 그놈 머리
에서 뿔 두 개가 자란다, 그가 소리친다. 나한테 덤벼봐, 자 네

가 뭔지 봐라, 프란츠야. 꼬마 프란츠 비버코프, 꼬마 비버코프야, 하! 프란츠는 눈을 꼭 감는다. 난 저놈과는 아무런 관계도 맺지 말았어야 한다, 저놈과 싸우지 말았어야 한다. 내가 어쩌자고 저놈을 물어뜯었을까.

"이리 와라, 프란츠, 네가 누군지 보여봐라, 힘이나 있냐?"

난 싸우지 말았어야 했다. 놈이 나를 자극한다, 아직도 나를 자극한다, 아 저주받은 놈이구나, 난 그러지 말았어야 했다. 저놈에게 맞서 일어서지 말았어야 하는 건데, 그러지 말았어야 하는데.

"넌 힘이 있어야 해, 프란츠."

난 저놈에 맞서 힘을 가져서는 안 되었다, 이제야 보인다, 그게 잘못이었구나. 내가 이 모든 일을 만들었다. 가버려, 저리 꺼져라.

그는 가지 않는다.

가버려.

프란츠는 이렇게 악을 쓰고 손을 비빈다. 다른 사람을 보아야겠어. 다른 사람은 오지 않나, 어째서 저 놈은 저기 서 있지?

"난 모르겠다. 넌 나를 좋아하지 않아, 난 좋은 맛이 아니거든. 다른 사람이 곧 올 거야."

다가오게 하라, 다가오게 하라. 크고 평평하고 말이 없는 평지들, 따로 떨어진 벽돌집들, 그곳에서 붉은빛이 새어나온다. 한 줄로 나란히 놓인 도시들, 오데르 강변의 프랑크푸르트, 구벤, 좀머펠트, 리크니츠, 브레슬라우, 정거장마다 도시들이 떠오른다, 크고 작은 거리들을 품은 도시들, 저기 쏜살같이 달리는 자동차들이 다가오게 하라, 나는 듯이 달리는.

라인홀트가 가다가 다시 서서 프란츠를 바라본다.

"자 누가 무얼 할 수 있지, 누가 이겼나, 프란츠?"

프란츠는 몸을 떤다. 난 이기지 못했어, 내가 안다.

다가오게 하라.

다음 사람이 곧 들어온다.

프란츠는 상체를 더욱 높이고 앉아 주먹을 불끈 쥔다.

빵 한 덩이가 오븐에서 부풀어 오른다, 거대한 오븐. 열기가 끔찍하구나, 오븐이 딱 소리를 낸다.

이다! 이제 그는 갔다. 맙소사, 이다, 당신이 오다니. 놈은 세상에 가장 큰 악당이었다. 이다, 당신이 와서 좋아, 그는 나를 자극하고 괴롭혔어, 당신은 그걸 보고 무슨 말을 하겠는가, 난 형편이 상당히 나빠, 여기 앉아 있지, 이게 어딘지 알지, 부흐 정신병원이야, 나를 관찰하려는 거지, 나는 이미 미쳤나. 이다, 이리 와, 내게 등을 돌리지 마. 이 여자가 무얼 하나? 여자는 부엌에 서 있네. 그래, 부엌에 아가씨가 서 있다. 그녀는 거기서 일을 한다. 그릇을 닦고 있나 보다. 하지만 무엇이 여자를 저렇게 자빠뜨리나, 옆구리로 고꾸라진다, 마치 요통이라도 있는 것처럼. 마치 누군가 그녀의 옆구리를 때리는 것처럼. 때리지 마라, 맙소사, 이건 비인간적이다, 제발 그만둬, 그 아가씨를 그대로 놔둬, 대체 누가 저 여자를 때리나, 여자는 서 있지도 못한다, 아가씨야 일어서라, 너 얼굴을 돌려봐, 나를 바라봐, 누가 너를 그렇게 끔찍하게 때리나.

"당신이야 프란츠, 당신이 나를 때려죽였어."

아니 아니야, 난 그러지 않았어, 그건 법적으로도 증명되었어, 난 그냥 신체 상해만 입힌 거야, 난 살인죄가 없어, 그런 말 하지 마, 이다.

"그래 당신이 나를 때려죽였어. 잘 봐, 프란츠."

그는 소리 지른다, 아니, 아니야, 그는 눈을 꼭 감는다, 팔로 눈을 가리지만 그래도 보인다.

다가오게 하라, 낯선 떠돌이들이 다가오게 하라, 그들은 등에 감자 자루를 짊어졌네, 한 젊은이가 그들 뒤에서 손수레를 끌고 있다. 그 귀가 얼었다, 영하 10도. 슈바이트니츠 거리가 있는, 빌헬름 황제 거리와 선제후 거리가 있는 브레슬라우.

프란츠는 신음한다. 차라리 죽는 게 낫겠구나, 누가 저런 일을 감당할 수 있나, 누군가 이리로 와서 나를 때려죽여라, 나는 그러지 않았다, 난 그걸 몰랐어. 그는 낑낑거리고 중얼거리지만 말은 못한다. 간호사는 그가 무언가 원한다는 것을 알아챈다. 그는 묻는다. 간호사는 그에게 따뜻한 붉은 포도주 한 모금을 준다. 이 홀에 있는 다른 두 환자가 고집해서 그는 붉은 포도주를 따뜻하게 데웠다.

이다는 계속 고꾸라져 있다. 그렇게 고꾸라져 있지 마라, 그 때문에 난 테겔에서 감옥살이를 했어, 난 형벌을 받았다. 그러자 그녀는 더는 몸을 구부리지 않고 일어나 앉는다. 그녀는 머리를 푹 숙이고 있다. 점점 더 작아지고 점점 더 검어진다. 그러더니 누워 있구나—관 속에, 그리고 움직이지 않는다.

신음 소리, 프란츠의 신음 소리. 그의 눈. 간호사가 그에게로 다가와 앉아서 그의 손을 잡는다. 누가 저 관을 치워라, 저 관을 치워라, 난 일어설 수가 없다, 난 할 수 없어.

그는 손을 움직인다. 하지만 관은 움직이지 않는다. 그는 거기 닿지 않는다. 프란츠는 절망 속에서 운다. 절망해서 그것을 계속 응시한다. 그의 눈물과 절망 속에서 관이 사라진다. 하지만 프란츠는 계속 운다.

이것을 읽는 신사숙녀 여러분, 프란츠 비버코프는 무엇 때문에 우는가? 그는 제가 고통 받는 것, 제가 당하는 것 때문에, 저 자신 때문에 운다. 제가 이 모든 짓을 했다는 것, 그게 저였다는 것, 그 때문에 프란츠 비버코프는 운다. 이제 프란츠 비버코프는 저 자신 때문에 운다.

밝은 대낮이 되고, 건물 안으로 음식물이 배달된다. 음식 수레가 병원 아래로 돌아간다. 부엌의 경비병들과 시골에서 온 가벼운 환자 두 사람이 수레를 민다.

점심때 미체가 프란츠를 찾아왔다. 그녀는 아주 평화롭고 부드러운 얼굴이다. 외출복을 입고 머리에 딱 붙는 모자를 썼다. 그 모자가 두 귀와 이마를 덮었다. 그녀는 프란츠를 평화롭고 고요하게, 그리고 아주 친근하게 바라본다, 거리나 식당에서 그녀를 만날 때면 보던 바로 그 모습이다. 가까이 다가오라고 하자 그녀는 다가온다. 그는 그녀에게 두 손을 달라고 한다. 그녀는 두 손을 그의 한 손에 맡긴다. 그녀는 가죽 장갑을 끼었다. 그걸 벗고 맨손을 다오. 이리 와, 미체, 그렇게 낯설게 굴지 말고 내게 키스해줘. 그러자 그녀는 조용히 다가와 그를 친근하게 바라보고는 그에게 키스한다. 여기 있어줘, 그가 말한다. 난 당신이 필요해, 당신이 나를 도와줘.

"그럴 수 없어요, 귀여운 프란츠. 난 죽었어요, 당신도 알잖아요."

여기 있어줘.

"나도 그러고 싶지만 그러지 못해요."

그녀는 다시 그에게 키스를 한다.

"당신도 프라이엔발데를 알지요. 나한테 화가 났나요?"

그녀는 갔다. 프란츠는 몸을 비비 튼다. 그는 눈을 활짝 뜬다. 그녀가 보이지 않는다. 내가 무얼 한 거야. 어째서 이젠 그녀가 없지. 미체를 라인홀트에게 보여주지 않았더라면, 그와 상종하지 않았더라면. 내가 무슨 일을 했나. 그리고 이제는.

그는 끔찍하게 일그러진 얼굴로 더듬는 말을 내놓는다. 그녀가 다시 돌아와야 한다. 간호사는 오직 "다시"라는 말만 알아듣고는 그의 벌린 마른입에 포도주를 부어준다. 프란츠는 마셔야 한다, 다른 무엇이 남아 있나.

반죽은 열기 속에 들어 있다, 반죽이 부풀어 오른다, 이스트가 반죽을 부풀린다, 부풀어 올라, 빵이 커지고 갈색이 된다.

죽음의 목소리, 죽음의 목소리, 죽음의 목소리.

그 모든 강함이 다 무슨 소용이냐, 착실하게 산다는 게 다 무엇이냐, 오 그래, 오 그래, 저 여자를 보아라. 보고 참회하라.

프란츠가 가진 그것이 쓰러진다. 그는 아무것도 붙잡지 못한다.

여기서 고통이 무엇인지가 서술된다

여기서는 고통이 무엇인지가 서술된다. 고통이 얼마나 따끔하게 찢어놓는 것인지. 지금 다가온 것은 고통이기 때문이다. 많은 사람들이 시(詩)에서 고통을 서술했다. 모든 공동묘지들은 매일 고통을 목격한다.

여기서는 고통이 프란츠 비버코프에게 어떻게 하는지 서술된다. 프란츠는 견디지 못하고 저를 내던진다. 고통에 저를 제물로 바친다. 타오르는 불꽃 속에 그는 저 자신을 집어넣는다. 죽음을 당하고, 파괴되고 재로 변하기 위해서. 고통이 프란츠 비버코프에게 한 짓은 축하할 만한 일이다. 고통이 완성한 파괴 말이다. 깨뜨리고 자르고 내동댕이치고 녹이는 일을 했다.

모든 일에는 다 때가 있다. 죽일 때가 있고, 살릴 때가 있고, 허물 때가 있고, 세울 때가 있다. 울 때가 있고, 웃을 때가 있고, 통곡할 때가 있고, 기뻐 춤출 때가 있고, 찾아 나설 때가 있고, 포기할 때가 있다. 찢을 때가 있고, 꿰맬 때가 있다. 지금은 죽이고 통곡하고, 찾고 찢을 때다.

프란츠는 싸우면서 죽음을 기다린다, 자비로운 죽음을 기다린다.

자비롭고 모든 것을 끝내는 죽음이 다가온다고 그는 생각한다. 저녁 무렵 죽음을 맞아들이기 위해 몸을 일으키고는 몸을 떤다.

그들이 두 번째로 등장한다, 점심때 그를 쓰러뜨린 그 모습들이. 프란츠는 말한다. 모든 일이 일어나야 한다, 그게 나다, 프란츠 비버코프는 너희와 함께 떠난다, 나를 받아다오.

깊은 떨림으로 그는 비참한 뤼더스의 모습을 받아들인다. 사악한 라인홀트가 발을 질질 끌며 그에게로 다가온다. 깊은 떨림으로 이다의 말을 받아들이고, 미체의 얼굴을 받아들인다. 그녀구나, 이제 모든 것이 이루어졌다. 프란츠는 울고 또 운다. 내게 죄가 있다, 난 인간도 아니다, 난 짐승이요, 괴물이다.

이 저녁 시간에 프란츠 비버코프는 죽었다. 한때는 가구 운반 노동자, 가택 침입 도둑, 기둥서방, 사람 때려죽인 놈이던 그가 죽었다. 이제 침대에는 다른 사람이 누워 있다. 이 다른 사람은 프란츠의 것과 동일한 신분증을 갖고, 프란츠와 똑같은 모습을 하고 있지만 새로운 세상에서 그는 새로운 이름을 지닌다.

그러니까 테겔 감옥에서 나와 1928~1929년 겨울 부흐 정신병원에서 최후를 맞기까지 프란츠의 이야기를 발췌하여 들려줌으로써 내가 서술하려 한 것은 바로 프란츠 비버코프의 퇴장이었다.

이제 나는 그와 똑같은 서류를 지닌 새로운 인간의 처음 몇 시간, 며칠에 대한 서술만을 앞에 남겨놓은 상태다.

나쁜 창녀의 퇴각, 제물을 바치고
북을 치고 도끼를 휘두르는 자의 승리

황량한 풍경에, 병원의 붉은 벽 앞에, 들판 위에 더러운 눈이 덮여 있다. 북을 치고 다시 친다. 저 창녀 바빌론이 패배하고, 죽음이 승리자가 되어 북을 쳐서 창녀를 몰아낸다.

창녀는 큰 소리로 꾸짖고 소리치고 마구 지껄이고 외친다. "저놈이 어떻다는 거냐, 너는 저 프란츠 비버코프를 어떻게 하자는 것이냐, 그를 갖고 요리를 해봤자 신맛만 날 것인데, 그는 그냥 평범한 놈이야."

죽음이 빠르게 북을 친다. "네가 들고 있는 잔에 무엇이 들었는지 안 보이는구나, 하이에나야. 프란츠 비버코프, 이 사내가 여기 있다. 내가 그를 완전히 부수었다. 하지만 그가 강하고 선하기에 그는 새로운 삶을 지녀야 한다, 썩 비켜라, 우리 둘은 여기서 더는 말할 게 없다."

창녀가 저항하고 다시 증오의 말을 내뱉자 죽음이 움직이며 달리기 시작한다, 그의 잿빛 거대한 외투가 펄럭인다. 그를 둘러싼 그림과 풍경들이 보인다, 그의 발부터 가슴까지 둘러싼 풍경들. 죽음을 둘러싼 외침 소리, 총소리, 소음, 승리와 환호성. 승리와 환호성. 여자가 타고 있는 짐승이 머뭇거리며 움츠린다.

베레지나 강, 행군하는 군단.

베레지나 강을 따라 군단이 행진한다. 얼음 같은 추위, 얼음장 같은 바람. 그들은 프랑스에서 이쪽으로 왔다, 위대한 나폴레옹이 군대를 이끈다.* 바람이 불고 눈발이 휘날리고 총알이 쉿쉿 소리를 내며 날아간다. 그들은 얼음판 위에서 붙어 싸우고 돌진하고 쓰러진다. 언제나 외침 소리, 황제 만세, 황제 만세! 제물, 희생의 제물, 그것은 죽음!

열차가 구르는 소리, 대포가 내는 쾅 소리, 수류탄 터지는 소리, 저지 사격, 슈망 데 다메와 랑게마르크.** 사랑하는 조국이여 평화를 누려라, 사랑하는 조국이여 평화를 누려라. 방공호들이 무너져 내리고 병사들이 그 속에 빠졌다. 죽음이 제 외투를 말아 들인다. 오, 그래, 오 그래.

행진하자, 행진하자. 우리는 확고한 발걸음으로 전쟁으로 나아간다. 악사 100명이 우리와 함께 간다, 우리 이른 죽음을 위해 아침노을, 저녁노을 빛나고, 악사 100명이 북을 친다, 쿵쿵, 쿵쿵, 우린 형편이 안 좋아, 우린 고꾸라진다, 쿵쿵, 쿵쿵.

죽음이 외투를 말아 들이며 노래한다. 오, 그래, 오 그래.

오븐이 달아오른다, 오븐이 달아오른다, 오븐 앞에 일곱 아들을 데리고 한 어머니가 서 있다. 겨레의 신음 소리가 그들 뒤

---

*나폴레옹의 러시아 원정을 뜻함. 모스크바에서 퇴각하면서 베레지나 강을 건넜다.
**1차 세계대전의 격전지들.

에 있다. 그들은 제 겨레의 신을 버리기로 맹세해야 하는 처지. 그들은 빛을 내며 평화롭게 서 있다. 너희는 버리기로 맹세하고 굴복하려느냐? 첫째가 아니라고 대답하고 고통을 당한다, 둘째가 아니라고 대답하고 고통을 당한다, 셋째가 아니라고 대답하고 고통을 당한다, 넷째가 아니라고 대답하고 고통을 당한다, 다섯째가 아니라고 대답하고 고통을 당한다, 여섯째가 아니라고 대답하고 고통을 당한다, 일곱째가 아니라고 대답하고 고통을 당한다. 어미는 거기 서서 아들들에게 용기를 준다. 마지막으로 그녀가 아니라고 대답하고 고통을 당한다.* 죽음이 외투를 말아 들이며 노래한다. 오, 그래, 오 그래.

일곱 머리를 가진 여자가 짐승을 세게 잡아당기고, 짐승은 뛰어오르지 않는다.

행진하자, 행진하자, 우리는 전쟁에 나간다, 악사 100명이 우리와 함께 나간다, 그들은 북을 치고 피리를 분다, 쿵쿵, 쿵쿵. 누군가는 잘되고 누군가는 잘 안 된다, 누군가는 멈추어 서고, 누군가는 고꾸라진다, 누군가는 계속 달리고 누군가는 말 없이 누워 있다, 쿵쿵, 쿵쿵.

환호성과 외침, 여섯이서, 둘이서, 셋이서 행진, 프랑스 혁명이 행진한다, 러시아 혁명이 행진한다, 농민 전쟁들이 행진한다, 재세례파, 그들은 모두 죽음의 뒤를 따라간다, 죽음의 뒤를 따라 환호성 하나가 간다, 그것은 자유 속으로, 자유 속으로 들어간다, 낡은 세계는 무너져야 한다, 깨어나라, 너 아침 공기여, 쿵쿵, 쿵쿵, 여섯이서, 둘이서, 셋이서, 형제들아 태양을 향

---

*〈마카베오 하〉 제7장에 나오는 일곱 아들과 어머니의 죽음 이야기.

해, 자유를 향해, 형제들아 빛을 향해 일어나라, 어두운 과거로 부터 미래가 우리에게 밝은 빛을 비춘다, 발걸음 확고하게, 오른쪽 왼쪽, 왼쪽 오른쪽, 쿵쿵, 쿵쿵.

죽음이 외투를 말고 큰 소리로 웃으며 광채를 내고 노래한다. 오, 그래, 오 그래.

큰 바빌론은 마침내 제 짐승을 일으켜 세우고, 짐승은 빠른 걸음으로 걷는다, 짐승은 들판 위를 돌진하고 눈 속에 고꾸라진다. 그녀는 몸을 돌리고 빛나는 죽음을 향해 울부짖는다. 사납게 울부짖으며 짐승은 무릎을 꿇는다, 여자는 짐승의 목 위에서 흔들린다. 죽음이 외투를 잡아당긴다. 죽음은 노래하며 광채를 낸다. 오, 그래, 오 그래. 들판이 함께 외친다. 오, 그래, 오 그래.

모든 시작은 어렵다

부흐에서는 한때 프란츠 비버코프였던 사람, 지금은 침대에 오래 누워 있어 죽도록 창백한 사내가 이제 말도 하고 사람을 바라보기 시작했기에 형사들과 의사들이 그에게 캐묻는다. 형사들은 그가 무슨 잘못을 저질렀는지 알기 위해, 의사들은 진단을 위해서다. 그는 자신의 삶에서 예전에, 또는 자신의 이전에 삶에서 중요한 역할을 했던 라인홀트를 붙잡았다는 말을 형사들에게서 들었다. 그들은 브란덴부르크 이야기를 들려주고, 그에게 모로스키에비츠라는 사람도 아는지, 그가 어디 머물고 있는지 묻는다. 그는 그 모든 이야기를 여러 번 거듭해서 들으면서 아주 조용했다. 그들은 그를 하루 동안 조용히 내버려두었다. 베어 들이는 자가 있으니, 그 이름은 죽음. 오늘 그는 칼을 갈지, 칼은 훨씬 잘 든다. 조심하라, 너 푸른 꽃이여.

다음 날 그는 경감 앞에서 자기는 프라이엔발데의 사건과 아무 상관이 없다고 진술했다. 라인홀트의 말이 이와 다르다면 그가 엉터리로 진술한 것이다. 이미 완전히 녹아버린 창백한 사내는 당시 자신의 알리바이를 제시해야 한다. 여러 날이 걸려서야 그것이 가능하게 되었다. 사내의 내면에서 모든 것이 이 길로 되돌아가기를 거부하기에. 그는 마치 속에서 통행이 차단된 것 같다. 그는 신음하면서 몇 가지 날짜들을 내놓는다. 그가 신음하면 그를 그대로 내버려두어야 한다. 그는 개처럼 두려움에 가득 차서 멍하니 제 앞을 응시한다. 옛날의 비버코프는 사라졌고, 새로운 비버코프는 아직도 잠을 자고 있다. 그는 라인홀트에 대해 단 한 마디도 나쁘게 말하지 않았다. 우리는 모두 같은 도끼 아래 놓여 있는 것이니. 우린 모두 같은 도끼 아래 놓여 있는 것이니.

그의 진술들이 확인되고, 그것은 미체의 은인 및 그 조카의 진술과 일치했다. 의사들은 더욱 분명한 결론에 이른다. 긴장병이란 진단은 뒤로 물러났다. 그것은 심리적 트라우마에 덧붙여진 일종의 비몽사몽 상태였다. 이 사내가 술을 즐기고 많이 마시는 사람이라는 것은 쉽게 알 수 있었다. 진단을 놓고 벌어진 그 모든 논쟁은 아무래도 상관없는 것이 되고 말았다. 꾀병을 부린 것은 명백하게 아니었고, 그는 머리가 약간 돌았었다. 고약한 부모를 둔 것도 아니고, 그것이 핵심이다. 이제 본론으로 돌아가자. 그러니까 그는 아싱거 술집에서 총을 쏜 것으로 형법 51조를 위반했다. 우리가 그를 다시 얻을 수 있는지는 모르겠다.

이미 죽은 사람의 이름을 따서 사람들이 비버코프라 부르는 이 비틀거리는 사내는 제가 건물 안을 돌아다니며 음식 수레를 미는 일도 어느 정도 하고 있고, 이제 더는 상세한 질문도 당하지 않는다는 것도 모른다. 그는 제 뒤에서 온갖 일이 이루어지고 있음도 모른다. 형사들은 그의 팔이 어떻게 되었느냐, 그가 어디서 팔을 잃었느냐, 대체 어디서 치료를 받았느냐 등을 놓고 고민한다. 그들은 마그데부르크 병원에 질문을 하지만 그들은 늙은 얼간이들이다. 그래도 형사들은 늙은 얼간이들에게 관심을 갖고 있다. 20년이나 된 얼간이들이라 해도 말이다. 하지만 그들은 아무것도 알아내지 못했다. 우리는 기쁜 종말에 이르렀고, 헤르베르트 비쇼는 뚜쟁이이기도 하고, 이런 사람들은 모두가 세련된 여자들과 관계를 맺고 있으니, 그들은 모든 것을 이런 여자들 탓으로 돌린다. 게다가 돈도 여자들에게서 나온다. 형사들은 아무도 그런 걸 믿지 않는다, 어쩌면 그들 자신도 여자들에게서 이따금 돈을 받을 수도 있고. 하지만 이런 일들은 독립적으로 이루어진다. 그에 대해서 사람들은 끝까지 침묵을 지킨다.

사나운 날씨, 사나운 뇌우도 이 사내를 건드리지 않고 곁을 스쳐 지나갔다. 이번엔 그에게 모든 것을 용서해주자. 이번에 너는 돌아가는 표를 얻었다, 나의 아들아.

그것은 그를 풀어준 날이었다. 경찰은 그를 의심하지 않는다. 그리고 밖에서도 어차피 그를 관찰할 거니까. 옛날 프란츠였던 인간이 이제 방 밖으로 안내를 받는다. 그는 모든 것을 다시 돌려받는다. 그리고 옛날 옷을 다시 입는다. 재킷에는 아직도 피가 묻어 있다. 경찰관이 곤봉으로 그의 머리를 때릴 때 나온 피다. 난 인공 팔은 싫다, 가발도 당신 것이니 여기서 연극을 할 셈이라면 받아도 됩니다, 이곳에선 매일 연극이 벌어지니까요, 하지만 난 가발을 쓰진 않죠. 당신은 석방 증명서를 받

았지요. 안녕, 수간호사님. 부흐에 날씨가 좋을 때면 한 번 들러
주십시오. 그럴게요, 고맙습니다. 당신에게 속을 털어놓지요.
　그것도 이미 지난 일이다.

사랑하는 조국이여, 걱정하지 마라.
나 이제 눈을 떴으니 쓰러지지 않으리

비버코프는 저를 가두었던 건물을 두 번째로 떠난다. 우리는
이 두 번째 길의 마지막에 와 있고, 프란츠와 함께 몇 걸음만
더 가기로 하자.

그가 떠났던 첫 번째 건물은 테겔에 있는 형무소였다. 그는
두려움에 가득 차서 붉은 담 옆에 서 있었다. 마침내 그가 출발
해서 41번 전차를 타고 베를린으로 왔을 때 집들이 견고하게
서 있지 않았다. 건물 지붕들이 제 위로 쏟아지려는 것 같아서
그가 오랫동안이나 걷다가 앉았다가 하고 나서야 주변의 모든
것이 조용해지고, 그런 다음에야 그는 이곳에 머물며 새로 시
작할 수 있을 만큼 강해졌다.

지금 그는 힘이 없다. 그는 견고한 건물을 더는 볼 수가 없
다. 하지만 보라, 그는 교외선 연결 정거장인 슈테틴 정거장에
서 내린다. 그의 앞에는 거대한 발틱 호텔이 서 있는데 아무것
도 흔들리지 않는다. 건물들은 조용히 서 있고, 지붕은 단단히
누워 있고, 그는 지붕들 아래로 천천히 걸어갈 수 있다. 그는

어두운 안뜰로 기어들 필요가 없다. 그렇다, 이 사내는—우리는 그를 프란츠 카를 비버코프라 부르기로 하자, 이전의 사내와 구별하기 위해서 말이다. 프란츠는 세례 받을 때 이 두 번째 이름도 얻었다. 외할아버지의 이름을 딴 것이다. 이제 이 사내는 천천히 상이용사 거리를 따라 올라가서 아커 거리 모퉁이를 지나 브룬넨 거리로 향한다. 누런 시장 건물을 지나서 그는 조용히 가게들과 건물들을 바라본다. 그리고 사람들이 이리저리 돌아다니는 모습도. 이 모든 걸 한참 동안이나 보지 못했네, 이제 난 다시 이곳에 왔다. 비버코프는 오래전에 가버렸다. 이제 비버코프가 다시 돌아왔다. 너희의 비버코프가 돌아왔다.

다가오게 하라, 먼 들판들과 그 안에서 빛이 타오르는 붉은 벽돌집들이 다가오게 하라. 꽁꽁 얼어버린 떠돌이들이 등에 자루를 짊어지고 다가오게 하라. 이것은 다시 만남, 다시 만남 이상의 일이다.

그는 브룬넨 거리에서 어떤 술집에 들어가 앉아 신문을 잡는다. 어딘가에 자신의 이름이나 미체나 비쇼나 라인홀트의 이름이 있을까? 나는 어디로 가야 하나, 나는 어디로 갈까? 에바, 에바를 만나야겠다.

그녀는 더는 비쇼의 집에 살지 않는다. 여주인이 문을 열어준다. 비쇼는 체포되었어요. 형사들이 그의 물건을 샅샅이 뒤졌죠. 그는 돌아오지 않고, 물건들은 바닥에 그대로 놓여 있어요. 그것들은 어쨌든 처분되어야 할 판이니 내가 한번 알아볼 셈이에요. 프란츠 카를은 에바를 서쪽에 있는 그녀 보호자의 집에서 만났다. 그녀는 그를 맞아들인다. 프란츠 카를 비버코프를 기꺼이 맞아들인다.

"응, 헤르베르트는 붙잡혔어. 2년 징역형을 받았어. 그를 위해 내가 할 수 있는 일을 하고 있어. 사람들이 당신에 대해서도 잔뜩 물었어. 먼저 테겔에서. 당신은 무얼 하고 있어, 프란츠?"

"난 아주 잘 지내. 부흐에서 나왔어. 그들이 사냥 면허증을 주던걸."

"최근에 신문에서 읽었어."

"그들이 뭐라고 썼는지. 하지만 난 기운이 없어, 에바. 병원 음식이란 게 원래 그렇잖아."

에바는 그의 눈길을 바라본다. 고요하고 어둡고 무언가를 찾는 눈길, 전에 프란츠에게서 한 번도 본 적 없는 눈길이다. 그녀는 아무 말도 하지 않는다, 그녀에게도 그와 관계가 있는 무슨 일인가가 일어났다. 하지만 그는 아직도 마비된 상태다. 그녀는 그를 위해 방을 하나 구한다. 그녀는 그를 돕는다, 그는 아무것도 할 필요가 없다. 그가 제 방에 앉아 있는데 그녀가 가려고 하자 그 자신도 이렇게 말한다. 아니야, 난 이제 아무것도 하지 못해.

그가 대체 무엇을 한단 말인가? 그는 천천히 거리를 돌아다니기 시작한다. 그는 베를린을 이리저리 돌아다닌다.

베를린, 북위 52도 31분, 동경 13도 25분, 장거리 철도역 20, 근거리 철도 121, 순환 철도 27, 교외선 14, 조차역 7, 그 밖에 전차, 도시 고가 철도, 버스, 황제 도시는 하나뿐, 빈은 하나뿐. 세 마디 말로 된 여자들의 갈망, 세 낱말은 여자들의 온갖 갈망을 제 속에 담고 있다. 생각해보세요, 뉴욕의 어떤 회사는 누르스름해진 망막을 젊은이들 것처럼 싱싱하고 파르스름

한 색으로 되돌려주는 새로운 화장품을 내놓겠다고 예고하고 있답니다. 깊은 푸른빛에서부터 비단 같은 갈색에 이르기까지 가장 아름다운 동공을 튜브에서 짜서 만들 수 있다니까요. 모피 세탁을 위해 무엇 하러 그토록 많은 돈을 내나.

그는 도시를 통과해서 걷는다. 심장만 건강하다면 사람을 건강하게 만들어줄 수 있는 물건들이 많다.

우선 알렉산더 광장. 그건 언제나 있다. 이 광장에는 볼 것이 거의 없다. 그냥 겨우내 무시무시한 추위뿐, 사람들은 일을 하지 않고 모든 것을 있는 그대로 내버려두었다. 커다란 메가게오르게 교회 광장에 서서 한 백화점의 파편을 파낸다. 많은 선로들을 이미 박아 넣었다. 어쩌면 정거장이 될지도 모른다. 그 밖에도 알렉산더 광장에서는 많은 일이 이루어지고 있다. 하지만 핵심은 그가 왔다는 것이다. 사람들은 언제나 이리저리 돌아다니고, 끔찍하게 더럽다. 베를린 시 행정부는 어찌나 고귀하고 인간적인지, 눈이 저절로 천천히 녹아 더러움으로 변하도록 아무도 건드리지 않고 그대로 두기 때문이다. 자동차들이 지나가면 당신은 가장 가까이 있는 건물 현관으로 펄쩍 뛰어든다. 안 그랬다간 중절모에 공짜로 오물 더미를 덮어쓸 수도 있고, 공공 재산 휴대라는 죄목으로 고소를 당할 수도 있다. 우리의 낡은 '모카-픽스' 카페는 문을 닫았다. 길모퉁이에는 '멕시코'라는 이름의 새로운 카페가 들어섰다. 세계적 센세이션. 창문 안으로 들여다보면 주방장이 그릴 앞에 있다. 인디언의 통나무집, 알렉산더 경찰 본부 주변으로 건설 현장의 울타리가 세워졌다. 대체 거기서 무슨 일이 벌어지는지 누가 알랴, 그곳의 가게들을 부수었으니. 전차들은 사람을 가득 태우고 있다.

사람들은 모두 할 일이 있다. 차표는 여전히 20페니히, 현찰로 1마르크의 5분의 1. 원한다면 물론 30페니히를 낼 수도 있고 아니면 포드 자동차를 살 수도 있다. 도시 고가 철도도 달린다. 거기엔 1등석, 2등석이 없고 3등석만 있는데, 무슨 일이 닥치든 모두들 서 있거나 쿠션에 그대로 앉아 있다. 선로에 멋대로 내리면 최고 150마르크의 벌금형을 받게 된다. 선로에 내리면 자신을 보호하기 힘들다. 전기 충격의 위험이 있다. 구두약에 귀로 꾸준히 관리한 구두는 경탄을 자아냅니다. 빨리 타고 내리기를 요망합니다. 사람이 밀릴 때는 중앙 통로를 이용하시오.

이 모든 것은 한 인간이 조금 약하더라도, 심장만 튼튼하다면 두 다리로 서는 것을 도와주는 훌륭한 것들이다. 문간에 서 있지 마시오. 프란츠 카를 비버코프는 튼튼하다, 모두가 그만큼만 튼튼하다면 좋으련만. 한 인간에 대해 그토록 긴 이야기를 했는데 그가 두 다리로 확고히 서지도 못한다면 정말 보람 없는 일일 것이다. 끔찍하게 비가 내리던 어느 날 이동 서적 상인이 길거리에 서서 자신의 수입이 형편없음에 대해 욕을 하고 있자니 체자르 플라이슐렌*이 책을 실은 수레로 다가왔다. 그는 욕설을 가만히 듣고 있다가 상인의 젖은 어깨를 툭툭 치고는 이렇게 말했다.

"욕을 그만두고 마음에 태양을 지녀요."

그는 이렇게 위로하고는 사라졌다. 이것이 그의 유명한 태양시의 계기가 되었다. 그런 태양을, 물론 그와는 다른 태양 하나를 비버코프도 속에 지녔다. 그리고 맥아 엑기스를 수프

*서정 시인.

에 잔뜩 넣고 또 소주 한 잔을 곁들이면서 천천히 다시 건강해진다. 이 몇 줄의 글로 나는 당신에게 트라벤 뷔르츠가르텐의 1925년산 포도주 한 마차 분 50병을 포장비를 포함하여 탁월한 가격인 90마르크에, 또는 정해진 가격으로 나중에 환수할 예정인 병과 상자 값을 미리 빼고 병당 1마르크 60페니히에 제공할 수 있음을 알려드립니다. 동맥 경화증에는 디오딜. 비버코프는 동맥 경화증이 없다. 그냥 스스로 약하다고 느끼는 것뿐, 부흐에서 엄청난 단식을 행한 탓이다. 거의 굶어 죽을 지경에까지 이르렀으니까 다시 살이 붙으려면 시간이 걸린다. 그러니 그는 자기(磁氣) 치료사를 찾아갈 필요가 없다. 에바는 제가 도움을 받았기에 그를 그런 치료사에게 보내려고 했지만.

일주일 뒤에 에바가 그와 함께 미체의 무덤에 갔을 때 그녀는 즉시 놀라운 일을 겪는다. 그리고 그가 벌써 훨씬 좋아진 것을 알아차린다. 그는 전혀 울지 않고 튤립 한 다발을 무덤에 내려놓더니 십자가를 쓰다듬고는 에바의 팔을 잡고 함께 그곳을 떠났다.

어떤 커피집에서 그녀 맞은편에 앉아 미체를 기리며 꿀 막대 과자를 먹는다. 그녀가 그 과자를 아주 좋아했었기 때문이다. 그건 정말로 맛이 좋았지만 아주 유명한 것은 아니다. 우린 방금 우리 미체한테 갔었지, 무덤에 너무 자주 갈 필요는 없어, 내년에 그녀의 생일이 되면 한 번 다니러 오지. 봐, 에바 난 미체를 찾아올 필요가 없어, 내 말 믿어도 돼, 나한테 미체는 묘지가 없이도 여기 있어, 라인홀트도, 그래 라인홀트도. 난 그를 잊지 않아, 내 팔이 도로 자란대도 그를 잊지 않을 거야. 그런 일들이 세상엔 있어, 그런 걸 잊는다면 사람도 아니지, 그냥 옷 무더기에 지나지 않아. 비버코프는 에바에게 이렇게 말하면서 꿀 막대 과자를 먹는다.

에바는 전에 그의 여자 친구가 되고 싶었지만 이제는 그녀 자신이 그것을 원치 않는다. 미체의 일에 뒤이어 정신병원, 그건 정말이지 그녀가 아무리 그에게 친절하다 해도 지나친 일이었다. 그녀가 그에게서 얻었던 아기도 사라졌다. 그녀는 심하게 고꾸라진 적이 있었다. 아기가 생겼다면 참 좋았겠지만, 이렇게 없어질 일은 아니었지만, 그래도 결국은 그게 가장 좋은 일이었다. 특히 비쇼가 없는 이 마당에는 더욱 그렇고, 그녀의 보호자에게는 열 배나 더 잘된 일이었다. 그녀가 아이를 잃었을 때 마침내 이 선량한 남자의 머리에도 아기가 다른 사람의 애일지도 모른다는 생각이 분명하게 들었던 것이다. 그렇다고 그를 나쁘게 생각할 수도 없는 일이다.

그렇게 그들은 조용히 나란히 앉아서 과거와 미래를 생각하면서 꿀 막대 과자와 생크림을 얹은 둥근 과자를 먹었다.

발걸음을 확고하게 오른쪽 왼쪽
오른쪽 왼쪽

우리는 이 사내를 라인홀트와 함석장이 마터, 혹은 본명 오스카 피셔의 재판정에서 보게 된다. 이들은 1928년 9월 1일에 베를린 근처 프라이엔발데에서 베르나우 출신의 에밀리 파르중케를 죽인 죄목으로 기소되었다. 비버코프는 기소되지 않았다. 그러나 외팔이 사내는 일반의 엄청난 관심을 끌고 주목을 받았다. 애인의 죽음, 지하 세계의 사랑, 그녀가 죽은 다음 정신적으로 병이 든 채 공범이라는 혐의를 받았던 사내, 비극적인 운명 탓이었다.

전문가들의 말에 따르면 이제 완전히 회복되어 공판을 견딜 수 있게 된 이 외팔이 사내는 공판에서 이렇게 진술했다. 죽은 여자를 자기는 미체라는 이름으로 불렀는데, 그녀는 라인홀트와는 아무런 관계도 없었다. 라인홀트와 자기는 전에 가까운 친구였다. 하지만 라인홀트는 여자들에 대해 두렵고도 자연스럽지 않은 병적 욕망을 가졌다. 그래서 그런 일이 생겼다. 라인홀트가 사디스트 성향인지 자기는 모르겠다. 자신의 짐작으로는 미체가 프라이엔발데에서 라인홀트에게 저항했을 것이고, 그래서 그가 분노에 사로잡혀 그런 짓을 한 것이다. 그의 어린 시절에 대해 뭐 아는 게 있습니까? 아니요, 그 점에서는 그를 알지 못합니다. 그가 당신에게 아무 말도 하지 않았나요? 그는 술을 마셨나요? 예, 그건 이렇습니다. 처음에 그는 술을 안 마셨어요. 그러다가 마시기 시작했는데, 얼마나 많이 마시는지는 모릅니다. 전에는 맥주 한 모금도 견디지 못하고 언제나 레모네이드와 커피를 마셨습니다.

비버코프에게서 라인홀트에 대해 그 이상은 한 마디도 얻어내지 못했다. 그의 팔에 대해서도, 그들의 싸움에 대해서도. 그 싸움에 대해 나는 그러지 말았어야 하는데, 나는 그의 일에 끼어들지 말았어야 하는데. 폼스의 부하들 여러 명과 에바도 방청석에 앉아 있었다. 라인홀트와 비버코프는 서로 뚫어지게 바라보았다. 외팔이 사내는 두 명의 경비병 사이 피고석에 앉아 재판을 받는 사내에 대해 동정심을 보이지 않았다. 다만 이상한 애착만을 보였다. 내겐 동지가 있었지, 그보다 나은 사람은 없어. 나는 그를 계속 바라보아야 한다, 그를 바라보는 것보다 더 중요한 일은 내게 없어. 세상은 설탕과 오물로 만들어졌지, 나는 눈을 깜빡이지 않고 아주 고요히 너를 바라볼 수 있어, 난 네가 누군지 알아, 너를 여기서 만나는구나, 친구야, 이곳 피고석에서, 저 밖에서 나는 너를 천 번이나 만났지, 그러니 내 마음이 돌로 변할 리는 없지.

라인홀트는 공판 중에 무엇이든 자기에게 거치적거리면 폼스 패거리의 사업 전체를 폭로할 생각이었다. 그들이 자기를 자극하면 그들 모두를 배신할 셈이었다. 특히 비버코프가 판사

앞에서 잘난 체할 경우, 이 개자식이 그랬다가는 이 패를 쓸 셈이었다. 하지만 방청석에는 품스 패거리가 앉아 있고, 저기 에바도 있네, 그리고 몇몇 형사들, 우린 저 형사들을 알지. 그래서 그는 더욱 조용해져서 망설이며 궁리를 해보았다. 밖으로 나가면 사람은 친구들에게 의지하게 마련이다. 저 안에서도 친구란 필요하고, 게다가 형사들 좋은 일을 할 수야 없지. 그런데 비버코프가 아주 분명히 얌전하게 행동했다. 저자가 부흐 정신병원에 있었다고 했지. 저 바보가 변하다니 웃기네, 눈을 돌리지 못하기라도 하는 것처럼 웃기는 눈길이야, 분명 두 눈이 부흐에서 녹이 슬었나 보다, 게다가 말도 아주 느리고. 아직도 머리가 좀 모자라는 모양인데. 비버코프는 라인홀트가 아무 말도 하지 않는다고 그에게 고마워할 일이 없음을 알고 있었다.

라인홀트는 10년 징역형을 받았다. 격정과 술에 사로잡혀 사람을 죽인 것, 충동적인 성격, 타락한 어린 시절. 라인홀트는 벌을 받아들였다.

형이 선고될 때 방청석에서 누군가가 소리를 지르더니 큰 소리로 흐느껴 울었다. 에바였다. 미체 생각이 그녀를 짓누른 것이다. 비버코프는 그녀의 소리를 듣고는 증인석에서 그쪽을 바라보았다. 그런 다음 그도 속으로 무겁게 기진맥진해서 이마를 손으로 받쳤다. 베어 들이는 자가 있으니 그 이름은 죽음, 나는 너의 것, 그녀는 사랑스러운 모습으로 네게로 왔지, 너를 보호했다, 그런데 너는 부끄럽구나. 부끄럽다고 외쳐라.

재판이 끝난 직후에 중간 정도 크기의 회사에서 비버코프에게 보조 수위 일자리를 제안했다. 그는 받아들였다. 이제 그의 삶에 대해 더 이상 할 말은 없다.

우리는 이 이야기의 끝에 이르렀다. 이야기가 길어졌지만, 이야기가 그 정점에, 전체를 위한 빛을 보여주는 전환점에 도달하기까지 계속 늘어나야만 했다.

우리는 어두운 가로수 길을 걸었다. 처음에는 가로등이 없었다. 오로지 오래 걸어야 한다는 것만 알았는데 그러면서 차츰 밝아졌다. 그리고 마침내 가로등이 걸렸다. 그러자 가로등 불빛 아래서 거리의 표지판을 읽게 된다. 이것은 특별한 종류의 덮개를 벗기는 과정이었다. 프란츠 비버코프는 우리와 같은 길을 걷지 않았다. 그는 이 어두운 길에서 마구 달리다가 여러 번 나무에 부딪혔다. 앞으로 달려나갈수록 점점 더 많이 나무에 부딪혔다. 이미 사방이 어두웠고 그는 나무에 부딪힐 때마다 눈을 질끈 감았다. 그리고 부딪히면 부딪힐수록 눈을 더욱더 질끈 감았다. 구멍투성이 머리로 거의 정신을 차리지 못한 채로 그는 마침내 도착했다. 쓰러지면서 그는 눈을 떴다. 그곳 그의 위에서 가로등이 환히 빛나고 그는 표지판을 읽을 수 있었다.

그는 마침내 크지 않은 회사에 보조 수위로 서게 되었다. 이제 더는 홀로 알렉산더 광장에 서 있지 않다. 그의 오른쪽에도 왼쪽에도 사람들이 있고, 그의 앞에도 뒤에도 사람들이 있다.

사람이 혼자 걸으면 많은 불운한 일이 생긴다. 여럿이라면 사정이 달라진다. 다른 사람들의 말에 귀를 기울이는 버릇을 들여야 한다. 다른 사람들이 하는 말이 내게도 중요하기 때문이다. 거기서 나는 내가 누구이고, 내가 무엇을 할 수 있는지 알게 된다. 내 주변 사방에서 나의 싸움이 이루어진다. 나는 그것을 알아채기 전에 잘 살펴보아야 한다, 그런 다음 다가가야 한다.

그는 어떤 회사의 보조 수위다. 대체 운명이란 무엇인가? 운명 하나만 해도 나보다 강하다. 우리가 둘이면, 나보다 더 강하다는 것이 더욱 중요해진다. 우리가 열이면 그것은 더욱 중요해진다. 우리가 천이고 백만이라면 그것은 아주 중요하다.

하지만 다른 사람과 함께 하는 게 더 아름답고 더 좋은 것이기도 하다. 그러면 나는 모든 것이 정말 좋다고 느끼고 실제로 그렇다는 걸 알게 된다. 배는 커다란 닻 없이는 확고하게 정박할 수 없다. 인간은 다른 많은 사람들 없이는 있을 수 없다. 무엇이 참이고 무엇이 거짓인지 그제야 더 잘 알게 된다. 나는 벌써 어떤 낱말 위로 뚝 떨어진 적이 있다. 나는 그에 대해 쓰라린 대가를 지불해야만 했다. 그런 일이 비버코프에게는 일어나지 않는다. 여기서는 말들이 사람에게로 굴러오고, 또 사람은 치이지 않도록 스스로 조심해야 한다. 버스를 조심하지 않으면 버스가 너를 곤죽으로 만들어버린다. 나는 이 세상의 무엇에 대고도 맹세하지 않을 것이다. 사랑하는 조국이여, 걱정하지 마라, 나는 눈을 크게 뜨고 금방 넘어지지 않을 것이니.

그들은 깃발도 음악도 노래도 없이 그의 창문 앞을 스쳐 행진한다. 비버코프는 냉정하게 방문으로 가서 밖을 내다보고는 오랫동안 편안히 집에 남아 있다. 입을 다물고 발걸음을 굳건히, 우리와 함께 다른 사람도 행진한다. 내가 행진해야 한다면 다른 사람들이 미리 궁리하고 마련해둔 것에 대해 목숨으로 그 값을 치러야 하리. 그러니 나는 우선 모든 것을 잘 생각해보려 한다. 그것이 아주 넓고 또 내게 어울리는 일이라면 나도 그리로 향하리라. 인간에게는 이성이 주어져 있으니 멍청이들은 이

성 대신에 조합을 결성하지.

비버코프는 보조 수위 일을 한다. 번호를 적고 자동차들을 통제하고 누가 들어가고 나가는지를 본다.

깨어 있어라, 깨어 있어라, 세상에서 무슨 일이 일어나는지 보라. 세상은 설탕으로 만들어진 게 아니다. 그들이 가스폭탄을 떨어뜨리면 나는 숨이 막혀 죽어야 하지, 어째서 그들이 그랬는지는 모른다, 하지만 그건 중요한 게 아니다. 그걸 걱정할 시간은 있었으니까.

전쟁이 일어난다면 그들은 나를 소집할 거다. 어째선지 나는 모르지만, 전쟁은 나 없이도 있다. 내게 죄가 있다면 내게 올바른 일이 일어나지. 깨어 있어라, 깨어 있어라, 사람은 혼자가 아니다. 대기는 우박을 내릴 수도 비를 내릴 수도 있고 사람은 거기 저항할 수가 없지만, 다른 많은 일들에 대해서는 저항할 수가 있다. 그러니 나는 옛날처럼 운명이여, 운명이여, 하고 소리 지르지 않을 거다. 그것을 운명이라고 숭배하지 말고 그것을 바라보고 파악하고 방해해야 한다.

깨어 있어라, 눈을 뜨고 살펴보아라, 수많은 사람들이 한데 속하니 깨어 있지 않은 사람은 비웃음을 당하거나 죽음을 당한다.

그의 뒤에서 북이 울린다. 행진하자, 행진하자. 우리는 확고한 발걸음으로 전쟁에 나간다, 우리와 함께 악사 100명도 함께 가나니, 아침노을, 저녁노을아, 너는 우리의 이른 죽음을 비추는구나.

비버코프는 보잘것없는 노동자다. 우리는 안다, 우리는 안다, 우리는 비싼 값을 치러야 한다.

자유로, 자유로 나아간다, 낡은 세계는 무너져야 한다, 깨어나라, 아침 공기여.

발걸음 확고하게 오른쪽 왼쪽 오른쪽 왼쪽, 행진하자, 행진하자, 우리는 전쟁으로 나아간다, 우리와 함께 악사 100명도 함께 가나니, 그들이 북을 울리고 피리를 분다, 쿵쿵, 쿵쿵, 누군가는 잘되고 누군가는 잘 안 된다, 누군가는 멈추어 서고, 누군가는 고꾸라진다, 누군가는 계속 달리고 누군가는 말없이 누워 있다, 쿵쿵, 쿵쿵.

경쾌한 언어로 종말을 노래하다

안인희(번역가)

I

알프레트 되블린의 대표작인 《베를린 알렉산더 광장》은 1929년 10월에 처음으로 출판되어 세상에 나왔다. 주인공인 프란츠 비버코프의 이야기에 중점을 두어 한 문장으로 요약하자면, 한 전과자가 새로운 삶을 얻기까지의 험난한 과정을 그린 소설이다. 하지만 이것은 줄거리 자체보다 서술 방식의 측면에서 훨씬 더 다채로운 특성들을 지닌 작품이다.

이 작품은 흔히 제임스 조이스의 《율리시스》(1922)에 비견되곤 한다. 특히 독특한 문체 덕분에 그렇다. 게다가 모더니즘 계열의 실험적 요소들을 보인다는 점에서도 그렇다. 하지만, 동시에 이 작품은 뜻밖에도 상당히 재미있는 범죄소설의 줄거리 구조를 보인다. 어떤 평론가는 이것을 아예 '범죄 이야기'로 규정하기도 한다. 알렉산더 광장에 경찰 본부가 있기 때문에 제목도 그렇게 선택되었다는 것이다. 그런 부분이 분명히 있다.

그리고. 그렇게 보면 프란츠 비버코프 이야기가 여러 번이나 영화로 만들어진 것이 쉽게 이해가 된다.

이 소설은 베를린 중앙에 위치한 알렉산더 광장과 로젠탈 광장뿐만 아니라 베를린 곳곳을 무대로 삼는다. 거리 이름은 물론 여러 가지 건물들, 음식점과 술집의 이름이 당시의 실명 그대로 소설에 등장한다. 하지만 당시의 베를린은 이미 이 세상에 없다. 제2차 세계대전 말에 도시 전체가 완전히 파괴되고 말았기 때문이다.

그럼에도 불구하고 베를린이라는 도시가 세상에서 완전히 사라지지 않고 남아 있는 한, 아마도 이 소설은 베를린과 더불어 언제까지나 사라지지 않고 남아 있게 될 것이다. 그럴 정도로 20년대 베를린을 그야말로 기념비처럼 그려낸 작품이다. 1927년 가을부터 1929년 이른 봄까지 등장한 여러 사회적인 이슈와 사건들, 신문기사, 각종 광고문 등이 직접 소설에 등장한다. 이 기간 동안 작가가 이 작품을 썼거니와, 바로 이 기간 동안 주인공의 행적이 작품의 핵심 줄거리를 이룬다. 베를린에서 작가가 작품을 쓰던 실제 시간과 공간이 고스란히 소설에 녹아들어 있는 것이다. 어쩌면 20년대 말의 베를린 자체가 이 소설의 주인공일지도 모른다.

II

'베를린' 하면 대부분의 사람들은 아마도 베를린 장벽을 가장 먼저 떠올릴 것이다. 실제로 오늘날 베를린에 들어가면 장벽과 관련된 부분이 가장 먼저 눈에 띄고, 관광객의 관심도 주로 이 부분에 초점이 맞추어져 있다. 냉전시대 서베를린은 동부 독일 한가운데 있는 한 점 외로운 섬과도 같은 처지였다. 베를린 장벽은 전후 냉전시대에 만들어진 것이지만, 냉전시대를 초래한 것은 제2차 세계대전(1939~1945)이다. 그리고 그 전쟁을 시작한 인물이 독일의 독재자 히틀러였다. 역사의 맥락을 앞에서부터 다시 살펴보기로 하자.

유럽의 중앙부에 위치한 독일에서는 1871년에야 뒤늦게 역사상 최초의 국민국가가 등장한다. 1871년 통일되기 이전까지만 해도 약 30개 정도의 나라들이 난립한 상태였다. 오늘날의 독일 지도만으로는 짐작도 할 수 없을 정도로 훨씬 큰 땅덩이였다. 그나마 1806년에 나폴레옹이 신성로마제국을 붕괴시키면서 300개 이상이던 통치체들이 줄어들었다는 게 그 정도였다. 1871년의 통일은 이 30개의 나라들 중에서 '프로이센'이라는 나라의 주도로 이루어졌고, 베를린은 바로 프로이센의 수도로서, 자연스럽게 통일된 독일제국의 수도가 되었다. 알프레트 되블린은 독일이 통일되고 얼마 지나지 않은 1878년에 태어났다.

통일 이후 독일은 빠른 속도로 경제적으로 번창했다. 하지만 그리 오래 지나지 않아 일어난 제1차 세계대전(1914~1918)에서 패배했다. 군국주의 나라 프로이센이 주도하던 독일에게 이 패배는 거대한 충격이었다. 패전과 더불어 베를린에서는 혁명이 일어나고 독일의 황제가 네덜란드로 망명을 떠나면서 갑작스레 왕정이 끝나버렸다.

황제가 망명한 다음, 전후의 혼란을 틈타 다수 대중의 지지를 받지도 못한 채 시시한 혁명을 일으키고 있던 사회주의자들이 정권을 장악하면서, 사회민주당(SPD)이 주도하는 허약한 민주주의 국가 바이마르 공화국이 출범하게 된다. 이것이 1919년의 일이었다.

하지만 제1차 세계대전 끝나고 체결된 베르사유 조약에서 승전국의 요구조건은 가혹할 뿐만 아니라, 여러 가지 면에서 그다지 사려가 깊지 못한 것이었다. 이런 가혹한 요구조건에 승복할 수밖에 없었던 바이마르 공화국은 시작부터 감당하기 힘든 시련에 휩싸이게 된다. 조약 체결 이후로 공화국의 민주적 헌법질서를 수호할 민주 세력이 단 한 번도 국민 과반수의 찬성표를 얻은 적이 없었다. 다시 말해, 그들은 온갖 종류의 보수 세력과 연합 정권을 만들어야 했다.

엄청난 전쟁배상금과 더불어 역사상 예를 찾기 힘든 하이퍼인플레이션이 전후 독일을 강타한다. 1923년에 구스타프 슈트레제만이 수상, 이어서 외무장관으로 일하면서 국제적인 도움을 얻어 새로운 통화를 발행하고 이 살인적인 인플레이션을 잡는 데 성공했고, 1924년부터 독일의 경제사정은 겨우 안정을 되찾았다. 하지만 이것은 잠깐 동안의 안정에 지나지 않았다. 1929년에 악명 높은 세계 경제공황이 발생하고, 독일이 그 직격탄을 맞게 되기 때문이다. 우리 소설은 경제가 상대적으로 안정되어 있던 1928년을 배경으로 삼고 있는데도, 당시 노동자 계층의 삶이 얼마나 고단했는지, 중산층이 얼마나 아슬아슬하게 계층 추락의 위험에 노출되어 있었는지를 잘 보여준다.

공화국이 지속되는 14년 동안(1919~1933) 공화국 정부가 국민의 인기를 얻은 적은 한 번도 없었다. 14년 동안 무려 16차례나 내각이 바뀌었다. 우리 소설에 등장하는 노동자들은, 그래도 어쨌든 노동자 계급을 대표한다는 사회주의 정권에 자기들이 "속았다"고 말한다. 보수파와 손잡은 상황을 이렇게 비난하는 것이다. 하지만 공화국의 진짜 위기는 그 안에서, 이미 일찌감치 시작되고 있었다. 제1차 세계대전에서 돌아온 패잔병들 중에 저 아돌프 히틀러가 끼어 있었고, 그는 바이에른의 중심지인 뮌헨에서 정치적 기반을 다져나갔다. 1923년에 비어홀 쿠데타를 일으켰다가 반역죄로 감옥에 갇혔으나 이듬해 말에는 벌써 석방되었다.

경제가 안정된 이 몇 해 동안에 히틀러와 나치 정당은 베를린으로 진출하여 전국적인 지지기반을 확보하기 위해 노력했으나 별다른 효과를 얻진 못했다. 그들은 온갖 폭력을 동원했으며, 또한 장기간에 걸쳐 매우 효과적인 선전술을 펼쳤다. 이런 선전술에는 각종 언론매체도 포함된다. 우리의 주인공 비버코프는 적당한 일자리를 구하기가 어렵게 되자 1927년 말에 나치당 기관지인 〈민족 관찰자〉를 판매하는 일을 한다. 그 때문에 옛날 노동자 동지들과 술집에서 다투는 장면이 소설에 등장하는데, 실제로도 위기에 몰린 중산층과 노동자 계층 사람들이 뒷날 히틀러의 주요 지지층이 된다.

III

알프레트 되블린은 제국이 성립된 이후에 태어난 사람이다. 그는 오늘날 폴란드에 속하는 슈테틴(현재 폴란드 이름 슈체친)이라는 곳에서 다섯 아이 중 넷째로 태어났다. 그가 열 살 때 양복점을 운영하던 아버지가 젊은 여직원과 눈이 맞아 처자식을 버리고 미국으로 도망쳐버렸다. 다섯 아이와 함께 뒤에 남겨진 어머니는 아이들을 데리고 베를린으로 이주해서 친척들의 도움으로 힘들게 생계를 꾸렸다.

되블린은 자라면서 공부를 잘해서 의사가 되고 또 부잣집 딸과 결혼하고 이 작품 이전에도 이미 작가로서 상당한 성공을 거두긴 했지만, 그런데도 비참한 어린 시절의 악몽이 그대로 남아 사회적 하층민의 감정을 완전히 버리지 못했다고 한다. 이 소설을 쓸 때도 작가로서나 의사로서나 수입이 별로 없어서 그 자신도 경제적으로 몹시 고생을 하고 있었다. 정신과 의사로서 빈민을 돌보는 일을 했던 그는 당시 가난한 노동자와 범죄자 등 사회 주변부 사람들의 상황과 언어를 정확하게 익히고 있었다. 소설 곳곳에 이들의 상황이 고스란히 등장하고 있거니와, 그와 더불어 당시의 베를린 사투리는 물론, 지하 세계 사람들의 입말도 여과 없이 등장한다. 이것은 오늘날 표준 도이치 말과는 상당한 차이가 있어서 일부는 독일 사람들도 주석을 참고해야 할 정도다.

여러 목소리들과 내면의 독백들이 한데 뒤엉켜 있어 그것을 따라가기가 쉬운 일은 아니지만, 그런데도 이 소설은 매우 정밀한 장면 묘사들을 포함한다. 그런 장면들을 통해 들여다보는 20년대 말의 대도시 베를린은 대체 어떤 모습인가! 계시록에 나오는 창녀인 큰 바빌론과 무시무시한 죽음이 가련한 인간의 영혼을 두고 다투는 곳이다. 머리 일곱에 뿔이 열 개나 달린 창녀와 망치를 높이 들어 올리는 죽음이 다투는 곳, 거의 계시록적인 세계다. 종말이 다가오고 있는 것이다.

이 작품에 등장하는 온갖 퇴폐적인 행태들은 20년대 말 베를린의 분위기를 그대로 보여준다. 그중에서도 실업자와 전과자, 살인자, 창녀 등의 세계가 여기 생생하게 펼쳐진다. 공화국의 종말이 이미 다가오고 있었다. 공화국의 종말이 당시 사람들에게 그다지 유감스런 일이 아니었다 하더라도, 뒤 이어 나타난 세상은 어떤 세상이었던가! 바로 히틀러의 독재였다. 히틀러 독재는 곧바로 다음번 세계전쟁으로 연결된다. 히틀러가 총리로 취임한 직후 50대 중반의 유대인 작가는 독일을 떠나 망명길에 올랐다. 히틀러의 등장이야말로 베를린과 독일에 찾아온 진짜 종말이었다. 이 종말 뒤에 겨우 되살아난 독일은 오늘날까지도 프란츠처럼 오른팔을 잃은 장애인에다 전과자 같은 꼴로 남아 있다.

이제 와 돌이켜보면 작가로서 되블린의 후각과 예지력은 소름이 돋을 정도이다. 그는 세계 대공황이 터지기 직전까지 1년 남짓한 기간을 소설의 시간으로 잡았다. 대공황이야말로 히틀러가 딛고 일어선 마지막 발판이었다. 이런 놀라운 시간 선택은 이 소설이 베를린의 기념비로서 언제까지나 살아남게 만드는 힘이다.

하지만 소설에서 종말은 어떻게 표현되고 있는가? 탄식과 통곡과 히스테리와 우울증을 동반하는가? 4권의 도축장 장면을 기억해보라. 짐승들이 곳곳에서 이곳으로 수송되어 온다. 눈앞에 죽음의 현장이 펼쳐져 있으나 아무것도 모르고 먹이를 찾아 킁킁거리며 서로 싸우는 돼지들이나, 한눈에 무슨 일이 벌어지는지 척 알아채는 황소들이나 아무런 차이도 없이 모두들 죽음을 향해 밀려간다. 여리디 여린 송아지도 밀려간다. 리

듬이 실린 텍스트는 유독 경쾌하다. 전체에서도 가장 끔찍한 도축 장면이 거의 아름답다고 할 만한 경쾌한 가락에 실려 있다. 이렇게까지 경쾌하지는 않아도 죽음도 "느리고 느린 노래"를 부르며 등장한다. 그것은 "아름다운 노래"라고 한다.

이 작품의 세계를 이보다 더 잘 보여주는 장면이 있을까? 되블린은 여기서 종말을 경쾌한 언어로 노래하고 있다. "사람의 운명은 짐승의 운명과 다를 바가 없어, 짐승이 죽듯이 사람도 죽는 것이니"라는 게 도축 장면의 표제문이다. 뒤에 이어지는 표제문. "그리고 모두가 같은 숨을 쉬나니, 사람이 짐승보다 더 나을 게 없다." 이것은 성서에서 가져온 문장이다.

IV

대략적으로 1928년 베를린을 시간적 공간적 배경으로 삼는 이 소설은 작품의 분량이 매우 방대하면서도 줄거리 진행이 매끄럽게 연결되지 않고 단속적이다. 독자에게 줄거리 진행을 친절하게 설명해주는 이야기꾼(=화자)의 존재가 분명하지 않고, 대신 수많은 목소리들이 등장하여 이런저런 이야기들을 들려준다. 이야기꾼은 아주 가끔씩 꼭 필요한 설명을 해주는 데 그친다. 사방에서 들리는 목소리들과 여기저기 보이는 수많은 장면 및 인용문은 처음 소설의 세계로 들어온 독자를 어리둥절하게 만든다.

예를 들어, 테겔 형무소에서 나와 베를린 시내로 들어가는 프란츠 비버코프의 모습에서 벌써 소설의 이런 서술 방식이 분명히 드러난다. 우리는 프란츠의 행동이나 느낌을 설명하는 이야기꾼의 말을 듣고 있다고 여기는데, 다음 순간 어느새 프란츠의 의식 속으로 들어와 있다. 그리고 이번에는 그의 눈에 보이는 대로의 거리 풍경을 구경하게 된다.

4년 동안 감옥에 있다가 석방되어 다시 도시로 들어가는 것이 한없이 두려워 어쩔 바를 모르는 전과자의 의식이다. 그의 의식은 번잡한 대도시의 소음과 인파 속에서 이리저리 흔들린다. 사방에서 들리는 소리와 함께 그가 혼자 중얼거리는 소리도 들린다. 그러니까 독자는 인물의 상태에 대해 이야기꾼의 설명을 듣는 대신에 인물의 의식 속에서 인물과 더불어 모든 것을 직접 느껴야 한다. 이른바 '의식의 흐름' 또는 '내면의 독백'이라 불리는 기법이다.

이야기꾼의 설명을 듣는 도중에 인물의 의식 속으로 순식간에 이동하는 이런 형태의 서술은 소설 어디서나 찾아볼 수 있다. 등장인물이 한 명 이상일 때 우리는 인물들의 대화와 의식 사이를 넘나들게 된다. 또는 두 사람이나 여러 명의 대화 사이로 노래 가사가 끼어드는 것을 볼 수도 있다. 마침 그 순간 라디오에서 흘러나온 노래가 인물의 의식에 들어온 것이거나, 아니면 그가 전에 이미 들었던 것이 이 순간 갑작스레 의식에 되살아난 것이다. 어느 쪽인지 아주 분명하지는 않다. 그것을 정확하게 설명해줄 이야기꾼이 이 순간에 없기 때문이다.

예를 들어, 프란츠가 알렉산더 광장에서 집으로 돌아가는 길을 따라가다 보면 그가 이동함에 따라 길거리 행상인들의 외침 소리, 신문팔이의 외침 소리, 길거리 광고탑의 광고문, 엉뚱한 공지문 따위가 막무가내로 텍스트에 끼어든다. 프란츠가 집으로 돌아가는 중에 이런저런 것을 보았다거나 들었다는 등의 설명은 따로 없다. 우리 자신이 인물과 함께 당시의 베를린 시내를 걷고 있는 것이다. 때로는 한 번만 등장하고 사라질 수많은 인물들이 나타나 자기들의 이야기를 한다. 때로는 의사인 작가에게 보낸 환자의 편지가 일기 형식으로 작품에 등장한다.

바로, 여러 인용들을 동원하여 전체 배경을 보여주는 '몽타주 기법'이라 불리는 것이다. 우리 식으로 표현하자면 짜깁기 또는 누비이불 기법이라 불러도 될 것이다. 영화에서 도입부나 회상 장면, 또는 낯선 장소로 들어갈 때 흔히 사용되는 기술로, 일단 알고 보면 우리에게 무척 친숙한 설명 방식이다. 다만 영화와 다른 점이 있다면, 영상 매체를 사용하는 영화에서는 별 생각 없이 바라보고 듣기만 해도 대체로 충분하지만, 소설에서는 글을 읽고 입체적으로 연상해서 하나의 전체적인 풍경을 그려내는 일이 독자의 몫으로 남겨져 있다는 점이다. 참고로 되블린은 열렬한 영화 팬이었다.

이렇게 이야기꾼의 설명이 아니라 소리나 그림이나 문자 텍스트를 인용하는, 그러면서도 실은 몽땅 문자로 장면을 설명하는, 이른바 '공감각적인 텍스트'는 작품의 세계에 몰입하지 못한 독자에게는 참으로 지루하게 여겨질 수가 있다. 하지만 그 영화 방식 설명에 익숙해지기만 한다면 가볍게 읽어나갈 수도 있다.

참고로 한마디 덧붙이자면, 우리나라 독자들은 인물의 행동뿐만 아니라 여러 감정들을 자세히 서술해주는 친절한 이야기꾼에 익숙한 편이다. 하지만 서양 소설에서는 전통 소설에서조차, 크고 작은 사건과 더불어 나타나는 지극히 인간적인 감정의 서술을 생략하는 경우가 흔하다. 예를 들어, 사랑하는 사람이 갑자기 떠났는데 애간장을 녹이는 그 크나큰 슬픔과 고통을 자세히 설명하지 않고 텍스트가 침묵해버리는 것이다. 그러고는 천연덕스럽게 다음 단계로 이야기가 이동해버린다. 그럴 경우 우리나라 독자들은 작중 인물이 슬픔이나 통증을 느끼지 않는 것으로 생각하기 쉽지만, 실은 보편적 감정은 어디서나 똑같은 것이기에 그들도 우리 못지않은 아픔을 느낀다. 다만 그 슬픔이 너무 당연한 일이라 이야기꾼이 자세한 설명을 생략해버리는 것이다. 그들은 슬픔을 비롯한 온갖 감정의 친절한 묘사를 생략하는 것에서 어쩌면 여백의 미학을 보는 것인지도 모른다. 감정이란 어차피 각 개인에게 맡겨진 것이기 때문이다.

V

이야기꾼의 역할이 제한된 이런 서술 방식에도 불구하고 매우 많은 장면들이 치밀하고 정교하게 서술되어 있다. 특히 인물의 내면이나 심층 심리의 표현은 정신과 의사 되블린의 인간 내면에 대한 깊은 지식과 이해를 보여준다. 현란한 기법들을 동원해 독자를 어지럽게 만들어서 인간 심리에 대한 자신의 이해 부족이나 아이디어의 고갈을 감추는 종류의 작가가 아니다. 그러기에는 이야기가 너무 많고도 풍성하다.

　한편으로는 고단한 삶의 현실이 매우 치밀하게 추적되고 있는데도, 다른 한편으로는 신비적인 세계가 등장한다. 공동묘지에서 죽은 이들과의 대화 장면이 그렇고, 형사들에게 쫓기는 프란츠의 머리 위에서 재잘대는 참새 다섯 마리 이야기도 그렇다. 이들은 죽은 범죄자들로 프란츠를 폭로할 방법을 궁리 중이다. 그뿐인가, 무시무시한 천사 두 명이 베를린 거리를 배회하는 프란츠를 보호하는 장면도 그렇다. 그들이 나누는 대화는 철학적이고도 기상천외한 것이다. 마지막에 프란츠는 죽음에 직면해서 죽음과 직접 대화를 나눈다. 이런 초현실적이고 신비로운 장면들은 심오함과 설득력을 함께 지니고 있다.

9권까지의 각 권에서 각각의 장에 들어가는 표제어 또는 표제문은 소설의 내용을 이해하는 데 매우 중요한 기능을 한다. 일부는 작가가 붙인 것이고, 일부는 시에서 인용한 것, 일부는 성서에서 가져온 것이다. 이것 없이는 텍스트의 내용이 정확하게 무엇에 대한 것인지 불확실해지는 경우도 몇 번 있다.

주인공 프란츠 이야기는 아주 매끈하게 이어지지는 않고 단속적으로 펼쳐지지만 그래도 그의 이야기를 읽어내는 데 큰 어려움은 없다.

프란츠는 4년 동안의 옥살이를 마치고 석방되어 세상으로 돌아온다. 하지만 그에게 이 세상은 너무 두렵고도 낯설다. 그는 큰 기쁨으로 잽싸게 도시로 돌아가지 못하고 그동안 저를 가두었던 감옥의 문 앞에서 망설인다. "바야흐로 형벌이 시작되고 있다"고 느끼기 때문이다. 그런 프란츠의 느낌은 맞았다. 세상은 그리 녹록치 않았다.

이야기가 꽤 진행된 다음에야 우리는 그가 대체 무슨 일을 저질렀기에 4년 동안 형무소 생활을 했는지 알게 된다. 죄가 없지는 않지만 죗값을 이미 치른 전과자로서 프란츠는 한 가지 중대한 결심을 한다. 곧 "착실하게 살겠다"는 결심이다. 하지만 그가 결심했다고 해도 세상은 그가 착실하게 사는 일을 그렇게 쉽게 허락하지 않는다. 경제적으로 힘들고, 대도시는 냉정하고, 가난한 사람은 너무 많다. 그는 사회주의 동지들을 떠나 나치당의 기관지를 파는 일을 시작했다. 그밖에도 여러 가지 물건들을 들고 이 집 저 집 돌아다니며 팔아서 고단한 일상을 버티며 겨우 베를린에 정착했다. 하지만 곧바로 동료인 뤼더스의 고약한 배신을 겪는다. 프란츠는 칩거하여 술만 퍼마시며 여러 주를 보낸 끝에 다시 일어선다.

이어서 그는 자기도 모르게 범죄 집단의 범죄 행각에 동참하고는 깜짝 놀라 저항하다가 심각한 자동차 사고를 당해 오른팔을 잃는다. 몸의 일부를 잃는 이런 사고를 당하고도 프란츠는 굳건하게 다시 일어선다. 그리고 젊고 순수한 창녀 미체를 애인으로 얻는다. 그녀는 외팔이 프란츠를 위해 돈을 벌지만, 그를 향한 그녀의 사랑만큼은 순수하다. 다만 이 작품에서 누구 하나 완전한 순수성을 지닌 인물은 없다. 너나할 것 없이 누구나 흔들리는 인간들이다. 현실의 우리가 그렇듯이.

생활이 어느 정도 안정되었지만, 프란츠는 자신을 해친 동료 라인홀트에게 자기 쪽에서 먼저 접근을 하고, 이런 프란츠에게서 도전과 자극을 받았다고 느낀 라인홀트는 최후의 결정적인 일격을 가한다. 프란츠는 애인과 더불어 삶의 마지막 미련까지 잃어버린다. 그는 죽기를 원한다. 하지만 마지막 순간에 죽음과 대면하면서 중대한 깨달음을 얻고 삶으로 되돌아온다. 이렇게 엄청난 대가를 치르고 나서야 드디어 처음부터 원하던 대로 "착실하게" 살 기반을 마련하게 된다.

앞서 이미 말한 대로 줄거리가 단속적이고 이야기꾼의 설명이 충분하지 않아서 처음에는 프란츠의 행동 일부가 얼른 이해가 되지 않는다. 하지만 천천히 그의 의식 안으로 들어가 그의 처지에서 상황을 거듭 생각해보면 몇 가지 비밀이 풀린다.

프란츠는 가구 운반 노동자로 범죄를 저지른 끝에 옥살이를 한 이른바 '지하 세계' 가까이 있는 인물이다. 그러나 그는 약점도 많지만 진짜 강인함을 지니고 있다. 육체적으로 강인할 뿐만 아니라 정신적으로도 우직하나 강한 인물이다. 비겁하지 않고 남을 뒤에서 공격하거나 밀고하지 않는다. 또한 자신의 강인함을 몹시 중요하게 여기면서 상당한 자부심을 느낀다.

하지만 오로지 강인함만을 중시한 그의 자부심이 그에게 불행을 불러들인다. 그는 자신을 해친 라인홀트에게 자기 쪽에서 접근한다. 전에도 이 위험한 범죄자의 사생활에 간섭하고는 잘난 척하다가 불행한 일을 당하더니, 이제 다시 그의 앞에 당당하게 모습을 드러낸다. 이런 프란츠의 태도에는 남자들 사이의 자부심과 시시한 경쟁심이 작용하고 있다. 이런 경쟁심이 그 자체로 꼭 나쁜 것은 아닐지 몰라도 프란츠는 상대가 위험한 범죄자라는 사실을 볼 눈이 없었던 탓에 그토록 큰 불행을 불러들이는 것이다.

소설의 마지막에서야 그는 사람이 착실하게 살려면 자신의 의지뿐만 아니라 친구를 가려 사귀어야 한다는 것, 자신의 자부심만이 아니라 다른 사람의 형편도 살필 줄 아는 세심한 배려와 눈길을 가져야 한다는 사실을 깨닫는다. 듣고 보면 평범한 진리다. 하기야 진리 중에 평범하지 않은 것이 어디 그리 많던가. 어쨌든 이제야 그는 자신의 강인함뿐만이 아니라 허약함도 수긍하게 된다.

번역에 대하여

작품의 번역은 전혀 호락호락하지 않았다. 짜깁기 기법은 출처가 다른 수많은 텍스트들을 불러오는 것이기에, 갑자기 낯선 문장들이 튀어나오는 것은 예사다. 법전, 신문기사, 광고문, 유행가, 백과사전, 연설문, 공고문, 편지, 일기 등등. 이들은 작가가 꾸며낸 것이 아니라 존재하는 텍스트를 인용한 것이라 낱말 선택과 문체 등이 항상 완전히 달라지곤 했다. 거기에 마구잡이로 끼어드는 노랫말들과 그 변조, 사전에 안 나오는 지독한 베를린 사투리와 사전에 없는 입말 표현들.

다행히도 원문 텍스트와 함께 구한 해설서가 많은 도움이 되었다. 거기에는 지독한 사투리나 입말의 뜻풀이 일부가 붙어 있었다. 물론 모두는 아니고. 그래도 여전히 난감해 하고 있을 때 한국외국어대학교 독일어과 교수를 지냈고, 그 자신 번역가이기도 한 독일 출신의 하이디 강 선생님이 내가 이 작품의 번역을 맡았다는 말을 듣고 작업이 진행되는 동안 정기적으로 만나자고 제안을 해왔다. 그는 내가 작품을 번역하는 동안 자신도 문화원에서 작품을 빌려 정독했다. 우리는 몇 번이나 만나서 텍스트를 자세히 검토했다. 여러 모로 하이디 강 선생님의 도움이 컸다. 그밖에도 예전에 구해두기만 한 채로 거의 쓰지 않았던 도이치 입말 사전도 이번에 톡톡히 한몫을 해주었다.

수많은 문장에서 각기 사용된 낱말들의 용례를 거듭 찾아보아야 했기에, 번역은 장님이 코끼리 더듬듯 부분들을 붙잡고 씨름하며 진행되었다. 하지만 초벌 작업을 끝내고 몇 달 묵혀 두었다가 다시 읽어본 전체 작품은 매우 인상적이었다. 이 소설이 세계적인 명성을 얻은 이유가 그제야 분명해졌다. 소설 읽기는 속도가 필요한 법이니까.

원고를 거듭 읽어도 여전히 미진한 구석이 남는 것은 번역 가의 운명이다. 손에서 떨어지지 않는 원고를 떠나보내는 심정 이 자식을 물가에 내놓는 것과 비슷할 때가 있다. 이 작품을 번 역하면서 내가 도이치 문학을 전공하고 그동안 수많은 책들을 번역한 것이 어쩌면 이런 걸작 소설 하나를 번역하기 위한 연 습이 아니었을까 하는 생각이 들었다. 그래도 여전히 미진한 것을 어찌하랴. 하지만 언제나 그렇듯이 이 책도 저만의 운명 의 길을 갈 것이다. 그 운명이 수많은 독자들과의 만남이 된다 면 얼마나 좋을까.

8월 10일 슈테틴에서 유대계 재단사 막스 | **1878**
되블린과 아내 소피의 다섯 아이 중 넷째로
태어남.

프리드리히-빌헬름 학교의 예비학교 입학. | **1884**

아버지가 스무 살 연하의 여직원 헨리에테 | **1888**
찬더와 함께 미국으로 도주. 남겨진 가족은
베를린으로 이주하여 부유한 외삼촌의 도움
을 받음.

김나지움에서 수학하며 클라이스트, 횔덜 | **1891**
린, 니체, 쇼펜하우어, 스피노자, 도스토옙
스키에 심취함.

베를린에서 의학 공부 시작. 동시에 학창 시 | **1900**
절 습작을 바탕으로 문학 활동을 시작함.

프라이부르크 대학에서 〈코르사코프 증세에 | **1905**
나타나는 기억장애〉로 박사학위 취득. 이듬
해까지 레겐스부르크에서 레지던트 생활.

베를린으로 옮겨 의사 생활 시작.	1906	
헤르바르트 발덴과 함께 혁명 잡지 《폭풍》 발행.	1910	
의료보험조합 소속 의사로 개업. 이후 의사 겸 작가로서의 생활 시작.	1911	
에르나 라이스와 결혼. 베를린 유대인 공동체 탈퇴. 헤르바르트 발덴의 소개로 베를린 예술 및 문학계에 입문.	1912	
	1913	《민들레 살인》
제1차 세계대전에 군의관으로 자원 입대.	1914	
	1915	《왕룬의 도약 세 번》
《왕룬의 도약 세 번》으로 폰타네 상, 바이에른 예술 아카데미 문학상 수상.	1916	
	1917	《로벤슈타이너 사람들의 보헤미아 여행》
베를린으로 돌아옴. 11월 혁명 기간 동안 자주사회민주당(USPD)에 입당.	1918	《바첵, 증기 터빈과 싸우다》
다시 개업의로 일함. 링케 포트라는 필명으로 정치 관련 저널리스트로 활동.	1919	《검은 커튼》
	1920	《발렌슈타인》
사회민주당(SPD) 입당. 〈프라하 일간지〉에서 무대예술 비평가로 활동.	1921	《독일의 가면극》

여성 사진작가 율라 니클라스와 평생에 걸친 우정 시작.	1922	
독일작가 보호협회의 초대 회장으로 선출. 폴란드 여행.	1924	《산들, 바다들, 거인들》
브레히트 등과 함께 그룹 25(공산주의 좌파 계열 작가 모임) 설립.	1925	
《베를린 알렉산더 광장》을 발표. 바이마르 공화국 시절 가장 인기 있는 작가의 한 사람이 됨.	1929	《베를린 알렉산더 광장》
유대인 혈통이라는 점과 '길거리 문인'이라는 세간의 비난에 괴로워함. 2월 28일 의사당 화재 사건 이튿날 취리히를 거쳐 파리로 망명. 망명 중에도 문학 활동을 계속.	1933	
	1934	《바빌론의 이동 또는 오만함이 추락 직전에 이르다》
프랑스 시민권 획득.	1936	《용서는 없다》
아마조나 3부작(《죽음 없는 나라로의 여행》《푸른 호랑이》《새로운 원시림》)의 첫 권 발표.	1937	《죽음 없는 나라로의 여행》
4부작 혁명 소설 《1918년 11월》의 제1권 《붕괴》 출간. 나머지 세 권(《배신당한 민중》《전방 군인들의 귀향》《카를과 로자》)은 1943년, 1948~1950년에 걸쳐 출간됨.	1938	《붕괴》 《푸른 호랑이》
스페인과 포르투갈을 거쳐 미국으로 망명. 실업자 후원금과 자선에 기대 생활. MGM 영화사의 각본가로 활동. 아들 볼프강 자살.	1940	

아내와 아들 슈테판과 더불어 유대교에서 가톨릭으로 개종.	1941	
프랑스 군부정권의 문학 감찰관 자격으로 독일로 돌아옴. 바덴바덴에 거주하며 잡지 《황금 문》 발행.	1945	
	1947	《명랑한 마법》
	1948	《새로운 윈시림》
마인츠로 이주. 자서전《운명의 여행》출간.	1949	《운명의 여행》
실망하고 뒤틀리고 병든 채 '잊힌 자'의 기분을 안고 다시 프랑스로 이주.	1953	
독일의 병원과 요양소를 전전. 중병으로 몸이 마비되고 거의 눈이 멀게 됨.	1956	《햄릿 또는 긴 밤이 끝나다》
6월 26일 프라이부르크 인근 엠멘딩겐에서 사망. 6월 28일 포게젠의 아들 볼프강 곁에 묻힘. 9월 14일 아내 에르나 되블린 파리에서 자살.	1957	

옮긴이 **안인희**

한국외국어대학교 독일어과를 졸업하고 같은 대학 대학원에서 박사 학위를 받았다. 독일 밤베르크 대학에서 수학했으며, 현재 대표적인 독일어권 번역가 및 작가로 활동하고 있다. 프리드리히 실러의《인간의 미적 교육에 관한 편지》로 제2회 한독문학번역상을, 《이탈리아 르네상스의 문화》로 한국번역가협회 번역 대상을 수상했고, 저서《게르만 신화 바그너 히틀러》로 2003년 올해의 논픽션 상을 수상했다.
옮긴 책으로《광기와 우연의 역사》《마지막 휴양지》《그림전설집》《초콜릿 전쟁》등이 있으며, 지은 책으로《안인희의 북유럽 신화》《말이 올라야 나라가 오른다 2》(공저) 등이 있다.

세계문학의 숲 002

베를린
알렉산더 광장 2

2010년 8월 10일 초판 1쇄 인쇄
2010년 8월 17일 초판 1쇄 발행

지은이 | 알프레트 되블린
옮긴이 | 안인희
발행인 | 전재국

발행처 (주)시공사
출판등록 1989년 5월 10일(제3-248호)

주소 | 서울 서초구 서초동 1628-1 (우편번호 137-879)
전화 | 편집 (02)2046-2851 · 영업 (02)2046-2800
팩스 | 편집 (02)585-1755 · 영업 (02)588-0835
홈페이지 | www.sigongsa.com
세계문학의 숲 홈페이지 | www.sigongclassic.com

ISBN 978-89-527-5964-1(04850)
      978-89-527-5961-0(set)